U1070522

少年王阳明传奇

董有华 著

宁波出版社
NINGBO PUBLISHING HOUSE

图书在版编目（CIP）数据

少年王阳明传奇 / 董有华著 . -- 宁波：宁波出版社，2022.11
ISBN 978-7-5526-4697-9

Ⅰ . ①少 … Ⅱ . ①董 … Ⅲ . ①传记文学—中国—当代 Ⅳ . ① I25

中国版本图书馆 CIP 数据核字（2022）第 161400 号

少年王阳明传奇

SHAONIAN WANGYANGMING CHUANQI

董有华　著

责任编辑　朱璐艳
责任校对　陈　钰
装帧设计　金字斋
出版发行　宁波出版社
（宁波市甬江大道 1 号宁波书城 8 号楼 6 楼　315040）
印　　刷　浙江开源印务有限公司
开　　本　889 毫米 ×1194 毫米　1/32
印　　张　11.75
字　　数　215 千
版　　次　2022 年 11 月第 1 版
印　　次　2022 年 11 月第 1 次印刷
标准书号　ISBN 978-7-5526-4697-9
定　　价　45.00 元

如发现缺页或倒装，影响阅读，请与出版社联系调换　电话：0574-87248279

前　言

王阳明，名王守仁，幼名王云，字安伯，阳明是其号，浙东宁波余姚人，生于明成化八年（1472），卒于明嘉靖八年（1529），享年五十七岁。人称“阳明先生”。28岁中进士，累官至南京兵部尚书，封新建伯，是我国明朝一位著名的思想家、哲学家、政治家、军事家、教育家。他又是一位治世能臣，以文韬武略，立德、立功、立言而名重一时。他创立以“致良知”和“知行合一”为核心的“阳明心学”，广播海内外，影响深远。

《少年王阳明传奇》，是根据流传于乡里的有关王阳明少年时期的各种传说演化而成。既为传奇，便不必逐一考证。但，万丈高楼平地起，仅从这些一鳞半爪里，已能管中窥豹，见识他为人处世，亦可知他日后南征北战，建不世功业而轻车熟路、举重若轻乃已有基础。

《少年王阳明传奇》一书，笔者就以余姚特产、被誉为瑶池珍品的杨梅为喻，喻年岁为树，喻日月为枝。将王阳明少年时期散落在故乡街头巷尾、江河田阡间的奇闻逸事，三个指头撮来，一颗颗挂于树枝上，使这株凌云大树的繁茂枝叶上，挂满姹紫嫣红的杨梅，构成一幅可观可思可叹可赞的图画。诚然，遗漏在岁月和记忆中，失传于书简与竹帛间的“珍果仙品”不知凡几，就只能寄希望于当代和以后诸君，去挖掘、去深耕、去发扬光大，使之蔚为壮观。

王阳明幼年、少年、成年时称呼不一，成名后多以“阳明”称呼，为求体裁统一，书中便以“阳明”称呼之。但愿通过《少年王阳明传奇》一书，使王阳明所具有的志向、品德、言行，能给后人，特别是青少年的成长带来启迪、借鉴和裨益。这也是笔者衷心的期盼。

目录

第 1 回　现祥瑞红罩瑞云楼　试才学惊诧老夫子　001

第 2 回　测洪涝折服老农心　释疑窦童儿当判官　017

第 3 回　拜师尊三上龙泉山　坚儿志郑氏剪织布　038

第 4 回　救良驹大闹老酒馆　识英才县令赠宝刀　053

第 5 回　同祸福莱园四结义　闯匪巢阳明出奇谋　073

第 6 回　扮新娘混入四窗寨　闹洞房魔头屎烂屙　091

第 7 回　讲义气弟兄瞒实情　请贵客赋诗夸风物　110

第 8 回　拒报恩水龙绝冰媒　抗顽敌阳明接帅印　129

第 9 回　攻姚城贼寇吃败仗　借天时漏夜筑冰城　145

第10回　诉衷肠秀云获真情　解疑难琼瑶传书简　160

第11回　剿匪穴首战遭挫折　封烟雾二打四窗寨　174

第12回　陷罗网姐妹同落草　诉隐情两将双匹配　189

第13回　墨黑夜米豹智取箭　陷卦林范虎遭囚禁　206

第14回　面对面无缘诉心曲　计中计三打四窗寨　221

第15回　获敌情移师临山镇　撒罗网瓮中捉老鳖　233

第16回　合围战海酋烟灰灭　迷魂计宝岛妖氛清　248

第17回　抛橘球才女发宏论　破陋俗县令聘东床　262

第18回　四姐妹桂园结金兰　三兄弟新居完婚嫁　277

第19回　受刁难诵诗赢佳肴　遭贼窃阳明解急难　290

第20回　山海关独力退凶顽　居庸关单骑救边帅　307

第21回　救国难阳明受重任　施诡计少帅陷重围　321

第22回　众弟妹千里赴边陲　奇女子妙计破番寇　337

第23回　奏凯歌番邦献降书　启归程即是新征程　350

第1回

现祥瑞红罩瑞云楼　试才学惊诧老夫子

水有源，树有根。要说这位王阳明，就不能不先说一说其父王华。王华是一位家境贫寒、孜孜于学的读书人。他十年寒窗苦读，学富五车，才高八斗，却是百无一用的白面书生。书生也罢，农夫也罢，谋生是第一要务。人活一世，衣食住行缺一不可。开门七件事，柴米油盐酱醋茶，总得对付。出去做苦力吧，堂堂一个秀才相公，身段放不下，颜面也无光，何况手无缚鸡之力，这等苦活使不得。左思右想，幸有一肚子学问，便挽亲托友，到一家私塾教书，与顽童为伴，以微薄报酬勉强养家糊口。小日子过得清苦怎么办？学蔡伯喈逐日挨，日复一日，熬呗。古人说得好，家有贤妻，撑起半爿天，一家人倒也过得和和美美，有滋有味。一日恰逢端午节，浙东地方有个习俗，在外谋生的游子，端午时都要返乡过节，合家团聚。王华向东家告了假，怀揣着平日省吃俭用积攒的三两碎银子，天蒙蒙亮，就兴冲冲赶回家来。一路走来，步移景换，看不够青山如黛雾缥缈，点缀着浅红黄紫烂漫花，听不厌鸟唱阡陌声婉转，雄鸡啼醒炊烟袅。不知不觉间已走过横跨南北的通济桥，见到自家修竹掩映的屋脊，他正自陶醉于近乡情更怯的意境中，蓦地一眼瞥见通济桥头人影闪动，随着“扑通”一声水响，便没了动静。王华暗道“不好！”返身前往观望，只见河面上时浮时沉着一个人，一束乌发露出水面。不及细想，一纵身便跳下水去，几经拉扯，才把人救上岸来。投水的是一位中年妇人！那妇人泪如泉涌，一味念叨道：“先生啊，侬何苦救我！死了，眼一闭，就没愁苦了。”王华劝慰道：“大嫂此言差矣。看侬年纪，必定上有老下有少，如何丢得下？有什么过不去的坎，还请细细道来，学生当尽力相帮。”经再三追问，妇人才道出缘由。原来她丈夫出门经商，多年未归，膝下一双儿女，嗷嗷待哺，然借贷无门，走投无路，一时想不开，投水自尽，以求解脱。王华听罢，顿生怜悯之心，劝道：“大嫂处境，令人同情，若因此轻生，岂不是死一人而亡三人？倘若侬丈夫他日归来，闻知妻死儿亡，岂能独活？”经一再劝说，终于断了妇人的轻生念头。他又将怀中银子尽数赠予，妇人才拜谢离去。

王华见妇人离去，不禁放下心来，回到家中，妻子郑氏见丈夫穿着湿透的衣衫，戏道：“喔哟，莫非相公回家心急，一脚踩空，掉进田沟里，变成落汤鸡，当作送节礼了？有话慢慢说，快脱了湿衣衫，免得受冷。”王华道：“贤妻说笑了，愚夫是小鸡吃碗碴儿，嘴里有词呢。”王华边换衣衫，边将途中救人赠银之事告知妻子，末了道：“唉，如今身无分文，端午节还怎么过？这叫放走田鸡饿煞蛇了。”郑氏是个贤德媳妇，听了后，不但没埋怨，反而欣喜不已道：“相公，侬撮到大便宜哉！”王华诧异道：“此话怎讲?”郑氏道：“相公细想，侬是几两碎银子，买了三条人命，给王家添了善积大德，还不便宜？难得，难得。”王华歉然道：“理是这么个理。多谢贤妻宽宏大量，只是巧妇难为无米之炊，没银子买米买菜，如之奈何?”郑氏道：“相公休忧，只顾在家歇息，妾身去去就回。”她悄悄来到姚江边，挽袖赤脚，在水草茂密处摸来几十尾河虾，外加百十枚螺蛳，回到家中，烧了一碗葱香四溢的炒螺蛳，一盆身着红袍弯腰弓腿的盐水虾。眼下过节的菜肴有了，酒却没有，她记起前日隔壁徐家大姐送来一碗浆板，还放在菜橱里，灵机一动，把浆板加水，用细麻布榨了一杯浆板水代酒，热腾腾地端上来，说是给相公过节。王华见桌上有酒有菜，愁绪顿消，欣喜间不由得诗兴大发，随口吟道：“白酒麻布兜，玉箸钓金钩。”他正思索下两句，忽然门外有人搭腔道：“明年生贵子，代代出公侯。”王华一听，以为是同窗好友，脱口答道：“一代就够哉，一代就够哉。”随即起身开门去看，却不见有人，也就一笑作罢。至于这搭腔者是谁？谁也说不清。“代代出公侯”的话可曾应验？说来也凑巧，王华于明成化十七年也就是公元 1481 年上京赴考，中了状元，累官至南京吏部尚书。那么“明年生贵子”是否灵验呢？看下去自会知晓。

世上事说一千，道一万，许多事终究还是说不清，道不明。

可世上也有数之不尽的无巧不成书之事，虽经过百年千载，却仍无人能解。就说这“明年生贵子”一说，还真让郑氏给应上了。原来郑氏嫁到王家多年，再贤惠不过，唯一让王家族里人遗憾的，就是她的肚皮瘪塌塌，未能生养一男半女。那年头作兴“不孝有三，无后为大”，娶个媳妇，如果几年下来不能开枝散叶，家里人即使明着无甚闲言碎语，暗地里却也急得火烧火燎，隔壁邻舍也免不了窃窃私语。谁知自那日以后，郑氏便作起怪来，病恹恹的，懒睡喜酸，有气无力的样子。家人急了，请医生一搭脉，哇，说是有喜了。果然是“明年生贵子”！一家人不知有多高兴。这位还在娘亲肚子里的“贵子”，正是本书的主人公王阳明。

王华屈指一算，“十月怀胎，一朝分娩”，孩子出生，应是节气“夏至”前后，正是余姚杨梅紫熟时。不由得高声道：“哇啊，好日子！好兆头！”其父听了不解道：“华儿，什么好日子、好兆头，这般高兴？”王华道：“父亲，孩儿粗略一算，侬的孙子将于五六月间出生。其时正当满树杨梅挂果，漫山遍野密密麻麻如红灯高悬，绿叶相衬下迎风舞动，挂灯结彩迎接侬的孙子出生，可不是好日子、好兆头？”王华其父王伦，也是一位读书人，四书五经读得滚瓜烂熟，但没用，还是考勿出的老童生，平时乐于农耕，见多识广，生性喜竹，故小屋四周遍植竹子，人称“竹轩公”。见儿子喜极忘形，便想趁机考一考秀才儿子是勿是表里不符的“绣花枕头烂稻草”，让好兆头再添些许书卷气，遂道："儿啊，侬是读书人，既知杨梅熟时喜庆，可知哪位余姚人曾吟咏过它？"王华道："哎哟，父亲，侬这是要考孩儿的功课呢？那就请父亲听听本地人孙鏊《过烛湖观杨梅》一诗：雨余芳杜益凄凄，湖上才添水拍堤。六月松深山不暑，两塘烟锁路还迷。树头色艳杨梅熟，叶底声频布谷啼。独往停车看不彻，隔篱谁唱竹枝词。"

自从怀上这个"贵子"，郑氏这个盼儿心切的娘亲，尝足了家人疼爱、邻里羡慕的甜头，却也吃够了常人难以想象的苦头。怎么着？眼见得怀胎已过十月，一家人眼巴巴等待娃儿来见长辈，谁知他却赖在暖烘烘的娘肚里，千呼万唤不肯出来。窝在娘肚里不付房钿也就罢了，还不肯安分守己，整日如同猢狲搭热石，一会儿伸拳展腿，打起了"太极拳"，一会儿左右开弓，倒腾起飞毛腿，一会儿又脚上头下，竖蜻蜓、伸懒腰、打虎跳。做娘的痛得七荤八素，卧又不是，站又不好，呼爹喊娘，徒唤奈何，把全家人折腾得手足无措。没奈何，只得求神拜佛，测字看相。如此这般整整闹腾有四个月之久，王华见妻子日难过夜难挨，苦不堪言，顿足道："孽种，就是孽种，还未出世，就肆无忌惮折磨亲娘，莫非是怪胎不成？"其父王伦听了，斥责道："呸呸呸！侬才是孽种呢！还说是读书人，这么不明事理！侬可知，道祖太上老君之母怀胎数十载，待等出生，生出来的孩子已经白发苍苍了，故被世人尊称为'老子'。刘邦待在娘胎里十四个月才出生，他可是汉代的开国皇帝哪，孔老夫子也是十三个月出世，是伟人还是孽种？人在做，天在看。我王家世代积德行善，诚实做人，勤俭治家，从不做伤天害理之事，怎会生孽种遭恶报？莫愁，莫愁，水到渠成，瓜熟蒂落，等他在娘肚子里待够了，自然会出来，且必是贵子！必是贵子！侬懂不懂！”

日子如推磨，一日一日挨。一日夜里，爷爷大概是思孙心切，心烦意乱，临睡时喝了一壶老酒，倒头便沉沉睡去。睡梦里忽闻一阵阵异香扑鼻，又听到半空中有仙乐悠扬，佩环铿锵，心生诧异，出房观望。只见自家屋脊上瑞云缭绕，紫雾盘旋，满天香雾氤氲，云端站着一位绯袍玉带的仙人，怀里抱着个婴儿，施施然递给他，道：“为侬送贵子来也。”王伦连声道谢，刚接过孩子，突然被屋外嘈杂的呼喊声惊醒，睡眼蒙眬间，一骨碌翻身坐起，推门看时，只见左邻右舍都提桶担水惊惊惶惶往自家屋子奔来。他去敲儿子的房门，房门却突然打开，只见王华满面笑容道：“父亲，侬儿媳替侬生了个大胖孙子，儿子我也做爹了！”父子俩回头问众邻居，缘何如此惊惶，众人回答说是见侬王家房内火光冲天，以为是着火了，故而前来扑救。王华抬头望去，果见自家窗户透出红光，屋顶更是有滚滚红云涌动，直冲斗牛，随即对众人道：“刚才是我家媳妇临盆，生了个大胖儿子，房内红烛高照，并非失火。半夜三更惊扰各位了，抱歉，抱歉。”众人虚惊一场，既而纷纷道贺，各自归去。王伦则大喜道：“喔哟哟，真是神了。”王华道：“父亲，什么神了？”

王伦道："刚才神人托梦给为父，给我家送来贵子。贵子降生，故有瑞云绕屋，红光笼罩。侬说神不神？我家孙儿必是贵人无疑！"

其实，也许是凑巧，王阳明出生之时，正夜色深沉，薄雾漫空，室内几支红烛高烧，红光直透窗户冲上屋顶，将云雾染红，形成如同菩萨头上的光环，暗夜望见，疑似失火。但是做爷爷的却坚信神人送子，遂将王阳明出生之楼，定名为"瑞云楼"。清朝诗人谢家兰有《瑞云楼》一诗道：

片云飞送半空垂，幢盖飘飘鼓乐吹。
天为象山绵理学，人从龙麓诞灵奇。
春风舜水儒宗席，蛮雨浔江大将旗。
为仰先型楼下望，祥光犹自认迷离。

娃儿生得白白胖胖，眉清目秀，鼻直口方，深得父母疼爱，爷爷更视为心肝宝贝，捧在手里怕掉了，含在嘴里怕化了。可偏偏此儿有个怪毛病，就爱哭闹。哭闹时，手舞足蹈，哭声震天，任侬用什么法子，也哄不停歇，直哭得声音沙哑，汗湿全身，令全家人坐立不安，焦头烂额。做爷爷的看孙子这般啼哭不止，心中烦闷。一日，他索性拿来一壶老酒，一本书，一把盐炒豆，在房里饮酒读书，以解忧愁。他读书有个习惯，一边饮酒，一边摇头晃脑地诵读。说来也怪，娃儿一听到琅琅读书声，倏地不再哭闹，还破涕为笑呢。爷爷见了，奇哉怪也，以为孙儿是偶然止哭，再以读书不出声试之，又哭，再出声，破涕为笑，百试百灵。这下可把爷爷乐坏了，喜得抓耳挠腮，笑逐颜开。从此以后，王家便把爷爷的读书声，当作娃儿止哭的灵丹妙药。

有道是平安光阴容易过。娃儿长到咿呀学语时，爷爷便拎着孙儿四处游逛，以在乡邻前展示孙儿为荣。碰到熟人便道："看我家孙儿，长得多水灵，多招人喜欢。"谁知长到三四岁上，别人家孩子早已会讲会说了，唯独这个宝贝疙瘩，任凭全家人为他求神拜佛，看相测字，或是百般诱导，或是寻觅单方、药石调理，就是不开金口。乡人都道他是个哑巴，可爷爷却不信这邪，经多次试探证实，孙儿只哑不聋，他曾试着问孙儿道，愿不愿像爷爷一般，做个考不出的老童生？他摇头不止。问他日后做什么，农人？他摇头；商人？再摇头；军人？仍摇头；圣人？他就频频点头。这可把老人家乐坏了。虽然孙儿有嘴不说话，爷爷甚觉遗憾，但绝不容他人嘀咕，一听到有人取笑道："啧啧，别人家生儿是一杆枪，侬王家生儿可是一门炮，只可惜了，竟是一门哑炮。"爷爷心里钻心的痛，不过他不甘心被嘲，仍要反讥几句："哼哼，侬这是头发长见识短，鼠目寸光。别以为我王家孙儿眼下不会说话，他是三年不飞，一飞冲天；不鸣则已，一鸣惊人！到时候不惊破侬这颗小胆，算是侥幸了。"

爷爷嘴上这等说，心里也没底，何况自家孙子还有个怪毛病。这怪病他是守口如瓶，从不向外人泄露一星半点。什么怪病呢？这老爷子是一犁耕到头的倔脾气，他认定的事，必定要硬着头皮干到底，虽然于仕途无望，却以读书为乐，每日里苦读不辍。读到精妙处，就不知不觉摇头晃脑起来。孙子常在爷爷身边，爷爷一读出声，他那小嘴巴就吧嗒吧嗒开合起来，喉咙里却没一点声响，爷爷一摇晃，他也跟着摇晃起来，仿佛跟着爷爷一同诵读不已。

一天，爷爷背诵诸葛亮《诫子书》："夫君子之行，静以修身，俭以养德，非淡泊无以明志，非宁静无以致远。夫学须静也，才须学也，非学无以广才，非志无以成学……"读至此，突然忘记了下文，吟哦再三，仍无法续下去，急得他额头淌汗，满面通红。突然，站在一旁的王阳明竟稚声稚气地接道："淫慢则不能励精，险躁则不能治性。年与时驰，意与日去，遂成枯落，多不接世，悲守穷庐，将复何及！"爷爷见孙儿突然开口说话了，还接续了他忘记的下半段文章，惊诧得张开的嘴再也合不拢来，两眼睁得胡桃一般大，还以为是幻听，是在做梦呢！他用手指在大腿上狠狠地拧了一把，痛哪，不是做梦，也并非幻听。粗略一想，也不对哪，娃儿突然会说话，这般事例，世上多得是，道理上也说得过去，何况孙儿一把岁数，早该会说话了。可知晓诸葛亮的《诫子书》，还能接续自己忘却的文章段落，这等不教而会、无师自通，就没法理解了。莫非孙儿真是神人送来的贵人？可转而一想，似这等千古奇闻，见所未见、闻所未闻,可能是巧合也未可知,得再试试。思至此,他又摇头晃脑地朗读起刘禹锡写的《陋室铭》:“山不在高,有仙则名。水不在深,有龙则灵。斯是陋室,惟吾德馨。苔痕上阶绿,草色入帘青。谈笑有鸿儒,往来无白丁。可以调素琴,阅金经。无丝竹之乱耳,无案牍之劳形。”读至此,故意装作抓耳挠腮,想不出来的样子。谁知孙儿又接道:“南阳诸葛庐,西蜀子云亭。孔子云:‘何陋之有?’”这一下,爷爷才相信是真的,一把抱起孙儿,喜极而泣道:“孙儿啊,侬莫不是神仙下凡、圣人再世不成?不光会说话,还无师自通呢!”阳明道:“爷爷,侬错了,孙儿怎会是无师自通的神仙,这两篇文章还是爷爷教的呢。”爷爷一听,丈二和尚摸不着头脑了,道:“爷爷从未教侬学文章啊。”阳明答道:“往常爷爷背诵诗文,孙儿虽口不能言,却入之于耳,记之于心。爷爷背诵过的经史文章,诗词歌赋,孙儿俱已熟记在心,未敢稍忘,爷爷不就是教孙儿的先生?今见爷爷一时忘了下文,孙儿心头一急,不知何故,竟然脱口而出,续了爷爷忘却的下文。”爷爷听了,只觉得喜从天降,高兴得泪如泉涌。阳明道:“爷爷,侬是大人了,还眼泪鼻涕的做甚?”爷爷道:“这叫喜不自禁,侬长大后就知晓了。”

此后爷爷逢人就说道:“我家孙儿果然是三年不飞,一飞冲天;不鸣则已,一鸣惊人!确确实实是神人送来的奇人,是稀世神童!”王家的这桩奇事,很快在乡里传开了。不信邪的,趁无旁人时,背地里让阳明对答,果然能说会道,时人无不称奇道："神了，真是神了，天底下竟有这等奇事，大姑娘坐花轿，平生第一次见到。"从前，阳明迟迟不开口而受乡邻们嘲笑，如今结在全家人心头的疙瘩，也总算解开了。

然而，这个在娘肚子里将亲娘折腾得死去活来的"神童"，偏偏又是个远近出了名的"顽童"。仗着爹娘的宠爱，又受爷爷百般庇护，就无所忌惮、无法无天了。整日召集左邻右舍一群年岁相仿的童儿，登上高处玩"官兵捉强盗"，只见阳明做官，领着一批兵，把扮作强盗的牛仔、虎柱两个童儿捉住，打得头破血流。牛仔哭着回家，牛仔爹娘见自家孩子被打，气鼓鼓地来向郑氏告状。郑氏知道自家孩儿有错，虽然疼爱，在邻居面前不能不做规矩，便出门扭住儿子耳朵将其拎回家，随手拿起青竹棍，发狠道："打煞侬这逆子！"重重地举起，轻轻地打下，来个雷声大雨点小。牛仔爹娘见阳明挨了打，邻居之间抬头不见低头见，也就作罢。

从此，郑氏就不准儿子玩"官兵捉强盗"。阳明就与几个好友寻幽猫、打虎跳、捉蟋蟀、投泥丸，玩得不亦乐乎，倒腾得汗水淋漓、浑身泥浆。郑氏只得替他沐浴、梳洗，并再三规劝，阳明爽朗答应道："娘，侬放心，孩儿以后不玩这些了。"郑氏道："乖儿子，能听话，才是娘的好孩子。"有道是没了卵石有泥巴，孩子们总能想出新的玩意儿。某日，这群小顽皮，坐在土堆上正百无聊赖，又厌树枝上知了"喳喳喳喳"吵得烦，几个小顽皮一商量，索性玩"叠罗汉"，攀住树丫，"捉拿"吵闹不休的知了，有时则爬上屋顶掏鸟窝，屡屡跌得鼻青脸肿。做娘的见儿子受伤流血，心痛哪，就禁止他爬屋顶、攀树枝，说是看到他再上高，就关出家门，不准吃饭。阳明笑嘻嘻地答道："娘，瞧那些捉来的小鸟儿，可怜巴巴的，以后不玩就是了。"谁知一转身，就带着一班童儿，短褂赤脚下到稻田里，兜小鱼、撮田螺、摸泥鳅、钓黄鳝，弄得浑身泥巴，两腿流血。血从何来？原来是被蚂蟥叮的。流血不止，阳明却嬉皮笑脸，一点儿不在乎，还说这些吃的给爷爷下酒，给娘亲尝鲜，郑氏听了只是摇头叹气。百般无奈，寻思再三，唯有讨救兵了，这就去求公爹管束顽皮透顶的儿子。

爷爷见儿媳妇告孙儿的状，起初充耳不闻、懒得理睬。告的次数多了，就答非所问道："阳明娘，我问侬，离这儿不远处有一座小山，叫秘图山，侬可知晓？"郑氏不解道："秘图山？余姚人哪个不知，谁人不晓。名气还不小呢。可是，这与侬做爷爷的教孙儿，风马牛不相及哪。"爷爷道："怎会不相关，关系还大着呢。这位大禹到余姚来治理山水，这条余姚江，就是他的治水功绩。离开时，他将治水图谱秘密藏于这座小山里，以镇姚江永绝水患，故称此山作'秘图山'。禹的父亲叫鲧，用'堵'的办法，治水失败了，禹总结父亲失败原因，改用'疏'的法子，果然成功了。"郑氏道："堵也罢，疏也罢，治水跟教童儿勿搭界。"爷爷道："谁说勿搭界？教孩子与治水同样道理，孩子爱动是其天性，就像这姚江之水，侬堵东边，水就向西流；侬把南边阻住，水就向北边溢。侬能四面八方都堵住吗？治水哪，只能因势利导，用疏的办法，方能见效。侬自个儿想想去吧。”

郑氏没读过书，听了公爹撩天八只脚一番话，呆了半晌，还是丈二和尚摸不着头脑，这不就是给她软钉子碰吗？她不想争论，也争不过公爹，就作罢了。后来再求爷爷管教时，爷爷就一脸不高兴了，赌气道：“侬不让他玩，就把他关起来，关禁闭。”做娘的弄不懂爷爷讲的啥意思，以为爷爷是当真，就照爷爷说的关。只听“喀嚓”一声，将儿子锁在了屋里，不准出门。心想，看侬还怎么玩？

王阳明被关在屋里，难道从此就不到外面闯祸了？只见他眼珠子骨碌碌一转，朝四周一扫，见那小屋甚是老旧，可周围的墙壁甚是坚固，角落里还堆着一些杂七杂八的破烂，大约做过老鼠窝，鼠屎满地，蜘蛛还在上面织满网。阳明闲得发慌，便一屁股坐在地上翻了起来，翻着翻着，突然眼睛一亮，竟让他在杂物堆里翻出一本破书来，掸去灰尘，只见书面上写有书名《安天论》，还写有著书者虞喜的姓名，打开来看，原来是一本残缺不全的手抄本，仍散发出阵阵墨香。

阳明索性读了起来，可书中的许多文字、道理，他看不懂。待等开门时，就悄悄地去问爷爷，才知写此书的虞喜，还是余姚老乡，是东晋时候的天文学家。反正闲来无事，他便翻阅起来：“天高无穷，在上常安不动，日月星辰各自适行”，并按书上介绍的方法，在自家的菜园子里，选晴朗的夜晚，观察空中月儿圆缺，或是皎洁，或是晕昏，星辰在空中排列、移动、增缺、陨落。白天看红日移动，四季风霜雨雪如何替换，还用竹片做了架小风车。阴雨天则看雷电如何生成，风雨如何变幻。郑氏见儿子近来规矩不少，闯祸的事少了，莫名其妙的举动却多了不少，时而侧着头颅，托腮凝思，时而目不转睛，仰望星空，时而伏在墙根，在察看什么。心中疑惑，却又挑不出错处，只得任由他去。

一天，阳明正伏案看书，窗外传来玩伴们的呼叫声，不由得兴致陡起，推窗远眺，只见众顽童结队而去，心中好奇，忘了娘亲的教训，从窗内跳出，撒开双腿尾随而去，原来这些人是去庙堂看老先生教书。只见顽童们都潜伏于窗下，偷看昔日玩伴被先生用戒尺打手心，阳明也一起偷瞧。只见老先生叫一学童起立，道："把《三字经》背诵给我听。"学童背诵道："人之初，性本善，性相近，习相远，苟、苟、苟……"苟不下去了，老先生喝令道："把手伸出来！"学童缓缓伸出手，"啪"的一声，吃了老先生一戒尺。然后，老先生叫后面的人挨个背诵，背不下的便吃戒尺。挨打的学生皱紧眉头咬紧牙，不敢喊痛。阳明心有不忍，忍不住隔窗背诵道："苟不教，性乃迁，教之道，贵以专。"背至此，只听老先生在内训斥道："谁在窗外捣乱？都进来！老夫倒要瞧瞧，谁这么大胆。"

阳明不敢违逆，只得随众童来到教室。老先生道："刚才谁在背诵？"阳明道："是学生王守仁，请先生教训。"先生见阳明生得眉清目秀，神情镇定，便高看了一眼，有心要试试这学生究竟有才无才。便道："侬可曾上学？"阳明道："不曾。"先生又问："可读过《三字经》？"阳明道："读过。"先生又道："侬可知这《三字经》谁人所写？"阳明不假思索道："是学生本家先贤所作，怎会不知。"先生一听，心中"咯噔"一下，咦，这位《三字经》作者王应麟怎成这童儿本家了？转而一想，宋元明中间虽相隔数百年，然两人毕竟都姓王，称"本家"亦无不当。便有意要难他一难，瞪眼道："侬既说怎会不知，如不能将侬这'本家'详尽道来，吃老夫一戒尺。"阳明从容道："《三字经》写作者，姓王名应麟，字伯厚，鄞县人，生于南宋，是一位博学多才、忠肝义胆的大忠臣。他一生写过《困学纪闻》《玉海》《玉堂类稿》等作品六百多卷呢。"

老先生整日教几个童儿读书，枯燥乏味，正想找点乐子，便又道："哦，不错。侬的本家确是一位大学问家。那么，侬将来能比他强吗？"阳明道："古人说过，长江后浪推前浪，一代更比一代强。不比前辈强，这天下还会有希望吗？"老先生听了，甚是惊诧，这童儿不简单哪，不光对答如流，且充满自信，不知是盲目还是真有才，且待老夫再考他一考，便道："哎哟，说得好，有出息。不过守仁哪，侬本家写的这篇《三字经》，先生我有不少地方还是一知半解，侬一定比我了解得多，可愿意为先生解疑释惑？"阳明道："学生惭愧，解疑释惑不敢当。先生请讲，学生知无不言。"先生道："《三字经》第一句说'人之初'，自然是指刚出生之人，那么最初之人，又是何人？对世人有何功绩？侬能说出一二，老夫认输，自罚三戒尺。”阳明能否为老先生解疑释惑，令先生认输自罚？欲知后情，且看下回分解。

《第2回》

测洪涝折服老农心　释疑窦童儿当判官

上回说道，阳明若能解疑释惑，老先生愿认输自罚。阳明鞠躬道："一言为定。学生孤陋寡闻，若有哪里说得不妥当，请先生多多包涵。自盘古开天辟地，历经女娲造人，有巢氏教民巢居，燧人氏聚民取火而用，伏羲氏画八卦替民决疑，仓颉穷天地万物之变化而造字，削竹为简，以代结绳，神农氏开辟土地耕种，民赖以食，尝百草，撰内经，救民病苦……"刚说至此，先生已惊得目瞪口呆，连声道："不必再说下去了，老夫已知侬才学非凡，认输该罚，愿打三戒尺。"说罢，不及阳明反应，"啪啪啪"三戒尺打于手心，学童们高声道："先生认输了，先生受罚了！"一哄而散。

阳明随众童儿回家，见娘亲耕种未归，对童伴道："日后若有趣事，前来告知。"童伴道："侬娘亲要打骂侬，奈何？"阳明笑道："怕什么，打是喜，骂是爱。我自有明守栈道、暗度陈仓的法子应付。"一日，爷爷起早出门，肩扛锄头去种田，见阳明伏在墙旮旯里不知在做甚，不禁好奇问道："阳明，大清早的，伏在地上做什么？是逗蚂蚁搬家，还是看蚯蚓打洞？”阳明答道：“爷爷，我是看墙基是潮还是干呢。”爷爷道：“嗨嗨，阳明哪，墙基是潮是干，有甚看头，与侬有什么关系？侬这是鸭子担心燕子找不到虫子，管得太宽了吧。”阳明道：“爷爷，关系大着呢。农民出门种田，须知阴晴风雨。旅人远行，也须知风霜雨雪四季变化，晴雨寒暖，带上雨具衣服。本地一位叫虞喜的先贤，他在《安天论》中写道，‘月晕而风，础润而雨’。古人还说过，‘天地阴阳之气，一偏必极，势极必反。阳亢而不下阴则旱；阳极必生阴，故久而雨。阴阳和合而留，故淫。’孙儿想知道这天气有什么变化，故须仔细观察。”爷爷听了，会心地点头道：“哦，哦，侬读的那本乱七八糟的旧书上，竟有这许多深奥道理？稚子可教也，有出息！有出息！”说到这里，他觉得孙子的话还得验证一番，问道：“孙儿哪，侬嘴上说得头头是道，那么今日天气是晴是雨？”阳明迟疑片刻，道：“今日天气嘛，半日晴朗半日云，几声闷雷雨却无。”爷爷道：“好，爷爷边种田边看天，看侬说得准不准。”说着，顾自种田去了。

这一年是大旱之年。草木半枯，田地龟裂，水田里的黄鳝、泥鳅、青蛙都快晒成干了。余姚地方，夹山衔海，靠大禹治水之功，幸有姚江水可以灌溉，田里稻禾绿油油的，呈现一片丰收景象。这一日早上，阳明看了几页书，觉得乏味，就上得楼来，窗户一推开，就有一阵东南风吹来，滚烫滚烫的，放眼望去，烈日下，只见满天似云非云似雾非雾的热气浮现在眼前，令人憋闷。散落于田塍水沟旁的苦楝树、杨柳树，枝枝叶叶无精打采地低垂着。倒是那条姚江，仍展现出鲜龙活跳的风貌，碧玉带似的，西来东去一路蜿蜒，江面上凫鸥浮沉，两岸稻田如同黄金铺展，一眼望不到边际，而散落于田地里的农人，正在挥汗耕作。

阳明望着望着，突然像被蛇咬了一口，蹦得老高，说声“不好！”转身奔下楼去。刚出家门，迎头和从田头回来的爷爷撞个满怀。只见爷爷摘下草帽，一身泥渍，汗水把衣衫都湿透了。阳明连声道：“爷爷，不好了，不好了。”爷爷问道：“侬这小冒失，火烧火燎的，什么不好了，快说来听听。”阳明道：“昨晚孙儿仰观天象明晦，遥看风云变化，俯察墙基潮湿，蚂蚁搬家，泥鳅打滚，还翻看本地气候谚语、习俗，就知晓余姚四周好大一片地方，两日以后将要连下一旬大雨，早起时忘了告诉爷爷。大雨过后，江河泛滥，田地水淹，农民辛苦一年，田里的稻谷将颗粒无收。爷爷赶紧割稻哪。”

爷爷一听，抚须大笑，寻思自己自小种田，熟知四时八节、天气变化，何时播种、何时谷熟、何时收割一清二楚，还用侬乳臭未干的孙儿来教？这岂非瞎子教亮子如何走路？遂道：“阳明，侬昨晚尿床了吧？”阳明答道：“不曾尿床呀！”爷爷又道：“那一定是做噩梦了？”阳明答道：“也不曾做噩梦呀。”爷爷道：“既不曾尿床，又不曾做噩梦，大白天的，就满口胡话。侬勿是风姨雨神，也勿是龙王爷，小小年纪，怎知天高地厚？凭旧书本里片纸只字，就说两日后要发大水，不是梦话又是什么？”阳明道：“爷爷，关于下雨刮风，天晴天雨，虞喜在《安天论》一书里有详细记载，孙儿也研究过天象，观察过风云变化，确实有连旬大雨要落下来。您不如先按我说的做，若有损失，就当给孙儿付学费、买炊饼了。”

爷爷听了暗自思量，自家这个孙子，是神人送来的贵子，天赋异禀，他前些日子曾预测过当日天气，自己也验证过，说得准极了。这回说不定也对，只是这样大的事儿，就像大姑娘坐花轿——平生第一回，一时难以决断。他沉吟片刻道：“孙儿呀，爷爷今年种的稻子，要等五日后才能成熟，眼下急吼吼去收割，休说损失不少，乡邻们闻知，还会讥笑爷爷是老糊涂，岂不让人家笑掉大牙？”阳明道：“爷爷，古人说过，两害权衡取其轻，眼下收割虽有一些损失，总比被洪水浸泡后颗粒无收强多了。”爷爷听了，思量道：“对啊，若果如孙儿所言，收割已是火烧眉毛。倘若他所说不准，损失也不大，就当给孙儿买一个教训，对他将来做人处事大有裨益，值，值了。”便爽快答应道：“好啊，爷爷忍痛割稻，这事就听孙儿的，今朝就割去。”

谁知两人在院子里的一对一答，刚好被郑氏听到，便上前阻止道：“爹，休要听侬孙子胡说八道。刮风下雨，是老天爷、老龙王管的事。侬孙儿勿是神仙，他怎会知晓要落大雨，要发大水？侬看头顶上，万里无云，红猛太阳晒开头，连风也不知躲到哪里去了，纵然有通天棍可通天，也不会有一滴雨落下来。眼看即将成熟的稻子无端割青，隔壁邻舍以为是发热昏呢。休听侬孙子胡说。”爷爷平时总是偏疼孙儿，今朝这事儿虽然吃不准，还是一犁耕到头，反而抢白道：“我看侬才是发热昏呢。侬怎知我家孙儿做不得龙王爷，做不得神仙？侬怎知勿会落大雨，勿会发大水？嗨嗨，侬还是先管好洗衣煮饭吧，这事儿我听孙儿的。”说着气鼓鼓地割稻去了。

这时，牛仔爹娘肩扛锄头刚从门前经过，阳明上前招呼道：“牛叔，两日后要落大雨发大水了，赶紧去割稻子吧。”夫妻俩听了，讥笑道：“嘀嘀，好侬个蛋壳里才钻出来，毛羽还未干的小娃子，竟懂得什么刮风落雨的大事？大牙都要笑落了。不会是黄鼠狼给鸡拜年，没安好心吧？哦，明白了，上次我家仔儿被侬欺侮，告诉侬娘，侬被侬娘打屁股，心里有怨气，今儿个就七骗八拐编个歪主意引我们上当，疯子才会相信哩。”边说边头也不回地走了。阳明在后面大喊道：“牛叔，守仁勿会骗侬，再不收割就来不及了！”牛仔爹娘怎会听得进去？阳明一寻思，后屋有位孤老婆婆，种有一亩稻田，若被大水冲走，岂不是要挨饿了？他转身就去告诉她了。那位婆婆倒是相信阳明之言，说是明日就找人帮忙割稻。其他邻舍阳明无胆相告，怕误了人家。

无声无息的两天过去了，第三日雄鸡一啼，爷爷和郑氏都惦记着今日天气，不约而同都早早起了床，房门一打开，只见自家菜园子里站着小小一个人，原来是阳明又在观察天气。

此时东方旭日渐渐升出海面，射出万道霞光，把云彩染得红彤彤的，整个天空如敷了胭脂，丝毫无下雨之兆。爷爷上前悄声劝慰道："孙儿哪，休要气馁，要明白一个道理，做成一件大事，哪有这么容易的？便百次千次失败也不为过。今次不准，多看几次就准了，终究会成功的。"阳明一听，两行眼泪"哗"地流了下来，嗫嚅道："爷爷，对不起，是孙儿太冒失了，胡乱试验，害家里损失了稻谷。"郑氏道："我就说过嘛，小孩子的戏话，岂能当真？俗话说得好，'瞎子放个屁，亮子奔勿迟'。早稻收成减了勿少，这下子，今年全家人都等着挨饿吧。"爷爷自知理亏，也不争辩，悄声嘟哝道："妇人之见。哼，燕雀安知鸿鹄之志。"顾自离去。

同样关心今日天气的还有牛仔爹娘，牛仔爹在院子里磨镰刀，准备明日去割稻，牛仔娘在梳头。牛仔爹道："仔儿娘，侬看今日红猛日头，怕是要晒蜕三层头皮哩。亏得那天没听王家儿子胡说，不然，损失可大了。"牛仔娘答道："我就知道他是花眼蛇打喷嚏——话里有毒，上当才怪呢。"话音未落，突然半空里窜下无数条闪电，把湛蓝蓝的天空划得支离破碎，紧接着"轰隆隆！轰隆隆！"从高空接连劈下一串霹雳，震得地动山摇。转眼间，从西北方向传来一阵阵鬼哭狼嚎般的呼啸声，狂风大作，漫天乌云汹涌奔腾而来，大有黑云压城城欲摧之势，片刻间把日头遮得严严实实，如同覆下一顶墨黑幔帐，天地间一片昏暗。待有半晌，就听得一阵哗哗声，瓢泼一般暴雨，如银河翻转，从天而降，自晨至晚，再不停歇，一连下了七日七夜，直落得江河泛滥，田地一片汪洋。散落于旷野中的民居，如浴凫浮鸥，时不时被冲得支离破碎，轰隆倒塌，随水漂去。落水农人纷纷爬上屋顶避难。只见那洪水：

浊浪排空，浮山填壑。天蒙蒙鱼戏树杪，浪层层轰雷喷雪。遥看潮头奔万马，近听人畜动地哭。百里萧疏炊烟稀，莫非银河半天落？

突然遭遇天灾，亦是无可奈何。水灾过后，修葺破屋，清除积水，收拾剩存食物，还得在故土生活。乡人见王家提前割稻归仓，受灾最轻，以为是凑巧。但牛仔爹娘心中明白，逢人就说，悔不听阳明忠告，以致稻子颗粒无收。爷爷闻听，好不得意，捏着根旱烟管“吧嗒吧嗒”抽着，在乡里招摇，如同母鸡下蛋呱呱叫，生怕别人不知道。郑氏这会儿才相信儿子所言不虚。心下赞许，嘴上却不夸奖，怕儿子沾沾自喜，有碍日后求学进取，外出闯祸。故意将有作无，就当没发生过这事。渐渐地，大家就淡忘了。阳明也把这事丢到爪哇国去了。可他毕竟是小孩，玩性难改，整日关在屋里，实在难熬，见娘亲去地头耕作，便一溜烟似的跑出门，约同伴疯玩去了。郑氏一回家，见儿子不在家，就出去找，一找到就叫回来，“咔嚓”一声关门落锁，阳明只能干瞪眼。自己不能玩，就看别人玩，推开窗，玩伴们玩得正开心，阳明眼珠子转了几转，便想出招来了。娘不是怕他到外面闯祸吗？就约小伙伴到家里来玩，不就用不着担心了？次日，他就招呼一群童儿来到家里，取出父亲的象棋下起来。这一下就更糟了，不论晴天下雨，白天黑夜，顽童们整日大呼小叫，吵闹不息，做娘的好说歹说让他们安静些，就是听不进去，甚至爷爷也做起了老顽童，挤在童儿们中间指指点点，在一旁督战，郑氏唯有摇头，叹息不迭。

待丈夫王华一回家来，郑氏满肚子苦水再也憋不住了，赌气道："相公，爷孙俩整日价窝在家里，与一群顽童楚河汉界、战火纷飞，家里屋顶快要给冲破了。"王华不解道："好端端的，什么战火纷飞？"郑氏道："这也勿懂，象棋呗！爹喜欢，侬喜欢，生个儿子也喜欢，有种出种。侬也该管教管教了，总不能让他一直野着性子。"王华一听，妻子这张状纸里还牵涉父亲，做儿子的敢管吗？眼珠一转，甩锅为上，答道："贤妻理该明白，拙夫我多在外少在家，儿子嘛，就该侬做娘的管教才是。"郑氏在爷爷处碰了软钉子，不敢顶撞，见丈夫也给她吃闭门羹，一肚子气恼就喷出来了，嘟嘴道："相公，为妻的话，侬可以勿听，王家祖宗的话，侬遵不遵？侬是读书人，我就照书上说的，与侬评评理。《三字经》上说'子不教，父之过'，可没说母之错呢，孩子将来若变得忤逆，侬做爹的脱不了干系。"王华一听，像挨了一闷棍。贤妻说得有理，那就教呗。回头就把阳明叫到跟前，吹胡子瞪眼道："侬不听娘亲教训，整日顽皮，成何体统？古人云‘人生几何，年不满百；天地逆旅，光阴过客；苦不自觉，恣情取乐；乐极悲来，秋风木落’。从今以后，勿可再胡作非为。”阳明在父亲跟前不敢犟头倔脑，只得诺诺而退。可是一转眼，仍是老牛走老路，照旧。一日归家，王华见儿子把他的话当耳边风，倏地上前抓过棋盘，一甩手，只听得“呼啦啦”一声响，那些个将士象车马炮全都落在河里徒劳挣扎！小伙伴们知情不妙，一哄而散了。阳明从没见父亲这般恼怒，吓得魂不附体，眼巴巴看着棋子随着流水冲刷而去，呆愣良久，抹了几把眼泪。他见父亲离去，才慢慢走到桌边，磨了浓墨，沉思片刻，提起笔来，在纸上龙飞凤舞地写了一首诗：

象棋终日乐悠悠，苦被严亲一旦丢。
兵卒坠河皆不救，将军溺水一齐休。
马行千里随波去，象入三川逐浪游。
炮声一响天地震，忽然惊起卧龙愁。

这样那样玩哪个都不准，还要挨训受骂，阳明觉得浑身不自在。趁父亲不在时就问娘亲道：“娘，侬不让孩儿玩这些，也成。总不能叫孩儿像泥菩萨那样坐着不动吧？侬让孩儿玩什么才能不责备呢？”郑氏听了，呆有半晌，寻思道：是啊，让孩子玩啥呢？读书？他是曾经念过几本书呢，可那都是跟爷爷念的，压根没摸过这些书。家里几本破旧书，颠来倒去都被读烂了，请人教他读书吧，家里穷，请不起先生，总不至于叫他去插秧种田吧？摇头叹道："唉，儿啊，娘不识字，是个青盲瞎，也说不明白，问侬爹去吧。"爹多在外少在家，且甚是严肃，阳明有些害怕，哪里敢问？其实，儿童爱玩，乃是天性。青春年少精力旺盛，须在玩中锻炼筋骨，在玩中增长知识。如同破土而出的竹子，如何压得住它长高？童儿天生生机蓬勃，充满活力，总得让他有所宣泄，如同治水，鲧用堵法治水失败，禹用疏法治水成功，新陈代谢，才能生生不息。不少做父母的忘了自己年少时的感受，表面看似乎关爱子女，实则闭塞其勃勃生机。

阳明被关在家里，只能远远地看小伙伴们在大树下跳绳、踢毽子、做泥球玩乐。突然传来一阵嘈杂声，正在玩耍的小伙伴们一声呼哨，都向王家祠堂奔跑而去。阳明一见，脚底又痒了，见娘亲不在，赶紧从窗口跳出，一溜烟似的跟了出去，杂在人堆里去看热闹。只见祠堂里，族长太公坐在太师椅上，胡须雪白，一脸严肃，两侧挤满同村老老小小。前村阿二老婆在大声说话，说是后屋阿牛偷了她一只盛棉花的麻袋，袋内还装有三十铜钿呢。阿牛则拿着麻袋大声叫屈，说布袋明明是自家装芝麻的，是阿二老婆与他素来不和，故意诬害他。双方各执己见，争得面红耳赤，不肯罢休。

族长太公听罢两家诉说，咳嗽一声，皱眉道："这等鸡毛蒜皮的小事，谁能断得清楚？俱是王氏后人，隔壁邻舍，就该息事宁人，大事化小小事化了才是呀。唉，既然告到这里来了，老夫就秉公而断，侬两家愿是不愿？”两家都说“愿意”。族长太公道：“既然爹说爹有理，娘说娘有理，到底谁有理？老夫看来，即便请开封府包大人来，恐怕也断不清。既然断不清，就谈不上有理无理，吃亏便宜。这样吧，麻袋剪开，一家一半，三十铜钿，不赔不得，就当一风吹了。”听罢判断，两家一齐叫起屈来，族长太公也没了主意，抓耳挠腮，左右为难。

人群鸦雀无声，僵持片刻，突然有人稚声稚气地道：“老爷爷，这事不难断清。”众人回头一看，原来是不知天高地厚的王家顽童在发话。族长太公道：“哎哟，侬这童儿，人像蛳螺，闲话介多。连老夫也无能为力的公案，侬竟敢说不难？癞蛤蟆打哈哈，好大口气！莫非侬是阎王殿里的判官不成？”阳明道：“老爷爷，侬让我当一回判官试试看，是清官，侬赏一把盐炒豆，若是昏官，撤职查办。”族长道：“也罢，老夫就让侬当一回判官。跟大家说说，怎么才能断清这事？”阳明正要从人堆里向前挤，突然衣袖被人拉住，回头一看，原来是娘亲！郑氏悄声道：“侬这孩子，口出狂言，真不知天高地厚，谁要侬去做出头椽子？还不快回家去，当心侬爹打侬屁股。”阳明道：“娘，待孩儿做完这事，立马回家。”说着就挤上前去，对族长太公道：“老爷爷，这麻袋最清楚自己是谁家的，让它来回答，不就真相大白了。”众人一听，“哇哟”一阵哄笑道：“还以为有什么神机妙算，原来是全无屁用的胡说八道。”族长太公也生气道：“侬这娃子，哪里见过麻袋能开口作答？老夫念侬年幼无知，也不打也不骂，回去回去，回去多读点书！”阳明道：“老爷爷，麻袋是能开口的。它若抗拒作答，是对主人不忠，老爷爷就该打它的屁股。喏，只要老爷爷仍认守仁是判官，守仁就打它十竹片，它必定招供。”众人又一阵哄笑道：“嗬嗬，王家果然出了位神童，竟会晓得麻袋长屁股，长见识了！千古奇闻，千古奇闻哪。”

族长太公听了，又好气又好笑，近来身子骨腰酸背痛，昏昏沉沉，整日眉头紧蹙，高兴不起来。听了阳明的话，他开心大笑，身子骨仿佛舒坦了不少，大约一时童心未泯，微笑道：“好呀，麻袋的屁股，老夫就让侬这位判官老爷来打，可好？”阳明答应一声，上前取过阿牛手中麻袋，平铺于桌上，边打边说道：“侬这不忠不义的畜生，看侬招供不招供！”一上一下用竹片狠打了十下，打罢，提起麻袋，底在上，口朝下，抖了抖，道：“老爷爷，它招供了，说自己是阿牛家的。”众人笑道：“王家小子，侬还在做梦吧？大白天胡言乱语。我等都未曾听到什么麻袋招供哪。”阳明笑道：“你们来看，麻袋的供词在桌上呢。”众人上前一看，只见桌上散落着无数芝麻，这才恍然大悟。阿二老婆在真相面前，只得乖乖承认敲诈阿牛的事实，甘愿认罚。

族长太公见真相大白，“赏”字正要出口，只听有人高声道：“王家小哥真够乖的，替老婆子再当回判官老爷吧，老婆子求观音菩萨为侬添福加寿。前些日子老婆子我丢了一只大公鸡，公鸡会报晓，老婆子付出多少心血才养大，不知被哪个贼骨头偷去了，难过得哭了几夜。相烦小哥，侬也帮忙审一审。”

王阳明回头一看，原来是后村的孤老婆婆，孤苦伶仃，无人照拂的。又见她眼泪汪汪，甚是可怜，沉吟半晌，问道："婆婆，休要伤心，慢慢说，侬家大公鸡长啥样，是啥颜色？"婆婆道："喔，是墨墨黑的黑公鸡，长得可壮实着呢。"阳明听了，眼珠子滴溜溜一转，沉思片时，回头对平常一起踢毽子的小玩伴们道："阿狗、阿毛、囡宝、小珍珠、大胖子，请将你们的毽子让我瞧瞧，可有大公鸡耍赖，躲在里面。"小玩伴们"轰"地大声笑道："阳明哥，勿要乱话三千，小小毽子，怎么藏得下大公鸡？"阳明笑道："这只大公鸡是神鸡，藏得下，藏得下。"小玩伴们又道："没听说过，照侬这么说，侬可以躲进侬娘肚子里去了？给侬看也罢，若找不出公鸡，磕三个响头！"阳明道："孙大圣能钻进铁扇公主肚子里，神鸡说不定也有这能耐。行，找不到公鸡，就罚三个响头。"玩伴们都把毽子交给阳明，阳明一一看过，将插有黑鸡毛的毽子挑出，问玩伴们，这些黑毛从何而来，玩伴都回答说是阿狗老酒包家门前拾来的。

阳明对族长太公道："老爷爷，侬派人去把阿狗找来，追问一下就清楚了。"族长太公允了，立时把阿狗传来。阿狗见物证在前，只得招认。原来那一日酒瘾上来，有酒没菜，见孤老婆婆家的黑公鸡在近前觅食，便顺手牵羊，宰了做成下酒菜。转眼之间，两件疑案被小娃子轻描淡写给破了，乐得族长太公哈哈大笑道："哇啊，没想到王家娃子这么有才智，老夫我可长见识了。"

话音未落，又有人在大喊“冤枉！”众人回头一看，只见马癞子挑着一担蚕豆尖，口中不住叫屈，麻老汉则拉住担绳，急吼吼赶来，要求族长太公评理。走到近前，两人开始细诉原委。原来，麻老汉今早发觉自己地里种的蚕豆尖昨夜被人偷摘一空，他原打算摘下卖了，给外孙女添件衣衫。麻老汉不甘心被偷，四处查找，发现马癞子昨日曾卖过一担蚕豆尖，今晨又担了一担蚕豆尖在市场上出售，经辨认，是偷摘他家地里的。马癞子则说，这担蚕豆尖摘自自家地里，是麻老汉空口白牙诬陷他，还要麻老汉赔礼道歉。

族长太公听罢二人诉说，半晌说不出话来，侧着头问道：“侬俩人，公说公有理，婆说婆有理，把难题推给老夫，老夫又不是包龙图，怎么断得清谁有理谁无理！”二人叫屈道：“侬老人家见多识广，处事公正，侬断不清，就没人断得清了。”族长太公点头道：“这话倒是说对了。侬二人想想，家家户户都种有同样的豆子，每日有人摘，也有人卖，豆子上又没刻字写着是谁家的，东家豆子、西家豆子摘来，混滚倒浆一煮，谁分得清哪些是东家豆子、哪些是西家豆子？除非把阎王殿判官老爷请来，才断得清这桩公案。”围着看热闹的顽童们听了，起哄道：“老爷爷，阎王殿判官老爷不就在眼前，再叫他断一断，断得明白，赏两把盐炒豆。”族长太公一拍脑袋道：“哎哟，老夫老糊涂了，有现成的判官老爷在呢。王家童儿，来来来，这件事再由侬来断，若能断得清，就是‘连中三元’，侬家要出状元公哉，老夫有重赏呢。”

阳明听了，也是初生牛犊不怕虎，说道：“也罢。我得先听听豆子喊没喊冤呢。”众人听了又一阵大笑，有人逗笑道：“余姚是出圣人的地方，难怪豆子也会成精，还会喊冤呢！”又有人道：“并非豆子成精，怕是王家要出圣人了。有能耐的站出来，看谁能听得懂豆子喊冤叫屈？”阳明不理会众人议论纷纷，走上前去，将两大箩蚕豆尖扒弄一番，对族长道：“老爷爷，是有众多豆子在喊冤，还哭得挺凶呢。”族长太公吃惊道：“真有豆子喊冤？快说，喊的啥冤？”阳明道：“老爷爷，我问过喊冤的豆子，他们说侬老人家清正廉明，要请侬审问。”族长太公听了，捋捋腮下白胡子，为难道：“豆子们说老夫清正廉明，老夫听了是哑子吃蜜糖，甜在心里。只是这件公案，老夫是实心竹管吹火，一窍不通，怎么审问？不如侬再替老夫劳个力，问它有什么冤屈。这叫作阎王托判官办案，顺理成章。侬来问，侬来问。”阳明道：“豆子们说，这满肚子冤屈，马癞子叔叔全都知晓。”族长太公道：“那就由侬问马癞子。”

阳明说声“遵命”，也就当仁不让，当众问道：“马癞子叔叔，侬的这担蚕豆尖，可是自家地里种的，昨日午后亲手摘的？”马癞子道：“真是呀。为摘这担豆，能卖好价钿，我可是千辛万苦、千挑万拣，累得汗流浃背，腰酸背痛，真是太辛苦了。”阳明又道：“谁都知晓，种豆，卖豆，要摘能吃的豆。马癞子叔叔，侬有见到过，有谁千挑万拣、千辛万苦去摘些细小又未成熟，有壳却无肉的豆子吗？这种豆挑到市场上会有人买吗？”马癞子道：“天下哪有这种人，除非呆子、傻子、疯子，才会干这等蠢事，除非呆子、傻子、疯子，才会买不能吃的豆子。”阳明道：“马癞子叔叔说得太对了，不愧是行家里手。那就让大伙来听听喊冤的豆子是怎么说的。”

阳明说着，将两大箩蚕豆尖推倒在地，道：“辛苦各位了，请把不能食用的豆子挑出来。”众人呼啦一下都围了上来，顽童们更来劲，七手八脚挑拣，转眼间就将豆子分成两堆，分别放进箩里，那些还不能食用的豆子，加上枯枝烂叶一箩筐还装不下。阳明又道：“有谁会千辛万苦种，又千挑万拣去摘些不能食用的豆子、拣些枯枝烂叶去卖？这就是豆子喊冤的原因。”话音刚落，众人脱口而出道：“哎哟哟，明白了，明白了。原来是马癞子偷麻老汉的，偷时把子子孙孙豆都摘来了，那豆子能不喊冤吗。”马癞子在事实面前半晌说不出话来，只得结结巴巴地承认，豆子确实是偷自麻老汉家的。

族长太公见阳明仅几个时辰就一连断清了三桩公案，抹了抹昏花老眼，捋了捋雪白胡子，赞叹道：“长江后浪推前浪，一代更比一代强哪，后生可畏，后生可畏呀！有赏，老夫有重赏！”话音刚落，就有人接过话茬：“族长太公，不用赏，不用赏。我家孙子做得好，我做爷爷的，老脸上也有光彩，老汉这就赏孙子两把盐炒豆。”原来接话的是阳明爷爷，只见他从衣袋摸出两把盐炒豆，放进阳明口袋里，爷孙俩高高兴兴地离开了。

从此，爷爷放话，阳明可以随意玩耍 。

爷爷能有这么个孙子不知有多得意，可阳明的娘亲郑氏夫人，心里悬着的一块石头，却是越发沉重了。爷爷疼孙子，别指望他能管教孙子，丈夫在外没法管，自己又不会管，将来儿子保不定要闯大祸。她思来想去，没办法，只有请求菩萨。郑氏拣了个好日子，让阳明跟她去龙泉寺烧香，顺便做一场水陆道场，请菩萨管束儿子，别在外任性惹祸。当下，阳明拎着拜佛用的香篮，随母同往。其时正值初秋，远远见那龙泉寺，坐落于龙泉山麓南坡。龙泉山屹立于阡陌纵横的绿洲，岩石嶙峋，山色秀丽，西有姚江曲折奔流，东有楼宇鳞次栉比，树木葱茏，殿阁巍然，隐约于云雾飘浮之中，仿佛人间仙境。唐代著名诗人方干，曾登临龙山，写有《登龙山绝顶》一诗：

未明先见海底日，良久远鸡方报晨。
古树含风常带雨，寒岩四月始知春。
中天气爽星河近，下界时丰雷雨均。
前后登临思不尽，年年改换来往人。

阳明随娘进了龙泉寺，登上大佛殿平台，向四周眺望，只见眼前乱云飞渡，漫天烟雨迷茫，佛寺四周绿环抱，台前水池清见底，钟声悠然远，鸟鸣深林静，不由得触动诗兴，当即随口吟道：

冒雨来登寺上台，宿雾未收菊未开。

有心邀请神仙语，浮云散尽见蓬莱。

龙泉寺方丈惠明大师，听小和尚来报，那个一开口就能背诵文章的童儿王阳明将随娘亲来烧香拜佛。大师心下嘀咕：到底是何方神圣，这等聪慧，老衲须见识见识。故一早就候在山门外。太阳才升至半竿，大师见石径上来了一位中年妇人，身边跟着个童儿，心知这童儿定是王阳明无疑。只见童儿生得天庭饱满，眉清目秀，鼻直口方，身材修长，头上扎着三根小辫子，不住地摇晃，甚是讨人喜欢，便有心要考一考他，看他是否真如传说中那么神乎其神。

郑氏来到山门前，说明来意。大师吩咐小僧领郑氏先去净室安顿后，再到大殿来拜佛。自己则带着阳明来到偏殿，道："童儿，侬可知道龙泉寺拜佛的规矩？"阳明道："什么规矩？不曾听说过。"大师道："今朝就让侬见识见识。要先对完课，方准许拜佛。"阳明道："对课可以。若是对出了，大师父可有奖赏？"大师笑道："有，有呀。奖赏任由侬挑选，若是对不出，须吃老衲三棒槌。"阳明道："这有什么不可以的，请大师父出题来。"大师随口出一题道："轰字三个车，余斗字成斜，车车车，远上寒山石径斜。"王阳明眼睛滴溜溜一转，张口就对道："品字三个口，水酉字成酒，口口口，诗人自来爱贪酒。"大师点点头，又出一题道："三尊佛像，坐象坐虎坐莲花。"阳明又答道：

"一位大师，念经念佛念弥陀。"大师听罢，笑逐颜开道："哇呀，小小年纪，出口成章，有赏，有赏。喏，侬是要赏文，还是赏武呢？"阳明见问，始定睛看了大师父一眼，见老和尚生得：

双眉如雪，目若朗星。红通通脸儿生光，气昂昂越显得和善端庄，八面威光，一袭袈裟披在身，哎哟哟，定然是阿罗汉降临凡尘。

阳明见大师生得这等慈眉善目，精神矍铄，心中又喜又敬又慕，遂问道："大师父，文的怎讲，武的又怎讲？"大师道："文的赏侬阅览天下奇书，武的赏侬舞弄十八般兵器。"阳明听了，沉思半晌，摇头道："大师父之言，差矣。大丈夫处世，理该顶天立地，能文能武。文须修身养德，兼而教化世人，武须安邦定国，立志造福黎民，做一番惊天动地的大事业。故大师父之赏，怎可偏废？理该文武兼赏才对。"大师一听，暗地惊诧道，好个童儿，一个赏字，竟能说出一通大道理，字字铿锵，果然不同凡响，心里已存下六分喜欢。他遂笑答道："说得有理！老衲这就文武兼赏，如何？"阳明连忙答道："多谢大师父恩赐。"

惠明大师当即领阳明到一座清净楼阁，门楣写有"藏经阁"三字，循着楼梯上去，弯弯曲曲来到一房间前，推开两扇漆黑大门，里面摆放着一排排金漆黄亮的大橱，大橱内则是一沓沓摆放整齐的书籍。王阳明见了惊喜道："哇啊！这么多书！

这回可饱读矣!”走上前，忙不迭一册册看过去，只见有《阿弥陀佛经》《金刚经》《大悲咒》等佛经，也有曾经听说过也偶尔读过的四书五经、诸子百家，更有《孙子兵法》《孟德全书》《行兵布阵七十法》等只闻其名却未曾读过的奇书，这回阳明如同小青蛙跳进胶漆桶，身子与眼睛都被粘住了，喜得抓耳挠腮，急欲一睹为快。

惠明大师见阳明手舞足蹈，似已看透他的心思，道:“童儿，心急吃不了热豆腐。且待看过兵器，改日再来看书不迟。”阳明只得恋恋不舍地跟随老方丈出了藏经阁，下得楼来，穿过几座佛殿，来到兵器库。库房设在天王殿平台右角，木架上排列着刀枪剑斧等十八般兵器，无不寒光逼人。惠明大师道:“童儿，挑侬喜欢的兵器试来，让老衲看看。”阳明也不推辞，走上前去，挑了一柄大刀，来到平台上一试，因人矮刀长，只舞了一小会儿，便气喘吁吁，汗流浃背，再也舞不动了。老方丈接过阳明手中大刀，摆开马步，舞动起来，只听得呼呼风声，仿佛有千条银蛇乱窜，万缕寒光裹身。阳明禁不住大声叫好。

阳明嘴上喊好，心里头却打起了小算盘，寻思自己家境贫寒，靠父亲微薄报酬艰难度日，怎请得起教书先生?爷爷纵然念书不少，可是他念的书都是借来的，念完就得归还了，真正的书本自己还不曾摸过呢。今见龙泉寺内不仅有奇书满屋，还有十八般兵器，更有大师父学识广博、武艺超群，若能拜他为师，读书练武，这比下象棋、打虎跳、斗蟋蟀、掏鸟窝有趣多了。想到此，他眼珠子滴溜溜转了几转，顿时有了主意，不由分说，扑通跪倒在平台上，朗声道："师父在上，请受徒儿叩拜。"说罢，磕头如捣蒜。惠明大师收起大刀，童儿出其不意的举动把他给惊着了。停了有半晌，大师哈哈大笑道："好侬个调皮的顽童，快起来，别把寺里的青石板磕碎了。老衲何曾答应过要做侬师父？"阳明依旧跪着道："刚才师父已将刀法秘诀教给阳明，非是师徒，岂肯相授？师父嘴上虽未曾答应，心里却已经应允了。师父大恩大德，徒儿岂可不拜。"

这位惠明大师，原是明朝开国大将常遇春的第五代嫡孙，满腹经纶，武艺超群。本欲凭所学为国效力，只因朝廷日益腐败，宦官当权，忠良远避，朝政日非，遂看破红尘，遁入空门。他历年来也曾教授过无数徒儿，学成后全在朝廷为将，镇守边关，保境安民。今见阳明这等机敏聪慧，确是学文习武的好苗子，比以往所收弟子强上十倍，心中已有十分欢喜，有心想收作关门弟子。可是转念一想："不好。眼前看虽然机敏乖巧，却不知品行如何，若因一时兴趣，日后浅尝辄止，仲永早慧日，江郎才尽时，半途而废，岂非辜负了老衲一番心血？有道是，新竹不厌嫩，到老须弥坚。且待老衲试上一试，再决定不迟。"想到此，便对阳明道："也罢，明日一早，侬到龙泉山顶来见老衲，看有无师徒之缘。"惠明大师是否会收阳明为徒？欲知后情如何，且看下回分解。

第3回

拜师尊三上龙泉山　坚儿志郑氏剪织布

且说阳明回到家中，把拜师一事禀告了娘亲，郑氏听了，心头豁然开朗。寻思儿子逐渐长大，自家家境贫寒，请不起先生教读，且儿子自小顽皮，若任其闲逛，岂不害了他一生前程？她早就闻知惠明大师是一位文武双全的得道高僧，若能收儿子为徒，如同天上掉下仙果，求之不得哩，便欣然应允。当晚，阳明在娘亲相帮下沐浴更衣，早早安睡，次日天尚未亮，便悄悄上了山。山路蜿蜒曲折，两侧遍布荒坟野冢，鼠窜狼嚎，阳明走在山路上，免不得心惊胆战，汗毛倒竖，待等爬到山顶，已累得汗透衣衫。这时，天刚蒙蒙亮，阳明见状松了一口气，寻思师父年老，必定尚未到来。耳边听得松声萧萧，鸣虫啾啾，宿鸟唧唧，泉水潺潺，放眼望去，唯见天地相接处，一江横东西，平野云半浮，民居疏烟远，阡陌绿无际。一时间不禁引动诗兴，低吟道：

万仞龙山爬攀难，一旦登顶天地宽。

云涛连天脚下涌，大江东去不复还。

才吟罢，视线一转，瞥见惠明大师早已在大石上盘膝而坐。阳明大惊，赶紧上前，正欲下拜，只听老和尚责备道："好侬个娃儿，让老衲在此等候多时，这是拜师应有的诚意吗？回去！明早再来。"说罢转身离去。阳明呆愣了半晌，心中万分懊恼，想想确是失礼，哪有师父等候徒儿的道理？没奈何，只得萎头奋脑归去。一回到家，爷爷和娘亲不在，他就胡乱扒了几口冷饭，待过了晌午，再次沐浴更衣罢，倒头便睡。在床上翻来覆去的不敢睡熟，一听到更鼓声，知道已是二更天了，当即起身，悄悄出门上山。

待阳明爬到山顶，天尚未明，他寻思这次该不会迟到了，谁知定睛一看，只见大师已盘腿坐于石上，吓得他跪于地上磕头不止，一迭声道："师父，守仁又错了，本不敢恳求宽恕，姑念守仁志诚，请再给徒儿一次机会。"这次，惠明大师念一声"阿弥陀佛"，转身就走。阳明见大师不理他，眼泪汪汪的，又一次萎头奋脑地回家。郑氏见儿子愁眉不展，一副心事重重的模样，知道拜师之事必不顺利，自己又无能为力，索性不问，任由他自己去努力。这一天，阳明吃过早夜饭，沐浴更衣后就上山了。一路心无旁骛，登上山顶时，天色昏暗，石上也未见到大师，始放下心来。放眼远眺，唯见夜色沉沉，乱云飞渡，天地相接，似乎天地万物俱在酣睡，唯有几声虫鸣，泉水叮咚，成了天公地母的鼾声。他走到大师坐过的大石前，俯首恭候。如此等候许久，才见东方露出一抹鲜红，远处山鸡啼声此起彼伏，不由得引动诗兴,低声吟道：

沉沉九州大海东,山鸡一啼催天红。
灵泉低吟唤地醒,云岚深处好养龙。

阳明刚吟罢，就见惠明大师缓步而至，在石上盘腿落座，阳明赶紧拜伏在地道：“师父在上，请受徒儿大礼叩拜。”不住地磕头。大师笑道：“阿弥陀佛，孺子可教也。哎哟，从此后，贫僧是老马钻进缰索，自中圈套自作孽了。童儿哪，今朝老衲收侬为徒，侬要刻苦学习，品学双修，善始慎终，毕生不可懈怠。”阳明连声道：“弟子谨记师父教诲,终生不忘。”于是,就在龙泉山顶行了拜师之礼。回家后，阳明思量着将拜师经过禀告父亲，谁知父亲已离家教书去了，郑氏将父亲王华写的一封信递给他，阳明打开一看，信上并无父亲片言只语，只录有欧阳修的《诲学说》一文：

玉不琢，不成器，人不学，不知道。然玉之为物，有不变之常德，虽不琢以为器，而犹不害为玉也。人之性，因物则迁。不学，则舍君子而为小人，可不念哉？

阳明看罢，不禁内心激荡，久久难平。父亲离家去教书，以养家糊口，匆匆而去，犹不忘谆谆教子，苦心可知。回到房中，阳明拿起笔，写了楚大夫屈原的一句话贴于床头：“路漫漫其修远兮，吾将上下而求索。”这一段经历，虽历长久，仍铭记不忘。明正德十一年（1516），他在赣州提督军务，戎马倥偬间，仍不忘以父教而教下辈如何安身立命，他在给继子王正宪《示宪儿》一书中写道：

> 幼儿曹，听教诲：勤读书，要孝弟；学谦恭，循礼义；节饮食，戒游戏；毋说谎，毋贪利；毋任情，毋斗气；毋责人，但自治；能下人，是有志；能容人，是大器。凡做人，在心地；心地好，是良士；心地恶，是凶类；譬树果，心是蒂；蒂若坏，果必坠。吾教汝，全在是；汝谛听，勿轻弃！

这是后话，表过不提。

自此后，阳明仍在家中住宿，只每日去龙泉寺惠明大师处半日学文，半日学武，学业突飞猛进。一天，大师交给阳明一本《孟德全书》，外加一支笔，一块砚台，一锭墨，道：“一个人写的字，如同脸面，是俊美或是丑陋，关乎日后生死荣辱。依将此书抄录三遍，切忌马虎。”交代后转身就离去了。阳明捧着书却为难了。师父交代抄书，书笔砚墨都有了，却没有纸，该如何抄写呢？他知道家里穷，怎忍心伸手向娘亲要钱。他不由得沉思默想起来，想着想着，突然眼前飘下一物，定睛一看，原来是一片梧桐树叶，他知道这种树寺院四周到处皆有，由此想起西天佛国有用贝叶写的经书，名曰《贝叶经》。他还听爷爷说过，唐代有位叫郑虔的人，因家境贫寒，买不起纸，就捡拾枯落的柿树叶练字，终于练出一手好字，成为著名书法家。他还记得爷爷念的书里也有“凤凰非梧桐不栖”之说，可见这梧桐树，绝非等闲之物，若收集梧桐叶用来抄写经书，寓意又好，又可练字，岂不是物尽其用？

于是，他于每日傍晚归家时，给自己增加了一门功课，就是将散落在地的梧桐叶收集起来，带回家去，晚上在烛光下一丝不苟地抄写经书，将写过字的树叶编了号，然后用野苎麻搓成细绳，编扎成书。数月后，阳明背着两麻袋梧桐叶来交作业，师父问道：“这是什么？”阳明道：“是用梧桐叶抄的《孟德全书》，请师父检验。”师父点头微笑道：“阿弥陀佛，古人有云，‘俭则约，约则百善俱兴；侈则肆，肆则百恶俱纵’。自心即可检验，何用为师过目。”原来惠明大师是在考验他。阳明也因在梧桐叶上写字，所练成之字，铁钩银画，龙飞凤舞，不受拘束，自成一体。

阳明自追随惠明大师，上午学七十二般武艺、阵法、韬略，下午则学四书五经，以及天文、地理、气象、医学。一天，惠明大师吩咐阳明道：“侬到姚江边去挑十担鹅卵石，堆于天王殿平台上，五担黑卵石，五担花卵石，分别堆放。”阳明不知师父要鹅卵石何用，也不敢多问，说声明白，提着畚箕、扁担便来到姚江边挑选卵石，直到深夜才做完这事。次日早晨，惠明把阳明叫到天王殿平台，命他摊开三十六种阵图，其中有天门阵、虎狮阵、天马阵、乌鹊阵、一字长蛇阵等，不一而足。又命阳明按图布阵，并以卵石颜色分攻守双方。阳明问道：“师父，卵石如一盘散沙，当以何法使其成军，令出能战，进而能攻，退而能守？”大师道：“侬可以石代兵，组成军队，二十五人为伍，伍有小甲，二伍为队，队有总甲，四队为哨，哨有长，协哨二佐之，二哨为营，营有官，参谋二佐之，三营为阵，阵有偏将，二阵为军，军有副将，此谓‘伍、队、哨、营、阵、军’六字组兵法，一攻一守，以一方获胜为止。”大师在一旁朝夕指导，阳明遵照大师吩咐，筹划布阵攻阵之策略，日复一日，不敢懈怠。

雪融花开，冬去春来，阳明追随大师勤学苦练，学识猛进。郑氏见儿子体魄日益强健，暗自欣喜，就顾自每天起早摸黑纺纱织布。余姚一带家家户户种粮兼种棉花，然后再将棉花纺成纱，织成布，卖出换成钱，以资养家糊口。所织之布，俗称“余姚高布”，甚是牢固耐穿。清代余姚诗人胡德辉有诗写纺纱织布道：

种惟江浙遍，功要织耕兼。

黄媪师心巧，红窗女手拈。

梳抛珠颗颗，纱刷玉纤纤。

制朴装遍雅，年丰价亦廉。

随着日子流水一般过去，郑氏渐渐发觉不对劲了，这段时间儿子从寺院一回到家，总是哈欠频频，身体也日益消瘦，晚餐时胡乱吃些就回房歇息去了，再三询问身子有何不适，总是摇头说“好着呢”，郑氏便以为儿子是在寺院练武习文辛苦所致。所幸近来自家纺纱织布如有神助，竟比往日多纺二三成纱，织出的布就更多了。做娘的心疼儿子，唯有起早摸黑勤纺纱、多织布，换回些鱼、肉给儿子补养身体。虽然终日不多言语，心头毕竟忐忑不安。

一日，郑氏正在家洗衣，忽见惠明大师到来，赶紧上前施礼献茶。原来大师是来问询的，说是阳明近来在寺里时常读书打瞌睡、练武不专心，精神委顿，身体消瘦。几次追问，总是吞吞吐吐，如此下去，学业恐将半途而废。听闻大师所言，郑氏急得六神无主。待大师离去后，火急火燎奔到地头，找到爷爷，并告知一切。爷爷也觉得情况严重，待阳明一回到家，爷爷和郑氏就追问阳明，近来学业松弛，精神不振，是何缘故？谁知阳明却嬉皮笑脸不当回事，说是日后不去寺院学文练功也罢。学业才开个头，就想打退堂鼓？气得郑氏无名火直冲脑门，当着爷爷面拿过一条竹鞭，在阳明背上噼噼啪啪一顿狠抽，一条条血痕从衣衫透出。这是阳明自出生以来，第一次受娘亲责打，他也不求饶，待等打完，就回自己屋去了。爷爷也只是怅然地看着孙儿离去，气得只顾“吧嗒吧嗒”抽旱烟，闷声不响。

郑氏是打在儿身上，疼在娘心头。当晚饭也吃不下，更没心思纺纱织布，而是倒头就睡。如此这般过了数日，因满腹心事，翻来覆去睡不着，直到更鼓敲过三下，才迷迷糊糊合上眼。突然，不知哪传来什么声响，她一下被惊醒了，侧耳细听，似乎离房屋不远，一直有断断续续的声音传来，莫非家里进贼了不成？她蹑手蹑脚起床出屋，只见自家院子边，有个人借着月光，低着头，专心致志地在纺纱，她悄悄走上前去，走到纺纱人背后，立时大吃一惊：纺纱者不是别人，竟是自己的儿子阳明！原来，阳明见娘亲为全家人温饱，白天下田耕作，晚上还要纺纱织布，直至鸡啼头遍，才回房稍歇，心有不忍，一心想怎样才能替娘亲分担些劳苦。思虑再三，最后才咬咬牙下定决心，待娘亲半夜歇息后，他便悄悄起床，将纺纱车搬到院门边，每日借着月光纺纱。

刹那间，郑氏心中都明白了，她是又心疼又悔恨，眼泪似瀑布一般倾泻而下。那眼泪正巧滴在阳明脖子上，阳明猛一回头，见是娘亲，呆了半晌，一把抱住郑氏，泣道：“娘，侬为儿子供衣供食，都是儿子不孝，害得娘日夜操劳。儿子不忍心哪。如今儿子已经长大，理该做些力所能及之事，替娘亲分劳。”郑氏抚着阳明后背，疼惜道：“儿啊，是娘错怪侬了，还打了侬，娘心疼啊。瞧着儿学业长进，娘受些劳苦，算不了什么，心甘如饴哪。儿啊，侬随娘进来。”

阳明跟随郑氏进了屋。屋内摆放着一架织布机。郑氏走到织机前，取过一把剪刀，随手“嘶”的一声，把机上正织的布剪成两段。这布可是娘费了无数个夜晚、无数心血才织成的呀！阳明吓得急忙跪下，道：“娘啊，为何把织好的布剪了？”郑氏语重心长地说道：“儿啊，侬爷爷常在清晨背诵古人的一席话，娘至今记忆犹新，今日娘背诵给侬听：‘人之少年，譬如阳春，莺花明媚，不过九旬，夏热秋凄，如环斯循。人寿几何，自轻身命；贪酒好色，博弈驰骋；狎侮老成，党邪疾正；弃掷诗书，教之不听；玄鬓易白，红颜早衰；老之将至，时不再来；不学无术，悔何及哉。’如同一缕缕棉花纺成纱，一根根纱又织成布。一根纱一寸布累积起来，才能物有所用。若是半途截断了，岂非前功尽弃？侬跟着师父学习，若是半途而废，就如同这机上之布，日后将一事无成。又如下棋，一着之失，贻害终生哪！从今以后，再别瞒着娘干傻事了。跟着师父好好读书学武，持之以恒，做个有出息的人。这是侬毕生的事业，也是娘的希望啊！来，给娘看看，背上还痛不痛？”阳明泣道：“娘，孩儿记住了。都是孩儿不好，险些铸成大错。背上一点也不痛。是儿子不孝，害娘亲担忧了。”后来，爷爷知道了，欣慰地抚着胡须不住夸赞道：“哈哈，媳妇啊，侬做得对，做得好，有侬这般贤德媳妇，是王家几辈子修来的福气。有道是好种出好苗，我王家的神童，还是个大孝子呢。”次日，郑氏特地来到龙泉寺，向惠明大师说明事情始末，甚得大师赞许。

岁月交替，光阴速逝，转眼间过去了三年，王阳明已成长为体魄强健、武艺超群、满腹经纶之英俊少年，惠明大师看在眼里，喜在心头。他教出来的弟子，个个文武双全，出类拔萃，却不知这位关门弟子品性有没有修到家，心里还不踏实。一天，他把阳明叫到跟前，说道：“徒儿啊，侬在为师处学文习武已有三个年头，为师身体也日渐衰弱，恐怕不久于人世。只因忙于教授弟子布阵习武，舞枪弄刀，难免假手伤害生灵，又荒废了念经拜佛，功德有亏。为此为师一直希望，此生能念诵《大悲咒》一千卷，还要抄写《大悲咒》经文一千卷，供奉佛祖，以消弭今生所犯之罪孽。这样一来，为师对侬的教导自然少了，侬要好自为之，不可懈怠。”

阳明听了，心中甚是不忍，答道：“师父教出的弟子，个个忠君爱国，守边护民，师父功德无量，定会长命百岁。弟子一定谨遵师命，自我鞭策，以稍减师父劳苦。”阳明拜别师尊，回到禅室，内心如翻江倒海一般，眼泪也禁不住倾泻而下。寻思师父待自己恩重如山，如今说出永诀的话，不禁悲从中来。有道是滴水之恩当涌泉相报，何况天般大地般厚之师恩。如何报师恩于万一呢？家里贫穷，自己又身无分文，没钱财买些衣食孝敬师父，为此他食不甘味，夜不能寐，搜肚刮肠，还是想不出报恩之法。一日，他有事路过方丈室，远远望见师父佝偻着身子在抄写经文，看着看着，不知不觉眼泪哗哗直流。突然，他知道自己该怎么报恩了。当日回家时，他对娘亲撒了个谎，说是师父命他晚上抄写经文，须宿在寺内数月。

阳明自这日始，就宿在寺院一间空房内，二更后就悄悄起身，摸进方丈室，垂下窗帘，点燃烧剩的蜡烛，借着微弱光亮抄写经文。如此日复一日不停抄写，因过于劳累，以致手指红肿生疱，一拿起笔就颤抖不止，没法捏笔抄经。他知道家里有一种用酒浸泡的伤药，能消肿止痛，就悄悄拿来涂抹。一日，惠明大师正教授阳明兵法，突然闻到他身上有酒味，念一声“阿弥陀佛”，问道：“徒儿，侬身上酒气从何而来？莫非在家饮酒不成？清规戒律中，酒为第一戒，侬不知吗？”阳明赶紧下跪认错：“师父，徒儿错了，下次不敢再犯了。”大师道：“徒之错，师之过也。记住了，若再犯，为师决不轻饶。”谁知过后不久，阳明手指痛得再拿不稳笔，只得又擦药酒，结果又被大师闻到酒气，大师念一声“阿弥陀佛”，训斥道：“侬这逆徒，违规背律，一犯再犯，朽木难雕，老衲不再认侬为弟子了！”阳明跪在地上，泪如雨下，恳求道：“求师父再饶恕弟子一次，只要不驱逐弟子，弟子任凭师父责罚。”大师也不回答，也不理睬，两手一背，顾自走开，阳明就在后跟着，大师到大雄宝殿拂尘，他也跟着拂尘，大师去回廊扫地，他就在一旁扫地，一路央求，末了，大师喝道：“去，每日到天王殿平台上跪着，受罚思过。”说罢，转身离去。自那日起，阳明每日风雨无阻，到天王殿平台上跪罚思过一个时辰。

半月后一个深夜，大师正打坐念经，瞥见藏经楼前有个人影闪过，以为是蟊贼光顾，便顺手拿起禅杖，蹑手蹑脚来到藏经楼。此时万籁俱寂，藏经楼大门虚掩，向内窥望，只见里面窗帘下垂，供桌上，残蜡闪着黄豆般微弱光亮，有人正埋头做着什么。大师以为有人偷盗，便悄悄上前，举起禅杖，正欲挥杖大喝，谁知话未出口，随着杖举风起，烛光摇动，才看清那人正在抄写经文，凝神一看，不是别人，正是自己的弟子王阳明！一瞬间，大师全都明白了。此时，阳明也发现了身后的师父，赶紧跪下。大师念一声“阿弥陀佛”，道：“徒儿啊，侬这是何苦呢？岂不是太委屈自己了！”阳明垂泪道：“师父待徒儿恩重如山，弟子粉身碎骨难以报答，些许微劳，聊尽孝心，有甚委屈可言。”大师道：“要说报答，徒儿啊，能使自己成为国家有用之才，就是对为师最好的报答，何须在意这些。如今为师抄写《大悲咒》经文一千卷的心愿已了，侬也下不为例，回去睡觉吧。”

其实，惠明大师早已知晓阳明每日深夜在替自己抄写经文，他也不说破，只是暗中观察，还故意声色俱厉地冤屈他，看他的德行与秉性。经如此这般几番试探，他深信徒儿是一位德才双馨、立志远大、能忍辱负重的好男儿。想到平生所授之徒，大都是为国守边之将才，眼前这位关门弟子的文韬武略，更胜众弟子一筹，该是个帅才，于是又萌生出要考验阳明文才武略的想法。当时正值寒冬腊月，除夕将至，一天，他把阳明叫到跟前，道："侬在为师处学习已有三年多了，寺中所藏书籍，几乎被侬读遍，尤其是兵书、武略、阵法一类，快被读破了。十八般武艺兼十八般兵器，应已精熟，为师欲考验侬一番，侬可愿意？"阳明道："弟子悉遵师父教诲。"

于是，阳明跟随惠明大师来到佛殿前平台，这里摆放着十八般兵器，阳明在大师面前将兵器一件件试过。那些兵器在他手中犹如千条银蛇乱窜，一团白练裹身，发出"呼呼"风声，声势足可以一抵百，大师甚是满意。那些到禅寺来烧香拜佛的善男信女，闻知有人在练武，便一窝蜂地涌来观看，将天王殿平台挤得水泄不通，人群中传来连声喝彩。末了，大师取过一副弓箭交给阳明，道："找个目标射来我看看。"阳明道："谨遵师命。"随即拈弓搭箭仰天遥望，远远望见两只老鹰，一只抓着一只鸭子在下，另一只从上来夺食，正好翅膀嘴巴重叠在一起，阳明瞧得真切，"嗖"的一声响，一箭贯穿两只老鹰胸脯，两鹰"扑"地跌将下来，喝彩声经久不绝。大师念一声"阿弥陀佛"，把阳明领回方丈室，道："大丈夫处世，当以报国护民为己任。日后倘遇家国存亡之秋、民众倒悬之危，朝廷命侬带兵出征，侬可知为帅之道？"

阳明施礼道："弟子学识浅薄，还请师父指教。兵法有云，为帅者须具备五才八德，五才者，忠信智勇仁，八德者，孝悌爱怜礼义廉耻，还要上通天文，下知地理，中善人和，运筹帷幄之中，决胜千里之外，知己知彼，善守能攻，方能百战不殆。”大师又问道：“为帅者，当何以治军？”阳明又道：“军者，国家之利器也，帅者，三军之首脑也。为帅者系千军万马之安危，家国兴亡之命脉，一举一动，重于泰山，故治军须军纪严明，令出必行，方能克敌制胜，保社稷千秋太平昌盛。”

大师听罢，念一声“阿弥陀佛”，会心笑道：“学有余者，虽盈若亏。不扣不鸣者，黄钟大吕；嚣嚣聒耳者，陶盆瓦釜。孺子不负老衲之教诲也！”说着，话锋一转，神情凝重道：“徒儿听好，依积数年之功，浏览列代兵家战阵之法，仅书上之功夫耳，纵然能倒背如流，毕竟纸上得来终觉浅，到实战时，说不定一败涂地。战国末期，赵国大将赵奢的儿子赵括，从小熟读兵书，谈起用兵之道，滔滔不绝，谁也难不倒他，国人都说他有大将之才。后来秦国进攻赵国，孝成王就命赵括为上将前往阻敌。赵括照搬书本上一套，盲目向秦军出击，结果被困，此时赵括惊慌失措，在突围时被乱箭射死，四十万将士也被秦军坑杀，血的教训呐。兵者，诡道也。战场用兵，变化多端，应不拘常理，不照搬书本，须学以致用，随机应变，出其不意，攻其不备，才算是真学问真功夫。”说到这里，大师停顿半晌，又道：“为将者，还应具备远大目光、广博学识，上知天文，下懂地理。天上日月、星辰、风雨、雷电、冰雪，地上山川、树木、流水、野火、顽石、禽兽虫卵，乃至果类籽属，只要因地制宜，取其所长，皆可资布阵调兵破敌之用。侬要切记，切记。”

大师边说边将一座大橱移开，橱后有一扇门，打开大门，里面是间暗室，大师招呼阳明走进去，来到一只铁柜前，大师拨弄机关，打开铁柜，从铁柜里小心地捧出一个木匣。大师为何让阳明进入密室？木匣内又藏着什么宝贝？欲知后情，且看下回分解。

《第4回》

救良驹大闹老酒馆　识英才县令赠宝刀

且说惠明大师引阳明进入密室，从铁柜内捧出一个木匣。大师捧着木匣，与阳明一同回到外室，在释迦牟尼佛前点燃香烛，招呼阳明一同跪下，才打开木匣。只见匣内藏着三册书籍，书面上分别写着“布阵法”“军训法”“教授法”。大师将书连同木匣一起授给阳明，念一声“阿弥陀佛”，道：“徒儿，此乃我常氏经历五世留下的祖传之宝，为师今日托付于侬。务必珍之重之，专心研读。不沐浴更衣，不可轻启。但愿侬做一个忠君爱民的好男儿。”阳明双手接过木匣，谢过师父，道：“徒儿铭记师父教诲，永生不忘。”惠明大师将心中诸事交代完毕，此后便把自己关在方丈室内静心修行，不再过问阳明之事。

大师虽不过问，阳明依旧在寺院内勤学苦练，丝毫不敢懈怠。秋去冬来，年关临近，阳明照往常一样回家来，推开家门，只见屋内静悄悄的，父亲王华独自一人，双手托腮，愁眉不展。原来年关将近，父亲结课回家了。阳明向父亲请了安，又问他因何事烦愁。王华叹气道：“唉，侬年纪还小，说出来侬也无能为力，不说也罢。”阳明道：“父亲此言差矣。有道是百病自有百药医。世人疑难之事无数，终究有破解之法，父亲说出来，纵有千斤担，孩儿或能分挑五百斤哩。”王华一听，儿子说得有理，于是说了起来：“此次年末放学，因经商在外的东家未回家，书塾无钱发薪。如今年关已近，却无钱过年，亲朋好友俱已借遍，难以再借。岂不愁煞人也。”王阳明沉思半晌道：“父亲不必愁苦。各地都有知县老爷，知县者，民之父母官也。子民有困难，做父母的岂会无动于衷？理该帮一把才是。孩儿这就去县衙找知县老爷，暂借三百文铜钿，以解燃眉之急，可好？”

王华听了，不由得苦笑道：“侬这孩子，真是不知天高地厚。知县老爷是侬岳父还是亲眷？非亲非故，素昧平生，他肯借钱给侬？真是异想天开。”阳明道：“眼下不是，日后却难说。他是好官，定然肯借，若是瘟官，算儿子倒霉。”王华寻思，这孩子真是初生牛犊不怕虎。不等他再开口，阳明已转身离开了。

阳明径直来到知县衙门，只见大门敞开，大堂上却空无一人，想必都过年去了。他顾自穿过大堂，进入后院内室，见室内摆设简单，一位须发半白的长者正坐在太师椅上看书，心想这一定是知县老爷了，便上前施礼道：“学生王守仁，参见知县老爷。”那位看书的长者还真是知县老爷。老爷见来者不曾通报，顾自穿堂入府，甚觉唐突，正寻思教训几句，定睛一看，见来人长相甚是端正，双眉入鬓，目炯双星，鼻如悬胆，身姿清朗，是一位举止落落大方的少年郎，随即放下书本，问道："童儿，侬见本官何事?"阳明施礼道："学生家境贫寒，无钱过年，特来向大老爷暂借三百文铜钿，以解燃眉之急，开年归还，望老爷恩允。"

这位知县老爷姓诸名仁，出身寒门，深知百姓度日艰难。见少年郎虽是上门借钱，却全无乞怜卑微之态，心中已有五分喜爱。又寻思此儿生得如此玉树临风，却不知肚才如何，眼下空闲无事，便有心试探一番，随口吟道："杨柳未抽春天梦。"谁知对方不假思索，接道："梧桐落叶打秋风。"诸知县一听，不免心中吃惊："嗨嗨，看不出区区贫寒少年，才情却这般敏捷，定非等闲之辈，前途不可限量。"又添了五分喜爱，爽快答应道："姑念侬文才出众，这钱嘛，本县借了。"边说边取来三百文铜钿，交给阳明，也不问他家住哪里，何时归还，只道："这铜钱嘛，还或不还，皆可。"

阳明谢过知县，怀揣着三百文铜钿，一路走回家来。路过通城大街，瞧见一家老酒馆门前围着一群人，在那里七嘴八舌议论。阳明毕竟少年心性，好看热闹，遂从人堆里挤了进去。只见酒馆内走出两个人来，一位生得五大三粗，手臂生有浓密黑毛，嘴上咬着一把尖刀，想必是个屠夫；另一位后颈插着一柄纸扇，手里夹着一支笔，生得细皮白肉，穿着华丽，想必是掌柜。酒馆门前躺着一匹瘦马。那马浑身乌黑，龙颈兔耳，圆臀、细腰、长腿，骨骼清奇，马蹄上各生有白毛一丛。阳明记得，东汉时，有位叫马援的将军，曾写过一本书，名曰《铜马相法》，书上描述过各种宝马之形状、骨骼、皮毛。对照书中所述，此马应名“追风驹”，能夜行八百、日行千里，是一匹世间罕有之良驹。眼下它却神情委顿，马首垂地，肋骨凸现，瘦成皮包骨头，且行将被宰。阳明心中暗暗叹惜：稀世宝马，不曾叱咤风云，却潦倒至即将被屠，如同英雄末路，太过悲哀矣！

阳明不禁心生怜悯，寻思道，既知此马珍贵，若麻木不仁，任凭愚夫杀戮，与帮凶何异？此时屠夫已走到马跟前，尖刀正向马脖子刺去，说时迟，那时快，阳明不顾一切冲上前去，抱住马头大声喊道：“大叔，大爷，且莫动手，这是一匹良驹啊，侬怎可忍心杀它！”屠夫被阳明突如其来的举动惊住了，呆愣半晌，冷笑道：“嘿嘿，侬这娃儿，大叔大爷叫得亲热，还说这瘟马是什么良驹，却是瞎了侬的双眼。实话告诉侬，此马原想买来作坐骑或是拉货车之用，谁想这该死的瘟马，食起谷来，双倍于别的马，却性情狂躁，近身不得，任是天王老子，一旦骑上马背，它便狂嘶跳跃，被踢伤、咬伤者不计其数，而拉车时被摔坏的货物更难以计算。似这等瘟马，要它何用？只得将其饿至半死，以方便宰杀。”

阳明道：“大爷呀，侬真是屈煞宝马了。它能食，是因它有日行千里之能耐，侬让宝马去拉车，如同叫账房先生去炒菜，能煮出美味佳肴吗？”屠夫道：“娃儿，侬说了一天星斗，无非想把癞蛤蟆说成麒麟，侬既然将它当作宝，也罢，不杀也成，向侬爹娘要三两银子来，这马就归侬了。”阳明道：“我家贫困，过年还得向人借钱呢，哪有银子买马。大叔侬就当行善积德，且别杀它，学生手上有三百文铜钿，是刚才向知县老爷借的，待学生凑足银子，再来赎取，马还留在大叔处，可好？”站在一旁的掌柜插嘴道：“哎哟，这世道真是变了，平白无故蹦出个少年伯乐来，要救瘟马不死，还说三百文铜钱是向知县老爷借的。如此说来，莫非知县老爷还是侬丈人阿爸不成！”

话音才落，围观者“轰”的一声大笑起来。掌柜接着道：“喂，我说小伯乐，开酒馆的靠做生意吃饭，似这般众人团团围观，还怎么做买卖？侬可不能救了青蛙饿死蛇，砸了我酒馆的饭碗。实话对侬讲，并非我存心要宰杀它，实在是此马百无一用，再不宰杀亏得更惨了。罢了罢了，别再无理取闹了行不？”说着，朝酒馆内一声招呼，待里面跑出三个彪形大汉来，道：“把娃儿拖开，赶紧将马宰了！”众人一拥而上，将阳明又搼又拉，阳明则又哭又闹，抱住马头死劲不放，那马仿佛也有灵性，在阳明怀里泪如泉涌，大声嘶鸣。无奈双拳难敌八手，阳明被推倒在地，何况此马是酒馆的，如何处置确实轮不到旁人置喙。

正难解难分之际，围观人群里突然传来一声喊叫：“住手！侬等三个壮汉，欺侮一位文弱少年，是何道理？不就是为几个臭钱吗！”那喊声，娇滴滴如凤鸣桐林，莺啼柳浪，一位十来岁的姑娘，从人群里挤了进来。只见那姑娘生得唇红齿白，杏眼柳眉，乌发垂腰，上穿一件粉色绣衣，下系一条淡绿色罗裙，配一双小巧玲珑的凤头鞋，飘飘然如神女下凡。只见姑娘伸手递给掌柜一块大约三两重的银子，道："掌柜的，得行善时且行善，宰杀宝马，于心何忍。休再为难这位救马的公子，小女愿替他买了这马。"说罢，带着女伴，头也不回地转身离去。人群里响起一阵喝彩声。阳明见状，内心一阵激动，寻思与这位姑娘素昧平生，她竟义无反顾出手相助，令人敬佩。若平白无故接受她的恩惠而不思图报，非君子之所为也。随即从地上一跃而起，追上前去，大声道："请小姐留步，学生王守仁，与小姐素未谋面，怎敢无故受此恩赐？务请留下姓名住址，待守仁凑足银两，另行登门致谢奉还。"少女只顾带着女伴前行，只丢下一句话，道："公子休要介意，些许银子，何须挂怀，不问也罢。"边说边飘然离去。

阳明无奈，只得返回酒馆来，这时，围观人群还未散去。他寻思道，多承那位小姐相助，买下这马，可是眼下此马已饿得起不了身，如何牵回家去？寻思半晌，有了主意，对掌柜的道："掌柜的，这马已饿得站不起来了，若是死在侬处，这三两银子您还拿得住吗？依学生之见，侬好人做到底，拿些豆子和净水出来，让这马吃饱喝足了，学生才好将马牵走！"掌柜一听，这少年好生厉害，竟赖上我了。可转念一想，他说得也在理。何况据他刚才所说，这少年很可能与知县老爷沾亲带故，若那马真死在酒馆前，也没什么好处。何况马是花二两银子买的，如今一转手已净赚一两，一袋豆子值不了几个钱，还是借坡下驴为上，便道："好说好说，不就是一点豆子嘛！"当下就吩咐伙计取来一袋豆子，提来一桶井水，阳明又在路边拔来一捆青草喂与马吃。那马也是饿极了，一见吃食便狼吞虎咽起来，待半晌后吃饱喝足了，突然两耳直竖，双目放光，就地打几个翻滚，"霍"地站立起来，抖了抖鬃毛，前足腾空而起，仰头向天"咴！咴！咴！"三声长嘶，那嘶声惊天动地，分外威猛。之后，那马垂首帖耳，依偎于阳明身边。阳明见酒馆前有一块半身高石礅，便将马牵到石礅旁，"噗"的一个虎跳，半空里翻转身来，双手在石礅上一托，又一转身，稳稳地落在了马背上，那马不踢不咬，又一声长嘶，撒开四蹄，风驰电掣般飞奔而去，把那掌柜的并围观之人，惊得目瞪口呆，啧啧称奇。真一匹宝马也！有诗为证：

骊驹油顺耳凝霜，千金市骨尘亦香。
几曾草场悲伏枥，而今沙场竞鹰扬。

阳明骑着马回到家里，将三百文铜钿交给父亲，说是向诸知县借的，并向父亲详述了买马经过和小姐赠银之事。王华是一个懂礼义廉耻的读书人，见多识广，深知马之优劣，听了儿子讲述，道："那位小姐，颇有英雄气度、巾帼之风，可敬可佩！为君子者，岂可无故受人恩惠？买马之银，日后必须归还。"又到屋外看了看马，果然是一匹神骏威猛之稀世宝驹，暗自赞叹儿子眼力超群，而嘴上仍稍做埋怨，道："侬小小年纪，马毛都不曾识得几根，也妄谈马之优劣，侬是想当小伯乐不成？"阳明道："父亲有所不知，韩愈老夫子在《马说》一文中说过，'世有伯乐，然后有千里马。千里马常有，而伯乐不常有'。做个小伯乐，有何不好？"王华被儿子呛得无话可说，只得顾左右而言他道："自比圣贤，终究是纸上谈兵。"王家过年，因有了阳明借来的三百文铜钿，买米买菜买酒，还算过得开心。

过年习俗，各地不同。余姚一带民间过年甚是讲究。按照惯例，初一一早开门，要放"开门炮"，祭"天地神"，向长辈拜岁，长辈则向晚辈分发"压岁钿"，接下来就是全家围坐一起吃汤团，寓团团圆圆之意，吃"年糕汤"，即所谓年年高升，餐席上禁食整条鱼，谓之"有头有尾，吃剩有鱼"，再接下来就是走亲戚、拜岁。小孩子可穿新衣，任意玩耍，父母不作兴打骂。有咏过年诗为证：

声声爆竹换桃符，家家春盘满且重。
纵然年岁岁岁换，报春梅梢梢梢红。

阳明早上起身后向长辈拜岁罢，就牵着他的爱马，整日骑马练武，倒也逍遥快活。有道是欢乐厌日短，悲愁恨夜长。一转眼新年就过去了，转瞬间元宵节也过去了，王华私塾的那位东家,也过节回家,送来了薪酬。不久后,惠明大师要外出云游去了,离开时,他把阳明叫到跟前,道:“为师此次云游天下,别时容易再见难。这些年,侬在为师处学有所成,日后终将踏上人生征途,不知此生有何志向抱负?”阳明跪于大师膝下,道:“恩师容禀,弟子再三思量,此生已立下‘四以’志向。”大师问道:“何谓‘四以’?”阳明答道:“一以文章入仕。踏上仕途,便于纵览天下,效法女娲补天。二以武略建功。目今社稷,外有四夷侵犯,内有盗匪骚扰,黎民难以安生,男子汉当忠君报国,沙场建功。三以教化为职。纵观芸芸众生,无知无识混混沌沌者,尤以少年为甚,长此以往,国何以强,民何以富。故弟子要以教化为职,如孟子所言,得天下英才而教育之,乃人生乐事也。四以圣贤为鉴。历代如孔、孟、庄等圣贤,俱立志高远,又脚踏实地,故名耀千秋,弟子要以圣贤为榜样,知行合一,孜孜以求。”大师听罢,频频点头道:“听侬所立志向,为师甚感欣慰。有道是,立志易,践志难,尤忌浅尝辄止。应锲而不舍,孜孜以求。警仲永早伤,惕江郎才尽。切记,切记。”阳明道:“弟子牢记师父教诲。”叮嘱罢,惠明大师就云游去了。临别时,他留给阳明一封书简,托小僧交给阳明,阳明拆开,原来是大师亲笔书写的一篇孟子的文章:

舜发于畎亩之中,傅说举于版筑之间,胶鬲举于鱼盐之中,管夷吾举于士,孙叔敖举于海,百里奚举于市。故天将降大任于斯人也，必先苦其心志，劳其筋骨，饿其体肤，空乏其身，行拂乱其所为，所以动心忍性，曾益其所不能。人恒过，然后能改。困于心，衡于虑，而后作；征于色，发于心，而后喻。入则无法家拂士，出则无敌国外患者，国恒亡。然后知生于忧患，而死于安乐也。

阳明把师父留赠的这篇孟子文章贴于床头，当作座右铭，朝夕背诵，从不懈怠。

一日，王华把三两银子并三百文铜钿交给儿子，嘱咐道：“人无信不立。君子当以诚信为本。为父寻思，那位替侬出钱买马的小姐，定是一位女君子。侬既说过要奉还此银，岂可失信？这里有银子三两，侬去奉还于她，还要表达称谢之意。另有三百文铜钿，拿去归还诸县令，感谢他怜贫济困之忱。”阳明为难道：“自那日见过那位小姐，便不曾再见，欲将银子归还，犹如大海捞针，奈何？”王华道：“奈何？嗨嗨，侬的嘴里竟也有奈何一说？要找到萍水相逢之人，难是难了点，然，只要功夫深，铁杵还磨成针哩。侬不是自诩聪明吗？这点儿事也叫难，将来真遇到大事，还能担当得了吗？纵有千难万难，自己想办法去解决！”王华交代完毕，就离家去私塾教书了。茫茫人海里，阳明能否再见到那位小姐，以了却悬于心头之事？

师父与父亲相继离开后，阳明每天仍早出晚归，去龙泉寺读书习武。怀里揣着三两银子，在往返途中，他把双目当作四眼用，凡瞧见有少女路过，免不了要多看上几眼，有时则伫立于桥头街尾，希望能碰到那位小姐。然而日复一日，再无缘得见。

且说余姚宝地，背靠巍巍四明山，面临滔滔东海，山海相接，风光瑰丽，人杰地灵，乃鱼米之乡，富庶之地。据史书记载，四明山又名句余山，周围八百里，二百八十峰，峰峰相接，中顶五峰，状如莲花，山顶平正，有方石如窗，中通日月星辰之光，故曰四明。唐代大诗人李白有诗写道：

四明三千里，朝起赤城霞。
日出红光散，分辉照雪崖。
一餐咽琼液，五内发金沙。
举手何所待？青龙白虎车。

然四明山民众，因赋税沉重，更兼土豪劣绅层层盘剥，贫苦人家虽坐拥地利，却仍苦不堪言。虽然时令已过立夏，天朗日暖，万物复苏，然街头巷尾之行乞者，却日见增多。一日，街上来了三个小乞儿，只见他们个个衣不蔽体，浑身乌黑，面黄肌瘦，指甲如钩，一路上还打打闹闹嘻嘻哈哈，玩个不休。此时路上走过一个书生，大约是背诵不出来诗文，摇头晃脑，憋得满面通红。那个稍年长的乞儿见这般情状，招呼另两人道：“我说饭桶、米桶，侬瞧瞧，这位公子哥儿，人瘦得像麦秆，定然夜夜悬梁刺股，读了八车子书，满肚子文章，却仍旧是一个酒囊饭袋。侬看他鼓起腮帮子，憋得两眼翻白，黄汗直淋，依旧放不出一个屁来。我等生来喝黄连水长大，与书本文章无缘，如同青盲瞎一般，苦啊！苦虽苦，又不是天生笨蛋，偏要做一首诗出来，长长苦小子做人的志气，可好？”被称作饭桶的乞儿道：“我说水桶哥，侬这是癞蛤蟆比肚腹大，赌气哩。好啊，侬先做一首诗出来，让大家给评判评判，如何？”水桶沉思片刻道：“侬俩人且听好了：小子自来不怕难，纵无爹娘亦等闲。他日若能吃饱肚，一肩扛起四明山。”

被称作饭桶的乞儿拍手道：“妙，妙，妙啊！水桶哥出口成章，诗文做得妙极了。莫道我等做乞儿的低人一等，似这等好诗，那位书生做得出来吗？嗨嗨，癞蛤蟆蹦跳起来，比兔子还快哩。闲话休说，且听听我饭桶做的诗如何？”他张口念道：“小人生来胆儿壮，艰难困苦唬不倒。他年若得将军做，龙潭虎穴也敢捣。”

被唤作米桶的乞儿，个儿生得瘦小，不住地摇头晃脑道：“饭桶哥这首诗，写得有气魄，比大诗人李白写得更有骨气，妙，妙不可言。我等做乞儿的，虽不曾受过爹娘教训，也曾听长者说过：老天爷对那些将来有大用的小孩儿，先把他的肚子饿瘪，让他四肢消瘦。逐日里忍饥挨饿这点苦楚算个屁，就当是老天在考验我等呢，熬一熬不就过去了？罢了，罢了，且听我米桶做的诗上不上得了台面：乞儿自来胆魄大，最恨世间鬼与怪。练好武艺磨利剑,定将妖魔乱刀剐。”

三个小乞儿荒腔走板地胡乱调笑，全不知苦难为何物。一阵寒风吹来，称作水桶的急忙缩缩头颈，抚了抚瘪塌塌的肚腹道：“唉，做乞儿可任意逛荡，胡乱说笑，只可惜作诗不能当饭吃，挡不住肚子里空城计唱得闹猛，饿得头晕眼花。两位可有填饱肚子的文章?”饭桶道：“没听说过。”米桶道：“只听说过貂皮换酒,未见过吹牛可换米。”饭桶又道：“唱戏的说过,天下好汉上梁山，逼的。侬我弟兄被逼无奈，做些小偷小摸的歹事，老天爷不会责怪。刚才看到卖油饼老头在街边摆摊，不如去偷几个油饼来充饥肠?”米桶摇头道：“不可，不可。有道是盗亦有道，不做杀人放火、欺侮良善的勾当。我等行乞的，乞亦有道，不做偷盗之事。老爷子家里吃口多，平时尚且不得一饱,还屡屡口中省食,接济我们,若去偷他的油饼,良心被狗吃了不成!”水桶道：“米桶说得有理,我等虽穷,却不可昧着良心做人。唉，话是这等说，只是肚子空荡荡，到哪儿去讨碗米汤来充饥才好?”

正议论间，前面走来两位姑娘，衣着华丽。水桶悄声道：“哇啊，说曹操曹操到。财神爷下凡，这会儿有饭吃了。”饭桶道：“什么财神爷，在哪里?是镜中花是水中月是画饼充饥吧。”水桶道：“侬等看啊,过来的那两个小女子,必定来自大户人家,身上穿的绸缎绣衣,足可换三缸饭吃,眼下四周无人,不如抢来,兑一顿饱饭,就当是替天行道,劫富济贫,可使得?”另二人拍手道："怎会使不得！看这位姐姐，生得细皮嫩肉，定是富贵人家小姐，过着锦衣玉食的日子，怎会知晓我等乞儿忍饥挨饿的滋味。今朝就做个梁山好汉，休要迟疑，赶紧动手。"

三人不约而同，一齐扑上前去，口中嚷道："两位姐姐休怪，乞儿肚子饿得实在受不了了，讨侬件衣衫去兑碗饭吃。"三个小乞儿一齐动手，解纽扣的解纽扣，剥衣衫的剥衣衫，吓得两位姑娘魂不附体，大呼救命。说时迟那时快，突然远处一阵马蹄声传来，有人大喝道："大胆蟊贼，竟敢光天化日当街劫财害命！"喊声未落，"唰"地从马上跳下个少年郎来，唰唰唰几个扫堂腿，将三个乞儿全都掀翻在地，磕得鼻青脸肿。不待乞儿起身，来人又上前伸出五指，将其一个个捞来叠在一起，如玩叠罗汉一般。只听一个乞儿哀求道："大哥饶命啊！乞儿劫财有之，害命却不敢有。只因饥饿难忍，刚好碰到这位富家小姐，剥她身上一件衣衫，换一碗饭来填饥。"又一乞儿道："晦气晦气真晦气，饿得黄汗直淋，想着吃顿饱饭，却成画饼充饥。唉，劫富济贫的梁山好汉做勿成了，转眼就变成死蟹一只。我说这位哥哥，对付小乞丐，不算英雄义士，怜弱济贫，才有好报哩。"

这日，阳明正好骑着马去县衙，刚到街头就听到有人喊救命，便赶过来了。他不理睬乞儿们稀里糊涂说的什么话，回头看那被救的两位少女，这一看不打紧，阳明两眼放光，心仿佛要蹦跶出来！侬道为何？原来被救之人，正是千寻万觅不得见的那日赠银买马之人！踏破铁鞋无觅处，得来全不费工夫啊！

遂上前施礼道："原来是两位小姐，失敬，失敬。学生王守仁这厢有礼了。"姑娘见过阳明一面，对他有印象，如今见阳明彬彬有礼，满面娇羞还礼道："多谢王公子相救，奴家诸琼瑶，感激不尽。"阳明道："自那日与小姐分别后，学生多方寻觅，欲归还马银并致谢忱，不想今日得见，实在是幸运。"诸小姐道："些许银子，公子何必如此认真。"两人你来我往，一问一答，说个没完，被掀倒在地的乞儿们焦躁起来了，水桶被压在最下面，最难受，大嚷道："大哥大姐，要说悄悄话，须选个清静些地方，不都说'落难公子中状元，私订终身后花园'。马路上没完没了地唠叨，被人听到害不害臊！哦，莫非是吃饱喝足了撑得难受，想消化消化？也罢，且先放了我等，还要去乞讨些吃的，填填肚子呢。"饭桶压在中间，还好受些，劝道："哥啊，秀才碰到兵，有理说不清，侬还是忍着点吧。"米桶趴在上面，生性犟硬，道："哥啊，别怕，他是狼犬偏咬瘸腿猪，以强欺弱。"

王阳明见这些乞儿小小年纪，全都瘦骨嶙峋，不由得萌生恻隐之心，道："要放你们也成，须把姓名住处报来我听。"三乞儿齐声道：

乞儿身世生来贱，爹死娘亡无人怜。
白日乞食百家饭，夜宿破庙骂瘟天。
饿极未落半滴泪，寒甚不叫一声苦。
休夸人微骨头坚，自古英雄出少年。

诸小姐听了，禁不住热泪盈眶，道："王公子，他们小小年纪，全无亲人庇护，受尽人世苦难，实在可怜。眼下纵然放了他们，日后为了生存，终究非偷即盗，落入歧途，如之奈何？得想个两全之策才是。"乞儿们听了，纷纷起身，齐刷刷跪下，道："好心的姐姐，侬一定是天上观音下凡来。"诸小姐道："此话怎讲？"乞儿道："观音菩萨来普度众生呗。我等自出娘胎，受尽冷眼屈辱，从不曾听到过像姐姐这等暖心的话呢。"阳明沉思半晌道："小姐所言正合我意。古人有言，好人做到底，送佛送到西。学生记得王家祠堂有几间破屋闲置着，屋前还有一大块荒芜的菜园，若得族长太公允准，既可供他们遮挡风雨，又可种菜谋生度日，空闲时还能学文习武。只是族长太公这一关难过。"乞儿们听了，拍手笑道："若得如此，赛过玉皇大帝娶亲，天大的喜事。"

诸小姐喜道："确是公子想得长远。若是族长太公不允，奴家定会请父亲出面，前往拜托。公子欲还之银，奴家是绝不会收的。不如公子再做个人情，将这点银子赏与他们买粮置衣，免受饥寒之苦。"说着，又摸出一把碎散银子，递给乞儿，道："小弟们，这些银子拿去买点衣食，虽是杯水车薪，聊尽姐姐一点心意罢了。"乞儿们接过，连声道谢。阳明道："小姐之心，可昭日月。学生稍后回去禀明母亲，前往托请族长太公。年前学生曾借人三百文铜钿，眼下需去归还，不如顺便送小姐回府。"回头对乞儿们道："各位小弟，侬等就用小姐给的银子，去买些食物充饥，买几件替换的衣衫、鞋袜，再找个澡堂将身子洗干净，到县衙前去等候。”

乞儿们听了，笑逐颜开，答应一声，高兴离去。他们刚好路过卖油饼老头的摊位，只见两个彪形大汉在抢老汉铜钱，说是还不够还债呢，明日还来讨要。老汉跪在地上，拉住大汉衣袖，哭求道：“两位大爷行行好，这些铜钱是小老给小儿治病的，若是没了，小儿就没命了。”大汉一脚踢开老汉，骂骂咧咧地扬长而去。乞儿们见状，心中不忍，上前扶起老汉，劝慰道：“老爷子，别伤心了，乞儿有些碎银子，侬拿去给儿子治病吧。”将刚才诸小姐给的银子又塞给老汉，转身离去。手头没了银子，衣食买不成，澡也不能洗了，只好饿着瘪塌塌肚子，去到衙门前等候。

阳明牵着马与诸小姐一起缓步前行。两人俱是少年心性，天南地北，无所不谈，都有相见恨晚之感。不知不觉已来到县衙门前，诸小姐道：“这里就是奴家之家，不劳公子再送了。”阳明吃惊道：“如此说来，侬竟是诸老爷的千金不成？学生失敬了！”诸小姐含羞道：“刚才不敢相告，还请公子见谅。”说着，与丫鬟一起，进了县衙。

阳明将马拴在树下，就在门外等候。待有半晌，见乞儿们过来，却依然旧模样，破衣烂衫，浑身污垢，诧异地问道：“侬等为何不买衣衫回来？莫非拿银子去赌博输了不成？”乞儿们连声叫屈，并将刚才发生之事说了一遍，道：“大哥若是不信，卖油饼的老头还在，一问便知。”阳明听了，甚是感动，想道小乞儿浑身污秽，心却是金子一般闪亮。他也不追究，好在身上还有几个铜钱，是爷爷和父亲给的压岁钿，就给了乞儿，道：“快去快回，回来在此等我。”

阳明独自进了知县衙门，只因当官的清廉，百姓安居乐业，无人告状，故不见有役吏在办公。穿过大堂，见诸知县坐在内衙长桌前批阅文书，便上前施礼道：“知县老爷在上，学生王守仁这厢有礼了。承蒙老爷慷慨借钱，才使寒家度过年关。今日特将铜钿归还给老爷，不胜感激。”遂双手奉上三百文铜钿。诸知县见是年前借钱的少年郎，接过铜钱，赞道：“好一位诚实的少年！本县曾有言在先，些许铜钿，还与不还皆可，何必如此认真。”阳明笑道：“家父经常教导学生，‘诚信人之本也’。习俗也有‘有借有还，再借不难’之说。说不定日后学生仍有向老爷借贷的时候呢。”诸知县听罢哈哈大笑，命人看座、上茶，阳明大方落座，诸知县便天南海北问些乡间年节的趣事、农家作物收成、孩童读书学字之类，阳明对答如流，问一答三，诸知县大为欣赏。谈兴正浓时，琼瑶小姐从后堂出来，向在座的见了礼，便把与阳明相遇相识相交的经过，告诉了父亲。

正说话间，突然从后堂传来“哅嘞嘞，轰隆隆”一阵巨响，如天崩地裂一般，前厅也被震得不住摇晃，诸老爷大惊失色，起身就奔向后堂察看，只见堂外尘灰弥漫，待尘灰消散定睛看时，原来是一幢年久失修的偏屋倒塌了！瓦砾中，唯有一柄金光熠熠的大刀仍屹立不倒！原来，此屋在翻修时在横梁木柱上放了一把大刀镇宅。如今横梁腐烂，以致偏屋倒塌，而大刀却风采依旧！

说起这口大刀，名声显赫。此刀名曰“追风”，削铁如泥，系诸知县先祖褚明亮手中之宝物，历经数百年腥风血雨，立过无数战功，历久弥新。诸明亮系追随明太祖朱元璋灭元建明的开国将领，一刀在手，纵横天下，无人能敌。积赫赫战功，被封为灭元侯、骠骑大将军，荫袭侯爵无数代。后因诸氏后辈见朝廷君弱臣奸，一代不如一代，且贪官墨吏横行，鱼肉黎民百姓，自感补天乏力，便弃武从文，隐退山林，以“冷眼观螃蟹”洁身处世自保。传到诸知县这里，已是第九代了。

那口宝刀插入地下足有二尺余深，如今旧屋倒塌，才得重见天日。这时，衙役们听到声响，也纷纷赶来观看，又七手八脚上前拔刀，谁知如蚂蚁撼石柱，丝毫不动。阳明见状，将衣袖紧了紧，走上前去，摆开马步，双手握住刀柄，向上一用力，只听得“呼啦啦”一声响，一簇金光喷出，宝刀被从地下拔了出来。阳明仔细端详，见刀柄中段有一凸起处，随手一旋转，就见刀柄一节节收缩进去，原来宝刀可自由伸缩！收缩时可挂在腰间，变成腰刀；拉伸开来，就成了一口丈八大刀，刀刃处薄如蝉翼，拔一根头发往刀刃处一吹，立刻断成两截。阳明寻思，十八般兵器中，还不曾见过如此奇妙宝物。一时技痒难耐，大步流星走到一平坦处舞动起来。那宝刀在他手中，上下左右、变幻莫测，唯见白光裹身，如千百条银蛇乱窜，风声飒飒，仿佛鬼哭狼嚎，诸知县等在场众人连声喝彩。舞罢，阳明恋恋不舍地把刀放下。

诸知县为人大度，又是何等聪慧之人，阳明的一举一动，他都看在眼里，寻思眼前这位少年郎，不仅文才出众，且武艺非凡，可谓文武全才，定非池中之物。又见女儿与他甚是亲密，宝刀在此如明珠埋沙砾，英雄无用武之地，不如做个人情，宝刀赠英雄，亦是一段佳话。想至此，遂对阳明道："王公子，此刀在本县处，实是百无一用，还有一座马鞍，也弃置在库房里，都是祖上遗下的，本县就一并赠予公子，也算是物尽其用，不知公子是否愿意接受？"诸知县要把祖传宝物赠给阳明，阳明是否会接受呢？欲知后情，且看下回分解。

《第5回》

同祸福莱园四结义　闯匪巢阳明出奇谋

且说阳明听到诸知县要将祖传宝物赠予自己，真是喜出望外，感动之余，一时不知说什么好。当即跪倒在地，磕头道："学生何德何能，承老爷这般厚爱，学生感激不尽。有道是无功不受禄，如今老爷以宝物相赠，学生无以回报，实在是无地自容。"诸知县扶起阳明，授了宝刀，笑道："宝鞍配良驹，宝刀赠英雄，亦人生一大快事也。本县望侬一展平生抱负，指点江山，激扬文字，执宝刀跨骏马，保社稷护黎民，干一番轰轰烈烈大事业。以竟本县未遂之志向也。"阳明道："老爷金玉良言，学生谨记，永志不忘。"

阳明欢天喜地地拜别诸家父女，一手执宝刀，一手提马鞍，出了衙门。见三乞儿已等在门口，随即为马上鞍，手牵宝马，领着三人回家。一路上有说有笑，好不开心。行至半途，阳明突然想到什么，对三人道："我带你们去见娘亲，还请报上姓名，方便称呼。"三人回答道："大哥，我等自小无爹无娘，也不知祖宗在哪，何时生养，哪来姓名？不过日常混呼个名号罢了。”阳明道：“如此，我为你们取个姓名，可愿意？”三人齐道：“好啊，求之不得呢。”阳明就问了三人日常称呼，取“龙虎豹”之意，以“水桶”年长一岁，遂取名为“水龙”，“饭桶”取名为“范虎”，“米桶”取名为“米豹”。三人已在街上买了三套替换的衣衫鞋子穿上，阳明领他们到姚江边洗漱了一番，才领着回家。

阳明一进家门，见母亲坐在中堂间纺纱，喊一声“娘亲，我回来了”，赶紧趋前跪下，龙、虎、豹三人知是大哥之母，亦上前口称娘亲，伏地叩拜不迭。郑氏吃惊道：“儿呀，这是谁家的孩子，为何要拜我？”阳明随即向娘亲禀明事情经过，并恳请娘亲向族长太公求情，收留这三个苦命的孩子到王家祠堂居住。郑氏对儿子的请求从来是有求必应，又见眼前这三个童儿虽然瘦骨嶙峋，却生得五官端正，甚有礼貌，小小年纪这般可怜，怜悯之心亦油然而生。只是族长太公虽然为人是大厅挂字画，堂堂正正，但请他办点事，往往还没听清何事，他那颗白发白须的六斤四两头，就会摇得拨浪鼓一般，是族里有名的“坏吃芋艿”。唯有见到余姚白酒，才会眯过眼笑，百事好商量。说到底，也不怪老人爱喝余姚自酿白酒。此酒白如冽泉，清香扑鼻，回味甘醇，自古无数文士墨客，皆因它醉生梦死，下笔如有神。清诗人朱彝尊有诗赞道：

姚州白酒白于泉，醉客何论三百钱。
十月糟床初满注，莫教焚却子猷船。

王阳明家里还藏有一小埕余姚白酒，是郑氏留给夫君过中秋节享用的，虽然百般舍不得，但为了这些孩子，只得咬咬牙送出去。当下就拎着这埕酒去见族长太公。郑氏刚说出口，族长太公两眼一闭，正待摇头，一眼瞥见郑氏脚下那埕白酒，想起王家童儿曾替他破解过三件难事，还不曾奖赏过呢，何况祠堂后那些房子破旧不堪，有人住比关着烂要好，想至此，便道："既然那些童儿是侬家儿子的朋友，看在他面上，老夫准了，就当奖赏他破案有功。"就这样，三个小乞儿在王家祠堂里有了个栖身之处。

阳明听到族长太公答应了，向娘亲讨了些铜钱，带着伙伴们到街上买了些柴米油盐、衣被之类，然后来到祠堂。一见那几间破屋，不禁倒吸一口冷气。只见破屋椽梁蛛网密布，地上瓦砾堆积如山，断垣残壁，四面通风。鸟雀窝、马蜂巢，随处可见。老鼠乱窜，蟑螂、蚂蚁、苍蝇横行，着实破败不堪，怎能住人，避风遮雨？阳明正自发愁，龙虎豹三人却喜上眉梢，齐声笑道："哇呀！日有阳光取暖，夜有星星当灯，卧看明月，耳听蛙鸣，好一处安乐窝也。与露宿野外，风吹雨淋，受人赶逐，野狗追咬比，简直是人间天堂了。大哥，侬别操心了，且放宽心回家去，别看眼前这屋子破破烂烂，过几日再来，定会让侬刮目相看。"阳明对眼前情境，实在也无能为力。临别时，将用剩的并诸小姐给的钱，都交给水龙，由他来当家。

转眼间，七日过去了。这一日，阳明骑马练刀罢，正欲往祠堂看望小伙伴，只见诸小姐并丫鬟带着几个下人赶着一头毛驴，拉着一辆板车前来，车内装着几袋货物。原来，她放心不下，专程来探望乞儿们。阳明简要说了一番，于是两人结伴前往。一到祠堂，朝破屋瞧去，阳明怔住了。原先的断垣残壁，如今已清理干净，砌起砖墙，并被粉刷一新。地上的瓦砾虫蚁已不见踪影，屋里明亮光洁，靠窗一字摆开三扇门板，板上叠着三条薄被，整个屋子旧貌换了新颜。屋外荒芜的园子也被整理一新，还种上了菜秧。正所谓“无娘的孩子早当家”，七日不见，真令人刮目相看。龙虎豹三人见大哥并诸小姐到来，一齐迎接道：“哥啊，姐啊，侬瞧瞧这安乐窝，四壁是白玉砌成，琉璃瓦盖满屋顶，日有阳光作暖炉，夜有明月不熄灯，前有瑶池琼草做伴，后有菩提树为邻，看不厌蓝天红日天天新，听不够凤凰喜鹊整日鸣，比皇帝老爷住的金銮宝殿还舒心快活呢。”说罢，七手八脚将货物搬下驴车，谢过诸小姐。阳明和诸小姐见他们这般快乐满足，也就安心了，遂告了辞，各自回家去。

阳明一回家，就将伙伴们近况告诉娘亲，郑氏听后也甚是欣慰，又络绎从家里搬去条桌、椅凳、饭盏、铁锅、柴灶等供其使用。此后，阳明当仁不让，学时为师，闲时是友，长守菜园前，早晨种菜、学文，午后练武，无一日懈怠。在阳明督促教育下，几人文武日见精进。同伴聚在一起，意气相投，无话不谈，都觉得相见恨晚。一日练罢武艺，四位伙伴闲谈了一会，阳明欲告辞回家去，水龙恋恋不舍道：“大哥，时辰过得太快了，一转眼侬又要回家了。唉，盼星星，盼月亮，要盼到明日才能再见。”

说着说着，水龙眼泪就流下来了。范虎道：“这叫作麻雀毛粘住糨糊，再分不开了。龙哥心里难受，有泪往外流，我范虎是有泪往肚里咽。咽着咽着，突然蹦出个‘馊主意’，侬我兄弟既是一根藤上之瓜，苦甜是一家，不如效法刘、关、张桃园三结义，从此能朝夕相见，生死与共，不知中不中？”米豹拍手道：“虎哥侬这主意，叫作十里高山观景，站得高看得远！古人说过，兄弟同心，黄土变金，日后互相帮衬着建功立业，还不是迟早的事。只是大哥是月宫里的桂花树，我等是山窝里的野藤蔓，不知缠不缠得上高枝哩。”阳明道：“豹弟说这等话，兄弟间反显得生分了。虎弟出的主意，正合我心。侬我兄弟，意气相投，且把富贵贫贱、高贵卑微丢到天边，今朝就结义为兄弟，日后同心协力闯天下。昔日有‘三个臭皮匠，顶个诸葛亮’之说，如今是四个少年郎，胜个司马家。还等什么？这就参拜天地吧。”要行结拜礼，不曾备办香烛、美酒，就以泥块、桂枝、净水代替，四位少年郎就在菜园前齐刷刷跪下磕头，立下誓言，义结金兰。日后有福同享，有难同当，不求同年同月同日生，但愿同年同月同日死。阳明年长，龙、虎、豹三人依次尊阳明做了大哥。

结义以后，兄弟间愈加亲密无间，浑如一体，日间练武习文，夜里就宿在祠堂。随着时光流逝，一转眼就过去半年有余，他们学业、武艺俱突飞猛进。此时王华已离乡赴京赶考，阳明则带着义弟们行走乡里，甚是逍遥快活。一日，兄弟们正在官道上策马奔腾，忽见远处呼啦啦涌来黑压压一大群人，携儿挈女，面露惊惧，仓皇逃奔。阳明甚是诧异，上前拉住一位逃难者衣袖，询问缘由。那人惊恐道："哎哟侬这后生，我没工夫与侬细说，四明山强盗下山了，见人就杀，见物就抢，不逃就没命了，还不快逃。"阳明道："有这等事？为何不去禀报地方官，起兵去剿灭匪徒？"那人道："侬哪里知道，这伙强盗占据四窗岩称霸称王，自立关寨旗号，聚有上千喽啰，白昼杀人，黑夜放火，劫掠客商财物，这一带百姓，家家受害，户户遭殃。官府去征剿，被杀得片甲不留，连知县老爷也被掳去了。"那人挣脱衣袖，撒腿逃去。

原来，四明山上有个地方，名唤大俞山。此山位于群峰之巅，重峦叠嶂，如鹤立鸡群。山巅有一长方形悬崖，仿佛从天外飞来的一顶僧帽，覆于山巅之上，刀削斧砍，寸草不生。岩壁上排列四个天然洞穴，如四扇窗户。洞穴内甚是宽敞，可容多人居住，又能四方观望，故名四窗岩。四窗岩下有一百八十座山峰，连绵起伏，如一群朝圣罗汉，拜伏于下，自下仰望，犹如层楼之台阶。据野老所言，古时候此处是仙人修炼之所，东汉时，又是刘晨、阮肇遇仙之处，登四窗岩山路两侧，岩壑纵横，险峻曲折，大有一夫当关、万夫莫开之势。唐代诗人皮日休有《石窗》一诗写道：

窗开自真宰，四达见苍涯。

苔染浑成绮，云漫便当纱。

棂中空吐月，扉际不扃霞。

未会通何处？应连玉女家。

四明山自被一群强盗盘踞，在山路要冲处建起一座寨子，取名“四窗寨”，由四个匪首纠集上千喽啰，占山为王。大当家姓洪名宝，二当家姓邬名刁，三当家姓石名秃，加上一名狗头军师赛诸葛，都是穷凶极恶之徒，不时带领喽啰们下山杀人放火，抢劫财物，强奸妇女，百姓不堪其恶，纷纷弃家逃难。山下人家，谈匪色变，十户九逃，十村九空。

且说陆埠镇上有一大户施员外家，家境殷实，其人为人木讷，膝下只有一子，是一位童生。施员外想娶一位知书达理的女子来做儿媳妇，经千挑万选，相中了二七市毛员外家秀云小姐。毛小姐是位大家闺秀，且两家门户相当。施员外遣媒说合，毛员外四处一打听，也甚是合意，就应允了这门亲事。毛小姐既无兄弟，又无姊妹，且容貌超群，贤淑温柔，聪明伶俐，毛员外爱如掌上明珠，纳聘之日，请来诸多亲朋好友，摆开喜筵，等待施家送彩礼来下聘，同喝喜酒。

谁知施员外家聘礼还未临门，突然呼啦啦闯进来一群匪徒，个个如凶神恶煞，横眉立目，挎刀持枪，大呼小叫，为首的正是四窗寨山大王洪宝。毛员外并一众客人，一见这伙丧门星，吓得魂不附体，心惊胆战，避之犹恐不及，纷纷拔脚开溜。这伙匪徒不问三七廿一，一屁股坐下，见酒就喝，见菜就吃，还吆五喝六，肆意吵闹，转眼间，将喜筵吃得杯盘狼藉。洪宝乘着酒醉饭饱，带着喽啰，摇摇晃晃闯进毛小姐闺楼，吓得毛小姐顶门上丧了三魂，脚底下荡了七魄，闺楼没处可躲，只得呆立一旁。那魔头走到毛小姐跟前，肆意打量，觉得果然生得标致，只见她：

眉如春山，眼含秋水，春山秋水愁悠悠。
愁悠悠，恨悠悠，惊魂破碎奈何天，欲啼不敢啼。
凝住，窈窕神韵却未减，娉婷姿态仍依旧。
天生一种风流态，神笔马良画难成。

洪宝见了，两颗铜铃眼像被糨糊粘住了，魂儿也飞到九霄云外去了，大笑道："哎哟，好个美人儿，莫不是仙女下凡来与俺配一对儿？好哇，俺孤家寡人的日子过腻了，该换口味了。哈哈，这门亲事就这么定了。"说着，转身下得楼来，对毛员外道："老儿，侬家闺女俺相中了，过几日俺吹吹打打用大红花轿来抬，做俺的压寨夫人。"毛员外忙道："大王，这可使不得。小女今日与陆埠镇施员外家公子定亲，不日就要成婚，岂可别嫁？还求大王体谅。"洪宝见毛员外拒绝，立时横眉立目，欲待发作，突然乌眼珠一转，寻思道，此时若将美人劫上山去，山寨未曾准备，草率行礼，不仅没趣，在江湖上也有失颜面。若是将毛家砸了，又怕美人破罐破摔，坏了喜事，岂不是竹篮打水一场空？想至此，压住怒火，呼哨一声，带着喽啰们含怒离去。

洪宝回到四窗寨，余怒未消，当即招来二当家邬刁、三当家石秃、狗头军师赛诸葛，述说了欲娶毛家小姐遭拒经过。邬刁道："大哥何须烦恼。这余姚百里，唯俺四窗寨独尊。娶毛小姐做压寨夫人，三个指头撮田螺，十拿九稳，有何难哉。"洪宝道："二弟有何良策，快快说来，俺听着呢！"邬刁道："这位毛小姐不是要与陆埠镇姓施的小子定亲吗？俺就给她来个釜底抽薪，杀鸡儆猴。明日小弟带一批弟兄下山，悄悄地摸到那姓施的员外家，一不做二不休，给施家来个白刀子进红刀子出，顺便再将财物劫回来。山寨要办喜事，就不愁缺金少银了，毛家有雌无雄没得配，也再难拒绝，岂非一举两得。"

洪宝听了，喜道："妙啊！二弟所言，甚合俺意。奶奶个球，俺们做强盗的，红眼绿头发，不杀人放火何以生财立威！杀！杀！杀！杀他娘的！干脆，将施家斩草除根，杀得一个不留！"三当家石秃听了，却摇头道："二哥所言虽妙，却有不妥之处。毛家若知晓施家遭到血洗，定会带着美人逃之夭夭，天南地北，何处寻觅？夺美娶亲嘛，如同打仗，兵法上说过，若欲取胜，须先礼后兵，恩威并用，方能喜事喜办，皆大欢喜。"这时，狗头军师赛诸葛摇头晃脑道："三哥所言，大妙也！娶亲嘛，喜事也。若要喜事喜办，俺赛诸葛，愿毛遂自荐，为大哥效犬马之劳。

明日就下山，去向毛员外提亲，不用一兵一卒，凭俺这条三寸不烂之舌，定要毛员外甘心情愿、欢欢喜喜送女儿来做压寨夫人，如何?”众人齐声称“有军师出山，必定马到成功”！洪宝随即下令，明日一早兵分两路，一路由二当家邬刁带领数十名喽啰，各带兵器，直奔陆埠镇施员外家，杀人劫财，休要手软；一路由狗头军师赛诸葛带着三名喽啰，径往毛员外家提亲。

昨日，毛员外因匪首洪宝并匪徒们进府捣乱，纳聘喜筵未能办成。当晚，一家人全都提心吊胆，不敢合眼。次日天方亮，毛员外就起身了，一打开家门，赛诸葛就带着喽啰，提着用红绸包扎的礼物，闯了进来。毛员外见匪徒们手拎礼物闯进来，明摆着是黄鼠狼给鸡拜年，没安好心，胆都吓破了，怎敢怠慢？连忙将这些人迎到中堂落座，赛诸葛将两样物件掼于桌上。两样是何物件？原来一包是碎散银子，另一包则是一把寒光闪闪的钢刀。赛诸葛单刀直入道：“员外听好了，俺乃四窗寨四当家赛诸葛是也。奉俺家大王之命，特来提亲。俺家大王洪宝，乃是天上真龙下凡，将来攻城略地，一直打到京城，那个昏君就得低头哈腰滚出金銮殿，俺家大王就做了皇帝。大王抬举侬家，要娶侬闺女去做压寨夫人。侬知不知道，将来侬家闺女就是正宫娘娘呢。这叫红运当头躲不开，全家人以后要鸡犬升天哩。侬若是乖乖允了，千好万好，皆大欢喜，若是不识抬举，那施家的今朝，就是侬毛家的明日。这两样物件任由侬挑选。”说罢，带着喽啰出门，扬长而去。毛员外吓得半晌说不出话来。还未回过神来，又听到家人来报，说是陆埠镇施员外全家十余口人，今日一早惨遭灭门，无一幸免，家中财物亦被洗劫一空。吓得毛员外魂飞魄散，六神无主，面如死灰，急忙召集全家人商量。大伙七嘴八舌商量来商量去，最终还是决定去报官。

余姚县各乡各镇，凡四窗寨匪徒所到之处，杀人放火，抢劫财物，强奸妇女，无恶不作，诸知县早已得报，正自苦思剿灭匪患之策。这时有差役来报，说今早陆埠镇施员外家惨遭灭门，财物被洗劫一空。才说至此，又有差役来报，说是有大批匪徒杀下山来，杀人劫财，更有数十名乡绅富户被绑上山，勒索财物，还扬言，若所索钱财不及时送到，这些人将被剖肚砍头。

诸知县听完禀报，大惊失色，深感情势危急，当即召集众役吏商议对策。那些役吏，平日里唯知吃喝玩乐、敲诈勒索，养得细皮嫩肉，闻知有油水可捞，眯着的两眼霎时就会睁得铜铃一般大，三寸脖颈立马伸得有五寸长。如今一听到要对付强盗，乌龟头都缩了进去，三寸长脖颈缩成了二寸，一时间两片嘴唇被生漆胶住了，满堂鸦雀无声。诸知县见了只是摇头，正无可奈何间，听见外面突然传来“咚咚咚”击鼓声，赶紧传进大堂，原来是来告状的毛家族长太公和毛员外，还有被劫持的乡绅富户们的家眷。毛员外把土匪丢下的两样物件呈上，并一纸诉状，将贼寇逼婚之事说了个大概。诸知县收下状纸，安抚众人道："四窗寨贼寇所犯罪行，罄竹难书。本县岂能容其逍遥法外！各位且请归去，顾好自家门户，待本县禀报宁波府讨取救兵，组织本县人马，协力剿灭土匪，以保一县安宁，还侬等一个公道。"

诸知县是一位尽职的好官，虽仅是七品芝麻官，却有满肚子读书人的正义硬气，闻知匪祸日甚一日，民遭其害，如坐针毡，焦虑万分。寻思知县乃一县之宰，为民父母，食朝廷俸禄，子民遭罪之际，若无动于衷，任由匪徒猖獗，岂非上愧对朝廷，下有负黎民，还有何脸面立于人世间？为县令者，理应身先士卒，亲往征剿，即便血洒沙场，也当青史留名！想至此，不由得热血沸腾，一夜未曾合过眼。

次日一早，他早早起身，命人击鼓，将全体役吏召集至县衙，说是除去老弱病残，全都佩带武器，他要亲自率众上山剿匪。诸知县乃一介文弱书生，未曾见过两军对垒，不知刀光剑影有甚厉害。那些役吏一听要真刀真枪去剿匪，早已吓得面如死灰。他们平时遇在一起，都是有说有笑、油腔滑调，这会儿俱成木头了。各人悄悄朝左右前后瞥一眼，为保住这只饭碗，谁也不愿做出头椽子。次日一早，衙门前只稀稀拉拉到了三十余人，除去佝偻着身子推说腰扭伤的，哭丧着脸喊拉稀走不动路的，只余下二十余人，硬着头皮跟着上山去。谁知四窗寨未到，已溜走了一半，留下的也只是大声吆喝，不敢上前。诸知县无奈，只得提着刀冲在最前面。山上匪徒见官兵这等熊样，全不放在眼里，大开寨门，喊一声“杀”！个个如凶神恶煞一般冲下山来，真刀实枪一交手，官兵哪是对手？转眼间就被砍杀大半，余下的哭爹喊娘溜之大吉了，这可苦杀诸知县了，勉强招架几回合，就被活捉了。匪徒们敲着得胜鼓，回到大寨。他们知道诸知县是本地知县老爷，如同请来一尊财神爷，将他单独关起来，还放出话来，须用十万两白银来换，若拒不缴银，就要砍了诸知县，洗劫余姚城，杀个鸡犬不留。

消息传开，余姚城百姓无不心惊胆战，魂飞魄散。毛员外原本指望能得诸知县相救，以解此劫，闻报方知，知县老爷也已落入强盗之手，泥菩萨过河自身难保了，还有什么指望？正当毛员外六神无主时，狗头军师赛诸葛带着喽啰又闯进门来，丢下了一包碎银子，说这是纳聘彩礼，同时丢下一句话道：“三日后，俺家大王将用八抬大轿亲自来迎娶毛小姐，若有差池，就血洗余姚城，杀毛氏全族！”说罢，扬长而去。余姚百姓闻讯，无不惧怕，纷纷携家眷逃难。

阳明等人听罢逃难民众讲述，无不义愤填膺，热血沸腾道：“气煞我也！这帮穷凶极恶的匪徒，理该遭天雷劈死！诸知县一家有恩于我等，如今遇难，凡血性男儿，岂能坐视不理！”说话间，只见诸小姐带着丫鬟风风火火飞奔而至，她两眼红肿，抽泣道：“王公子，不好了，快设法救救奴家父亲！”阳明安慰道：“小姐休要悲伤，事情经过，学生已然知晓。救诸老爷脱险，学生责无旁贷。只是以眼下情势而论，贼寇据山势地形之利，匪强我弱，匪众我寡，且匪情不明，欲救诸老爷，如同以卵击石，瞎子摸鱼，全无胜算可言。须想个万全之策，方能救老爷脱险。”大伙七嘴八舌，想了无数办法，总觉得不妥，一时定议不下。

正商议间，水龙突然感觉肚腹疼痛难忍，想是昨晚睡觉受凉，要拉肚子了。与众人知会一声，径直往树林去方便。寻寻觅觅走到树林深处，正欲蹲下，偶然间一抬头，只见树林更深处，一棵弯脖子树枝丫上挂着一条长长的丝巾，有位女子正把头伸进去。水龙暗道不好，这是要寻短见！这一吓，竟把肚子里的烂屙给逼回去了，急忙一提裤头奔了过去。水龙生性喜谑，遇到这等性命攸关之事，仍不改本性，冲着女子装个鬼脸，道：“哎哟喂，好侬个花朵儿似的小姐，不在闺房里照镜画眉，写字绣花，跑到树林里来做甚，是要掏鸟窝还是来荡秋千？”女子见有人问话，便住了手，浑身颤抖，泣道：“奴家在这里寻死哩！公子不同情也罢了，还成心嘲笑奴家，是何道理？”

水龙一听，女子果然是来寻死，后边的俏皮话便缩了回去。又见女子衣着整齐，满脸泪痕，看上去甚是可怜，寻思定然遇到万分悲苦之事，才会走此绝路，他眼珠子转了转，故意扯谎道：“哎哟喂，小姐侬错怪小子了。小子昨日下半夜做了个梦，梦中观音菩萨找到小子，说道：‘赶快起身，有位小姐要到树林来寻短见，速去相救，日后，她还会成为将军夫人，尊贵着哩。’小子不敢怠慢，赶紧四处找啊找，就找到这里来了。我说小姐，侬可死不得，不然，小子哪有脸面向菩萨交代？侬就可怜可怜小子，断了寻死的念头，胜过行善积德拜菩萨。”那女子嘟哝道：“人都要死了，还做什么将军夫人，说得天花乱坠。唉，定是这位公子在宽奴家的心，故意说的。”便恳求道，“这位公子行行好，速速离开这里，让奴家在此安心死去。”

水龙见女子泪流满面，仿如带雨梨花，着实让人怜爱不已，心道我水龙堂堂男子汉，岂能见死不救，任其陨落，罢了，对视死如归者，劝不如激，或许有效，遂道：“小姐若是定要寻死，那就死吧。不过死前，侬还得发一回善心，先救救小子。”少女道：“此话怎讲？”水龙道：“观音菩萨说过，侬若救不回小姐，唯侬是问。哎哟，小姐啊，菩萨见小子事没办成，若是一发怒，罚小子到地狱去受罪，小子岂不是冤枉？小姐不救我谁又能救？我说小姐啊，侬且宽宽心，要知道天无绝人之路，有什么凶险的坎儿过不去，只管说给我听，小子愿意做侬脚下之石，助你过坎，可好？”

女子一听，沉吟片刻，仍摇头道：“公子且休再动问，奴家之事谁也没法救的，不说也罢。”水龙寻思，劝不行激不行，且用吓的法子试试，遂道：“小姐不愿说也罢，只是侬年纪轻轻，生得如花似玉，若不明不白地死了，侬的父母，或者兄弟姐妹，岂不要痛断肝肠，哭死过去？岂不是侬一人死连累全家亡？何况侬可知人上吊死去，死相有多吓人吗？两颗眼珠子挂在脸上，血淋淋舌头拖出有半尺长，阎王爷会说侬不听劝告，罚侬挖心割耳之刑，地狱里还有恶鬼野鬼吊死鬼落水鬼要来欺侮侬，哎哟哟，吓死人了！小姐若执意要寻短见，干脆侬将绳子打个鸳鸯结，小姐吊右边，小子我吊左边，黄泉路上与侬做个伴儿，免得被鬼欺侮，挖心割耳之刑也由小子承受，如何?”女子一听死后这般可怕，顿时吓得浑身打战，不敢死了。又寻思自己与这位少年郎，非亲非故，他古道热肠，屡屡劝自己，真是好人。不由得抬头细看，只见那人穿的虽是粗布短衣，却生得五官端正，眉清目秀，知非歹人，便站着低头不语。水龙上前将她扶到石上坐下。

此时，女子神色也渐渐平复，述说了事情原委。原来女子就是毛员外家闺女秀云小姐，只因四窗寨匪徒逼嫁在即，诸知县剿匪又被贼寇掳去，若自己远走他乡，岂不害了全家？左思右想，自知难逃魔掌，不如自寻短见，还能留个清白身子。于是万念俱灰之际，悄悄独自离家，来到树林自尽。水龙听了道：“哎哟，巧了，巧了。海水涨到龙王庙，同病相怜之人萍水相逢了。我说小姐哪，侬是额角头雪亮。小子有几位义兄弟，外加诸知县千金诸小姐，正在商议杀贼寇、救知县老爷的法子，小姐何不前去相见，共商对策?”毛小姐听了，心中萌生出一丝希望，于是随水龙来与众人相见，说明原委。毛小姐与诸小姐两人一见如故，互诉心曲。

阳明听了水龙述说，又问了毛小姐一些情况，道：“有道是独木不成林，人多好办事。我等在此苦思冥想，难有两全之策，毛员外家也是苦主，我等不如先与秀云小姐一同回家去，聚至毛家共商对策?”大伙都说有理，于是赶去毛家。谁知还未到毛家门口，远远便听到毛府上下一片哭声，原来毛员外家正为闺女失踪，四处寻觅不见而大放悲声。众人一到毛家，老员外已哭得两眼红肿，老泪纵横，一见女儿平安回来，悲喜交加，父女俩抱头大哭，哭了半晌才罢。阳明向毛员外说明事情经过,毛员外谢过水龙救命之恩,吩咐上茶,众人落座。

毛员外向众人叙述了那日如何举办定亲喜筵，四窗寨贼寇突然闯入，陆埠镇施员外家惨遭灭门，然后又几次上门逼迫，要强娶闺女去当压寨夫人。说到愤恨处，毛员外咬牙切齿道:“这伙吃人的禽兽，纵然天打雷劈，也难消老夫心头之恨!唉,今日一早,土匪头子又来了,说是明日五更,要用花轿来抬小女上山成亲。小女宁死不从，被逼走上绝路。老夫心乱如麻,又束手无策,不知该如何消灾弭祸,恳请各位义士相助,老夫当以犬马相报。”

阳明听罢毛员外述说，沉思半晌道:“员外家遭此横祸，令人义愤填膺。只是眼下匪焰正炽，百姓惊惶外逃避祸，且内无强将，外无救兵，欲破此难，诚不易也。”说至此，阳明停顿片时，又道，“圣人有云，滴水之恩当涌泉相报。诸老爷父女对我们兄弟有知遇之恩，何况他是舍生取义，为民赴难，如今被贼所擒，岂能不救?更何况还有毛家之灾，富户之命。纵是鬼门关，也要闯将进去。学生思虑再三，想到一条‘李代桃僵’

之策，未知能否解得此劫？”众人齐道：“快说，是甚妙策，愿闻其详。”阳明想出的“李代桃僵”之策能否力挽狂澜，救众人脱灾免难？欲知后情，且看下回分解。

第6回

扮新娘混入四窗寨　闹洞房魔头屙烂屙

且说阳明说出有“李代桃僵”之策时，毛员外正方寸大乱，坐困愁城，一听说有计策，喜出望外，连声问道：“请王公子细加讲述，老夫愿闻其详。”水龙也插嘴道：“大哥，原来侬是随口唱山歌，心里早有谱了！小弟急得如热锅上蚂蚁哩，别卖关子了。有骆驼不说羊，拣大的说。”范虎也道：“大哥只管说，弟兄们是小河港撑龙舟，自会同心协力。”阳明道：“哎哟，别急别急，听我慢慢道来。依眼下情势看，贼寇穷凶极恶，人多势众，官兵衙役围剿尚且不敌，若逞匹夫之勇，真枪真刀与其搏杀，岂是对手？故不宜力敌，只能智取。学生所说‘李代桃僵’之策，就是要以弱胜强，以少胜多。”米豹急不可耐，插嘴道：“大哥说的‘米代豆浆’计策，莫非是要我米豹，在石磨里磨上几圈，变成豆浆，淹死这帮该死的强盗？这办法好，全淹死了，剩余的还可当早餐哩。”水龙道：“豹弟休要胡搅蛮缠，且听大哥说下去。”

阳明道：“所谓‘李代桃僵’，就是要选一位具有侠肝义胆的女子，扮作新娘，代替毛小姐上山去，还要选几位义士一同打入匪窝，伺机里应外合，来个擒贼先擒王，达到以弱胜强、消祸救人之目的。”范虎道：“这叫韩信背水一战，以弱胜强。”米豹道：“也叫诸葛亮用兵，出奇制胜。”毛员外听了却不以为然，道：“王公子计策虽妙，却难以做到。一是这般侠女、义士一时难觅，远水难解近渴。二是一旦不慎败露，闯入匪穴的义士，势必性命难保，我等又怎忍心？三是计策失败，贼寇岂肯善罢甘休，跑得了和尚跑不了庙，义士们可远走高飞，老夫全家必遭血洗。故还须从长计议。”

阳明见毛员外一脸失落，胸有成竹地道：“诚如员外所虑，闯贼窝去救人的义士，纵然九死一生，亦当舍身一搏。员外则可将府中贵重物品先行转移，一旦花轿离开，阖府上下立即逃离躲避，可免后患。”阳明话音才落，就见诸小姐起身道：“王公子所言，正合奴家所思。众位义士，诸知县乃奴家之父，他为救民于倒悬，置生死于度外，率众剿匪，不幸被掳，奴家于公于私，都该挺身而出。王公子，请允奴家代毛小姐扮作新娘，与虎狼周旋，虽死犹荣。”阳明沉思良久，摇头道：“小姐勇气可嘉，学生钦佩。只是侬闺阁千金，手无缚鸡之力，且未经历过凶险场面，怎能抵御穷凶极恶之徒？这岂不是抱薪救火，反害自身？不妥，不妥。”米豹是急性子，憋不住道：“哎哟哟，毛小姐不能去，诸小姐去不得，弟兄们是有雄无雌，还是死蟹一只！”

水龙听罢，心下一寻思，米豹说得不错，若无人代毛小姐上山，岂不是枉费心机？眼睁睁看着弱女子才脱枉死城，又坠虎狼窝，这世上还要男子汉何用？待米豹说完，他接过话头道："诸小姐舍身救父，是真孝女。谁会舍得诸姐姐有去无回。只恨水龙不是小姐。"范虎笑道："侬若是小姐，小弟们给侬当丫头。好主意没出，还是猴子唱大戏，胡闹。"米豹也讥笑道："是诸葛亮弹琴，城里没兵。"水龙心里一急，突然急中生智，道："谁说我做不得小姐？老师也说过，能做。"范虎、米豹笑道："侬哪来的老师？还说老师说过，吹牛！"水龙道："阳明大哥不就是老师？他教小弟们念《木兰辞》，辞里说'雄兔脚扑朔，雌兔眼迷离，双兔傍地走，安能辨我是雄雌'。这花木兰能女扮男装去从军，我水龙也可男扮女装闯贼窝！各位瞧瞧，瞧瞧本小子，虽然破衣烂衫，浑身汗臭，却是天生一张美人脸，柳眉杏眼，身材修长腰儿细，若穿上毛小姐的绣花衣衫，脸上擦些胭脂花粉，打扮起来不就是一位千娇百媚、花枝招展的闺阁千金？那个魔头见了，必定神魂颠倒，色眯眯哪里分得清是天南还是地北，是雌还是雄？何况小子答应过毛小姐，要替她解灾消祸，大丈夫岂可言而无信？加上小子有一颗七窍玲珑心，会鉴貌辨色，眼头活络，能说会道，还会点儿三脚猫功夫，此番男扮女装让贼寇吹吹打打抬进匪窝，定要救诸老爷下山，以报答诸小姐对小子的大恩大德，如此，又兑现了对毛小姐的承诺。一举三得。"

范虎听了拍手道："喔哟哟，龙哥真有大丈夫气概，小弟是鲁肃拜孔明，佩服得五体投地！以龙哥相貌，扮新娘子不在话下，到时坐进花轿，让喽啰们吱嘎吱嘎抬进洞房，再装个哑巴拜堂，只作揖不说话，还要扭扭捏捏多抛媚眼儿，喝交杯酒更是多多益善，待把魔头灌醉了，一刀割下他的子孙根，叫他断子绝孙。”阳明道：“罢了罢了，虎弟休要胡扯。”回头对三兄弟道：“龙弟能舍身忘己，愚兄敬佩。只是乔装打入匪窝，贼众我寡，贼强我弱，如闯龙潭虎穴，不可有丝毫闪失。此番舍生取义，九死一生，侬等害不害怕？”三位小兄弟一齐道：“大哥休要顾虑，没什么可怕的。小弟们做乞儿时，饥寒熬煎，挨打受骂，早已死过无数回了。此番前去，是为救人报恩，即使再到阎王殿周游一番，又有何妨？砍头就当风吹帽，二十年后又是一条惩恶扬善的好汉。有什么可怕的，不怕！不怕！”阳明听言，心中甚慰，道：“愚兄没看错人，都是好样的。”

阳明朝四周一扫，满眼老的小的女的，没一个可当主心骨的，时间紧迫，只能未出茅庐，就发号施令。当下他就请毛小姐带着水龙、范虎、米豹去闺楼梳妆打扮。毛小姐问道：“扮新娘一位就够了，三人一起去何为？”阳明道：“龙弟扮作新娘，虎弟、豹弟扮作粗使丫头，各有用处。”范虎、米豹听了叫屈道：“大哥，龙哥扮作新娘，上穿凤冠霞帔，下着绣花鞋，坐着丁零当啷花轿，一路上晃晃悠悠让人抬着，又风光又体面又惬意。我俩做粗使丫头，穿的是粗布烂衫，还得点头哈腰听从使唤，这也太亏了不是？”阳明道：“侬我兄弟有福同享，有难同当，这一去，须同舟革一命，说什么吃亏便宜？”两人挤眉弄眼道：“怎会不亏。凡好吃好穿的，全让龙哥享受去了，我两人晦气，生看见熟呒份。大哥，得有点补偿才好呢。”

阳明心知两人在说俏皮话，也不搭理，三位小兄弟由毛小姐领着去闺楼，水龙边走边说道：“虎弟、豹弟，侬俩人勿要得了便宜卖乖。以为做新娘子戴凤冠、穿霞帔、坐花轿是在享乐不是？哎哟喂，龙哥我是哑巴吃黄连，有苦肚里咽，享受这些个劳什子，如同披枷戴锁坐牢一般，还免不了要蜀魂装彩鸟，见到老魔头和这班杀人不眨眼的贼寇，恶心得想吐，恨不得一刀宰了，可是又不能，还得装出羞羞答答东躲西避的样子，脆梆梆娇滴滴细声软语，还要随机应变与恶棍周旋，受气哪，受罪哪，哪有心思挑肥拣瘦，吃香喝辣？罢、罢、罢，凡新房里梨头、香蕉、红枣、花生、糖果、糕饼全让给侬两人享用，如何？”

虎、豹两人听了笑道：“哟哟哟，龙哥还当真了，小弟们是闹着玩儿呢。请大象吃野狗肉，谁稀罕这些狗娘养的臭东西！不过穿戴女人的衣裤鞋袜，叫堂堂男子汉扮丫头，嘀嘀，倒是大姑娘坐花轿，自出娘胎头一回呢。”三兄弟是初生牛犊不怕虎，临危不惧，玩笑照开，俏皮话照说。阳明见毛小姐领着三位义弟离去，回头对诸小姐道：“小姐，请恕学生鲁莽，言行不妥之处，请小姐休怪。”诸小姐道：“王公子只管吩咐，奴家遵命便是。”阳明道：“救人之事急如燃眉，请小姐即刻动身，骑上学生快马，回县衙央请县丞大人立即向宁波知府请求救兵，同时召集全县役吏，与宁波府救兵合为一处，于明日晌午前到四窗寨前设伏，到时里应外合，呐喊助威，不可有误。”诸小姐说声“明白”，转身离去。接着，阳明对毛员外道：“请员外赶紧召集全家老小，将府中金银、账簿、粮米、衣被等贵重财物，收拾停当，待夜色降临，先行去邻县亲朋家里藏匿，凡迎亲所用物件，与平日一般摆放，还要从速派人购买三十埕余姚陈年白酒，将埕口封泥打开，令酒香飘逸，放于府门旁，另派人去药店购买数斤生大黄备用。明日待花轿一上山，府中一干人等快速离开，去外地避祸，待匪患肃清，再归府即可。”毛员外答应一声，急着去照办。

且说龙、虎、豹三兄弟由毛小姐领至闺楼。事已至此，也顾不得避嫌了。她让水龙坐于梳妆台前，亲自替他打扮，虎、豹两人则交由丫鬟代劳。那水龙虽然生得五官端正，可是一头长发杂乱如麻，如今临阵磨枪，迟缓不得。她让丫鬟端来一大盆温水，将水龙整个头浸进盆内，反复梳洗多遍，将头发擦干后将整瓶桂花油敷上，满头长发才显得乌黑油亮。水龙笑道：“好妹妹，侬的手又软又滑，桂花油又香，揉得哥哥头皮发麻，浑身舒坦，自出娘胎还不曾这般享受过，真希望侬一直揉着，再不离去。”虎、豹两人听了，笑道：“龙哥真好福气，这雅致洁净的闺房，如同月宫一般，侬在洗头时，月下老人已悄悄为侬缠了红头绳，这叫不曾拜堂先同房！”羞得毛小姐满脸通红，扭过脸去装作没听见，避开话题道：“哎哟，龙哥，侬这头颈处，洗了无数次，又涂上几层胭脂粉，还是黑不溜秋的，奈何？”范虎听了笑道：“这好办，先贤说过一物，只需一搽上，保准雪白管用。”毛小姐道：“是何宝物，快说。”范虎道：“大哥曾教过，还未忘哩。请听：‘千锤万凿出深山，烈火焚烧若等闲。粉骨碎身浑不怕，要留清白在人间。’”水龙听了吃惊道：“哦，侬说的是石灰啊？小姐，这可使不得，一搽上，就得脱三层皮哩。”毛小姐道：“这石灰嘛，就不擦了，只是两边耳环如何戴？且这两条粗黑眉毛，如何变得细长些才好？”水龙爽快道：“这还不好办，用针戳，用钳拔啊！”毛小姐连连摇头道：“使不得，使不得，岂不要痛杀公子也，怎么可以！小妹下不去狠手。”虎、豹两人幸灾乐祸道：“小姐，只管咬咬牙，心肠硬一点，下手狠一点，龙哥早已把生死置之度外，甘心情愿替侬赴汤蹈火，还怕打洞拔毛这点儿痛吗？戳呀！拔呀！”

毛小姐无奈，含着泪用缝被针在水龙耳垂上戳耳洞，不顾鲜血淋漓，套上耳环。接着脸对着脸，含情脉脉替水龙拔眉毛。四目相对，此时无声胜有声。每拔一根，水龙痛得眉头皱一下，秀云眼泪便如串珠一般落下，虎、豹两人却乐得开怀大笑道：“龙哥，古代有个故事叫张敞画眉，是流传千古的佳话，今朝有天仙一般小姐替侬拔眉毛，就叫‘毛小姐拔眉’吧。麻酥酥、痒滋滋的，真好福气，何日里也让小弟尝尝这乐而忘痛的滋味？”

水龙听了笑道：“嘀嘀，这叫苦乐心自知，有人想经历还没福经历呢。哎，侬两人只看到和尚吃馒头甜，勿晓得和尚受戒痛呢。”回头对毛小姐道：“秀云妹妹，哥哥我此番上山，若性命不保，待等每年寒食节，侬在我坟头点三支清香，烧些纸钱，可好?”秀云泣道：“龙哥休说断肠话了。若有不测，小妹就落发做尼姑去，在青灯古佛前替哥哥超度亡灵。”

水龙道：“有妹妹这番话，哥哥纵然一死亦瞑目了。但是哥哥舍不得妹妹去当尼姑，整日对着泥塑木雕的菩萨念经，哪有个出头之日，岂不辜负了青春年华、如花美貌?若照妹妹这般心肠，哥哥还不能死呢，得与妹生为鸳鸯鸟，死做同穴鬼才好哩。”秀云羞惭道：“哥哥此番上山，若一日不回，妹妹就等哥哥一日，千日不回，就等千日，若此生回不来，妹妹就变做一块望夫石，直等到天荒地老。”范虎、米豹听了鼓掌道：“哎哟喂，楼台会上，情人把生离死别的话都说好了。古人说过，置之死地而后生。此番上山，自会有菩萨保佑，有惊无险。今日说定了，小弟们做个现成媒人，只等喝喜酒了。”

男扮女装要说最难的，就数水龙这双大脚了。横着量三寸直着量八寸的大脚，如何穿得下三寸绣花鞋?这可伤透了毛小姐脑筋。左想右量，唯有将绣花鞋后跟拆开，再缝一块大红绸缎，如此，半只鞋有底，后半只没鞋底了，才勉强将脚穿进。只是难为了水龙，大脚穿半只鞋底的小鞋，其苦可知。

且不说几个毛头小伙在闺房里胡扯乱说，乐而忘忧。就说毛员外家，此时大有山雨欲来风满楼的情势。那些匆忙进院出府的，还有挂灯结彩的，搬运物件、船运车载的，如同没头苍蝇一般。原先，毛员外对阳明这些毛头小伙着实看不上眼，对他们能否解急救难，心中像十五只吊桶，七上八下，充满不安。但事已至此，只能死马当作活马医，走一步算一步了。今见阳明处乱不惊，考虑周密，安排周详，有运筹帷幄的大将气度，这才稍定下了心。一阵忙乱后，只听得村庄深处，雄鸡一声啼唱，东方渐渐露白，时近五更。众人虽然心乱如麻，脸上却要装作喜庆模样，各自胡乱吃些食物，等候匪徒到来。

此时，山乡静谧，显得格外宁寂，鸟雀在树林深处的啼叫声，野兔在荒野的啃草声，甚至蚯蚓在地下的掘洞声，都听得清清楚楚。这些乡民心里都明白，这是暴风雨前的宁静。突然，从高山远处传来一阵阵鼓乐声、炮仗声，惊得鸟雀乱飞，黄犬狂吠，乡民们无不面露惊惶，闭户噤声，一时间大有黑云压城城欲摧之怖。随着鼓乐声临近，阳明开门察看，只见一伙人抬着一乘八人大轿，从半山腰蜿蜒而来。来者约有五六十人，一路吹吹打打，鼓乐齐鸣，吹乐的、击鼓的、拿物的、抬轿的，个个眼露凶光、腰挎钢刀，清一色上着灰黑色直襟上衣，下配绑腿灯笼裤，簇拥着一个披红挂彩、满脸横肉、一股子杀气的大汉。那汉子骑着一匹高头大马，神气活现，活脱脱一尊凶神恶煞，真好生骇人也。侬问他生得怎生模样？

头戴一顶铁笠帽，帽尖红缨半尺高，

双眼如铃肉里嵌，黑眉一对朝地扫，

满脸横肉络腮胡，疙疙瘩瘩绽血泡，

大吼一声草木抖，疑是魔君向天嗷。

此人正是四窗寨强盗头子洪宝。毛府上下众人，闻声丧胆，缩在屋内，个个胆战心惊。毛员外无奈，只得迟迟缓缓哆哆嗦嗦出来迎接，强装笑脸道："各位请进！"将一行人接进府门。一跨进门，就听得洪宝大声嚷嚷道："老丈人，恭喜恭喜！俺把八人大轿抬来了。你的大王女婿是个急性子，你休要婆婆妈妈的，速速请新娘子上花轿，俺等不及要做新郎官入洞房也！"毛员外满面堆笑，嘴上满口答应，心下寻思："这亲事，乃我毛家的奇耻大辱，巴不得将侬等瘟神赶紧送出门去呢。"随即朝闺楼大声喊道："请新娘子穿戴整齐，赶紧下楼上轿啦。"此时水龙早已打扮妥当，由扮作丫头的范虎、米豹左右扶着，一路装作哭哭啼啼模样，一步一顿扭扭捏捏下得楼来。看那水龙，头上戴着凤冠，凤冠上金银彩饰丁零当啷作响，一方绣花大红盖头，严严实实遮住脸儿，露出两边抹得乌黑油亮的鬓发，上身穿粉色绣衣，直垂腰间，下系一条百褶罗裙拖地，正好遮住脚上绣鞋，走起路来一摇一摆，仿佛弱柳扶风，风情万种。随着人行裙动，洪宝闻到扑鼻异香，不禁狂笑不已，满腮横肉不住抖动，两颗铜铃眼盯着新娘子上了花轿。花轿后面是一溜朱红大木箱，是娘家给新娘的嫁妆。

喽啰们见新娘子进了花轿，便放炮的放炮，敲锣的敲锣，吹箫的吹箫，顿时鼓乐齐鸣。强盗们正要启程返回，突然一阵风刮过，吹来阵阵酒香。洪宝本是个酒鬼，一闻酒香，如同苍蝇闻到臭肉，如何还迈得开步？他禁不住接连打了两个喷嚏，高声嚷道："慢来慢来！哎哟，哪来的酒香？快把俺鼻子香掉了。"一眼瞥见大院边摆着数十埕美酒，还一阵阵冒出酒香，又大嚷道："唷唷唷，老丈人哪，俺是酒中仙，见酒迈不开步，要先过足酒瘾才能动身。儿孙们，别急着抬轿，先取大碗过来，待俺先喝上三大碗，再上山不迟！"

这时，已装扮成毛府总管的王阳明，嘴唇上下贴着花白胡须，穿一套短装，戴一顶毡帽，帽檐压住眼眶，一听魔头说先要喝酒，忙趋前道："大王，小人是这里的管家，主家派我上山张罗大王喜事，还请大王关照。这娶亲喜事嘛，自古讲究良辰吉时，耽误好时辰，就不吉利了，新娘子也会勿乐意。这酒嘛，这里摆放的俱是窖藏多年的余姚白酒，大王喜欢饮酒，尽可搬上山去，与弟兄们细酌慢饮，那才有兴头呢。"洪宝一听，也是，心道："好一位贴心贴意的管家，说到俺心坎去了。山上办喜事，正缺少美酒哩。"遂大声道："儿孙们听了，俺四窗寨与俺老丈人家，是翁婿一家亲，不分彼此，也用勿着客气。喏，把俺丈人家的美酒，连同养着的牛啊羊啊猪啊鸡啊鹅啊鸭啊，还有种的瓜果菜蔬，一股脑儿搬上山去，供俺众弟兄享他娘的福去！管家哪，侬跟着俺上山，好好替俺办事，俺有重赏哩。"阳明道："多谢大王赏识。"

随行喽啰呐一声喊，见毛府有数辆牛车放在院子里，正好派上用场。这会儿毛家可是遭殃了。那些贼寇，平日里横行霸道烧杀抢掠惯了，听到魔头一声“搬”，全都老实勿客气，但凡见到可吃可喝的、可穿可戴可用的，连同金银财宝，全都席卷而去，将毛府上下里里外外洗劫一空，仿佛大火烧过，洪水冲过。洗劫完毕，贼寇们一声呼哨，洪宝骑马在前，随后是八人抬花轿，再后面是一大溜人吹吹打打赶车扛物，阳明作为娘家管家，也随同迎亲队伍一同上山。此时，毛员外已吓得面如死灰，汗透衣衫，寻思着亏得听从王公子安排，昨夜把财宝细软转移出去，不然家里可真的啥都不剩了。见强人出门离去，待等不见人影，赶紧鞋底抹油，带着全家老小，仓皇出逃。

且说匪徒们抬着花轿，循着卵石铺就的山路蜿蜒而上，匪徒们去时空手空轿，来时抬轿扛物，再加敲锣打鼓，累得气喘吁吁，黄汗直淋，一路污言秽语不绝。阳明跟着花轿，留心观察上山路径，民居村落、地势高低，心下寻思，传说四明山有二百八十座山峰，峰峰相连，如今看来，果然险峻。但见一座山峰连接一座山峰，层峦叠嶂，连绵不绝，座座山峰如莲花初放，依势涌动，仿佛坚城石堡，真真巍峨壮观、险峻异常：

怪石嶙峋，层峦叠嶂。连壁悬崖逶迤立，拥绿堆翠别样浓。

潺潺泉水探幽深，袅袅云雾掩高峻，一峰未尽一

峰迎。摩天石笋闻虎吼，无穷谷底有狼吟，瑰丽险峻
赖鬼斧，人间无此翠玉屏！

阳明将一路上地形、暗哨、堡垒，都一一记在心上。走过一段陡峭山路，就来到一片空阔平地，只见一座由乱石砌筑的山城横跨山道，城墙正中刻有三个大字："四窗寨"，城堡深处，是连排矮房。环观四周，城堡下怪石嶙峋，暗道密布，要攀越，难如登天。城堡前方，有高入云霄的竹林、古樟遮掩，从远处观望，只见树林，却见不到城堡，可谓易守难攻之天险要塞，大有一夫当关、万夫莫开之势，不免心中暗暗吃惊。

一大溜迎亲队伍吹吹打打进入了四窗寨。所谓山寨，其实是一座气势巍峨的城堡，外墙由条石砌筑，着实坚固，等闲难以打破。进入寨门，花轿径直抬进正中一座楼堂前停下，此时已过晌午，大堂外两侧，以二当家邬刁、三当家石秃和狗头军师赛诸葛为首，齐刷刷站着一长溜匪徒，约有五六百人之众，全都腰挎钢刀，手执长枪。一见洪宝到来，一拥而上，乱糟糟地起哄祝贺，道："恭喜大王迎娶压寨夫人！"有的嚷道："今朝大王娶到黄花闺女，明年生个小大王，从此四窗寨兵强马壮，人丁兴旺。"

洪宝下了马，一挥手，大声嚷道："小的们，俺们有喜同贺，有福同享，快扶新娘子进房去，奶奶的，俺酒瘾上来了！"一伙喽啰嚷道："先拜堂，再喝酒！俺们要看新娘子压寨夫人美不美

呢！”另一伙喽啰嚷道：“先喝酒，再拜堂！美酒香得肚子里蛔虫都要从喉咙里爬出来哉。”洪宝大声道：“安静，安静！拜堂？拜什么鸟堂！俺新买尿壶等不到夜了，先洞房，后拜堂。”范虎见阳明在使眼色，心里明白，急忙上前对洪宝娇声娇气道：“哎哟大王，走了这么长山路，早上吃的露汤露水，早已化作一泡尿了，新娘子憋不住，要方便一下呢。”洪宝抓头皮道：“哎哟！这个嚷着拜堂，那个吵着喝酒，新娘子又说要尿尿，把大王闹得头昏脑涨，六神无主！罢罢罢，小的们，快带压寨夫人去新房，待俺吃饱喝足了，再进洞房！”

只见范虎、米豹由匪徒引路，扶新娘出了花轿，一路招招摇摇，引逗得匪徒们鼓噪起哄，趁着混乱，新娘子不快不慢地进了新房，那些备嫁大木箱也都搬进新房内摆放停当。待匪徒们一离开，范虎眼头活络，随即关门落闩。此时三个小兄弟就在新房里称王称霸了，一边忙将大木箱打开，取出武器绳索之类，藏匿到床下，一边筹划动手时机，待商议停当，三个浑小子就急不可待地抓起桌上糖果糕点，满嘴乱塞，尽情享用，挤眉弄眼，悄声说话，全不把行将到来之惊天战事放在心上。

且说阳明因是娘家来的总管，被匪徒们尊为大王贵客。大王下过命令，允许管家四处参观闲走，不得阻拦，给阳明行动带来了方便。他装作喜新好奇的样子，东张西望，看似观望山景，实则观察四周动静，一眼瞥见一棵大树边有个放哨的匪徒，耷拉着脑袋，一脸不高兴。原来他轮到值勤，不能去喝酒凑热闹，还得喝西北风受罪，满肚子牢骚正没处发泄。他一看到大王贵客，赶紧端正神色。阳明上前打个招呼，就天南海北地攀谈起来，从匪徒口中打探到诸知县及一干乡绅富户，均被关押在不远处的山洞里。

阳明探听到诸知县等人下落，心中暗喜，按匪徒指点的方向寻找，终于在怪石嶙峋处见到一个山洞，洞口有两名喽啰挎刀持枪把守，大约因天气寒冷，洞边放一火盆，一名匪徒正用斧头劈柴。只听匪甲道："老弟，这等寒冷天气，全寨弟兄在前边饮酒吃肉，侬我晦气，在此受冻挨饿。不如悄悄溜去，神不知鬼不觉地混在众人处吃他娘的去，待吃饱喝足再回来，也无甚妨碍。"匪乙道："老哥说得有理，牢里死鬼关得严严实实的，苍蝇也飞不进去，谁能出来？做个饱死鬼也比做守尸鬼强万倍哩。走啊，溜他娘的。"说着，二人便一溜烟走了。阳明见状大喜，悄悄摸进洞去，只见不远处有一道栅栏，阳明向里张望，见里面有两间牢房，一间关诸知县，一间关乡绅富户。阳明一探头，正好被诸知县看到，虽经一番乔装，少年郎装成小老头，诸知县还是认出了他，这不就是除夕借钱、赠以宝刀马鞍的王阳明吗？他竟敢孤身闯匪穴！果非常人也！一时激动得不知如何是好。悄声打了个招呼，阳明返身拾起斧子交给诸知县，示意他藏好，作为破门之用。此时不便详说，随即离去。

此时匪窝大堂内乱哄哄如闹市一般。堂内一溜摆开数十桌酒席，酒气满屋，喽啰们吵吵嚷嚷骂骂咧咧等得不耐烦了，如田鸡篓倒翻一般。那匪首洪宝高居第一把交椅，二当家邬刁、三当家石秃、狗头军师赛诸葛坐于两侧。洪宝脸上黑里透红，大声道：“老二、老三、老四，俺大王能有今日，全仰仗三位贤弟辅佐，有道是有福同享，待等喜事办完，俺就将两个陪嫁丫头赏给老二、老三做个小妾，老四嘛，他是文人，须到县城大户人家挑个小姐来配，才称得上郎才女貌。”三人连声道谢。接着，洪宝下令道：“来啊，今日是本大王的好日子，把好酒好肉搬上来！站岗的巡哨的也全叫来同乐，不醉不散。”狗头军师赛诸葛劝道：“请大王三思。眼下虽然官兵大败，污吏恶役们岂肯善罢甘休，若搬来救兵，偷袭山寨，依我弟兄若都喝得烂醉如泥，谁来指挥退敌？有备无患，谨慎为妙，须多派些人去站岗巡哨，以防不测。”

洪宝正兴高采烈，听了赛诸葛的话，脸上挂不住了，道：“军师只知纸上谈兵，长官兵威风，杀俺山寨锐气。俺堂堂四窗寨，有虾兵蟹将一千有余，对外号称三千虎狼之师，余姚知县尚且被俺们擒来，成了阶下之囚，那些贪生怕死的污吏恶役，还有胆小如鼠的小老百姓们，一听四窗寨威名，都如惊弓之鸟，逃命犹恐不及，还敢到老虎嘴上拔毛？何况俺山寨坚城铁壁，建得铁桶一般，孩儿们士气高昂，连老鼠也钻不进来。纵然请来救兵，能奈俺何！休要啰里啰唆。喝酒，吃肉，别冲了俺的喜气！”邬、石两位当家也凑趣道：“大王妙语连珠，句句铿锵，大长俺山寨威风。杞人无事忧天倾，军师何必多此一举。”

赛诸葛也就闭嘴不语了。

此时，酒菜络绎上桌，喽啰们早已等不及，举杯夹肉吃开了。洪宝一闻酒香，笑逐颜开，忙不迭一连先灌了三大碗。有道是酒是话钥匙，洪宝又端起一大碗酒，起身嚷道："孩儿们，今日是俺大喜日子，你们都要大碗喝酒，大块吃肉，酒是朝中福水，一个个不灌得他娘的打醉八仙，俺可不依。今儿个俺先娶压寨夫人快活快活，过几天神仙的日子。孩儿们跟着俺，先踏破余姚城，再占据宁波府，一路攻城略地，一直打进京城去。他娘的，老子也弄个皇帝做做！你等要官给官，要金赏金，要美女就给美女。今日这厅堂，就当作金銮宝殿，俺大王君无戏言，封俺的压寨夫人为正宫娘娘，封二当家邬刁为丞相，封三当家石秃为元帅，封赛诸葛做个国师，你们俱是有功之臣，都封为将军、总兵，赏黄金万两！"众匪徒听了，发疯似地狂呼乱叫："大王万岁！"

洪宝趁着酒兴越说越来劲，喽啰们也纷纷端酒祝贺。酒到嘴边，洪宝来者不拒，直喝得吆五喝六分不清天南地北，那些喽啰也是醉得东倒西歪。鸡鹅鸭牛羊猪肉，加上连续不断黄汤灌下去，小小肚腹再也装不下了，没过多久，一个个前俯后仰，将塞进嘴里的酒菜，一股脑儿喷了出来，"哗啦啦""咕噜噜"，呕吐声此起彼伏，满地秽物，恶臭冲天。

洪宝此时也已醉得满面通红，天旋地转，七颠八倒，由喽啰扶着一步一顿来到新房，被放到床上。范虎等见状，知事不宜迟，立即关上房门，从床下取出武器、绳索，一齐动手，将无知无觉的魔头捆了个结结实实，然后卸下女装，备好兵器。诸事停当，洪宝才迷迷糊糊从醉眼蒙眬中醒转来，发觉身子被五花大绑，动弹不得，又见新娘子并丫头俱是男子装束，还以为是在做噩梦呢。再一细瞧，不好！这些人正弹眼赤筋用尖刀对准自个儿胸口！他大怒道："侬等何人？狗娘养的，新娘丫鬟全变成公鸡了，还要杀俺大王老公，这是要翻天不成！还不去了绳索，饶侬等不死！"

水龙笑道："魔头听清了，少爷们行不改名，坐不改姓，乃阎王爷案前无常爷爷是也。只因侬作恶多端，恶贯满盈，特来拘侬剥皮抽肠下油锅去。"魔头一听，也不知所说是真是假，吓得魂飞魄散。再一细看，不对啊，进山寨时还是穿着嫁衣的美人儿，怎会是阎王殿前的无常爷呢？他明白是中计遭劫了。洪宝大惊，这一惊，把喝下去的满肚余姚美酒吓作冷汗流出，浑身湿透，张开嗓门，杀猪似大喊救命。这一喊虽然震得楼板嗡嗡作响，可是喊破喉咙，无人答应也没人进来。你道为何？原来，那些喽啰们也已醉得一塌糊涂，七颠八倒，加上随酒喝下去的生大黄药性陆续发作，肚子痛得如刀尖乱戳，喽啰们都捂着肚子，哼哼唧唧地轮番到屋外茅坑拉稀去了，如何能听到呼救声？

此时阳明正潜伏在新房外，听到房内响声，知道伙伴们已经得手，急忙敲开房门，接过范虎递上的追风刀，对三人道：

"待为兄将牢里众人救出，再一齐杀出山寨。"边说边持刀离去。范虎见匪首还在叫喊，情急之下，拔出尖刀就要一刀砍了他，水龙阻止道："且慢杀他，他可是一个活的挡箭盾牌，有大用处呢。"米豹道："杀了省心，为民除害，有甚大用！"水龙道："魔头就像一只玛瑙瓶，捏在我等手中，他手下喽啰见了，强拼硬夺亦怕连累他们大王，这就叫投鼠忌器，侬懂勿懂？"米豹道："哦，还藏着这些道理，大哥没白教侬。"

范虎道："暂且留他狗命也罢，只怕一疏忽被他溜了，鸡飞蛋打，两头落空。"水龙道："怕什么！一直捆绑着，根本插翅难飞，只是杀猪似的狂叫高呼，却是难办。"范虎道："有什么难办的，好办得紧呢，只要赏他一只塞子，加一点甜头，他就乖乖听话了。"边说边举起拳头，"啪啪啪"三拳头，洪宝脸上立马鼓起三个大血瘃，想必是额头被打受了惊，肚子里药性立马发作，只听得洪宝屁股下"哗啦啦嘶嘶嘶"一连串声响过去，满肚子烂屙憋不住，如同洪水决堤一般从裤管内汹涌而下。说来也难怪，魔头这一整天，张开血盆大口狂灌美酒，大鱼大肉、糕点果品来者不拒，从嘴里塞下去，肚子就成了垃圾桶，加上泻药一催，整个肚腹立时翻江倒海起来。闸门打开，怎会不泛滥成灾，恶臭冲天？水龙被恶臭熏得头昏脑涨，又见洪宝仍不住狂喊乱叫，若引来前堂匪徒，那还得了！他鬼点子多，眼睛一眨，急中生智，一个妙法就想出来了。水龙琢磨出怎样个妙法制服魔头？欲知后情，且看下回分解。

第7回

讲义气弟兄瞒实情　请贵客赋诗夸风物

且说魔头洪宝见动弹不得，便张开喉咙杀猪似的大呼小叫，小伙们急得乱了方寸。水龙灵机一动，计上心来。这计与其说是妙计，倒不如说是毒计。他转身拎起洪宝的招风耳道："好侬个魔头，乖乖听着，等会儿少爷还有赏哩。在侬的屠刀下，余姚城有多少人家家破人亡，可怜秀云小姐也被侬害得要上吊自尽。少爷念侬杀人害人辛苦，今朝先为无辜百姓犒劳犒劳侬，让侬尝尝各色山珍海味，经过烧炒蒸焖制作的'混滚捣浆杂烩羹'！这可是连皇帝老儿也不曾尝过的美味呢。"说着，随手从绣花被上割下一大块棉絮，蘸上洪宝拉的烂屙，塞到洪宝嘴里。洪宝醉眼蒙眬一看，哎哟，这可不是龙胆凤肝，臭烘烘酸汪汪的令人作呕，就死劲咬住牙不肯开口。水龙可不是善茬，见洪宝不肯开口，他顺手掐住洪宝鼻子，魔头透不出气来，只得张口，水龙见口一开，立马将污物"滴溜溜"塞了进去。这下魔头可受用喽，满嘴疙瘩烂屙，吐吐勿出，咽又勿肯咽下，臭气往下攻，胃里杂七杂八东西翻滚着要向上呕出来，那块屙布却是一夫当关、万夫莫开，卡在喉咙里不让满肚子“宝货”冲出来，真真比死还难受。也是魔头平日里作恶多端，天怒人怨，活该遭报应！

三个小子正协力对付魔头，阳明已带着诸知县等众人赶到。诸知县手持斧头在前，其余人则或持柴棍，或拿扁担，两伙人合在一起，阳明领头，水龙、米豹押着洪宝，范虎断后，一齐朝寨门冲去。这时几个喽啰拎着裤子从茅坑出来，一眼见大王被五花大绑着，由一伙陌生人押着向寨城外跑去。喽啰甲揉揉眼道：“嘿嘿，俺家大王好兴致，新娘子不抱，却领着一伙人到山头去拜天地，嘴里还叼着好大一块鸡腿呢。”喽啰乙道：“侬眼乌珠瞎了不成？没看到俺家大王前呼后拥着去负荆请罪。”喽啰甲道：“新婚夜请的什么罪？俺倒要领教了，侬且道个明白。”喽啰乙道：“这还不知？俺家大王奸女人太多了，新婚夜子孙根勿争气，成了银枪蜡烛头，压寨夫人一发威，没奈何，只能自缚着去请罪喽。”喽啰丙吃惊道：“哎哟哟不好了，请什么罪，是大王被劫持了！”几个喽啰顾不得满屁股烂屙，张开喉咙大声喊道：“快来人哪！大王被劫持啦，快来救大王呀！”这一喊，顿如炸了马蜂窝，呼啦啦地从屋内、茅坑里冲出来许多人，乱撞乱窜，那些喽啰有的东倒西歪步态踉跄，有的醉眼蒙眬分不清东西南北，有的捧着肚腹拎着裤头，呼啦啦都围了过来，转眼就将寨门围得水泄不通，却不敢上前，只大声叫嚷道：“放了大王，饶侬等不死！”

阳明见贼寇围得水泄不通，寻思敌众我寡，敌强我弱，不宜恋战，好在有水龙一柄钢刀架在魔头脖颈上，喽啰们不敢过于逼近。阳明大喝道：“呔！草寇们听了，侬当家的在我等手中，哪个送死的敢上来，先砍了侬家大王！”水龙接着喊道：“龟孙子们，睁大眼瞧瞧，钢刀急着要喝血呢。”边说边将钢刀在洪宝脖子上锉了锉，顿时血流如注。阳明舞动手中宝刀在前开路，一溜人紧随其后。只见宝刀呼啸，寒光乱窜，碰到者死、擦着者亡，那些围过来的喽啰，被当作瓜砍菜切。转眼间便距寨门只有一箭之遥，谁知一时管上没管下，听得“扑里通隆”一声，脚下突然被石头一绊，洪宝一干人跌倒在地，洪宝乘机挣脱水龙，就地几个翻滚，被喽啰一拥而上救了回去。阳明一干人没奈何，只得且战且退，说时迟那时快，突然杀声四起，一队贼寇舞刀举枪冲上前来，依仗人多势众，围着阳明一干人厮杀！阳明、水龙、范虎、米豹四人各自转身抵挡贼人进逼，将诸知县一干人保护在背后。如此厮杀多时，渐渐力有不支，而贼人却越战越多，千钧一发之际，寨门外突然传来阵阵喊杀声，阳明知道是官兵前来接应了，招呼众人赶紧冲出寨去，由他断后，独自抵挡匪徒。

水龙等人护着诸知县一行人杀出一条血路，冲出城门，见大队官兵已杀到，水龙、范虎、米豹将一干人等交给官兵，返身助战。混战中，只见魔头洪宝跃马提枪，上身赤裸，两眼血红，如凶神恶煞般杀来，大喊道：“弟兄们杀啊！别让他们跑了！杀一个赏银百两，杀两个赏银千两，全砍成肉酱，替大王消气雪恨！”喊声未落，“嗖”的一枪朝阳明劈面刺来，水龙喊一声“大哥当心”！阳明眼尖身捷，就地一滚，躲过枪尖，将宝刀横劈过去，洪宝提枪格开，翻手又是一枪，疾如毒蛇出洞，向阳明肋下刺去，阳明的缩节刀突然弹出，变成丈八大刀，惠明大师传授的三十六路刀法，开始大展神威，“嚓嚓嚓”“咯啷啷”劈砍扫挡，神鬼莫测。枪来刀挡，刀砍枪迎，刀枪相击，火星四溅，战有七八回合，洪宝就乱了枪法，阳明找个破绽，翻手一刀，名曰“蛟龙闹海”，疾如闪电，洪宝招架不及，只听得“扑”的一声，随着“哎哟，死也”一声惨叫，一只耳朵被削落在地，一股污血喷射出来，洪宝丢枪捂耳，满脸鲜血，伏鞍而逃！

阳明正欲追赶，斜刺里又冲出数十个张弓搭箭的喽啰，一齐放箭射来，阳明舞动大刀，上下左右若银蛇盘旋，将箭纷纷打落。阳明与三位义弟们合于一处，且战且退，正杀得难解难分，寨内突然又冲出三队人马，分别由二当家邬刁、三当家石秃、狗头军师赛诸葛率领，尤其是赛诸葛带领的数十名骑兵，左冲右突，异常骁勇。阳明等人被困核心，疲于应战。

且说诸小姐从宁波府请来救兵，刚到四窗寨前，就见阳明等人已将诸知县等人救出，向城外杀来，随即大声呐喊，上前接应。之后一部分官兵将诸知县一干人送走，她左等右等，却不见阳明等人，正焦急间，忽听得城内杀声大震，寻思阳明等人定然还在内厮杀，想至此，她坐下宝马突然前蹄腾空，纵身跃起，张开大嘴，“咴！咴！咴！”仰天长啸三声，鬃毛飘扬，撒开四蹄，“的的得！的的得”，如风驰电掣般直向城内冲去。

阳明等四人正靠背迎战，忽听城门外传来震天动地的马嘶声，回头一看，原来是追风宝驹背驮诸小姐，发疯似的奔跃而来！诸小姐大声喊道：“王公子，快上马！”阳明心领神会，一个鹞子翻身，跳上马背，又将宝刀顺手横砍过去，刀刃到处，一溜喽啰连排倒下，阳明喊一声：“弟兄们，快撤！”可是三位义弟被匪徒缠住厮杀，一时难以脱身。正在此时，阳明坐下宝马突然两眼放光、鬃毛倒竖，仰首又“咴”的一声长啸，只见匪徒骑的马匹像听到狮吼虎啸，突然惊慌狂跳，前腿跪倒，卧地不起，将背上匪徒摔了个头破血流！最先倒下的是三个魔头。三个魔头眼头活络，见阳明等人勇不可当，怕吃眼前亏，赶紧脚底抹油，弃马逃命。最先倒下的马匹，已一跃而起，站立原地，仿佛在等候新主人，其中一匹花斑马突然“哗啦啦”一声响，马屁股喷出一股子烂屙。范虎、米豹眼头活络，挑两匹好的跃身骑上，水龙见留下的就这匹屙烂屙马，没法子，总比没马强，一跃身也骑了上去。兄弟几人挥动兵器，排着队似的砍杀过去，一路鲜血飞溅，匪徒的头颅，如同种在斜坡上断了藤的西瓜，骨碌碌滚下坡去！小伙们一提缰绳，一声呼哨，马匹撒开四蹄“的的得！的的得”，紧跟着阳明与诸小姐同骑的宝马，刮风似的奔回县城来。

且说诸知县并众乡绅富户，在宁波府官兵护送下，一路提心吊胆，回到知县衙门，这才惊魂甫定，仿佛从鬼门关逃出，无不额手相庆。到衙内落座，喝茶压惊，不久闻报四位小英雄并诸小姐平安归来，众人一齐出府迎接，拜谢搭救之恩，然后相拥入内。此时已过晌午，县衙已安排便餐，众人正匆匆用餐，那些乡绅富户家眷闻讯赶到，一见当家人，激动得抱头大哭，哭声震天。这哪是悲惨哭声，实是比之朗朗笑声还动听呢。餐后各自拜别回家，诸知县把英雄们请到客房饮茶，宁波府请来的将士，则另行派人款待。

当下，诸知县吩咐下去，备办酒席，犒劳英雄们。茶过三巡，阳明突然放下茶杯，神情惊慌道："哎哟，不好了！糟了糟了！"义弟们道："大哥，何故这般惊慌？"阳明满头冒汗道："昨日救人紧迫，且诸事缠心，不曾告知娘亲，此时爷爷娘亲必然找寻我下落，焦急万状，这可如何是好！"众小弟道："大哥休要焦急，事已至此，好在救人大事已毕，赶紧回家，免得爷爷娘亲担心。"阳明起身道："说得有理，我这就赶紧回去。"四人起身来向老爷并诸小姐辞别，谁知老爷小姐都在房内洗浴更衣，不便打扰，只得拜托役吏代为告辞，然后急匆匆离开县衙，快马加鞭赶回家去。

一路上，阳明对伙伴们道："唉，今日之事，愁杀为兄也，如今唯有据实以告，请求爷爷娘亲责罚。"水龙劝慰道："大哥且放宽心。船到桥头自然直。知县老爷并乡绅富户被劫，命悬一线，毛员外一家大难临头，正所谓救人如救火，容不得片刻迟疑，大哥见义勇为，乃男子汉所为，爷爷娘亲心存慈爱，又识大体，定会宽恕，何愁之有？”阳明道：“贤弟所言差矣。义无反顾，救人于危急，自然是好事。只是我等年少，知浅识寡，何曾见过真刀真枪厮杀？何曾经历过腥风血雨？一时仗匹夫之勇，贸然闯虎穴狼窝，若有差池，性命堪忧，罪莫大矣。所幸平安归来。只是爷爷娘亲若知晓实情，受责罚事小，把娘亲吓出病来，如何是好？唉，这一关怎么闯过去，急煞人也。”

范虎道：“大哥，侬是聪明一世糊涂一时，过这一关有何难哉？骗呗。只说侬我兄弟相伴出游，不小心走错路了，以致耽误至今。”米豹道：“不妥不妥。大白天怎会走错道路？弄巧成拙，爷爷娘亲必定不信。不如说是诸老爷派人邀我等去衙门，商议诸小姐学艺之事，盛情挽留难以脱身，故拖延至今才归。”阳明听了，直摇头道：“这是错上加错，更不可行。未经爷爷娘亲允许私自离家，一夜未归，一错也。胡乱杜撰骗爷爷娘亲，二错也。一错再错，非大丈夫所为。与其有愧于心，不如实话实说。古人云，二害相衡取其轻。此事为兄在娘亲前一力担当，只说商讨救人之事，至于闯匪窝与贼寇交战之事，却不可泄露。娘亲虽一时气恼，想必无甚大害。各位贤弟可回去歇息。”三人道：“大哥说哪里话来，侬我兄弟，有福同享，有难同当，天塌下来也一同扛着，岂有躲避之理，这就一同向爷爷娘亲认罪去！”

且说那一日，郑氏种罢菜蔬，见田埂边种的香椿树新芽勃发,就取一根长竹竿,缚一只铁钩,在树下攀摘春芽,因贪枝上芽多,回来已过晌午。如往常一般,她知晓阳明每日在王家祠堂与兄弟们学文习武,在那里一起用中餐。她服侍公爹吃过饭,又下地耕种去了。在地头劳作时,见一群群拖儿带女的逃难之人走过,一打听,才知四窗寨土匪四处杀人放火,抢人劫财,连知县诸老爷和四乡八镇乡绅富户都被匪徒劫掠去了。后来又听说有几位小英雄上山搭救,至今尚无音信。翁媳两人傍晚回家一说,听到的是同样信息。这帮土匪是否会到本村作乱,郑氏心里似十五只吊桶打水,七上八下,忐忑不安。

倒是爷爷还有闲心思。他一端上酒杯,闻到白酒香,就笑逐颜开,话匣子打开,滔滔不绝地唠了起来。他抚着胡须道:"儿媳妇啊,余姚这地方是一块宝地哪,代代出名贤,名气大得吓杀人。侬可知晓?"郑氏摇头道:"没空闲去知晓。"爷爷道:"眼下就有空闲,我讲侬听,以佐酒兴。东汉有位隐士叫严光,是本地人。他虽是位有名的钓客,却是直钩钓鱼,又不食鱼,侬说怪不怪?皇帝请他当官,与他同床而眠,他倒好,睡着了一只臭脚搁到皇帝肚腹上,醒来后扭头就走,真是臭脾气。三国吴有虞翻,晋朝时有虞喜,隋唐时有虞世南,宋代有高翥,元代有滑寿,都赫赫有名。如今更是'姚江人物甲天下',中状元、中进士的数以百计。唉,只是像眼前这几位小英雄,不惧土匪穷凶极恶、人多势多,敢于见义勇为,不顾生死潜入匪窝去救人,听听也吓煞人哪。嗨嗨,这些少年郎祖上,不知积了几辈子厚德，竟能生出这等出类拔萃的儿孙，令人眼馋哪。”郑氏嘲笑道：“别人家的儿孙，侬再羡慕也没用，有本事也生几个出来，让乡邻们瞧瞧。”爷爷道：“谁说没用？老夫儿孙尚未出道，今后如何，还说不准哩。”

谈讲间，爷爷已喝完杯中酒。此时夜色降临，四周寂静，远处黄犬狂吠不止，凭空增添几分恐怖气氛，尤其是宝贝孙子还未回家，爷爷不免担忧起来。郑氏烧好的饭菜，冷了热，热了又冷，左等右等等不来。爷爷是茅草火性，闷着头“吧嗒吧嗒”吸完几锅旱烟，还不见孙儿影子，心里冒出火星，腾地立起，摸黑出门，大步流星去王家祠堂寻找。找遍角角落落，不光孙子不在，就连三个小伙子和马匹也不见影子，他心里更慌乱了。又到江边、树林、河滨等处寻觅，一边张大喉咙高声呼喊，无奈听到的，只有风刮过树叶的沙沙声、淙淙的流水声和远处野犬的狂吠声，直累得口干舌燥，筋疲力尽。郑氏也没心思干等，到近邻远亲家，往昔儿子好友玩伴处一家家询问，也毫无消息。爷爷回到家已是三更天了，不见孙子，却见媳妇两眼红肿，不住地抹泪，心里明白，便不再问，一屁股坐下，只管叹气，闷头抽烟。郑氏见公爹垂头丧气的模样，知道他空手而归，也不敢多问，就悄悄回房去了。是夜，公媳俩在各自床上翻来覆去不曾合眼，天未亮就起身，胡乱扒几口汤饭就出门，再去各处寻找。

且说阳明等人心急火燎，策马而归，还未到家门口，就听到爷爷在房内大声咆哮："阳明还是个孩子，他不会驾云上天，也不会钻洞入地，更不会突然从天而降，侬做娘的，挂着眼泪鼻涕在家杵着，有什么用处？还不快托人把侬丈夫叫回来，一同去找！哎哟，揪心哪！快去啊！急死人了！"阳明向房内一张望，只见爷爷脸朝外坐在椅上，眼弹赤筋，老泪纵横，娘亲郑氏两眼红肿，默不作声，似泥塑木雕一般站立一旁。哎哟，自出娘胎，阳明还不曾见过爷爷如此急躁、这等悲伤！心里一急，就一头冲了进去，与三位义弟齐刷刷跪倒在地，说道："爷爷，娘亲，快消消气，别气坏了身子。孩儿不孝，归来迟了，愿受责罚。"爷爷一见小淘气们突然跪伏在地，长长地舒了一口气，心里悬着的石头终于落了地，又见他们一个个浑身泥沙，血迹斑斑，且神情疲惫。心里一寻思，这伙冤家，一夜未归，必定在外闯下大祸，可不能就此罢休，须问清原委，想至此，举起手里旱烟管，故意发怒道："侬这班淘气鬼，简直无法无天了！为何一夜不归？定是在外干了什么坏事。快说！不说个一清二楚，家法伺候！"

阳明见爷爷声色俱厉，不免心中忐忑，嚅嚅道："爷爷，侬先吸锅烟，别气恼，孙儿在外不曾做什么坏事。是这么样的，四窗寨贼寇劫持人质，孙儿与受害人家共商营救之事，故误了回家。是孙儿错了，下次再不敢了。"爷爷一听，昨日已闻知土匪作乱之事，孙儿所言倒也说得过去，可仔细一想，不对啊，商议营救为何浑身血污？显然另有隐情，便厉声道："还敢撒谎！

侬身上血污从何而来?”阳明一听,一时语塞,支支吾吾答不出来,三位同伙齐声道:“爷爷,侬消消气,别气恼,是我们三个不争气孩儿与人打架,干了坏事,大哥可没干,侬别冤枉他。”阳明道:“爷爷,别听他们胡说。是孙儿打架闯祸,要罚就罚孙儿吧,与他们无关。”锣鼓听声,说话听音,爷爷一听,一会说商议营救之事,一会又说与人打架,明摆着互相遮掩,内中必然还有大事隐瞒着!这下更来气了,大怒道:“今日若不说出闯了什么大祸,干了什么坏事,非打死侬这班小混球不可,还不快说!”

水龙道:“爷爷,侬就别问了,门后背拉屎,天终是要亮。孩儿我就实说了。祸嘛,是没闯,坏事也没干。大哥说过,娘亲若是知晓了实情,受责罚事小,把娘亲吓出病来,罪莫大焉。大哥讲过不能说,做小弟的会说吗?打死也不说。侬老人家大人有大量,休要气坏了身子,就打孩儿一顿出气吧。”范虎道:“爷爷,侬是长辈,长辈肚里能撑船。戏文里演过,红娘劝老夫人,说是这等事儿,得饶人处且饶人,何必穷追究。”几个难兄难弟个个撅起屁股准备挨打。郑氏见此光景,只是低头流泪,不敢出声。

老爷子也是气极了,道:“干了坏事还要瞒着不说?这还得了!有道是人非圣贤,孰能无过。知错能改,善莫大焉。知错还隐瞒,乃是德行有亏。德行有亏,岂能饶恕。唉,别人家儿孙顶天立地,置生死于不顾,出生入死,救百姓于水火,何等英勇，这才称得上光宗耀祖的好儿男！唉，作孽啊，我王家不知做了什么缺德事，竟生出侬这等孽子，败坏门风！哎哟，子不教，父之过。都是老汉不孝之子，侬父亲王华的错，把他叫回来，看我怎么教训他！”老爷子越说越来劲，气得胡子倒竖，举起旱烟管在阳明屁股上“啪！啪！啪！”就是三竹管，嘴上还不住声追问道：“说不说？说不说？再不说就打死侬！”话音未了，突然闯进两个人来。侬道这两人是谁？闯进来的，是诸知县和他的女儿琼瑶小姐。

原来，诸知县被囚禁在匪窝，浑身污秽恶臭，待急事一料理完，赶紧到后堂匆匆沐浴更衣，事毕，到厅堂来答谢救命恩人，却不见小英雄们，正询问役吏，琼瑶小姐也从闺楼下来，才知阳明等人已托役吏代为辞行，神情焦急，匆匆策马而去。诸小姐道：“父亲，王公子为人懂礼仪、尊师长，非有紧急之事，绝不会这般离去。”诸知县问闺女道：“王公子昨日去毛家筹划救人之事，他家里人可知晓？”诸小姐摇头道：“昨日王公子听到父亲被匪徒所掳，就直接去毛家商议营救之事，似乎未曾告知家里人。”诸知县一拍额头道：“是了，王公子定是向长辈请罪去了。快，备下礼物马匹，速去王家。”

当下，诸知县吩咐下人备下两匹快马，带上礼物和银子，与女儿一同出去。刚出府门，只见不远处来了一大溜驴车，驴车上装着银子和各色礼物，随车来的是一同被土匪劫走的乡绅富户，诸知县一问，原来都是来答谢小英雄救命之恩的。诸知县告诉他们，小英雄都已回家了，自己正准备去王家道谢。乡绅富户们就拜托诸知县带上银子并礼物，代为向小英雄致谢。诸知县应允，于是将各户礼物并成两辆车，快马加鞭，心急火燎地赶到王家来了。

诸知县一到王家，就听到屋内传出一连串咆哮声，一细看，哇呀，这些小英雄在顽匪前虎虎生威，勇猛无比，如今在老人前，却成了煨灶猫，一溜儿跪着，翘起屁股挨打，真乃千古奇景也。他心一急，来不及细想，就一头冲进屋去，抱拳施礼道："老人家请息怒，别错怪了恩人们！余姚知县褚仁携小女琼瑶，上门道谢来了。"爷爷一听，来者自称余姚知县，心想："来头不小哇，我王家与他素无来往，却说上门道谢，这说的是哪门子事？得问清楚才是。"想至此，便住了手，和郑氏连忙还礼道："原来是贵客光临，失敬，失敬，快请上座。"说着，引诸知县父女俩在堂上落座，又回头对跪着的难兄弟们道："还不快起来，向贵客献茶。"阳明等人好似听得"九重宣旨下丹墀"，急忙起身，随郑氏去后堂倒茶去了。

爷爷在堂上陪坐，诸知县向他讲述了小英雄们如何乔装打扮混入匪巢，如何与贼寇交战救人的经过，道："今日本官受乡贤们所托，特地上门来拜谢小英雄们救命之恩。"爷爷听了，嗨嗨，昨夜还赞叹过这伙英雄少年了不起，不想竟是我王家儿孙，这会儿脸上有光了。又想到刚才还用旱烟管责打，不免一脸懊恼，道："哎哟，拜谢不敢。如此说来，倒是老夫错怪孙儿们了。

儿孙们能见义勇为，救百姓于水火，亦承知县老爷教化之功啊！”

这时，阳明等端上香茶、瓜子、盐炒豆等放于桌上。范虎见大家陌生，坐在堂上无话可谈，难免有些冷清，灵机一动，故意取笑道：“爷爷，前些日子戏楼演新戏，着实精彩，逗得观众连声喝彩，小子看了后，还连续做了好几天好梦哩。”爷爷是戏迷，一听到戏，话门就开了，道：“演的什么新戏？侬哪来铜钱看戏？”范虎道：“爷爷，这侬就有所不知了，自古以来，小讨饭看戏，只为添人气，却不要铜钱。戏名是‘失街亭，诸葛亮挥泪斩马谡’。”爷爷道：“什么新戏，这是老戏啊。”范虎笑道：“爷爷，后来戏名改了，叫‘街亭未失，诸葛亮错斩马谡’。”爷爷听了，沉思半晌，又见范虎与小伙们在装鬼脸，顿时醒悟，笑道：“好侬个小混球，竟然编排起老夫来了，看我不打侬三竹管！”又道，“阳明，过来！爷爷错怪侬了。给爷爷看看，身上还痛不痛？”阳明答道：“不痛！不痛！”一溜烟地随众出去了。

这时，琼瑶小姐由郑氏陪着，在庭院树下拉家常。诸小姐自小丧母，由父亲诸知县养大，缺少母爱。今见郑氏慈眉善目，言语亲近，心中喜悦，便左一声伯母，右一声大娘地称呼，喜得郑氏嘴也合不拢。郑氏见诸小姐生得貌美如花，温柔贤淑，喜得不知如何亲热才好，寻思自己若能有这样一个闺女，定是前世修来的好福气。正自欣喜不已，突然一激灵。糟了！侬道为何？原来余姚这地方，百姓自古好客。客人上门，休论常客或贵客，皆须好酒好菜招待。如今贵客临门，厨下却是五更相喜，百呒一件，如同大水冲过，这该如何是好？郑氏正搜肚刮肠寻思待客酒菜，尽管七拼八凑了不少，还是缺东少西的，摆不满一桌，心里急得鸡爪抓挠一般。忽见阳明与几个小淘气手里拎着畚箕、鱼篓、水桶，浑身泥浆，嘻嘻哈哈而来，郑氏上前察看，只见桶里装着各色鱼、虾、泥螺、蚶子等海鲜以及青菜、香椿芽、萝卜等菜蔬。郑氏是乌云揭开见日明，好似饿时得食、寒时得衣，解了燃眉之急，又随手从鸡笼里捉了只啼晓公鸡宰了，赶紧生火做菜煮饭。

俗话说，心越急，柴越湿。烧饭做菜要好多辰光。郑氏担心客人久候，愁绪又浮上心来。这时，突然一阵鼓乐声传来，掐指一算，今朝正逢庙会日，灵机一动，喊道："阳明啊，今日是观音菩萨生日，镇上有庙会，侬何不陪客人去看看热闹。乡下人赶庙会，城里人难得一见呢。"锣鼓响脚底痒，年轻人生性爱凑热闹，郑氏一说，正中阳明下怀。阳明答应一声："知道了。"诸知县想观赏田园风光，阳明就陪同诸小姐和义弟们去镇上赶庙会。远远地就听到锣声、鼓声、铜铳声，声震如雷。原来，余姚地方寺庙甚多，每逢菩萨、庙神诞辰，多举办庙会，此落彼兴，终年不断。每当此时，镇上商贩云集，南北杂货、农土特产、竹木药材、风味小吃，以及看相测字、耍猴斗鸡，无所不有。待阳明等人赶到，虽然庙会已到了下半场，观者仍数以万计，街道不甚宽阔，人挤人，肩并肩，热闹非凡。水龙、范虎、米豹，身材精壮灵活，抢先挤进热闹的人群，阳明则护着诸小姐或缓行或站立观望。只见一群人蜿蜒而来，约有百余众，走在前面的是鸣金、擎旗、唱佛号的，随后是各种执事、仪仗、杠头，再后面则是表演长队，有布龙、塔灯、盘车、高跷、纱船，还有狮子、白象、神鹿、仙鹤、奔马、大头娃娃等，绚丽多彩，看得少男少女们忘情喝彩，乐不可支。诗人胡德辉在《观音礼拜词》中写道：

锣声远远震如雷，招道观音礼拜来。
正欲钩帘低笑问，权时脱略可应该？

诗人吕铭在《礼拜竹枝词》里也有描述：

阳春天气正融和，数日光阴闹里过。
踏遍芦城欢喜地，齐声顶礼念弥陀。

阳明抬头看日，知道已到午饭时分，便招呼大家回去，众人虽游兴正浓，也只得恋恋而返。回到家，只见一大桌酒菜已摆在庭院里。诸知县父女俩也就客随主便，恭敬不如从命了。众人相继落座，爷爷喜滋滋地捧出一坛陈年姚酒，刚一打开封泥，酒之醇香便飘逸出来。先倒上一满杯敬上，道："诸老爷，此乃本地土酒，老朽敬侬一杯，不成敬意。"诸知县接杯在手，说声谢谢，小饮一口，顿感满嘴醇香，连声赞道："好酒，好酒，胜过玉液琼浆！"当即随口吟道：

开坛姚酒香绕庄，酒未到唇神先爽。

此酒只应天上有，人间哪得几回尝！

诸小姐与伙伴们同坐一桌，笑逐颜开，无话不谈。这时，郑氏端上一大碟热气腾腾的炒菜，只见那菜细叶小茎，碧绿与鹅黄相兼，煞是好看，且异香扑鼻。诸小姐悄声问道："此菜何名？"水龙答道："名曰'嫦娥赏桂'。"诸小姐道："好雅致的菜名，有甚说法？"水龙道："嫦娥住月之宫，此菜生树之芽；嫦娥身着嫩绿色，一身桂蕊，香飘千里，故享此名。"阳明笑答道："休听他胡说八道。此菜名曰椿芽炒鸡蛋。侬且听了：此菜攀自树之芽，春来勃发懒开花。细切炒蛋色最妍，异香飘过十里街。"

大伙正争抢着吃，郑氏又端出一碟菜来，琼瑶见此菜黑不溜秋，似虫非虫，皱眉摇头道："哎哟，此菜形貌太丑了，奴家孤陋寡闻，从未见过，不敢下箸。"范虎凑趣道："此菜名为'玉帝饭榔头'。"诸小姐道："好奇怪的名字，有甚说法？"范虎道："玉帝吃腻了龙肝凤髓，饭一口也吃不下。侍者没奈何，从人间选一海味献上，玉帝见形状丑陋，怒道：'瞧着都恶心，拿走！'侍者道：'请圣上先尝尝。'玉帝夹起一粒放嘴里，唔，糯中有脆，鲜香无比，吃罢满碗饭，还再添些，道：'把饭都压下去了，好吃！'故称玉帝饭榔头。"阳明笑道："小姐休听他满口胡说。此菜虽丑，却不可以貌评物。天下之大，万事万物，林林总总，妍媸天然成，味却各有奇妙。此菜俗称泥螺，生于海涂，潮退后拾之，因吐沙铁黑，故俗名‘吐铁’，可鲜食，亦可盐渍之储于坛，长年不坏，愈久愈香，乃农家常年下饭菜。有诗人咏道‘人世风波到处悲，喜侬不作望夫台。树头月出炊香饭，郎担桃花吐铁来。’学生不才，也献诗一首，请小姐斧正：似蜗非蜗出海涂，桃花时节味尤殊。鱼鳖鸡豚赖占箸，脂香味胜大官橱。”

诸小姐听罢，连称：“好诗！有好诗为佐，就尝一颗试试。”举箸刚到唇边，只觉异香扑鼻，细看它壳薄如蝉翼、脂膏丰满，细品它鲜脆滑爽、齿颊留香，喜道：“哎哟，果然是佳物不可貌相，殊味令人难忘。”话音未落，郑氏又捧出一碟菜来，看上去似鱼非鱼三寸长，全身焦黄透鼻香。诸小姐抢过一条品尝，只觉味胜鸡肉，问阳明道：“此菜貌不惊人味惊人，又有何佳名？”阳明刚要作答，米豹不甘被冷落，抢先道：“此菜名曰‘沉香娶媳妇’。”诸小姐笑道：“菜名好香艳，又有何说法？”米豹笑道：“白娘子是白蛇化身，生个儿子名沉香，长大后要娶妻，娶谁呢？一代不如一代，娶不到白蛇娶黄鳝，黄鳝一听，怕法海和尚找麻烦，溜了。沉香没法子，东瞧瞧西瞧瞧，瞧上了泥鳅，怕她再溜，就用青葱缚住成了亲，故名‘沉香娶媳妇’。”诸小姐听罢，笑得东倒西歪。阳明笑道：“小姐别听他胡说八道。非是学生吹牛，此菜乃世上第一名菜，名曰泥鳅烤葱。侬且听了：此君田塍打洞居，惯于搅混乘滑溜。地上泥鳅天上鸠，诱得灶君口水流。”

众人正谈笑得闹猛，爷爷突然站起身来，笑道：“孙儿啊，爷爷今日错怪侬了，现在罚酒一杯。”仰头一饮而尽。大伙喝彩声未落，郑氏又捧出一大盘红如胭脂、一颗颗水淋淋布满尖刺的鲜果上来，大伙呼啦啦伸手取来，诸小姐怕尖刺，不敢吃。阳明剥了一颗送上，道：“小姐，此物名曰红菱，生于湖面。剥皮虽不易，味却甜嫩。侬且听了：仲夏水盈忙采菱，卸下红装见真容。肉嫩却似鸡头肉，味胜荷蕖地下君。”

众人畅饮谈笑，诸知县父女与王家众人享受美味佳肴，且说话投机，已是乐不思蜀。突然发现一名衙役，由大路策马而来，汗湿衣衫，神色惊惶，口中不迭声喊叫道：“急报，急报!”看他神情，莫非又出什么惊天动地大事不成?欲知后情，且看下回分解。

《第8回》

拒报恩水龙绝冰媒 抗顽敌阳明接帅印

且说衙役策马如飞而至，找到诸知县，气喘吁吁道：“禀报老爷，四窗寨土匪传出话来，三日内要率领一千人马血洗余姚城，杀得鸡犬不留。城内百姓闻知，无不惊惶，纷纷扶老携幼出城逃难，请老爷定夺。”诸知县得报大惊，急忙起身，向王爷爷躬身施礼道：“匪情危急，事关全县百姓生死存亡，本官当火速回去，筹划退敌事宜。恳请众位义士，助我一臂之力，以解百姓倒悬之灾。”爷爷是一家之主，他的话在家中一向一锤定音，他慨然道：“请老爷放心，家乡有难，匹夫有责。大敌当前，我王家儿孙，助老爷略尽绵薄之力，义不容辞。”诸知县连声称谢，正欲离去，爷爷又道：“老爷且慢。圣贤有训，‘施恩图报非君子也’，请老爷把银子并礼物带回，以捐助遭受匪害的百姓。”诸知县心下道，这老人家虽不曾考取功名，却是义薄云天，可敬可佩，道：“老人家，此乃本官并众位乡贤一点心意，请务必收下。”爷爷执意不收，几经劝说，最后留下果品等物，银两全数退回，以助作退匪之资。然后，诸知县父女告了辞，策马而去。

次日天刚亮，阳明偕同众义弟就起了床，整理行装，来向爷爷、娘亲拜别。爷爷心里不舍，可眼下土匪猖獗，余姚城危如累卵，百姓有血光之灾，自家也在劫难逃。当此危急关头，王家子孙，岂能作壁上观，不施援手？儿孙们去打土匪，纵有万千个舍不得，也得舍！经再三叮嘱后，就放手让他们离去。郑氏禁不住泪如泉涌，在公爹前却不敢哭出声来。伙伴们拜别爷娘，策马而去，一路上只见民众一个个惊惶失措，所过村庄无不是娘哭儿啼，鸡飞狗叫，俱是大难临头景象，不禁摇头叹息。

到了县衙前，见诸知县父女正与衙役、民众一起，挽起袖管在那里搬石运泥，修葺城墙。阳明赞叹道："诸知县真不愧是位爱民如子、与民同心的好官，琼瑶小姐也是一位深明大义的闺阁君子。"范虎道："这叫作龙生龙，凤生凤，老鼠生儿打地洞，有其父必有其女。"米豹道："女儿跟着父亲做，照着葫芦画瓢，不走样。"阳明等人说着，赶紧下马，上前施礼，诸知县放下手头活计，把阳明等人引进府衙，阳明道："老爷，眼下军情紧急，来不及细叙，学生欲与众位义弟先去探察一番余姚城四周，然后筹划拒敌之策，未知妥否，还请老爷定夺。"诸知县道："如此甚好，有劳各位义士了。"于是，阳明一众离衙策马而去。

余姚城乃浙东古县城。由南、北两城组成。北城始建于东汉建安五年（200），吴将朱然为余姚长，于姚江北岸龙泉山以东围城一里二百步，高一丈，厚加倍。到了元至正十七年

(1357)方国珍召民众扩建北城，城周围高 1.8 丈，基宽 2 丈，设东通德门、西龙泉门、南齐政门、北武胜门和后清门五座陆门，设东水闾、西水闾和小南门三座水门，四门环江为濠。县城范围比原先扩大十倍。到了明洪武二十年(1387)，汤和命绍兴后所千户增治垒堞。经历百余年风霜雨雪，到阳明一众巡察此城时，已是千疮百孔，多处倾圮，几道城门仅靠朽木支撑，就连大风也挡不住，更休说御敌了，使人不禁扼腕浩叹。

回到县衙，阳明迫不及待向诸知县建议，当务之急，是增兵修城。诸知县亦赞同。于是兵分三路，一路人马向宁波知府求救，请知府派援兵来助，对犯境贼寇形成内外夹攻之势；一路人马劝说并安顿散居于城外的百姓，入城暂居；一路人马招集强壮民众，加固城墙，多备滚木、箭矢、石块以抵御贼寇攻城。余姚民众尝够匪祸之苦，听到号召，纷纷响应，别说男子，甚至妇女老人也赶来抢修城墙，一时万众一心，同仇敌忾。

且说那一日，毛员外待等阳明等义士乔装成新娘、丫鬟、管家等，被贼人吹吹打打抬上山去后，当即召集全家人，仓皇离家，逃到慈溪山旮里的一户亲戚家避难。那里虽然已与余姚城相隔数十里，毛员外仍是大门不出，提心吊胆，魂不守舍，只得跪在菩萨跟前烧香叩头，求佛祖保佑。次日有消息传来，说是英雄们已救回诸知县并乡绅富户，平安归来。毛员外得报，大喜过望，一家人无不额手称庆，连呼老天有眼，保得义士们平安归来。

秀云小姐听到喜讯，更是热泪盈眶，思绪翻腾，想起水龙在闺楼时的一言一行，救命时的软语劝慰，戏谑调笑间的情意绵绵，点点滴滴，如甘泉汩汩沁满心间，魂牵梦萦，挥之不去。又寻思自己与他非亲非故，素不相识，他不仅挺身救己性命，百般劝慰，还义无反顾，舍生忘死，替自己乔装成新娘，闯虎窝狼穴，世间竟有这等重情重义的君子，善良温柔的男儿！救命大恩，再生之德，何以为报？若能与他终生相守，白头偕老，此生再无别的奢望了。有道是人间最苦是相思，秀云小姐为绵绵情思缠绕，白日里无精打采，茶饭不思。夜晚睡在床上，四周寂静，耳边唯有窗外风吹树叶沙沙声、更鼓笃笃声、远村黄犬遥吠声，声声入耳，扰得芳心片刻不得安宁，再难入眠。索性起得床来，点灯看书。书也看不进，又展开文房四宝，写下一首诗，直抒胸臆：

凄风吹落百花蕊，独有娇黄斗寒开。
西园梅花东园竹，何时移作一处栽？

秀云明白，丫头小莲虽是闺阁心腹，无奈年龄太小，对情爱一知半解，似这等心内情愫，如何与她相商？又羞于告诉父亲，只得叹息自己命苦，亲娘离世太早，不能替女儿解忧。想着想着，不禁伤心落泪，湿透绣帕，双目红肿，又恐老父担忧，只得百般掩饰。如此日夜煎熬，容颜憔悴不已。

毛员外见女儿这般情状，怎会不愁忧，却又不便追问。女儿是他掌上珠、心头肉，两人一直相依为命，几次旁敲侧击，委婉动问，女儿不是泪眼盈盈，便是叹息离去。又询问丫头小莲，也问不出一点眉目。直至小莲偷偷给毛员外看毛小姐写的诗，毛员外才琢磨出点味道，寻思道："莫非女儿是为终身大事而操心？唉，也难怪，这婚姻大事，真把她害惨了！先是陆埠镇施家公子，刚要纳聘，就遭四窗寨土匪灭门。继而被四窗寨魔头窥见，欲强娶为压寨夫人，因此寻短见，多亏了水公子搭救，才保全女儿一条性命。如今虽有自己庇护，衣食无忧，可俗话说，长棚盛宴，终有散时，自己终非她终身之靠。也罢，不如来个快刀斩乱麻，尽早觅一户好人家，将她嫁了，既遂了女儿心意，亦了却一桩心事。"

毛员外为寻觅乘龙快婿，搜肚刮肠，四处打听，又请媒婆推荐，挑挑拣拣，最后总算选中余姚县丞贺老爷之子贺公子。贺公子才貌尚可，又有官亲倚靠，算是高攀，甚觉称心。自古以来，儿女婚姻由父母做主，毛员外思量尽快定下这门亲事，继而一想，不妥，女儿婚事几经波折，已经对不起她了，倘若这桩婚事非她所愿，后悔就迟了。想至此，便跑去与女儿细说，谁知女儿一口回绝，道："父亲，女儿这条命是水公子所救。女儿与他素昧平生，他义薄云天，为救女儿舍生忘死，似这般好男儿世间罕见。父亲所说官家之子、富贵之家，在女儿眼里，纵然官至宰相，富可敌国，亦如过眼浮云，毫不动心。女儿对父亲实话说了罢，此生非水公子不嫁。望父亲成全女儿心愿。”

毛员外听了，呆了半晌，道：“女儿之言，为父理解。但如今匪患未除，为父又听说，四窗寨贼人扬言要踏平余姚城，杀尽城里人。诸老爷恳请王公子、水公子等义士，守城拒敌。眼下正在抢修城池，准备与贼寇决一死战。有道是刀兵无情，生死难卜，水公子平安，则上上大吉，倘有不测，如之奈何？”秀云道：“父亲，女儿之心坚如磐石。女儿生是水公子之妻，死为水公子之鬼。水公子若有不测，女儿就去庵堂落发为尼，此生就在青灯古佛前，替公子超度。”毛员外听了，不住抹泪，道：“唉，满天下无这等奇伟男子，亦无这等痴情女子，为父算是知晓你心意了。也罢，为了却女儿心愿，为父也顾不得许多了，这就托人去向水公子提亲。”毛员外说是这么说，这节骨眼，又能请谁去提亲呢？

毛员外派人去打听有无熟悉水公子之人。回来说，义士们乃乞丐出身，孤苦贫穷，以种菜卖菜为生，居住在王家祠堂。毛员外听了，又多一层顾虑。毛家富冠全镇，富家小姐去嫁个乞丐，牛头对马嘴，门不当户不对哪！既不相称，日后怎生过活？水公子这般家境，女儿未必知晓。回头就把打听到的实情告知女儿，秀云道：“父亲休要顾忌，女儿嫁的是他堂堂七尺男子汉，是他白玉无瑕的一颗心，不是高门大户，更非荣华富贵。他讨饭，女儿挈篮，他吃粥，女儿喝汤。”毛员外听了，只顾摇头叹气，心中寻思：“也罢，他缺吃少穿无室无家，老夫就招他进门来，做个倒插门女婿，还有半子之靠哩。”这么一想，也就乐意了。只是眼下托谁去说媒呢？突然想到了一位远房亲戚，就是王家竹轩公媳妇郑氏。这日，他拎着礼物，喜滋滋来到王家，竟意外得知王公子就是郑氏儿子王阳明，水龙等人是阳明的结拜兄弟。毛员外说明来意，郑氏一口答应。这下毛员外放心了，这门亲事算是三个指头撮田螺，十拿九稳了。

郑氏既答应下来，巴不得说合后即刻回复，以了却一桩心事。当时水龙与义兄弟们在县衙备战，她就差人让儿子通知水龙回家一趟。阳明不知娘亲所为何事，也不敢违拗，就命水龙回家见母。郑氏见水龙急匆匆赶来，就单刀直入道：“龙儿啊，侬已长大成人，该想想成家立业大事了。前些日子毛家派人来说亲，说秀云小姐感念侬舍生忘死，救她性命，决意要嫁侬为妻，报侬大恩，侬可愿意？娘听说，这位小姐貌美如花，心慧手巧，是镇上万里挑一的好闺女。有这等好媳妇送上门，龙儿真好福气。”水龙沉吟半晌道：“娘啊，孩儿知晓，毛小姐是人中之凤、千金小姐，官宦富绅子弟尚求之不得。非是孩儿不孝，不听娘言，这桩婚事实在应允不得。”郑氏不解道：“这却为何？”水龙道：“这门亲事有三不可允。娘亲想啊，那日救她一命是偶然，男子汉岂可见死不救？此后乔装新娘，混入匪窝救人，更是义不容辞。施恩图报，还算什么英雄好汉，岂不遭人耻笑？此一不可允。孩儿追随大哥，立志精忠报国，势必血战沙场，出生入死，刀光剑影，难免遭遇不测，岂不害小姐一生无依无靠？此二不可允。孩儿是穷苦无依的孤儿，她是富家千金小姐，凤凰配野鸡，门户不相当，此三不可允。孩儿请娘亲婉言谢绝为好。”郑氏听了，甚是感动。心道这孩子真是好心肠，遇事先替别人着想，实在难能可贵。无奈，只得将水龙所言告知毛员外。

毛员外得到回复，不住赞叹女儿好眼力，似这等好男儿，值得女儿托付终身。如今既已谢绝，强求不得，只得将水龙所言告知女儿。秀云听了如冰水浇烈焰，心如死灰，一肚子委屈，闷在心里。此后，她将自己关在房内，整日长吁短叹，茶饭不思，病恹恹愈加消瘦，还悄悄做下几件缁衣，欲觅一处庵堂剃度做尼姑去。一日，秀云昏昏沉沉倒在床上，恍惚间来到一个地方，但见四周飞崖峭壁，泉声潺潺，松柏耸天，翠竹成林。寻思这等超凡脱俗胜景，不是神人居所，就是仙道洞府，如能遇到神仙，正好问询自己的姻缘如何。忽见一位白发老翁从曲径处走来，手持竹杖，生得鹤发童颜，仙风道骨，知他不是凡夫俗子，忙上前施礼道：“请问仙长，奴家应如何称呼？”老翁道：“老夫乃月下老人是也，在此乾坤洞修炼，掌管人间男女婚姻。”秀云听罢大喜：“奴家毛秀云，正为婚姻事痛苦不已。恳求仙长替奴家查看一下，奴家与水龙公子是否有缘婚配？”老翁笑道：“哦，侬算是问对人了，方便，方便。侬且等候片刻，待我为侬取姻缘簿查看便是。”老翁进洞府取了簿子，放在三生石上，揭开一看，上写道：“水龙该配毛秀云。”秀云大喜，赶紧拜谢仙翁，仙翁道：“侬且放宽心，不必焦急。精诚所至，金石为开。”忽然晃晃悠悠醒来，原是南柯一梦，细思梦中情景，心如死灰复燃，便有了主意。

且说毛员外为女儿婚事，抓头皮挖脚底，急得像热锅上的蚂蚁，绞尽脑汁，也想不出破解之法。情急之下，就向亲戚家问计。亲戚想了一会儿道：“此结易解。”毛员外道：“易解？怎么个解法？请道其详。”亲戚道：“有道是，解铃还须系铃人。侬越俎代庖替她凑姻缘，很可能适得其反。她既一心要嫁给水公子，心中定有主张，侬不妨把这颗烫手山芋，仍抛还给她，叫她自己去破解。”毛员外想了许久，确是没法中之一法。回头就对女儿道：“儿啊，侬的婚姻大事，为父已无能为力。待等水公子打了胜仗回来，为父带侬去犒劳，侬两人对面锣对面鼓，自己说去，他见侬真情实意，心结解开，回心转意也未可知。”秀云听了，暗思与梦中仙翁所言相合，确是好办法，也就点头应允了。

且说四窗寨贼寇自吃了大亏后，欲伺机报仇雪恨。俗话说“伤枪野猪恶如虎”。大魔头洪宝娶亲不成，还被绑着吃屙，外加削掉一只耳朵，满肚恶气难以发泄，待耳伤稍愈，就急不可耐把头领们召集一起，商议出兵攻打余姚城事宜。洪宝道：“各位弟兄，此次为兄娶亲，思虑不周，阴沟里翻了大船。侬等有话说话，有计献计，帮为兄雪此奇耻大辱。”二当家邬刁道：“大王且放宽心，休要烦恼，报仇事大，须臾难忍。何况俺四窗寨如今兵精粮足，攻破余姚城易如反掌。俗话说得好，杀鸡焉用牛刀，大王只需坐镇大寨，小弟明日带领五百名喽啰前去攻打，定要血洗余姚城，待等牛车装满人头、金银、粮食，还有美女，得胜归来，为大王报仇雪恨。”洪宝喜道：“二头领豪气冲天，果然有开国大将军气概！俺在此备下美酒，就等二头领旗开得胜，欢呼凯旋。”

话音未落，赛诸葛插嘴道：“大王哪，出兵攻城事大，还宜三思而后行。此次四窗寨遭袭，伤了锐气，本军师以为，并非力不如敌，实是‘大意失荆州’。二头领此番领兵下山，攻打余姚城，勇气可嘉。只是单枪匹马前往，未免小觑了对手。若遇强敌，孤掌难鸣，谁来接应？领军打仗，应慎之又慎，须有万全之策，才能稳操胜券，若贸然前往，后患难料。”邬刁听了，不以为然道：“军师真胆小如鼠也。攻城略地，须有一往无前之勇气，若扭扭捏捏，一步三回头，如小脚老太婆走路，何年何月才能夺取江山！大王，俺愿立下军令状，若不能破城而归，任凭大王惩处。”三头领石秃见两人杠上了，劝说道：“大王，俺觉二哥所言，正合小弟之意。凭借俺四窗寨之威，二哥此行，必能胜利归来。当然，军师所虑亦不无道理，出于谨慎，不如明日由小弟带领三百弟兄前往接应，以保万全。”洪宝赞道：“三弟所言，正合俺意。”

且说宁波知府接到余姚知县诸仁求救急报，下令张千户带五百将士前来助战。兵到余姚，诸知县迎接入内，并与阳明等人共商拒敌之策。当时就有探子来报，说是四窗寨二头领郐刁率领五百名喽啰，前来攻打余姚城。诸知县得报，寻思城已修了，救兵也到了，当务之急是指定指挥打仗之人。扫了周围一眼，看来这指挥一职，非张千户莫属了，亦算是尊重，遂道："各位，战事紧迫，下官乃一文弱书生，对沙场点兵作战，一窍不通，难拒顽敌。还请千户大人指挥作战，下官和各位义士听候大人调遣。"张千户连忙推辞道："不可，不可。下官初来乍到，人生地不熟，如何指挥作战？青竹竿挑石柱，力不从心哪。还是另请高明的好。"诸知县眼看战事急如燃眉，不容拖延。环顾四周，唯有王公子可担此重任，遂又对阳明道："王公子忠肝义胆，文武兼备。又是惠明大师高足，文韬武略高人一筹，此次拒敌作战，事关全城百姓生死存亡，还请勉为其难，指挥全县军民作战，为桑梓立不朽之功。"

阳明看眼前众人，确无人能担此责，沉思片刻，起身道："诸大人容禀，眼下家乡父老有倒悬之灾，责任重逾千钧，学生纵年少无知，才疏学浅，也不敢固辞。然力所不及，非是不允，是不宜也。"诸知县道："这却为何？"阳明道："行兵打仗，须名正言顺，名不正，则言不顺。学生既无官吏之名，又无官吏之权，怎能指挥军民，作战拒敌？"诸知县道："王公子所言极是，是本官考虑欠周了。本官以知县之职权，统帅全县军民，公子少年英雄，请以少帅之名，代行知县权责，受托剑印，统领官民拒敌，如何？"阳明作礼道："如此，学生恭敬不如从命了。"诸知县遂向阳明递上印绶，阳明也不推辞，接了印绶，算是以少帅之职上任了。

阳明接受少帅之职，就是蚂蚁背螳螂，重任在肩。事不宜迟，权且将知县衙门大堂充作发号施令的大帐，于正中交椅上落座，点将应卯，颁布军令军规，各人遵令行事，不得违犯。当即委任水龙、范虎、米豹三位义弟为偏将军，各镇守一道陆门，张千户镇守后清门，阳明自守通德门并巡视各门，相机救援。诸知县则带领青壮民众，配备船只，镇守三道水门。布置停当，就有探子来报，道："禀报少帅，四窗寨二当家邬刁带领五百喽啰，已到龙泉门下，即将攻城，请令定夺。"阳明道："再探。"遂起身出府，骑马往龙泉门而去。

龙泉门守将水龙，荣任偏将军之职后，辞别阳明，出了衙门，骑上他那匹会屙烂屙的宝马，来到龙泉门。登上城楼，眺望前方，只见大路纵横，一马平川，远处是连绵山峦。心中正思考拒敌之策，忽见大路远方来了一群持刀执枪的匪徒，约有数百之众，为首的骑着一匹枣红大马，手执大砍刀，耀武扬威杀奔而来。水龙随即下令紧闭城门，备足檑木、石块、弓箭，镇守在城楼上。片刻后，贼寇已兵临城下，齐声呐喊，杀声震天，此时水龙才看清土匪头子邬刁的真面目，只见那人生得吓人：

头戴铁盔飘流苏，身穿狗皮裹腿裤。

豹头平贴狮子鼻，浓眉斜插狼眼露。

猴腮短须稀疏长，一脸横肉黑乎乎。
定是地狱漏了底，致令恶鬼乱姚府。

水龙不曾上过战场杀敌，倒是初生牛犊不怕虎，全不把贼酋放在心上。他寻思：大哥说过，对敌作战须随机应变，智取重于力取，方能以弱胜强。眼下本少爷先给他尝尝以静制动的厉害。主意想定，见贼寇在城下纷纷架起云梯，即将攻城，水龙命令士兵潜伏城头，听令出击。从城楼向下望，见贼寇已似蚂蚁爬树般爬至半城高时，水龙“杀！”的一声令下，守城士兵立马将檑木、乱石抛下城去，打得正往上爬的贼寇头破血流，纷纷跌下梯去，地上留下无数尸体，没死的逃命不迭。水龙见攻城贼寇溃逃，寻思草寇毕竟是乌合之众，此时正好打落水狗，便命令兵士坚守城楼，自己提枪下楼，骑上宝马，欲开城门厮杀，不料被人一把扯下马来，回头一看，原来是阳明大哥，便道：“禀报少帅，贼子攻城失利后退，正是杀敌良机，请允末将开城门杀了那魔头。”阳明道：“水将军少安毋躁。眼下敌众我寡，敌强我弱，敌虽失利，气焰尚炽，若此时出战，我军伤亡必大，非战之时。等待敌寇再而衰、三而竭后，再出城杀敌不迟。”水龙只得作罢。

邬刁见攻城失利，城内又坚守不出，若这般僵持，必将无功而返，还得受军师讥笑，当下急得暴跳如雷，一边组织喽啰再次攻城，一边刺激守将出战，命令喽啰大声叫骂道：“城内乌龟听了，战又不战，降又不降，做缩头乌龟不成？还不速速挨个伸长脖子投诚，本大王饶侬等不死！”但不管如何叫骂，里头就是闭城不出，气得邬刁咬牙切齿。再次攻城又不成功，邬刁急中生智，变换攻法，一边下令喽啰将火药堆于城基，以打开缺口，一边命人擂动大鼓，扛起巨木，一齐撞击城门，意欲撞开城门，杀进城去。水龙见城门被撞得摇晃不止，又听到城基处火药爆炸，贼寇污言秽语挑衅，气得青筋暴绽，又欲开城与贼子决一死战，阳明劝道：“将军还须忍耐，兵书有云，头鼓锐，二鼓衰，三鼓竭。如今敌人攻城虽渐见衰弱却尚未衰竭，只管坚守不怠，待时机成熟，即可出战。”

贼寇几次攻城，皆无功而返，且伤亡不少。此时已过晌午，喽啰们早已疲惫不堪，肚子也闹起了空城计，牢骚满腹。邬刁无奈，只得下令就地造饭稍歇。令一下，正中喽啰们下怀，他们把兵器一丢，横七竖八就地卧倒，等候进餐。阳明在城楼见此情景，知道时机成熟，便对水龙道：“将军守好城门，待本帅出城杀那匹夫！”水龙道：“少帅说哪里话，守卫龙泉门，末将责无旁贷，岂敢有劳少帅。末将这就去会会恶鬼。”阳明道：“既如此，贤弟听好了，这贼子生得粗壮，凭蛮力，侬非他对手。故只宜智取，不可力敌。”水龙说声“明白”，快步下了城楼，跳上孱烂屙宝马，带领一百余名兵士，打开城门，“杀！”的一声大喊，冲出城去。土匪喽啰们正席地用餐，突然见官兵杀来，不由得惊惶失措，起身四散逃逸，来不及逃遁者，被官兵砍杀无数。

邬刁正眯眼稍息，突然听到喊杀声，只见一员少将冲出城来，赶紧起身上马，举刀上前迎战，大喝道：“呔！兔崽子报上名来，速来本头领刀下领死！”水龙道：“呸！哪里来的疯狗！侬且听好了，本少爷行不改名，坐不改姓，乃少帅麾下偏将军水龙是也。速报狗名，让本将军把侬狗头砍下来当夜壶！”邬刁举刀道：“巧嘴滑舌的小鬼，死到临头，还敢犟嘴。俺乃四窗寨二头领邬刁是也，看刀！”催动战马直奔水龙而来，刀光一闪，“嗖”地从水龙头顶砍下，水龙眼疾手快，举枪一挡，“当啷啷”一碰击，溅起无数火星，坐下屣烂屙马挡不住，接连后退三步才站住，水龙双肩也被震麻了。暗道魔头果然力大如牛，好不厉害。这时只见钢刀又从脊梁骨劈下，水龙赶紧抬枪一档。刀来枪往，枪刺刀劈，咯啷叮当，叮当咯啷，前遮后拦，上护其身，下护其马。杀有十余回合，水龙已是汗流浃背，寻思凭蛮力，本将军是比不过他了，得照少帅说的，多动脑筋，随机应变，以智取胜。

水龙边招架边后退寻思取胜之法，还未想周全，谁知一条土坎挡在退路上，说时迟那时快，“扑通”一声，那匹屣烂屙马的前腿陷进坎沟里了，马头着地，马屁股高高翘起。水龙赶紧夹紧马脖子，才未跌下马来，肚里有话道：“我的宝马啊，少爷自出娘胎，这是第一次领兵打仗，要是吃败仗归去，这脸还往哪搁？侬得给少爷争口气，打个胜仗。”只可惜，他肚里说的话，马可听不见也听不懂。邬刁见水龙坐骑卡在土坎里，不由得放声大笑道："好小子哎，侬的死期到了！把头伸出来，催命老爷这就赏侬一刀。"边说边举起砍刀，从头顶一刀劈下。哎哟，这一刀非同小可哪，水龙命悬一线，说不定连人带马都要被劈成两截。水龙能否逃过这一死劫？欲知后情，且看下回分解。

第 9 回

攻姚城贼寇吃败仗　借天时漏夜筑冰城

且说水龙因坐骑卡在土坎里，动弹不得，又见邬刁大砍刀从头顶劈下，说声“不好”，急忙将身子压到马脖子上，用手中钢枪向上一挡，只听“当啷啷”一声响，这一刀可是力逾千斤哪，虽然刀被挡住了，屙烂屙马却被压得吃勿消了。想跳出土坎，前腿陷在坎里跳勿出，马脖子又被水龙压得透不过气，就不由自主憋住气要跳出来。这一憋不打紧，早上刚吃进去的满肚子嫩草变成稀里糊涂一大泡烂屙，“稀里哗啦！稀里哗啦”，一齐从肛门处射了出来。

邬刁满心只想着砍杀水龙，一刀被挡住，接着又“嗖”的一刀砍来，说时迟那时快，他怎么也想不到马会屙烂屙，刀未落下，一股子稀薄烂屙射得他晕头转向，满脸满身皆是。邬刁心里纳闷，这小子祭的是什么法宝，湿答答、黏糊糊、热辣辣，喷得他满身皆是？莫非老天爷念他杀人辛苦，恩赐他琼浆玉液不成？伸出舌尖尝尝味道，只觉得咸咪咪、苦滋滋、臭烘烘的，从眼缝中模糊一瞧，竟然是湿淋淋的马屙！该死的瘟马，竟敢欺负俺，看俺不砍了侬！正胡思乱想间，水龙坐下那匹屙烂屙马，顺势一纵，跳出了土坎。这时，水龙心中也纳闷，嗨，刚才还凶神恶煞般吆五喝六的魔头，这会儿怎么没动静了呢？

回头一瞧，水龙忍不住笑得嘴也歪了。只见魔头一手提着砍刀，一手在脸上胡乱抹，这一抹不打紧，原本黑不溜秋的丑脸，如今经马屙一涂抹，比枉死城里的恶鬼还吓人。水龙忍俊不禁道："丑鬼，少爷的宝马见侬馋痨虫造反，赏侬这餐稀里糊涂杂烩羹尝尝，味道胜过龙肝凤髓呢！"不见对头搭腔，一想也对，如今丑鬼因马屙变青盲瞎了，这可是千载难逢的机会哪，岂可错过？立时一拎缰绳，掉转马头，"唰"的一枪猛刺过去，只听得邬刁一声惨叫："哎呀，痛杀俺也！"顾不得看得见看不见，一拍马屁股落荒而逃。

水龙这一枪正中邬刁手臂，血流如注，见魔头败走，两腿一夹，在后紧追不舍。追有数里，突然一声呼哨，斜刺里杀出一支人马，原来是三头领石秃带领喽啰前来接应邬刁。水龙寻思，这一战反败为胜，捡了个外快，若再战下去，不仅尝不到甜头，还可能遭伏击，不如见好就收。随即拨转马头归来。行至半途，见阳明带一队人马赶来接应，于是合为一队，收兵回城。这时城楼上传来"咚咚咚咚"一阵擂鼓声，远远一瞧，原来是诸小姐站在城楼上，擂动得胜鼓，迎接将士胜利归来。

且说石秃带领援军半路将邬刁救下，见水龙不再追杀，便将残兵召集，粗略一清点，死伤过半，只得萎头耷脑返回四窗寨来。赛诸葛见邬刁损兵折将，带伤败回，暗自得意。洪宝见状，旧仇添新恨，责备也无补，只劝慰一番，嘱咐好生疗伤休养。四窗寨暂时偃旗息鼓，余姚百姓终于过上几天太平日子。

这段日子正是仲春时节，艳阳高照，春风习习，春水淙淙，温暖如同初夏。江河鱼戏水，水田鹭低飞，到处生机盎然。谁知天有不测风云，一天的下半夜，忽然“呼噜噜、呼啦啦”一阵响过，继而北风呼啸着追踪而至，随之而来的是逼人寒气，那些睡梦中被惊醒冻醒者，开窗一瞧，哎哟喂，吓得张口结舌。只见天上黑云如排山倒海一般涌来，漫天大雪纷飞。巍巍四明山，满眼银装棉铺，白雪皑皑。

攻打姚城首战失利，四窗寨偃旗息鼓了不少时日。这一日，魔头半夜里被冻醒，见是天降大雪，并不在意，次日一早，备下酒筵，召集头领们议事。一众头目听说议事大厅摆下酒席，都争先恐后地来了。落座后，洪宝道：“今日下雪，弟兄们相聚喝酒取暖。这一仗虽有死伤，俺也来了个挂灯结彩，丧事喜办，添一腔豪情。二头领此次攻打余姚城，没想到阴沟里翻船，此仇不报非君子！弟兄们有甚妙计，喝酒吃肉，徐徐道来，以助酒兴。”头目们酒杯一上手，话匣子就打开了。赛诸葛抢先道：“自古胜败乃兵家常事。兵法有云，行军打仗，须得天时地利人和，方有胜算。眼下虽是仲春时节，却突然大雪纷飞，天寒地冻，此乃我四窗寨千载难逢之破城良机，合天时地利人和。”洪宝道：“军师何出此言。”赛诸葛道：“大王有所不知，此时该死的余姚人，被小胜冲昏头脑，在饥寒交迫中，正袖手缩颈在破败城垣里猫着，怎会料到四窗寨神兵从天而降？依俺愚见，兵贵神速，由大王挂帅，率领弟兄们下山，以雷霆万钧之势，攻打区区一城，如同大石砸鸡蛋，何难之有？城破之日，割取二千颗人头，带回二百位美女，给大王消气，供弟兄们取乐。”

邬刁听了，忍痛鼓掌道：“军师真有运筹帷幄之中，决胜千里之外之大才！俺上次领兵攻城，虽未能取胜，却已将余姚城墙折腾得东歪西倒、破残不堪，正可乘机从残缺处攻打进去，一举拿下，以泄俺心头之恨。”石秃道：“奶奶的，这些该死的余姚人，见天寒地冻，正在屋内烤番薯充饥呢，怎会料到四窗寨勇士从天而降，打他个措手不及？城破之日，钢刀抹颈时，还在做美梦呢。哼，任俺如入无人之境，烧杀抢掠，好不快活！”其余头目听了，无不大声喝彩，举杯起哄。

洪宝听罢众人议论，大喜道：“弟兄们所言，正合俺意。此次下山，众位要勠力同心，报仇雪恨。俺四窗寨要杀出扬眉吐气，杀出威风八面。城破之时，任凭弟兄们烧杀抢掠，论功行赏，一颗头颅赏银百两，所得财物，半数归己。”众头领听了，齐呼大王英明。洪宝举杯起身道：“众位弟兄听令：俺命二头领邬刁，率领三百名弟兄，再次攻打龙泉门；三头领石秃，率领三百名弟兄攻打通德门；军师赛诸葛率领三百名弟兄，攻打齐政门，俺统领全军压阵，务必一鼓作气，夺取余姚城。明日三更造饭,四更出征,都要奋勇当先,违令者斩!”众人齐声道:“得令!誓死效忠大王!”酒足饭饱后各头目领命散去。

且说这一仗阳明取得小胜,又不见四窗寨有后续动静,便忙着训练守城士兵,储备拒敌兵器、粮草。诸知县见少将们稍有空隙,便备下酒席,为少将们补办庆功宴。阳明正与水龙、范虎、米豹并诸小姐商议拒敌之策,见诸知县来请赴宴,便劝谏道:“诸老爷,眼下非喝酒谈笑之时。此次贼寇犯境,虽然大败而归,却不曾伤筋动骨,岂肯甘休?而我军民经此一役,城池破损,军民懈怠,若草寇探知我方现状,突然趁机攻城,如何抵御?”诸知县听了,皱眉道:“本官于军事丝毫不通,这副烂摊子,犹如破缸装水,不知如何下手补漏?请王公子指教。”阳明道:“指教不敢。有道是人无远虑,必有近忧。诸老爷不必忧虑,学生正打算去巡察城池,然后谋划拒敌之策。”诸知县道:“如此甚好,只是辛苦王公子了。”在旁义弟们都要跟去,诸小姐道:“王公子,请允奴家也一同前往。”这些少年,打仗似猛虎,闲时是顽童,听说小姐同往,无不欣喜,正所谓男女搭配,干活不累。阳明尚未答应,水龙等已簇拥着诸小姐起身,又随手拿了桌上的麻糍、灰汁团、水塔糕等糕点揣进怀里,用来路上充饥,嘻嘻哈哈开心而去。

出门时天空灰暗,所到之处,因经历贼寇轰炸、撞击,早已千疮百孔。断墙残壁,这般破败,如何经得住贼寇攻打?若是修葺,非耗时数月断难竣工。越看,阳明心头越沉重,索性下马步行。走着走着，突然从西北方向刮来一阵阵寒风，把暖意吹得丝毫不留。继之天上黑云翻腾，寒可彻骨。阳明起初并不在意，渐渐感觉气候有了变化，驻足四处观望良久，突然吃惊道：“哎哟！仲春时节果然冷热无常，寒极则暖至，暖极则寒降。昨日暖如炎夏，今天就寒至彻骨！真如老人所说，‘春天生意实难做，一头行李一头货’。”他回忆《安天论》所言，掐指计算良久，又向四方观察多时，对众人道：“寒潮已至，从当下起，将连下五日大雪。”话音未落，天空果然纷纷扬扬飘下雪花，寒风呼啸，漫天大雪随风飞舞，转眼间天地间只剩下白色，好一幅冰雪世界图。这伙血气方刚年轻人也冻得直打战。

众人踏雪而行，不见了谈笑风生，只顾一步一滑小心慢行。走着走着，突然听到诸小姐“哎哟！”一声尖叫，原来是脚下一滑，摔倒在地，整个身子在雪地上滴溜溜滑出尺余。大伙赶紧将她扶起，阳明也吃了一惊，继而哈哈大笑起来。诸小姐埋怨道：“奴家滑倒，已是晦气，王公子还好意思发笑。”阳明道：“小姐莫怪。非是学生轻薄，实是小姐这一跌，立了大功呢。”水龙、范虎、米豹一齐笑道：“跌倒还能立功，倒是闻所未闻的稀罕事。我等也不妨跌一跤，捞点功劳。”诸小姐道：“跌跤能立什么功，请王公子说来听听。”阳明道：“小姐这一跌，岂是区区小功劳，可说是功德无量。回城后，自见分晓。”

众人回到县衙，已是下半夜了。诸知县因心事重重，在灯下看书等候，见阳明等人冒雪归来，吩咐役吏端上热水。阳明道:“老爷,热水可稍缓。有一急事须立办,请老爷定夺。”诸知县道:“王公子但说无妨。”阳明道:“请老爷连夜组织军民,担水上城。”诸知县不解道:“这倒奇了。眼下大雪封山,滴水成冰,城门又不见失火,担水上城何用?”阳明道:“老爷有所不知,眼下城池千疮百孔,难以抵挡贼寇进攻,短时亦难以修复。学生欲借助滴水成冰之天时,担水浇筑城墙,短时即可令残破城池焕然一新,刀枪箭矢亦奈何不了它。战事紧迫,时不我待,请老爷从速下令为好。”范虎道:“我看这法子,妙是妙,可惜黄胖舂年糕,吃力勿讨好。”阳明道:“虎弟请讲,如何吃力勿讨好?”范虎道:“贼子穷凶极恶,狡诈奸猾,见箭矢不入,到城下一看,便知有一层厚冰包裹,若收集柴草烧城墙,冰遇火则化,岂非白板一只,劳而无功?”阳明笑道:“虎弟能用心思索,大有长进,可喜可贺。冰城缺漏,其实诸小姐早已破解,不劳费心了。”诸小姐听得莫名其妙,道:“奴家何尝说过什么破解妙计?”阳明笑道:“刚才小姐冰上滑倒,小姐之妙计名曰‘冰面滑倒计’。我们只消在城下空阔处,浇水制冰,使之滑溜,就可以延缓并抵御贼子攻城,保我一县生灵。”诸知县听了大喜道:“妙计,果是妙计。王公子借天时地利克敌制胜,可与诸葛亮用兵相媲美也。”诸小姐道:“原来摔跤还摔出一条破贼计,得来倒是全不费功夫。”诸知县道:“侬啊,是打兔子碰见黄羊,捞了个外快。”

当夜,诸知县派役吏四出通知百姓,随带水桶、便桶等凡一切可盛水器皿，提水上城楼，自上而下倒水浇灌城墙。一时间全城百姓不分男女老少，点起火把，从冰封的姚江挑上水来，又从城头高处往下倾倒，来来往往，好不热闹。一时间“踏踏踏踏、哗啦啦啦”的脚步声、倒水声，此起彼伏，接连不断。从城楼倾倒之水，流至一半，经凛冽的寒风一吹，就结成冰，如同晶莹透彻的瀑布挂在城墙上，到三更时分，一座雄伟壮观、晶莹透亮又坚硬无比的冰城，已屹立在余姚大地上了。而城下平坦空旷处，凡江水流溢之处，皆变成了坚硬滑溜之平川，水未流到处，则补水，待浇城浇地完毕，阳明又让将士们聚水于城楼，说是“寒天冰水，亦退敌之利器也”，并传令兵士，双脚鞋底俱用麻片绑扎，战马四蹄则用麻绳缠绕，以防出战时滑倒。天刚破晓，余姚城已焕然一新，严阵以待。

且说四窗寨小喽啰们，一听到三更鼓声，不敢迟缓，纷纷穿衣下床，开门一看，哇哟！只见满眼白皑皑，冰天雪地，寒风如箭，冷彻骨髓，全都缩颈后退，闭门不迭，乱哄哄嚷道：“哎哟哟，千拣万拣，竟拣了个呒底饭盏。这般大雪，山路都被封堵了，休道行军打仗攻城略地，便是下山也难呀。不如禀告大王，改日出兵为好。”小头目赶紧禀报头领，道：“禀报当家的，眼下大雪纷飞，冰封山路，天气寒冷，弟兄们提议，不如改日出征为好。”

此时洪宝也已起身，灌了半肚子酒，吃下三大碗米饭并一块肥肉，穿着狐皮袍子，正急着要去报仇雪恨，闻小头目来报，勃然大怒道："奶奶的孬种！这一星半点冰雪，都做了缩头乌龟，怕下山攻城？这还了得！将来攻打皇城，遇刀枪撞火炮就吓破胆，不冲锋陷阵了？他奶奶的，全是龟孙子！传令下去，区区刮风下雪，有何惧哉，军令如山，岂容更改，凡迟缓出战者，定斩不饶！"喽啰们只得领命。到四更时分，一声呼哨，由四窗寨大王洪宝率领三位头领并千名喽啰，穿着厚实皮甲，骑着大马，热热闹闹下了山。

山路陡峭，冰雪没径，喽啰们肩背刀枪，哆哆嗦嗦，一步一滑，举步维艰，深恐跌落山沟。小喽啰们衣衫单薄，挡不住冰刀风箭，浑身骨头都冻酥了，暗暗叫苦不迭。行军速度如蚁爬蜗移一般，将走到余姚城时，已是晌午天了。喽啰们肚子唱起了空城计。洪宝骑在马上，远远望去，原以为余姚城必定残缺破损，谁知在日光照耀下，变得愈发巍峨壮观，晶莹透亮。洪宝问邬刁道："俺问侬，侬说余姚城经过药炸、撞击，已残破不堪。仅隔数日，怎么变得这般整齐坚固？"邬刁茫然道："是啊，小弟也正纳闷呢！眼睛一眨，老婆鸡变鸭，余姚城反而旧貌换了新颜，莫非是玉皇大帝派天兵天将修的不成？"洪宝道："哼，放屁！"石秃道："大王，若是放屁，二头领放的也是香屁。如无神人相助，怎会有这般奇迹？"赛诸葛道："大王，这不算什么奇迹，事在人为嘛。就事论事，城内有高人指点倒是真的。此次攻城，兵贵神速，切不可轻视疏忽，迟疑必败，勇猛必胜，一鼓作气，攻占全城。"洪宝道："军师所言极是。传令下去，全速攻城，凡迟缓违令者斩！”

且说阳明带领将士早已严阵以待，从城楼远眺，见大队贼寇如巨蟒一般，蜿蜒而来。喽啰们倒背长枪弯刀，一步一滑，情形甚是狼狈。阳明对将士们道：“眼下天寒地冻，贼寇下山艰难，且已时至晌午，饥渴疲乏，必定鼓勇猛攻，以求速战速决夺取城池。我将士须反其道而行之，可凭借冰城之坚，诱敌攻城，缠战于城下，摧其锐气，然后出城追杀。”

且说匪首洪宝率领喽啰，一马当先，在距余姚城仅一箭之遥处，眺望城楼，只见守城兵士疏疏散散、稀稀拉拉，欣喜不已，随即长枪一举，张开喉咙大喊道：“弟兄们，攻城！攻城！”喊声未落，他屁股下的坐骑突然一个趔趄，“啕溜溜”“扑通”马前蹄打滑，屁股翘起，将洪宝甩出丈余，跌了个猪啃泥！众喽啰急忙七手八脚将他扶起，只见洪宝的额头绽起个大血包，还磕落一颗大门牙，满嘴流血！邬刁进言道：“大王未战倒地，实非吉兆，不如从长计议，改日攻城。”赛诸葛道：“攻城吉期怎可说改就改，何况座驾倒地，大王额头见红，乃是吉星高照，预示余姚城破，血流成河，这一战必能大获全胜，岂可退却。”洪宝正恶气冲天，却要忍痛强装好汉，回头又见喽啰们在冰地上一溜一滑，站立不稳，接连跌倒，“哎哟哟，扑隆通”“哎哟哟，扑隆通”声，此起彼伏，跌声不断，喽啰们有跌断腿骨的，有摔落大牙的，有磕破额头的，杂乱无章，闹嚷嚷禁也禁不住，惹得魔头怒不可遏，邬刁一说，如火上浇油，洪宝瞪大牛眼怒喝道：“什么吉兆不吉兆，放你娘的狗屁！”好不容易扶上马背，只见他两腿一夹，长枪一举，又发疯似的大喊道：“攻城！攻城！”

大王下令，喽啰们谁敢不从？虽然饥寒交迫，也只得向城池冲去，谁知才向前冲了一箭之地，半数喽啰就滑倒在地，侥幸未倒的，七手八脚架起云梯，蚂蚁一般沿着云梯向城楼攀爬而上，待爬至半城高度，突然城楼上“杀”的一声大喊，顿时鼓声雷动，杀声震天，随着接连不断的“哗哗哗”声，守城将士将冰水一齐倾倒下来，水龙、范虎、米豹诸将站在城楼上大声吆喝道：“狗崽子们，辛苦了，少爷们赏侬等陈年余姚美酒，休要客气，保管侬撑破肚皮打醉八仙！”边说边哗哗哗地倾倒冰水，那些爬梯的喽啰被淋得落汤鸡一般，经寒风一吹，活人变成了冰人，手脚也不听使唤，脚下一滑，云梯倾倒，云梯撞云梯，云梯压云梯，“轰隆隆，嗯嘞嘞”！一齐倒在坚硬冰地上，不死也跌得只剩半条命了！老魔头万万想不到官军会用不必花钱、无须制作、且取之不竭的玩意儿对付他，令他狼狈不堪。军师说得不错，城内必有高人相助。

既已下山攻城，岂肯无功而返。随着攻城接连失利，洪宝让头领们献策。还是狗头军师有办法，命喽啰们取草垫在脚底，走路、爬云梯就不滑溜了。谁知魔高一尺，道高一丈，待喽啰攻爬云梯至半城高时，城楼开始放箭拒敌。一时间箭如飞蝗，喽啰们变成了刺猬，有来无回。如此这般三攻三败，城未攻破，死伤数百。魔头见久攻不下，又改用火攻，下令道：“速搬火药炸城!”须臾,喽啰们将火药桶堆于城下,点火炸城。一瞬间,爆炸声此起彼伏,浓烟蔽日。待等浓烟消散,只见冰筑的余姚城依旧巍然屹立,气得大魔头七窍生烟,哇哇乱叫。

阳明在城楼督战,见一连打退贼寇数次攻城,城下尸体堆积,贼子垂头丧气已无斗志,有坐地不起的,有对着手呼气取暖的,有支起炉灶准备做饭的,知道反击时机已到,此时不杀,更待何时?遂一声令下:“开城杀敌!”几股兵马早已蓄势待发,一听到命令,随着城门打开,犹如洪水一般冲出城去,杀向贼寇。范虎抖一抖方天画戟,一马当先,杀出城去,口中大喊:“贼寇看戟,快纳命来!”舞动画戟,见马就刺,见人就挑,一连挑死几名喽啰,杀开一条血路。正杀得兴起,突然斜刺里冲出一彪人马,为首的贼酋,身骑黑马,手提砍刀,一下将画戟架住。

范虎首次临阵,初生牛犊不怕虎,大喝道:“大胆鼠辈,竟敢挡少爷神戟,报上名来,少爷送侬见阎王去!”贼酋道:“呔!无知小儿听了,俺乃四窗寨二头领邬刁是也。速速下马投降,免你一死。”范虎听了,心中寻思,好侬个恶贼,竟敢口出狂言,看小爷如何教训侬!不由分说,“嗖嗖嗖”一连几戟,杀得邬刁上下左右穷于抵挡。邬刁枪伤初愈,只战了十几回合,已气喘吁吁,招架不住,正思量退走,突然又一彪人马杀到,为首的乃是少将米豹。只听米豹大喊道:“虎哥,侬且歇一歇,这桩买卖就让给小弟,好砍几个狗杂种尝尝鲜呢!”话音未落,“嗖”的一板斧就劈到了，只听得“当啷啷”一声响，邬刁虎口震裂，鲜血直流，手中砍刀被磕出尺余。邬刁大惊道：“哎哟！好厉害的兔崽子！”对付范虎尚且穷于招架，何况又一生力军参战？邬刁知道不是对手，拨转马头转身逃离，米豹手疾眼快，“嗖”的又是一斧劈到，“扑嚓”一声，只听邬刁一声惨叫道：“哎哟，痛死俺也！”原来那一斧头正劈在邬刁大腿上，顿时鲜血喷出。邬刁伏鞍而逃。

米豹见贼酋逃跑，岂肯罢休，大喝一声道：“好侬个贼草寇，快纳命来！”一提缰绳，在后紧追不舍。眼见得将要追上，突然一杆钢枪劈面刺到，抬头一看，嗬嗬，原来是大魔头洪宝杀到。老对手相见分外眼红，米豹翻手一斧，将钢枪压住，大喝道：“吃屙的独耳魔头，又想来此尝尝少爷为侬准备的烂屙不成！哎哟喂，一定是尝自家屄的烂屙不过瘾，来来来，今朝少爷让侬尝个够，外加这板斧的滋味！”不由分说，“嗖嗖嗖”一连几斧头砍将过去，洪宝忙不迭架住板斧，大怒道：“好侬个讨死鬼，阎王在向侬招手呢！”“嗖嗖嗖”接连几枪刺来，米豹毕竟是初出茅庐，武艺不如魔头，左抵右挡，不多回，只能勉强招架，没了还手之力，心知不是对手，寻思得找个救兵才是，琢磨未定，一眼瞥见阳明在不远处压阵，便边战边向阳明靠拢，张口喊道：“大哥快来啊，吃屙魔头向侬讨死来了，这天大功劳小弟就让给侬了！”

阳明听到叫喊，一见米豹危急，提起缰绳，坐下宝马撒开四蹄直朝洪宝奔去，不及招呼，一到近前，阳明宝刀就向洪宝顶梁骨劈去，洪宝急忙向上一挡，只听“当啷啷”一声响，宝刀碰击长枪，溅起一串火花！洪宝失声道：“哎哟，好刀！”挺枪相迎，两人在马上刀劈枪档，枪刺刀迎，银光闪烁，缠战在一处。这场恶斗端得厉害，只见：

这个喊声如雷，那个怒目如电，这个枪刺如光流，那个刀劈似冰飞。这个是牛魔王作乱，那个是神韦陀战妖。这个钢枪尖不离胸膛前，那个宝刀刃频叩天灵盖，枪刺大刀，迸出百道寒光，刀劈钢枪，射出千条金线。这正是，正邪纠缠不肯休，定要分出赢与输！

两人恶战三十回合仍难分胜负，阳明坐下宝马可就不耐烦了，只见它双耳高耸，前蹄跃起，一仰脖颈，“咴！咴！咴！”三声长嘶，洪宝身下坐骑听到嘶声，不知何故，竟吓得狂跳起来，加上马蹄在冰上打滑，“扑通隆”一声，将洪宝掀倒在地。阳明马快刀长，大刀刚要劈到洪宝脑门，千钧一发之际，突然斜刺里杀出一彪人马，一位尖嘴猴腮的贼酋，舞动双剑，抵住阳明大刀，小喽啰一拥而上，将洪宝救走。

阳明喝道：“贼寇报上名来，少爷不杀无名鼠辈！”来将道：“什么狗屁少爷，黄毛还没出呢。娃儿听了，俺乃四窗寨军师赛诸葛是也。闻俺大名，还不下马受死！”阳明见他口出狂言，也不与他啰唆，只管提刀接战。这柄宝刀在阳明手中，寒光闪烁，如同银蛇翻江，呼呼作响。赛诸葛并无真才实学，那点三脚猫功夫，岂是阳明对手，转眼间就手忙脚乱，才招架了三五回合，就思量逃之夭夭，谁知阳明手起刀落，“咔嚓”一刀，将赛诸葛斩于马下，那颗狗头在冰上骨碌碌滚了好几圈。众喽啰见军师殒命，发一声喊，各自四散逃命。

且说洪宝被救了回来，惊魂未定，就有喽啰来报，说是二头领邬刁重伤，三头领石秃战败，先回山寨去了。过一会又有喽啰来报：“大王不好了，军师阵亡，弟兄们死伤无数，溃不成军，且饥寒难忍，无力再战！”身边喽啰又劝道：“大王，留得青山在，不怕没柴烧，不如先退回山寨，重整旗鼓，再觅报仇雪恨良机。”洪宝一寻思，说得在理，四位头领下山攻城，损兵折将，如今只剩俺光杆司令了，已无胜算。正自迟疑，城楼上突然鼓声大作，从五座城门一齐杀出数千军民，个个高举锄头、棍棒、扁担、斧头，铺天盖地杀奔而来，洪宝大惊失色，他是要迎战抑或是开溜？欲知后情，且看下回分解。

第10回

诉衷肠秀云获真情　解疑难琼瑶传书简

且说魔头洪宝见余姚军民如洪水一般杀奔而来，吓得魂飞魄散，来不及细想，一声令下：“撤退！撤退！”一提缰绳，率先落荒而逃，众喽啰见大王抢先开溜，此时不逃，更待何时？树倒猢狲散，溃逃的喽啰只恨爹娘少生两条腿，又苦无地洞可钻，像无头苍蝇一般。阳明见草寇们丢盔弃甲而逃，正欲追击，转而一想，为帅者身系百姓安危，知己知彼，方能百战不殆，眼下却是敌情不明，路径不熟，贸然追击上山，易中埋伏，得不偿失。想至此，遂拨转马头，下令道：“鸣金收兵！”

阳明带领将士得胜回来，城门大开，余姚百姓扶老携幼，敲锣打鼓，夹道迎接。阳明见此情景，有感于父老乡亲的深情厚谊，心潮澎湃，难以言表。三十年后，也就是正德年间，他在《回军九连山道中短述》一诗中，也表述了与此时相同的心情。诗曰：

百里妖氛一战清，万峰雷雨洗回兵。

未能干羽苗顽格，深愧壶浆父老迎。
莫倚谋攻为上策，还须内治是先声。
功微不愿封侯赏，但乞蠲输绝横征。

昨日，阳明爷爷闻知孙子王阳明今朝要上阵杀敌，甚是担心，一夜不曾合眼，天没亮就起床了，听乡邻们纷纷传言，今日敌我交战，未知胜败如何。他不敢告诉儿媳郑氏，怕她担惊受怕，顾不上吃早餐，就冒着寒风，独自进城打听消息。远远见城门紧闭，又见城墙附近有一堆土丘高出地面，灵机一动，就攀越上去观望，只见城楼上人头攒动，晌午过后，只闻听城外杀声震天动地，却不知胜败如何，急得他如百爪挠心，饥渴的感觉，早丢到爪哇国去了。

太阳渐渐西沉，阳明爷爷正自焦急，突然城楼上传来急风暴雨似的擂鼓声，继而城门内外又响起雷鸣般的欢呼声。爷爷估摸，一定是前方打了胜仗，他的心咚咚咚地在胸口狂跳不止，接着，就见城门大开，男女老少一窝蜂似的涌向城外，接着见远处尘土飞扬，将士们扛枪提刀，迈着整齐步伐，蜿蜒而来，带领队伍的，是一排骑着战马的将军。爷爷眼力不好，只得手作凉棚，眯着眼远眺，直到队伍临近，才看清自家孙儿阳明和他的伙伴们，一个个骑着马，手执兵器，英武挺拔，威风凛凛。看到这里，他心上悬着的石头落了地。接着又看到诸知县带领着官吏、乡绅和百姓们出城迎接，夹道欢呼。看到这里，老人家甚觉颜面有光，捋着胡须慨然道：“长江后浪推前浪，一代更比一代强哪。我王家孙儿，小小年纪，就能舍身报国，保护乡邦，杀魔除贼，不负老夫之所望也！”见大军已络绎进城，阳明爷爷突然记起什么，自言自语道：“哎哟喂，老夫真是老糊涂了，一天不曾进食，这会儿才觉得饿了，得赶紧回家去，美美地喝三大碗酒，再抽三锅烟，为孙儿庆功也。”遂笑逐颜开地返回家来。

且说前方得胜的消息一传到县衙，诸知县又是高兴又是发愁。他是一位嫦娥跳舞两袖清风的好官，满心想为出生入死的将士和参战御敌的百姓摆庆功酒，但掐指一算，自家那点俸禄和往日积攒的银子，还不够买鱼肉菜蔬，更别说是酒了。琼瑶见父亲急得搓手蹬足，已猜到老父所思所想，顺手取下手镯、耳环、发簪，道：“父亲勿忧，这些身外物，聊以充数。”诸知县接过，苦笑道：“唉，这点首饰，杯水车薪哪。”父女俩正为难，这时有衙役来报道：“禀报老爷，门外来了父女二人，连同十余辆牛车，满载着酒肉等食物前来慰劳。”诸知县一听，嗬，这可是雪中送炭哪！连声道：“快快有请，快快有请。”快步出府迎接。

来者乃是毛员外并闺女秀云小姐。诸知县将毛家父女接入大厅，分宾主落座，毛员外道：“父母官大人，众位义士救我一家老小性命，恩同再造，小老无以为报，特送上酒肉菜蔬十五车，白银五百两，以犒劳舍生忘死的将士，聊表寸心。”话音刚落，又有衙役来报，说是将士们得胜回城，已到城门外了，诸知县大喜道："好啊，告谕百姓，敲锣打鼓，出城迎接！"众人相拥而出。

阳明带领众位将士，在百姓前呼后拥下，来到衙前，下马见礼后到大堂落座。阳明正向诸知县讲述作战经过，有衙役来报，道："禀报老爷，今有四乡八镇乡绅富户，随带金银、食物前来犒劳参战军民。"诸知县闻报，喜得嘴也合不拢了，道："快快有请。"役吏引导乡绅们来到大堂，乡绅们道："各位英雄出生入死，救我等出匪窝，脱地狱而升天堂，如今阖家团圆，恩同再造，今又击退贼寇进犯，保我乡邦，功绩彪炳史册，我等无以为报，只能献上微末薄礼，聊表寸心。"纷纷呈上礼单，有送银子二三百两的，也有送二三十两的，还有送鸡啊鹅啊羊啊酒的，不一而足，诸知县一一致谢。此时，大堂外已摆下数十桌酒席，诸知县请大家入席，众人一致推阳明坐首位，阳明决意不肯，经再三推让，诸知县坐了主位，阳明则于次席落座。

次席上，阳明等伙伴并诸小姐、秀云小姐同坐一桌。酒席还未开始，米豹见水龙一脸尴尬、欲说还休的样子，秀云小姐则自怨自艾，坐于一旁，气氛有点儿沉闷，就设法替水龙解围。米豹鬼点子多，眼珠子一转，计上心来，大声道："诸位，诸位，干等宴席开，涎水流下来。闲着也是闲着，是否想听听我们的龙哥，他是怎么请老魔头，喔，就是四窗寨大王洪宝，尝尝他自产的混滚捣浆杂烩羹的故事？"在座的正闲着无聊，一见有故事听，正可解闷，一齐起哄喝彩。

米豹见大家捧场，更来劲了，拳头往桌上一拍，充作惊堂木，大声道："话说四窗寨土匪头子洪宝，他要强娶毛员外家闺女秀云小姐去做压寨夫人，阳明大哥想了一出'李代桃僵'之计，我等四个毛头小伙子，由龙哥乔装扮成新娘，其余人打扮成丫鬟和管家，吹吹打打进了土匪窝里。去做甚？去救诸知县及诸位乡贤呗。我等兄弟进了四窗寨，只见寨内黑压压数以千计喽啰肃立迎接，个个弹眼赤筋，穷凶极恶，手持刀枪，杀气腾腾。"说到这里，听的人全惊叫起来道："哎哟哟，见这阵势，苦胆也吓碎了，进去了，如何出得来？休说救人，自个儿这条性命也赔上了！"

米豹接着道："吓人是吓人，没办法哟，猢狲闯进野狼窝，置之死地而后生，纵然是枉死城，人还得救哪！咬咬牙，硬着头皮往里进呗。好容易进了新房，只见房内满眼是新床、新被、新枕头，新桌、新椅、新大橱，清香三支烟袅袅，红烛二根光灼灼，桌上堆的是花生、瓜子、红枣、核桃、酥饼、糖果，外加橘子、苹果、梨头、香蕉，应有尽有。一见这些好东西，凑巧弟兄们肚子正唱空城计，顾不了许多，房门一关，龙哥把凤冠霞帔一丢，净拣些喜吃的果品糕点往嘴里送，嗨嗨，先把肚子填饱了再做打算。满嘴美食还未下咽，一想不好，且慢管小小肚皮，得先准备好酒好肉款待新郎官呐。"

有人插嘴问道："这好酒好肉是娘家备下带去的吗？是什

么山珍海味?”米豹笑道:“刀子、麻绳,堪称稀世美味。”有人道:“还美味呢,洞房花烛夜,要麻绳、刀子何用?”米豹道:“嘿嘿,何用?缚猪放血呗。待等刀子绳索准备齐全,只听得‘咿呀’一声,两个小喽啰扶着醉得一塌糊涂的魔头进来了,往床上一丢,走啦。嗬嗬,机不可失,时不再来,赶紧关门落闩,然后一哄而上,将魔头缚了个结结实实,比捆猪还多三圈绳索呢。嗬嗬,魔头此时才从美梦中醒来,一见自己被捆得跟粽子似的,丝毫动弹不得,还以为是美人儿恶作剧呢。可仔细一看,不对呀,三个花枝招展的美女,眼睛一眨,懒婆鸡变成鸭,成了手执钢刀、横眉怒目的男娃了!这一吓非同小可,刚才灌进去的满肚子黄汤全变成冷汗了。性命要紧呐,立马张开嗓门大喊救命!那喊声如炸雷一般哪,你道外面正在喝酒的数千小喽啰会来救他吗?”

众人正伸长脖子想听下文,米豹却卖起关子来了,不说下去。众人焦急道:“快说,小喽啰会来救他吗?”米豹笑着道:“哈,小喽啰们压根一个都没被他喊来。侬道为何呀?原来阳明大哥早就在酒里放了泻药,这会儿药性发作,小喽啰们拎着裤子轮番往茅坑屙烂屙呢。虎哥见老魔头大喊大叫,怕坏事,嗖地举起钢刀直向魔头砍去!说时迟那时快,突然被龙哥用刀挡了回去。”

说到这里,秀云小姐憋不住高声道:“挡他作甚?杀了这个狗强盗才好呢!”米豹接过话头,道:“杀了好?哎哟,小姐哪,侬比我米豹还笨哪。若是强盗见我们杀了他们大王，还不一齐来拼命？四个毛头小伙对几千名喽啰，这不是鸡蛋碰石头吗？喔，还叫以卵击石。不光难救诸知县那些人，恐怕是捧着干柴救火，自身还难保哩。还是阳明大哥说得对，敌强我弱，敌众我寡，当以智取胜。留着魔头暂且充作玛瑙瓶、挡箭牌。只要他们的大王在我们手里，喽啰们还敢发疯胡来不成？投鼠忌器呐。可话说回来，总不能任由他狂嚎吧，虎哥寻思，一时杀不了他，捶几拳替秀云小姐出出气也是好的，不由分说，举起铁锤般的拳头'啪啪啪'一连三拳，大魔头头上立马鼓起三个馒头大血瘃！大概虎哥的拳头太结实，打在头上，痛到肚里，那老魔头屁股下突然'哗啦啦！哗啦啦！'似鸟枪作响，原来魔头也是泻药发作，这几日吃下去的山珍海味、美酒佳肴全变成稀薄烂屙，如水塘决口，稀里哗啦全从裤管倾泻而下！那个臭呀，比粪坑还臭百倍呢。"众人听了，无不开怀大笑。

米豹继续道："龙哥见魔头嚎得更凶了，心里急哪，急中生智，拎起绣花被，'嚓'地一刀，割下一块，蘸满烂屙，就往魔头嘴里塞。魔头一见自家精心制作的混滚捣浆杂烩羹，吓得咬紧牙关，不肯品尝。还是龙哥有办法，将魔头鼻子一掐，魔头气憋不住，只得乖乖把嘴张开，这下满嘴佳肴，不尝也得尝！此味只该地狱有，人间哪得几人尝。接下来如何救老爷们出匪穴，许多人都亲身经历过，就不用米豹啰唆了。"

众人正听得津津有味，突然后堂传来一声吆喝："美酒佳肴来了，众位贵宾请啦！”众人嚷道：“哎哟，听到要紧关头，半路杀出程咬金，还是听故事有味，喝酒推后些，推后些。”米豹道：“接下来要说的是‘筑冰城，刀劈狗头军师’。诸位，欲知详情，且听日后分解。”众人听了，只得作罢。

这场庆功宴，宾主开怀畅饮。三杯酒落肚，趁着众人猜拳行令，秀云瞟了水龙一眼，两人心照不宣，悄悄借故离席而去，一前一后到了姚江边上。秀云已禁不住泪如雨下，似怨似诉道：“龙公子，自侬代奴家乔装新娘，深入匪穴，奴家逃难到慈溪亲戚家躲避，整日牵肠挂肚，寝食难安。派人打探，来回百余里，最先来报，说是公子九死一生，吓得奴家当即昏了过去，哭哭啼啼做了几件缁衣，准备落发做尼姑去。”说着说着，已泪如泉涌，似有满肚委屈，泣不成声了。

水龙赶紧用衣袖替她抹去眼泪，道：“侬这傻妹妹，貌美如仙的小姐去当尼姑，岂不辜负了青春年华？小子何德何能，值得小姐如此错爱?!”秀云道：“奴家受公子厚恩，终身已托付给公子了。谁知父亲托媒去说亲，被公子拒绝，奴家好不伤心。”水龙劝慰道：“小姐啊，侬是花容月貌美天仙，小子岂是枯木不爱怜？何况侬受尽劫难才脱险，我怎会忍心令小姐再受伤害？可施恩图报非君子，见义勇为理应该。侬家富来我家贫，门第远殊怎相配？此生立志报家国，难免血战疆场隔天涯，难为小姐终身靠。倘若马革裹尸成永诀，岂非让小姐一生受孤单？小姐啊，请侬体谅小子忍痛割爱，无奈拒大媒。”

秀云听罢，频频点头道：“公子啊，听侬一席肺腑言，果然是忠肝义胆好儿男。奴家我受恩不报誓不休！奴家梦里求过月下老人，姻缘簿上奴家与公子早已配成对。家父亦非嫌贫爱富之人，早已允下这门婚姻。公子啊，两情若是长久时，又岂在朝朝暮暮。倘若公子沙场遭不幸，奈何桥上且等候，奴家与侬黄泉路上结伴行。公子为农夫，奴家做饭洗衣同甘苦；公子为乞儿，奴家捧碗拎篮一路跟随永不弃。公子是树，奴家是藤，此生若不能与公子成婚配，奴家就落发为尼，青灯古佛了残生。”

水龙听了，感动得热泪盈眶，泣道：“听了小姐一番心里话，小子无地自容。若能与小姐结为夫妻，做梦也会笑出声来。只是我这般人，实在辱没了小姐。”秀云听了，破涕为笑道：“公子啊，姻缘本是前生定，说不得辱没的话。人的命运本是努力成，千年瓦砾会翻身。”水龙听了，道：“多谢小姐情深义重，小子再无疑虑也。小姐啊，侬我既然心心相印，那就对天起誓，此生不离不弃，白头偕老。”秀云道：“公子所言，正合奴家心意。此生若有离弃日，直待海枯石烂时。”于是二人就在姚江边对天起誓。此时秀云与水龙相依相偎，心中欢快异常，脱口吟诗一首：

奴是藤蔓郎是枫，终生缠绕不放松。
愿做山巅望夫石，盼郎为国建奇功。

水龙听罢秀云吟诗，一脸羞愧，甚是惶恐，道：“小子是个粗人，难与小姐比文采。就聊吟一首，望小姐不嫌。”亦张口吟道：

妹是花蕊哥是松，遮风挡雨护重重。
羞替豪门为棍棒，乐为家国作梁栋。

当夜，余姚军民都沉浸在欢乐之中。阳明见水龙与秀云离席而去，心中明白，待等宴罢，也约诸小姐去树林说悄悄话。范虎、米豹年纪虽少，却也已青春勃发，情窦初开。见大哥、二哥都有了意中人，只怪自己笨拙，内心羡慕不已。当晚，诸知县吩咐役吏替阳明等人备下房间，在县衙住宿。一宿无话，次日鸡啼三遍，天已大明，诸知县尚在梦中，就有衙役将他唤醒，禀报说，今早四窗寨小股强盗下山，袭击了低塘镇，杀死三十余名妇孺，抢劫财物无数。话音未落，又有衙役惊惶闯入，说是历山镇有十余村民，被四窗寨贼寇砍杀，大批财物被抢。诸知县闻报大惊，道：“快请众位义士到大堂议事。”一到大堂，阳明等人早已等在那里，落座后，又有两名衙役惊惶来报，也是四窗寨强盗烧杀抢掠乡镇等事。

原来，昨日四窗寨贼子攻打余姚城，落得丢盔弃甲，落荒而逃。回到巢穴，清点部众，伤亡过半，狗头军师赛诸葛殒命，二头领邬刁受重伤，气得洪宝哇哇直叫，召集头目们商议，下令道：“传令下去，明日倾寨而出，血洗余姚城，以雪今日之耻，为军师赛诸葛报仇!”三头领石秃劝道:“大王且息怒。眼下四窗寨元气大伤,士气低落,此时出兵,乃是以弱攻强,难有胜算,还须另想妙策。”洪宝道:“唉,俺难以忍受这般奇耻大辱,恨不得插翅飞去,杀得余姚满城血肉横飞。”石秃道:“大王欲报此仇,小弟有一条声东击西之计,能反败为胜。”洪宝道:“什么声东击西计?还不详细道来,俺等得不耐烦了。”石秃道:“俺的声东击西计,是要放出话去,俺四窗寨大王将统领全寨人马,血洗余姚城,令守城官兵日夜不敢放松,龟守城内。同时以四窗寨为中心,将弟兄们组成十余人为一队,神出鬼没,四处出击,任意烧杀抢掠,将余姚城各镇各村闹腾得天翻地覆,鸡飞狗跳,待官兵出城,弟兄们早已满载而归。如此,行动灵活,令狗官首尾难顾,筋疲力尽,被动挨打。一旦探得城中防御空虚,伺机以迅雷不及掩耳之势,攻打余姚城,大功可成。”洪宝听罢,沉思片时,道:“妙妙妙,此计可行。三头领果有大才,远胜赛诸葛。”于是下令依计而行。次日一早,由各小头目带领十余名喽啰,分四路下山突袭周边乡镇。故今日一早,官府就接到各乡镇遭袭急报。

匪情紧急,简单商议后,阳明决定分兵四路,分别由水龙、范虎、米豹和张千户带队,奔赴受害乡镇逮捕匪寇。待等官兵赶到出事乡镇,匪寇早已不见踪影,只留下悲惨的啼哭声和烧杀抢掠后的废墟余尘。此后,官匪玩起了猫捉老鼠游戏,官兵虽衣不解带,时刻待命,终日疲于奔波,仍屡屡扑空,劳而无功，恨得咬牙切齿。诸知县与阳明多次商议，一时也想不出应对之策。

一日，阳明议事归来，心绪烦乱，窗外柳枝初绿，桃蕊方吐，却无心观赏这明媚春色。见三位义弟在空旷处练习武艺，便独自踱到后院，想与诸小姐探讨破敌之事。丫鬟正在园内打扫落叶，阳明上前道："请小妹通报小姐，说王阳明前来拜访。"丫鬟道："哎哟，王公子，太不巧了，小姐前日被马蜂蜇伤，还躺在床上呢，不方便见客。"阳明吃惊道："小姐好端端的在闺楼，何来马蜂，又怎会遭蜇？可曾请医治疗？"丫鬟道："公子有所不知，只因闺楼不远处，有一棵银杏树，树上筑了一个硕大的马蜂窝，时不时有马蜂飞出蜇人，一扑打，它就飞走了，一停歇，又飞来蜇人，防不胜防。小姐不胜其扰，就拿根竹竿捅马蜂窝，这一捅就糟了，蜂窝没捅下，反被蜇得满头是包。公子不用担心，小姐已延医服药，无甚大碍了。"阳明道："蜂患可有清除？"丫头道："蜂患已除。是小姐召集下人打了一仗'攻点打散'歼灭战，大获全胜。蜂窝摘除，'游兵散勇'无窝可依，只好四散逃逸。'战场'也已打扫干净，公子不必忧心。"阳明笑道："如此说来，侬家小姐是运筹帷幄之中，决胜花园内外。学生这就告辞了。"正欲离去，丫鬟又道："王公子且慢，小姐似乎知晓公子会来，给侬留下一封书信在此。"阳明接过书信，见信上字迹娟秀，写道：

马蜂太猖獗，妹遭毒蜂蜇。
欲灭四窗贼，计从蜂事觅。

阳明反复翻看、细细思量，不明白小姐是何用意。马蜂伤人被灭，与剿灭四窗贼寇有何关联？沉思良久，才豁然开朗，喜道：“小姐破贼之策，高出阳明甚远，真乃女诸葛也。”边说边急着离去，丫头嘟哝道：“哎哟，真是莫名其妙。一个是信里打哑谜，一个是闷声无一言，想必是心有灵犀一点通。”

阳明急匆匆来到议事堂，见诸知县独坐大堂，神情忧郁，趋前道：“老爷，学生承琼瑶小姐点拨，已筹划一破敌之策，不知老爷可愿一听。”诸知县道：“小女前日捅蜂窝被蜇，正在闺阁养伤，有甚点拨可言？少帅且请道来，老夫洗耳恭听呢。”阳明道：“老爷，此策正是从小姐捅蜂窝被蜇一事得来的灵感，名曰‘摘蜂窝，灭散蜂’。老爷试想，眼下形势，匪在暗，处攻势，官在明，居守势，故匪视兵，洞若观火，乘官兵疏漏发动袭击，官兵虽有备却难守。官兵一到，贼寇逃逸，官兵一走，贼寇作乱，以致劳而无功。好似马蜂蜇人，以巢穴为据点，攻可袭人，退可自保。如今，我官兵反其道而行之，一面以乡镇为点，筹建民团，训练青壮乡民，消灭小股贼寇，阻击其偷袭，为‘灭散蜂’也；一面操练官兵，储备器械粮草，准备剿灭四窗寨，为‘摘蜂窝’也。如此，可粉碎贼寇声东击西之计。”诸知县听罢，沉思良久，连声道：“好计策，果然是除本之道。只有彻底摘除为害四明八百里、民众数十万之马蜂窝，地方才得太平。”当即传话下去，召集役吏前来商议。

次日，就按阳明策划的“灭散蜂，摘蜂窝”之法，一面派遣役吏到各个乡镇，召集青壮乡民，配备刀枪棍棒等武器，建立民团，由官兵下去教练武艺，沿匪徒下山路线，配备烽火树，日夜观察山贼动静，一旦发现土匪下山，周围乡镇转瞬便知，合力围剿，如同布下天罗地网，扑杀小股贼寇。一面操练官兵，准备器械粮草，攻打四窗寨。

没多久，四窗寨贼寇照往常一般，下山烧杀抢掠，谁知还未进入乡村，附近村庄便已知晓，倏然锣声四起，周围乡镇各有民团，大声呐喊着出来拦击。由村民组成的民团人多势众，对匪徒怀有刻骨仇恨，都以钉耙、锄头作武器，个个勇猛异常，那些小喽啰岂是对手？吃过几次苦头后，喽啰们一见到民团，一听到喊杀声，就吓得屁滚尿流，拔腿而逃。贼子见大白天下山时常挨打，就改由半夜或雨雾天下山，但每每行至半路，就遭民团伏击，无奈只得龟缩于四窗寨内，再不敢出来。

一日清晨，余姚县衙门前鼓声雷动，旗帜招展，刀枪林立，战马嘶鸣，出征将士列队成行，整装待发，成千上万百姓前来送行。诸知县说了一番鼓励的话，阳明身骑宝马，手执宝刀，正欲下令启程攻打四窗寨。回头见诸小姐匆匆赶来，不知她所为何事，欲知后情，且看下回分解。

第11回

剿匪穴首战遭挫折　封烟雾二打四窗寨

且说阳明见诸小姐急匆匆赶来，知必有要事，当即下马。诸小姐近前道："公子此番领兵攻打四窗寨，请听奴家临别赠言。"阳明道："小姐请讲，学生洗耳恭听。"诸小姐道："奴家愚见，公子此次出征，过于仓促，恐一时难以取胜。"阳明道："小姐何出此言？"诸小姐道："出征将士，士气高昂，训练有素，此次出征，战之利也。对于贼方兵力、士气、地形、暗堡并粮草储备却知之甚少，此战之弊也。兵书有云，知己知彼，百战不殆。知己而不知彼，无胜算之例，请公子三思。奴家无日不翘首以盼公子胜利归来。"阳明听了，点头道："多谢小姐指教，阳明牢记于心。就此拜别。"于是下令出征。

大军浩浩荡荡出城征讨四窗寨，已有探子进山寨报信，洪宝闻讯，召集众头领商讨对策。洪宝道："鸟毛狗官，上次被俺掳至山寨，就该立马劈了他。因一时迟疑，侥幸被他逃了条狗命。老子不去犯他，算他额角头锃亮，他却天堂有路不走，地狱无门偏闯。哼，此次来送死，正好替俺死去的弟兄报仇雪恨！各位头领，速献计策，保俺大寨。”众头领七嘴八舌，有主战的，也有主守的，莫衷一是。二头领邬刁道：“大王放心，如今俺四窗寨兵精粮足，士气正旺。自从各乡镇建立民团，我等到处受阻挨打，断了财路，弟兄们早已恨得咬牙切齿，手中钢刀快生锈了。俗话说兵来将挡，水来土掩，官兵来犯，定要迎头痛击，打得他屁滚尿流，抖一抖俺四窗寨威风。”三头领石秃摇头道：“二头领所言，还须斟酌。上次攻城失利，损兵折将，山寨元气大伤，若是硬拼，势必两败俱伤。官兵折损，自有兵员可补充，山寨却是无源之水，日见枯竭。孤注一掷，耗不起哪。”洪宝道：“三头领所言不无道理，各位还有何妙策拒敌？”于是小头目们各献主意，有人道：“与其正面交锋，不如以守为攻。眼下山寨已建得铁桶一般，要道、暗堡林立，弟兄们又熟知进山路径，且训练有素，俺们正可以逸待劳，处处设伏，官兵进来，寸步难行，所到之处，必成他们葬身之地。故这一仗，战不如守，当以守取胜，请大王裁决。”

洪宝听了各人主张，寻思半晌道：“各位弟兄所言皆有理，俺挑选可行者，依计而行。头领们听令，俺命你等各率一队弟兄，守卫一个隘口，每五里为一隘，内设暗堡数座，暗堡与暗堡，须堡堡连通，以便上下左右调兵遣将，互为支援，让官兵摸不清山寨底细。暗堡内要备足弓箭、滚木、乱石，见机袭击，待等这帮狗崽子锐气耗尽，俺就以猛虎下山之势，杀他个片甲不留，血染山头！”众头领领命去讫。

且说阳明带领官兵到了四明山下，探子来报道：“禀报少帅，大军进入四窗寨进山关隘，发现暗堡遍布，且各有喽啰守卫，却不见头领出战，请令定夺。”阳明得报，暗暗吃惊，寻思入寨要道，曾跟随花轿来过一次，当时薄雾封山，看不真切，如今再看，果然山势险峻，歧路纵横，不光路径狭窄曲折，草木丰茂，树林下更是暗堡星罗棋布，且不易发觉。眼下形势是，“鼠洞”遍布，却不见“鼠”藏身何处，纵有健猫，亦无从捕捉。果如诸小姐所言，“知己而不知彼，无胜算之例”。今匪在暗处，我在明处，处于劣势。如今既已出征剿匪，势必一战。随即下令，命水龙向贼寇讨战。

水龙得令，只见他身骑犀烂厕马，手提钢枪，一提缰绳，上前叫阵，大喝道：“呔！草寇们听了，速报侬等头领知晓，到少爷枪尖下领死！”然任凭水龙如何叫骂，贼寇就是不出来应战，反而各暗堡处不断有乱箭射出、飞石打来。水龙无奈，只得无功而返。阳明下令，道：“眼下匪情不明，贼寇防守严密，不宜冒进，须步步为营，通知下去，安营扎寨，就地休整。”将士领命而去，然后派出哨兵，探察地形并山寨动静。大队人马被阻于山下。

官兵不曾进攻，却时不时遭遇袭击。官兵出击，贼寇钻进暗堡，其他暗堡的贼寇，则从背后偷袭，令将士腹背受敌，将士一反击，贼寇又逃逸无踪，官兵歇息，弓箭、滚木、乱石齐下，打得官兵一时难以招架。如此日复一日，大军仅推进数里，且伤亡不少。阳明左思右想仍无破解之法，便召集众将商议，众将也是摇头不迭。范虎是茅草火星，气得脸红脖子粗，嚷道："大军出征，刀剑出鞘，贼寇却缩在乌龟壳里不出战，还出其不意搞偷袭，又奈何他不得！霸王吹葫笙，有力没处用哪！气死我也。"议论了半日，终无结果。官兵在山下叫骂，贼寇就装聋作哑；一到夜晚，贼寇就悄无声息钻出洞穴，偷袭官兵，一会儿敲锣打鼓，一会儿大声喊杀，一会儿冷箭齐发，官兵出帐还击，贼寇又钻洞不出。如此这般僵持着，急又急勿得，进又没法进，退又无从退，时间过去半月有余，将士们被折腾得疲惫不堪。

其时已近中秋，诸知县屡屡得报前方剿匪受阻消息，心中烦闷，踱出厅堂闲步，只觉金风袭衣，秋虫唧唧，草木萧瑟，黄花恋枝，联想到岁月催人，转瞬暮景渐迫，距告老回乡已时日无多。而闺女终身尚无着落，夫人早亡，无人可贴心商议，一时百感交集，平添一腔愁绪。回到厅堂落座，一手托腮，仰天长叹。他的一举一动，被悄然进来的琼瑶看在眼里。知父莫若女，见父亲神情恍惚，琼瑶已明白父亲所思所想，便伏于老父肩头，俏皮说道："问父何所思，问父何所忧？父也无所思，父也无所忧。只为闺女事，日夜挂心头。劝父且莫忧，渠成水自流。"诸知县听了，心中寻思道，这丫头，真是聪慧，为父心事她一清二楚。唉，庸姑嫁夫无须愁，才女择婿分外难。世上凡夫俗子多多有，却难觅能与她相匹配的奇男子。他想是这般想，却说不出口，故意嗔道："疯丫头，说话不知分寸。喏，反正闲来无事,侬且坐下,随意聊会儿也好。”

诸知县出身贫苦，十年寒窗，到中年始有功名，妻子生女时难产而亡，十余年来父女相依为命，故视闺女如掌上明珠，未曾有须臾分离。女儿美貌超群，才智不让须眉，故看人眼界甚高,终身大事蹉跎至今,尚无着落,唉,能与女儿相配的好儿男，凤毛麟角呐。自与王阳明相识相交，内心对其甚有好感，却不知女儿心意如何?转而一想，若直说欲择王阳明为婿，女儿若不称心,岂非徒添尴尬?想至此,就来个欲说还休,顾左右而言他道:“前方来报,四窗寨匪巢坚固,我方又一路遭贼寇阻击,难有进展,故心中烦闷。”

琼瑶从父亲神情中已窥知一二，她也心照不宣，父女俩皆是黑夜打醉拳，互不触及，只是劝慰道:“父亲休忧。匪巢坚固，匪徒顽抗，亦意料之中，如今官兵围而缓攻，蚕食匪巢，虽消耗时日，亦此长彼消之战法。女儿料想，缠战中自会有捣毁巢穴之良策。至于父亲其他心事嘛，亦何须操心。世间事，欲速则不达，顺其自然，瓜熟蒂落，自然水到渠成。女儿自会让父亲心想事成。今日女儿想做一件事,请求父亲准许。”

诸知县嗔道:“父亲面前，何必客套，但说无妨。”琼瑶道:“此次王公子领兵剿匪，离家日久，他的娘亲必然日夜思念，女儿欲去探望劝慰一番，父亲以为可否?”诸知县一听，寻思这丫头真是鬼精灵，她偏偏说要去探望王公子的娘亲，怎不提其他将士娘亲?可见对王公子心存眷恋，却不说破，倒也难为她与吾所思不谋而合。唉，没娘的孩子，难为她为自己的终身事操心了。遂道：“怎会不许？应该。对方是长辈，作为小辈，不可空手前往。”琼瑶道：“知晓。”

次日天未明，琼瑶就起床了，梳洗毕，点染红唇，施敷胭脂，上穿粉红色对襟绸衣，腰束淡绿腰带，下穿乳白色绢裙，一对金莲稍稍露出于裙外，走起路来似垂柳摇曳，飘飘然如九天玄女下凡。打扮停当，就告别父亲，带着丫鬟离开家门，先到街上购买礼物。她知道爷爷是一家之主，说话分量最重，是最该孝敬的，便买了两瓶上等高粱酒，一只五香烤鸡，一袋椒盐花生米。伯母呢，她是一家主心骨，最为劳苦，也是最疼王公子的人，得给她滋补滋补身子才好，挑来拣去，选了桂圆、核桃、红枣，外加两块布料。两人兴冲冲来到阳明家。

阳明爷爷坐在庭院里摘毛豆，郑氏在屋檐下绣花。爷爷认得琼瑶小姐，见她拎着礼物到来，赶紧招呼郑氏起身，迎上前去，见礼寒暄毕，就在院内葡萄棚下坐下。爷爷取出红菱、盐炒豆招待贵客，然后就外出张罗菜肴去了。琼瑶一声声称呼郑氏大娘，喜得郑氏合不拢嘴。两人互相诉说了别后想念之情，琼瑶还向郑氏述说了王公子剿匪安好，请长辈不必挂念等话。

两人说了一会话，琼瑶便起身观赏庭院四周的花树绿草，瞥见郑氏尚未绣完的鸳鸯戏水图绣枕，便仔细看了起来，只见图中一对鸳鸯依偎于绿水秀草间，气氛安谧，色彩华丽，便问道："大娘啊，这枕头侬是给谁绣的?"郑氏笑道："替谁绣的?大娘是为心里的一对金童玉女绣的。唉，她家富来我家贫，她家贵来我家贱，只怕高攀不起，也不知玉女愿不愿接受为大娘的这番心意，真愁杀大娘也。"琼瑶明白，这是郑氏在试探自己，正好趁机表白一下心迹，便道："大娘休忧，五百年前月老牵下红绳，纵然天南地北，亦定会配成姻缘。这是天作之合，不介意什么高攀俯就，不拘泥于什么富贵贫贱，像王家这等品德高尚的良善人家，只要金童乐意，玉女啊，怕是求之不得呢。"郑氏一听，喜得眉开眼笑，道："好孩子啊，侬说得大娘心花朵朵开了，若得金童玉女配成双，大娘这辈子做梦也会笑出声来呢。"刚说到此，突然一股黑压压的浓烟从厨房冒出，穿房过廊，蔓延过来。那浓烟里夹杂着毛豆、花椒的焦煳味，郑氏一吸入，立时被熏得涕泪齐流，喷嚏咳嗽接连不断，急忙拉起诸小姐到远处避烟。

原来是爷爷正在张罗菜肴，因见媳妇与客人谈兴正浓，不便打扰，顾自到厨房去料理饭菜，谁知心越急，柴越湿，那些烧火用的柴草被雨水打湿尚未干透，爷爷又大把地往灶膛里塞，寻思火可烧得旺些，谁知事与愿违，唯见浓烟不见火，不仅火旺不起来，还熏得满屋浓烟，呛得主客涕泪直流。诸小姐见浓烟乱窜乱钻，突然眉头一皱，计上心来，一条破贼计已了然于胸。见爷爷已摆开一桌子菜肴，起身道："哎哟大娘，这顿饭孩儿没福享用了，待下次拜访时再品尝不迟。孩儿有事要急着回去。”辛辛苦苦整出一桌菜肴，却没人品尝，爷爷心里着实有点儿失落，道：“这这这，饭也不吃就回去，是老夫做的菜肴不合口味吗?”诸小姐道：“爷爷，侬误会了。王家的饭菜，侬勿让吃，孩儿也会讨着吃，还不会吃厌呢。”爷爷道：“那侬就坐下吃，老夫才高兴。”诸小姐道：“请爷爷见谅。只因爷爷想出一条破贼妙计，孩儿急着要回去报功呢。”边说边带着丫鬟离去。爷爷听了，百思不得其解，茫茫然喃喃道：“这倒奇了，老夫何曾想出过破贼妙计? 嗨嗨，这从何说起啊?”

且说王阳明带领官兵到了四明山，受到贼寇关隘暗堡重重阻袭，进展缓慢，内心烦躁，夜来无法入眠。听到远处鸡啼三遍，天尚未晓，便起床出帐散步，不知不觉间爬上一座小山之巅，登高眺望。此时红日从东方喷薄而出，照得半空里云朵如织如染，绚丽如画，远处城郭，民居栉比，近处乡间，道路纵横，农家屋脊渐次冒出炊烟，阳明知道，这是百姓在煮茶烧早餐。这时从正南方刮起几阵大风，把屋上炊烟刮到山岙来了，那炊烟如同薄雾，封住了数座山腰。阳明见此情景，若有所思，片刻后即转身下了山巅。回到大帐，召集众将道：“此次围剿四窗寨，因敌情不明，且急功冒进，以致初战受挫，乃是阳明失策。如今已备下一破敌计策，须立即下山向知县诸老爷求援，众将领要紧守营帐，谨防敌方偷袭。”众将应诺道：“谨遵将令。”

当日，阳明独自骑马下山，进城来到知县衙门，与诸知县见礼寒暄毕，阳明道："此次进剿四窗寨贼寇，寸功未建，且多有挫折，乃学生之过，望老爷海涵。"诸知县道："公子报国为民，出生入死，可敬可佩，且战无常胜，何过之有？公子勿忧，本县当竭尽全力，助公子剿匪成功。"阳明道："老爷，眼下学生已思得一条退敌计策，请老爷筹办一批物资，以应急需。"话音刚落，堂外就有人接话道："公子的退敌计策，必定妙不可言，奴家班门弄斧，也有一破敌计欲与公子商议。"原来诸小姐刚从王家回来，进门就听到父亲与阳明交谈。阳明起身见礼，诸知县道："小女说话不知轻重，公子休怪。"阳明道："岂敢。小姐有锦囊妙计，学生求之不得呢。"诸小姐道："侬我何不将各自计策写于纸上，看是否相合。"阳明笑道："正合学生之意。"于是，两人来到桌案前，拿起笔写毕，然后摊开纸一看，只见上面各写着一个"烟"字，三人面面相觑，笑道："真可谓英雄所见略同！"

诸知县问道："王公子，需哪些物资，本县速速筹集。"诸小姐却抢先道："公子所需物资，父亲无能为力。"诸知县道："嗨嗨，这倒奇了，还有为父筹不到的物资？"诸小姐道："正是。奴家猜想，公子需要的是南风，父亲筹得到吗？"阳明笑道："小姐多虑了。学生已观察天象、风向、地温并云气变化，料定二日后，必刮三日正南风。这南风嘛，就不劳老爷费心了。学生只需花椒五百斤，足矣。"诸知县道："此易事耳，明日一早，本县亲自送到军营。"诸小姐笑道："妙啊，奴家才尝过此物妙处，公子这一战，比之韩世忠火烧金兀术更胜一筹，佩服，佩服。”阳明笑道：“岂敢，岂敢，小姐运筹帷幄，犹胜贤内助梁红玉击鼓破金。”两人冲口而出，待回过味来，思及韩、梁系夫妇，不禁满面羞涩。

次日，诸知县带着几名差役将五百斤花椒运至军营，阳明率众将出营迎接进内，随即升帐道：“众将听令，明日天未曙，有正南大风刮到，正是歼贼好时机。机不可失，时不再来。到时，要同时于关隘暗堡口燃烧花椒，并扇烟入洞，迫使贼寇或出洞交战，或弃堡逃逸，可引贼至埋伏处，围而歼之。切记，伤敌十指，不如断其一手。现命水龙将军带领三百将士，随带火器、干草等易燃物并花椒，悄悄摸至山隘暗堡口，将花椒点燃，加上南风助燃，将浓烟从暗堡洞口灌进去，将贼子熏出地堡，速做准备。”水龙道：“末将遵令。草寇若是两牛打架死顶，咋办呢？”阳明道：“侬就见洞就熏，以多面夹攻破之。”

待水龙离去，阳明又令道：“范虎将军听令！明日一早，命侬带领三百将士，用布遮脸，随带爆竹、铜锣等响器，见山隘暗堡烟火四起，点燃爆竹，敲动响器，大声呐喊，令贼寇摸不清我军虚实。然后循着暗堡一路上攻，追杀由暗堡出逃之贼寇，并于四窗寨城堡下大声叫骂，引贼出战。交战时，许败不许胜，将贼寇引至埋伏处，与米豹会合，协力厮杀，不得有误。”范虎应声道：“末将遵令。诈败容易，草寇若不追赶，如之奈何？”阳明道：“贼不追侬，侬就要耍猫戏老鼠的把戏，哄着他来追侬。

再不来追，治侬怠战之罪 。”

范虎舌头一伸，领命出帐。阳明唤过米豹道：“贤弟可统领三百将士，明日一早，先于范虎到达四窗寨，埋伏于山径两侧，待贼寇援军出寨，与范虎合兵，上前接应。记住，许败不许胜，将贼寇引至埋伏处，掉转枪头厮杀，为兄自会统率大军接应。”米豹应声道：“末将领命。”阳明调派停当，对众人道：“此次攻打四窗寨，虽不能捣毁贼巢，全歼贼寇，亦当拔除沿途山隘暗堡，歼灭半数草寇。前方交战时，后方亦当坚守营寨，提防山贼反扑。”众人齐声道：“遵令。”回头对诸知县道：“诸老爷回去后，请调集乡勇，坚守城池，提防贼子偷袭。”诸知县道：“本县知晓。”然后告辞离去。

次日刚到二更天，水龙、范虎、米豹都已准备就绪，各自到营帐外观察天色，只待风起。举头仰望，唯见风静月朗，晴空万里，不见一朵云彩，只听到远村黄犬一声声狂吠，更显得山野宁静。这几位好兄弟心下嘀咕，眼下天将破晓，却不见有一星半点微风，更休说猛南风了。大伙闲得无聊，索性说说俏皮话解闷，范虎悄声道：“龙哥，看来不妙。大哥当风水先生，难不成泥菩萨洗脸，要失面子？”水龙道：“呸呸呸，休要歪嘴吹牛角，漏气。大哥用兵一向是韩湘子吹笛，不同凡响。”话音未落，只听得营门外传来“唿喇喇”一声尖啸，接着一阵阵猛南风“呼啦啦、呼啦啦”地猛吹过来，把战旗刮得噼啪作响，亦吹得山上断枝残叶漫天飞舞。米豹道：“两位兄长看到了吧？大哥是高山顶上点灯，高明着呢。小弟是鲁肃拜孔明，五体投地。”三位兄弟同声道：“这叫作说曹操曹操就到，出战！”

且不说三位小将带领将士们依计而行，前往杀贼，此时，知县衙门后堂仍烛火通明。诸知县昨日从军营返回，眼见年纪轻轻的王公子运筹帷幄，指挥作战举重若轻，确是稀世之才，又与女儿年龄、才貌相当，若能成为自己的乘龙快婿，此生何求？唉，只是眼下这一仗，事关余姚数万百姓生死存亡，哪有心思去考虑这些儿女私情？王公子曾说，明日一早会有猛南风助其破贼，莫非诸葛亮能借东风，他也能？撩天百只脚！老夫半信半疑。今夜就是不睡，也要验证验证他说的准不准。当日，诸知县下到各乡镇部署了守卫村落事宜，回来后指派一众差役坚守城门，加强巡逻，回到县衙已近黄昏，索性烫了一壶老酒，就着几碟下酒菜，临窗小酌。酒后又踱到女儿闺楼去聊天，只见她托腮沉思，诸知县道：“一门心思想什么呢？为父进来也不知晓。”诸小姐起身施礼道：“父亲有所不知，女儿心里别别跳，忐忑不安呢。”诸知县打趣道：“嗨嗨，老夫家的女诸葛，也有忐忑之时？有甚大事缠绕于心，速速道来，为父洗耳恭听。”诸小姐道：“父亲休要取笑。王公子曾说明日一早有猛南风前来助战，他纵然才广学博，难道还有呼风唤雨的本领？如今万事俱备，独等南风，女儿正思量着，他的话能不能应验呢。”诸知县道：“俗话说，父女连心，女儿与为父所思所虑不谋而合。”

当夜，月光皎洁，树宁叶静，父女俩各有心事，只静静观书待天晓。耳边听得更鼓笃笃，敲罢二更，又敲三更，心中焦急莫名，突然听得半空里一声尖啸，接着“嗯喇喇，呼啦啦”一阵阵狂风呼啸着将树枝刮得噼啪作响。诸小姐急忙推窗观望，只见猛南风推着排山倒海般的云团朝北边涌去。诸小姐吃惊道：“真神了！父亲，南风果然如约而至！似这般能驾天驭地之大才，世上罕见哪。哎，只是可惜了。”诸知县诧异道：“可惜什么？”诸小姐道：“若是诸家也有这等好男儿，必定光宗耀祖，光大门楣。”

诸知县见女儿不住赞叹，心中有了底，故意激道：“有什么可惜的？再优秀，也与我家不搭界，终究是别家儿郎。唉，为父能有这样的半子也是好的。”琼瑶毕竟是一位巾帼，不似平常女子扭捏作态，何况是面对亲父，便直抒心曲，含羞道：“父亲，女儿若得与王公子结成连理，此生别无奢望矣。若得如愿，亦可圆父亲心愿。望父亲做一回月下老人，可好？”诸知县故意嗔道：“唉，真是女大不中留哇。罢罢罢，千里搭长棚，终有筵散时。玉成可以，只是闺阁千金女向农家儿男求婚，世所罕见，岂不委屈了女儿？”诸小姐道：“父亲此言差矣，男女婚配，讲究两情相悦，岂能论富贵贫贱，受世俗左右。女儿倒觉得，德是无价宝，才是聚宝盆。能与王公子这样的君子终成眷属，何来委屈。”诸知县笑道：“女儿能有这般胸怀，甚慰父心。为父择日就遣媒去提亲，以了却女儿心愿。哎哟，天快亮了，差点疏忽了要办之事。”诸小姐道：“父亲勿急，明日无非只办一件事，耽误不了。”诸知县诧异道：“侬怎知是一件事？”诸小姐道：“办庆功宴呗。”诸知县笑道：“侬啊，鬼精灵。”

且说水龙见浓雾封山，南风劲吹，带领三百名将士，随带花椒、干草等易燃之物，悄悄出了营房，摸黑来到山隘暗堡前。此时堡内贼寇见浓雾封山，四野寂静，漆黑一片，又听得大风吹得漫山遍野似鬼哭狼嚎，这等鬼天气，土地山神尚且惧怕，官兵哪敢偷袭？故而定若泰山，卧于暗堡内，安心做美梦。水龙见时机成熟，一声呼哨，率领众将士攻击关隘，砸开暗堡，一拥而入，尚在梦乡里的贼子猝不及防，还未醒来就去见了阎王爷。官兵乘势前进，点燃引火之物，引燃花椒，猛风助燃，转瞬间烈火熊熊，辣烟滚滚，直向着暗堡、洞穴窜去，见缝就钻，有孔即入。山隘暗堡建造时上下左右贯通，如今经大风一吹，风助火、火助烟，窜入暗堡的辣烟，被漫天浓雾覆盖着，郁积不散，猫在地洞里的喽啰，口鼻里一钻进辣烟，须臾难忍，喷嚏咳嗽接连，涕泪齐流。尚未清楚是怎么回事，蒙住口鼻的官兵已一拥而入，随着喽啰们一个个应声倒下，呼救声、哭爹喊娘声、刀枪撞击声，混成一片。那些从睡梦里惊醒的喽啰，一睁眼就被眼前情景吓得魂飞魄散，赤裸着身子逃出暗堡。片刻工夫，进山两侧山隘暗堡内匪徒已被杀得所剩无几，血流成河。

且说范虎见沿路火起烟窜，知已得手，立马指挥将士放起爆竹，敲动响器，齐声呐喊，循着山径一路向上，凡从暗堡内出逃的三五成群贼寇，皆被捉获，顽抗者则被格杀，直杀至四窗寨城堡下，然后命令将士大声呐喊叫骂。守在城楼上的喽啰火速进去禀报。几个头领自恃山寨守备坚固，闲来无事，就进深山密林打猎消遣，猎杀来无数野味，昨晚摆了一桌百鸟宴，猜拳行令，喝得昏天黑地，此时正高卧未起。大魔头洪宝听到哨兵来报，赶紧起身，醉眼蒙眬地到外面观望，只见白茫茫浓雾无边无际，南风刮得呼呼作响，风中伴有一股刺鼻的辣烟，直冲脑门，辣得两眼睁不开，喉咙直咳嗽，耳中又闻叫骂声喊杀声，却摸不清官兵虚实，只得下令道："速速告知各头领，谨防官兵奸计，坚守城门，不得出战，多备弓箭，只以箭矢退敌便是。"

坚守在城楼上的贼寇，龟缩在内，不敢出来迎战，只用箭矢向叫喊处乱射。那箭矢密如飞蝗，喊杀声、叫骂声却未尝稍减，气得几个头领恶气冲天，唯有手不停射。过有一个时辰，太阳升起，浓雾稍退，洪宝登上城楼观望，只见官兵三三两两坐于山径两侧，全无交战模样，另一些将士，正在搬运刚才射下的箭矢。得知受骗，洪宝气得一佛出世二佛升天，大怒道："奶奶的，俺们上龟孙子当了！老二、老三，随俺出战，要杀他个片甲不留！！"

两头领应声"遵命"，立即披挂上马，半晌，"唿喇喇"一声响，城门大开，从寨内冲出一彪人马，为首的正是老魔头洪宝，右边是二头领邬刁，左边是三头领石秃，范虎上前迎战。少将军单骑独戟大战三个魔头，是胜是负？欲知后情，且看下回分解。

第12回

陷罗网姐妹同落草　诉隐情两将双匹配

且说少将军范虎在城门下叫骂得正痛快，忽听得“哗啦啦”一声响，城门大开，冲出一彪人马。只见老魔头洪宝手提钢枪，骑一匹高头大马，邬刁、石秃两头领护持左右。洪宝大喝道：“呔！小畜生狗胆包天，竟敢犯我山寨，今日俺家戳侬个透心大窟窿，以泄心头之恨！”不由分说，直奔范虎而来。范虎心下寻思：“妙啊，正愁乌龟头缩在壳里没处下刀呢，这骂战还真是灵，这会儿龟头伸出城来，正可割来喂狗。”也不回话，提一柄画戟上前迎战，枪来戟往，戟刺枪挡，一来二去战有七八回合，范虎故意失声喊道：“好厉害的吃屙贼，少爷不和侬玩了。”调转马头就走。洪宝怎肯放过？大喊一声：“小畜生，往哪里逃！”策马追来，邬刁、石秃紧随左右，在后紧追不舍。追至一拐弯处，一声炮响，斜刺里杀出一彪人马，为首的乃少将军米豹是也，他已在此埋伏多时，放过范虎，手中板斧一横，大喝道：“好侬个吃屙虫，小爷已等待侬多时，吃爷三板斧填饥！”洪宝见了，大笑道：“就这么一点讨死鬼，还叫埋伏？爷将侬一并杀了，以泄俺满肚气恼！”说着“咯唧唧”一抖钢枪，直奔米豹杀来。此时范虎已转身再战，那边邬刁、石秃也一同参战，这一仗叫作“两少将大战三魔头”，直杀得喊声震天，天昏地暗。

洪宝曾与两位少将交过手，知晓这两人非自己对手，故越战越有劲，加上手中钢枪沉重，疾如出洞毒蛇，两少将招架这杆枪尚且艰难，何况魔头更有邬刁、石秃相助。范虎、米豹一寻思，少帅有令，这一仗许败不许胜，何不借坡下驴，溜之大吉？两人心照不宣，不约而同调转马头，大声喊道：“好厉害的贼魔头，待少爷歇会儿再与侬大战三百回合。”一前一后，退下阵来。洪宝一见两将开溜，怎甘心到嘴肥肉成画饼，大喝道：“小畜生往哪里逃，且把狗头留下来！”在后紧追不舍。直追至又一拐弯处，突然一声炮响，又一彪人马杀出，为首一员少将，横刀立马，威风凛凛，放过两将，挡于路中，见魔头追到，大喝道：“王阳明在此已等候多时，魔头，乖乖纳命来！”

洪宝抬头一看，见挡道来将竟是削他耳朵的冤家对头王阳明，仇人相见分外眼红，旧恨新仇涌上心头，也不答话，“嗖嗖嗖”一连三枪，朝阳明当胸刺来，此时范虎、米豹两将亦返身接战邬刁、石秃，双方短兵相接，刀光枪影凌乱，杀声震天动地。阳明手中宝刀如白龙翻江倒海，疾如闪电。洪宝是阳明手下败将，只战了五六回合，便额头冒汗，“呼哧呼哧”直喘粗气，招架不住，正要转身败走，说时迟那时快，阳明宝刀银光闪现，只听得“咔嚓”一声，刚好劈在洪宝左肩上，钢枪脱手，幸被盔甲挡住，肩臂尚存，鲜血直喷。洪宝失声道：“哎哟哟，痛死俺也！”伏鞍落荒而逃。邬刁、石秃见大王负伤败退，不敢恋战，也跟随而去。阳明、范虎、米豹在后紧追不舍，那些两条腿的喽啰们，不如四条腿的马快，先后被官兵俘获砍杀。

负责坚守山寨的有两名小头目，一名尚幸，一名尚存，年约十三四岁，两人在城楼上边擂鼓边观战，见三位头领出城时威风八面、神气十足，打得官兵落荒而逃，估摸胜券在握，手下加把劲，战鼓擂得山响，且大声呼叫，叫声如洪钟，在山谷回响不息，未及住嘴，就见三位头领伏鞍逃回，那神情如茄子经霜，蔫了，又见大王血染盔甲，两位头领神色惊惶，带去的喽啰被杀得无一幸存！尚幸对尚存悄声道：“这三位头领，横蛮凶狠，还整日嚷嚷着要做皇上，侬瞧，今日定是碰到了狠角色，白骨精遇到孙大圣，现出原形了。平日里狗眼生在天灵盖上，瞧我等如同草芥，不如侬我出寨去抵挡一阵，也抖抖威风，叫草包们开开眼界如何？”尚存道：“哇啊！侬莫不是我肚里心肝，长得一般无二？还等什么，动手！”两人快步下楼，找两匹马一跃而上，从背上“嗖”地拔出两柄钢刀，打开城门，冲了出去。

阳明筹划的这一战，是用激将法引贼出城交战，诱其入伏击地，消灭三贼酋。眼见成功已近在咫尺，行将追上时，阳明大喝道：“贼寇，纳命来！”举起宝刀直朝洪宝头颅劈去。洪宝见头顶银光一闪，吓得魂灵出窍，大惊道：“俺命休矣！”正千钧一发之际，只听得“当啷啷”一声响，阳明宝刀被尚幸两柄钢刀隔开，尚存跃马上前，迎战范虎、米豹两将。尚幸、尚存且战且退，掩护着三贼酋退回了四窗寨，城门高挂起“免战牌”。阳明见状，不由得一声长叹道：“哎呀，可惜了，功亏一篑啊！”

且说洪宝、邬刁、石秃逃回四窗寨，惊魂甫定，急忙召匪医包扎伤口，清点损失，恭请尚幸、尚存到大堂议事。待有半晌，洪宝包扎完毕，见尚幸、尚存进来，起身抱拳谢道：“两位小兄弟，俺洪宝有眼不识泰山，以往多有怠慢，还望海涵。今日两位冒险救了俺们三条性命，大恩不言谢，俺永生不忘。今后有用得着俺的，愿为兄弟两肋插刀。如今要什么赏赐，是要金银，还是要美女，只管开口道来。”尚幸、尚存听了，对视一笑道：“大王过奖了，保护大王，乃小的们应尽职责。金银再多，也没处使，至于美女嘛，小的还年少，用勿着。大王若要赏赐，就赏我二人一间独用的房子，可安心睡觉，足矣。”洪宝听了，哈哈大笑道：“不要黄金美女，只要一间瓦屋，世上傻瓜多多有，还找不到似侬这等呆子！罢罢罢，今日就晋升尚幸为四头领、尚存为五头领，赏独用瓦房一间，金银、美女暂且留着，待日后再立新功，一并赏赐。”回头对众喽啰道：“侬等听着，尚幸、尚存两位兄弟已晋升为四头领、五头领。侬等要毕恭毕敬，听从号令，不得怠慢，若有违逆，严惩不贷。”喽啰们齐道：“遵命。”

这时，有喽啰来报，说是经营多年的山隘、暗堡都被官兵摧毁，储存其中的刀枪、弓箭、火药、粮草，都成了官府的囊中之物，更有数百名喽啰成了刀下之鬼。洪宝听到损失如此惨重，气得哇哇直叫，对众头目道："各位弟兄听着，自俺们啸聚四窗寨以来，山寨兵精粮足，日益壮大，从未有如此之惨败。如今元气大伤，士气低落，外无救兵，内少强将，官兵大胜后气焰正旺，耀武扬威，兵临寨下。如之奈何？"

邬刁听了，大怒道："大王，莫要扬他人志气，灭自家威风。有道是兵来将挡，水来土掩。眼下四窗寨虽然七零八落，但有道是瘦死的骆驼还比马大哩。官兵若苦苦相逼，索性拼死一战，来个鱼死网破，也给江湖上弟兄树立个'虽败犹荣，不改英雄本色'的榜样。"石秃摇头道："二哥休说泄气话。大王带领弟兄们，积数年之功，才创下四窗寨这份家业，岂可破罐破摔？如今四窗寨实力虽有削弱，毕竟尚有数百号弟兄，有建得铁桶般坚固的城堡，更有几年吃用不完的粮草、马匹、武器，纵然里三层外三层围困经年，弟兄们照样大碗喝酒，大块吃肉，过得逍遥快活。依小弟愚见，任由官兵围困也罢，挑战也罢，叫骂也罢，我等就做个聋哑人，给狗官们吃闭门羹，看其能奈我何。"

洪宝听了两位头领所言，头摇得拨浪鼓似的，道："不妥，不妥。两位弟兄所言虽各有所长，却难有作为。鱼死网破，俺还舍不得呢。困于山寨做缩头乌龟，何时是个头？若是凭实力与官兵交战，眼下难有胜算。尤其那个叫王阳明的畜生，年纪轻轻，着实厉害，俺至今仍心有余悸，何况侬等。唉，'蜀中无大将，廖化当先锋'，山寨无能人，战也难，守也难哪。"

此时，刚坐上第四把交椅的尚幸起身抱拳道："各位头领，我兄弟二人自投奔山寨以来，蒙各位头领收留，还晋升头领之位，感激不尽，无以为报。自听了头领们高论，灵感勃发，谨献一策，不知能否解除当前山寨困境。若有冒犯，请多包涵。”洪宝道：“当局者迷，旁观者清。贤弟武艺高强，又初到山寨，必有高见，只顾道来。”尚幸道：“刚才二头领所言，是只战不守，三头领是只守不战，大王则是战守两难。依小弟愚见，都失之偏颇，难解山寨之危。”三位头领齐道：“俺们办法不行，侬且把锦囊妙计说出来，别小脚女人似的，扭扭捏捏。”尚幸道：“我的计策是，且战且守，双管齐下，才能解山寨之困。”邬刁、石秃大笑道：“哇哎，原以为两位新头领能逢山开路，遇水搭桥，谁知走的还是八卦路，和稀泥，老一套。”

洪宝听了，不耐烦道：“闭嘴，闭嘴。侬两人休要鸭子入河，乱聒噪。且让四弟说完，怎么个且战且守，双管齐下法。”尚幸道：“兵法有云，行军打仗，实则虚之，虚则实之。官府重兵围困我四窗寨，余姚城内必定空虚，疏于防范。我四窗寨可兵分两路，一路出寨与官兵作战，不论胜败，只要缠得官兵无暇他顾就好。另一路则转道慈溪，悄悄摸到余姚城下，趁其不备，突然攻城，城内百姓必定惊恐万状，急吼吼上山讨救兵。这样一来，官兵首尾受敌，只得分兵应付，山寨围困可解，兵法上称作‘围魏救赵’。”

洪宝听了，似懂非懂道：“俺是个粗人，大字不识一筐。什么‘米块酒糟’，俺听不懂。四头领，侬说得明白些才好。”尚幸道："大王请听，古时候，有个魏国围攻赵国，赵国向齐国求救。齐国就派兵去救赵国。齐国军师孙膑不直接去救赵国，而是趁魏国国内空虚，引兵攻魏，围困赵国的魏兵只得退兵回去救本国，赵国因而解围。"洪宝听了，拍腿赞道："俺懂了。哎哟，好一条妙计，果然是人不可貌相，海水不可斗量。"邬刁、石秃道："看勿出，四弟还真是四齿钉耙，有两下子呢！"

这献计策的新头领尚幸和尚存，何许人也？说来话长。尚幸、尚存系台州卧虎村人氏，其家坐落于山峦重叠、树林茂密，且幽径曲折的羊肠小道最高处。其父尚大彪，武艺超群，酷爱读书，尤喜兵法，平日以打猎为生，母亲张氏早年亡故，生下一子二女，全靠其父抚养，空闲时则教习武艺、读书写字。长子尚志远，十余岁时便离家外出谋生，一走数年，音信全无。尚大彪思儿成疾，一病不起，临终时把尚幸珍、尚存玉两姐妹叫到床前，嘱咐道："为父就要与侬娘做伴去了，不能再照顾你们了。你们要好生活着，一定要找到侬大哥。长大后觅个好后生，成家立业。武艺只用于报国护身之用，切不可为匪为盗，做出伤天害理之事，切记，切记。"嘱咐完，尚大彪两眼一闭，走了。姐妹俩大哭一场，然后抹干眼泪，将父亲与母亲合葬在一起。料理完后事，姐妹俩商议日后如何过活。

俗话说，没娘的孩子早当家。两姐妹平日里形影相随，外柔内刚，性情直爽，做事从不拖泥带水。幸珍道："在这荒山冷岙人迹罕至的地方，能有多大出息。父亲要我们找到大哥，再觅个好后生成家立业。与其逐日伸着脖子盼着天上掉馅饼，不如出去见世面、开眼界，顺便找寻大哥下落，再觅个倾心的相公做伴，岂不是更好?”存玉道:“大姐所言，正合小妹所想。可惜我俩是女儿身，去陌生地方，易受人欺侮。”幸珍道:“古时候有花木兰女扮男装替父从军，祝英台闺阁千金打扮成书生上杭城读书。我们何不效法古人，以男装示人。何况侬我习武之人，何惧之有。”姐妹俩商议定，找出父亲用过的衣裤鞋帽，穿戴停当，将名字最后的“珍”“玉”字去掉，以尚幸、尚存称呼，随带铜钿衣物等细软，到父母墓前拜别，就下了山。

两姐妹下山后，沿着四明山脉，途经嵊县、黄岩、宁海、奉化、慈溪，一路上晓行夜宿，探听大哥下落，却如猫儿抓影，没一点踪迹，而盘缠已所剩无几。这一日，循着山路到了四明山，只见山高林密，行人罕见，突然传来一阵锣声，冲出一伙人来，拦住去路，为首的乃是四窗寨二头领邬刁。只见邬刁将砍刀一横，大喝道:“呔!哪里来的黄毛未干的小畜生，竖起耳朵听了，此路是俺开，此树是俺栽，若要过此山，拿出买路钱!”姐妹俩见此阵仗，知道遇到强盗了。所谓初生牛犊不怕虎，仗着一身武艺，各自拔出钢刀，道:“啊呸，少爷正愁没钱买食，侬一伙蟊贼就来送钱!来来来，多少不论，速速献上，饶侬等不死!”邬刁大怒道:“好侬个该死的畜生，还没将侬剥皮下锅，竟敢在老虎嘴里讨食?翻了天了，弟兄们上!”姐妹俩见众强盗一哄而上，随即背对背拔刀抵挡，上下跳跃，左右腾挪，不到半晌功夫，便将众喽啰打得鼻青脸肿，狼狈逃窜。姐妹俩笑道：“哈哈，这等孬种，也敢拦路抢劫！”。

两人见强徒退走，也不追赶，收刀继续赶路。才走一段路，身后突然传来呐喊声，回头一看，又一群匪徒追来。为首的乃三头领石秃，他带着百十名喽啰，各执刀枪杀奔而来。姐妹俩见强徒众多，“嗖”地拔刀相迎，转眼间又将石秃一众喽啰打得七零八落，拔腿逃跑。姐妹俩见喽啰不经打，以为他们不敢再来寻衅，就放心上路。约行半里之遥，到一处树荫茂密处，突然一声呼哨，还不曾回过神来，头顶上落下一张大网，将姐妹俩罩住，一群喽啰拥上前，将俩人捆绑了，包住双眼，押进四窗寨。

这时，四窗寨大堂前已摆下长桌，邬刁、石秃坐于上首。见两人押到，如见仇人，大喝道：“好侬个该死的畜生，天堂有路侬勿走，地狱无门偏来闯，不付买路钱也就罢了，还打伤俺弟兄，如今落在俺手里，须叫侬尝尝俺四窗寨的厉害！来啊，搜他们身上有何财物，速速报来。”喽啰答道：“包袱内唯有几件破衣，几个铜钿，别无财物。”邬刁道：“没油水也罢，瞧这俩小畜生细皮嫩肉的，拉去宰了，做成人肉包子，赏给弟兄们饱餐一顿！”喽啰们七手八脚地将两人缚在两棵大树上，正欲拔刀动手，突然有人喊道：“住手！”喽啰回头一看，喊话的是大王洪宝，便住了手。洪宝道：“二位头领太急躁了，眼下山寨正招兵买马，扩充实力对付官兵，不问青红皂白就动刀子，鲁莽。来啊，且将两人放了，俺要问话。”

喽啰将两人绳索解开，眼布去了，洪宝问道：“侬二人报上姓名，家住何处，来俺山寨做甚?”尚幸道：“少爷坐不改姓，行不改名，姓尚名幸，这是我亲弟尚存，系台州卧虎村人氏，以打猎为生，因父母双亡，离家下山，一路找寻大哥下落，路过宝山，多有冒犯，请好汉多多担待。”洪宝道：“照此说来，是过路的。且把侬大哥名字说给俺听。”尚幸道：“大哥尚志远，年不满二十，五大三粗，略通武艺。”石秃道：“如此说来，俺手下倒有个叫尚志远的，额头生有一个大瘃，弟兄们称呼他为‘鹅瘃’。”尚幸喜道：“我大哥额头是有个大瘃，哎哟，如此说来，此人很可能就是我家大哥！‘踏破铁鞋无觅处，得来全不费功夫’，俺终于找到大哥了！他现在哪里?”石秃道：“找是找到了，可鹅瘃他去年生茅柴病死了，弟兄们把他葬在后山，听说还有些遗物呢。”洪宝道：“侬两人一身武艺，弃了可惜，不如去后山拜祭侬大哥后，就在山寨安身。俺四窗寨天高皇帝远，弟兄们在此聚义，大碗喝酒，大块吃肉，大把分钱，快活如神仙，何必去四海谋生。”尚幸答道：“多承好汉美意，入伙之事，待祭拜过兄长后再做定夺。”

当下，尚幸、尚存跟随几位大哥好友来到后山，见一个个馒头状土堆排列在大树下，都是死去的喽啰，在一个土堆前，竖着一块石牌，写有“尚志远之墓”，打开递来的遗物小包，里面是几件衣衫和数十枚铜钿，还有一张字条，上写道“落难四窗寨，无颜见亲人"十个大字。果是大哥衣物和笔迹。两人大哭了一场，有位大哥好友悄悄相告，说"鹅瘃"并非病故，是不愿为匪，潜逃时被抓，遭邬刁、石秃杀害。

知此隐情，尚幸对尚存悄声道："父亲临终时告诫我们，切不可为匪为盗，做伤天害理之事。大哥落难于此，良心有愧，逃离时遇害，以致遗恨终生，侬我若答应落草为寇，必将重蹈大哥覆辙，且有违父训，奈何？"尚存迟疑道："若不答应，难脱匪窝，难逃魔爪，死路一条。何况如今身无分文，谋生不易，不如暂且答应入伙，一来可寻机替大哥报仇，二来可伺机脱身。"两人商量定，就在山寨落草，做了强盗。凭着一身武艺，逐步升为小头目，如今又坐上第四、第五把交椅。

且说尚幸商议时献上"围魏救赵"计策，在回住屋的路上，尚存悄声埋怨道："侬我栖身贼窝，实属无奈。是屠宰场里的苍蝇，只为混口饭吃。刚才姐姐献计，与官兵为敌，等同助纣为虐，有违父亲所嘱。"尚幸笑道："小妹错怪姐姐了。三国徐庶，立誓不替曹操出一谋，他最终还是献了一计，就是他的脱身计。黄盖降曹，也为灭曹。匪窝终非久留之地，侬我陷身在此，若无下山机缘，何时才得脱身？若不与官兵交战，如何能找到如意男儿，倾心郎君？故姐姐出此计谋，是欲取之，先予之。既可寻机逃离贼窝，也可寻机觅倾心的男儿，怎说有违父亲教诲？"尚存听了，拍手道："姐姐不愧是猴子爬石崖，处处显能耐；草丛藏真龙，贫家出英才，佩服，佩服。俗话说长姐如母，小妹才疏学浅，阅人不深，侬须教我一二才好。听人说起，女儿家嫁人要父母之命、媒妁之言，夫君要遣媒来说亲下聘。可天下男子多多有，能做夫君的少之又少，女儿家自去寻觅，岂不被人笑掉大牙？”尚幸道：“姑娘家羞不羞？亏侬说得出口！也罢，侬且细思慢想，我们无父无母，俱是可怜人，谁能替我们操心？青春易逝，老了与谁为伴？自己不去寻觅，等天上掉下来不成？杨家将里那个佘太君，敢作敢为，是响当当的巾帼英雄，交战时相中了老令公，彼此相爱，成就了好姻缘，婚后并肩作战，建功立业，彪炳史册。有前贤为榜样，何惧之有？”尚存笑道：“妙哇！有前贤撑腰，正大光明，就不怕旁人七荤八素说闲话了。姐啊，长怎生模样，才算是如意夫君呢？”尚幸道：“姐已经想好了，要觅个忠勇双全、大义凛然的热血男儿，才称心如意。”尚存笑道：“得啦，妹也寻个忠勇双全、心里欢喜的男子，配成一对儿。”

且说阳明、范虎、米豹打败三贼酋，围住四窗寨，逐日到寨前讨战，百般叫骂，贼寇就像伤枪的王八，来个充耳不闻，缩在龟壳里不出来。骂得凶了，则以乱箭作答，几次攻城，次次无功而返，一时也想不出破城良策。如此日复一日僵持着。一日，有探子来报：“禀报少帅，四窗寨贼寇二头领邬刁、三头领石秃各带数百喽啰，悄悄绕道慈溪县一条荒僻山径，前往攻打余姚城，诸知县已召集民团保护县城，只是怕难以持久，请令定夺。”阳明沉思片时，道：“此乃贼寇‘围魏救赵’之计，出其不意攻打县城，县城告急，逼我等退兵救城，以解困境，倒不失为一着妙棋。魔高一尺，道高一丈，我官兵正可将计就计，诱贼出战，以歼灭之。水龙将军听令！”水龙应声道：“末将听令。”阳明道：“命侬带领二百将士，多带旗帜及锣鼓、鞭炮等响器，悄悄下山，待行至距县城一里之遥，敲动响器，摇旗呐喊，鞭炮齐放，做大做足声势，威慑贼寇，然后与城内军民里应外合，一举歼灭草寇，不得有误。”水龙道：“末将领命。”

待水龙离去，阳明又下令道：“众将听令。”众将上前道：“末将听令。”阳明道：“我全体将士停止讨战，佯装神情仓皇的模样，偃旗息鼓，拆除营寨，收拾刀枪，乱糟糟地急速向山下退去，一路上丢弃些许刀枪、旗帜、盔甲，令贼寇误以为我军欲急奔县城解围，引他们在后追杀，待行至半途，回头杀他个回马枪。范虎、米豹两位将军听令。”范虎、米豹上前道：“末将听令。”阳明道：“命侬二人各领两百名将士，埋伏于山寨附近两侧，待贼寇出城，上前交战，许败不许胜，将贼寇引至远处，再返回缠住交战，以杀贼多寡论功行赏。”两将应声道：“末将遵命！”

守在四窗寨城楼上的喽啰，突然发觉围困山寨的官兵急匆匆拆除营帐，偃旗息鼓，将辎重车载人扛，争先恐后下山而去。当下就有喽啰向头领禀报，洪宝得报大喜：“好！定是二位头领攻打余姚城得手，狗官害怕，向山上求救。官兵仓皇撤退，正是俺追杀的大好时机。尚幸、尚存两位头领，可各领二百名弟兄，先行出寨追杀，俺自领众弟兄断后，定要将官兵杀得片甲不留，不胜不归。”尚幸、尚存道：“得令！”

且说尚幸、尚存各带领二百名喽啰去追杀官兵。半路上，尚幸对尚存悄声道：“此次出战，乃逃离贼窝好机会，机不可失，时不再来，侬要多长个心眼，寻机脱离贼窝后，再做打算。”尚存应声“晓得”，打开城门，朝着官兵退去的路径追去，追有数里路，突然一声炮响，斜刺里杀出两股人马。尚幸打量为首的少将，只见他头戴钢盔，手持画戟，坐下一匹黄骠马，威风凛凛，英俊潇洒，不禁看得目不转睛，心里已有了五分喜爱。只听少将大声道：“贼寇坐稳了，少爷坐不改姓，行不改名，乃王阳明少帅麾下范虎将军是也。少爷不杀无名之辈，速报上名来。”尚幸道：“少将军一开口就说杀，好生鲁莽。俺不与侬计较。侬且坐稳了，俺乃四窗寨四头领，姓尚名幸。念侬年少气盛，不知礼数，允侬放马过来，让侬三招，再领教俺双刀的厉害。”范虎笑道：“呀呀呸，少爷看侬生得俊俏，像个绣花小姐，又好似旧相识。侬何苦要去做强盗？没出息！刀枪无情，只顾放马过来，待少爷把侬逮了回去，做个义弟，要是个女子，正好拜堂成婚，做一对快活夫妻。”尚幸柳眉倒竖道：“好个油腔滑调的畜生，俺念侬年少无知，先让侬动手，不领情也就罢了，还胡言乱语，看刀！”舞动双刀向范虎扑来，刀戟相迎，战有十来回合，一时难分胜负。范虎记得少帅有令，命他缠住贼寇，许败不许胜，随即卖个破绽，虚晃一戟，循山径急急退却。

尚幸见范虎后退，大喝道："看侬往哪逃！"在后紧追不舍，约追有七八里地，范虎突然拨转马头，返身来战，又战有七八回合，仍不分胜负，范虎又转身而退，尚幸又在后追赶，这样又追了三四里地，两人又在一斜坡处缠战在一起。此时范虎是越战越勇，左一戟右一戟上一戟下一戟，挑得尚幸穷于招架，浑身冒汗，范虎正寻机要将对手置于死地，一戟刺去，不料坐下马匹前蹄一滑，马首着地，马屁股竖起，"噗"的将范虎掀于马下！尚幸一见，喜出望外，瞬时翻身一个虎跳落地，思量活捉范虎。

范虎见尚幸扑到，怎会甘心被擒？一个猛虎翻身，又纵身一跳，将尚幸拦胸抱住，这一抱不打紧，尚幸前胸两个胖鼓鼓的肉团被摸个正着，从背后看去，隐约可见对方留有耳洞。范虎吃惊道："哎哟哟哟，果真是个女孩家！别打了，别打了，少爷舍不得打侬哩。"范虎一放手，尚幸一翻身，站立一旁，满面娇羞，偷偷瞧了瞧范虎，见此人外刚内柔，一表人才，英气逼人，心里又添了几分喜爱，心下寻思，这不就是要寻觅的如意郎君？俺须问清他的底细！

尚幸正迟疑不决，欲说还休，就听范虎道："喂喂喂，侬一个姑娘家，为何要女扮男妆，落草为寇？若有隐情，何不说与我听，少将军我可为侬脱灾消难呢。"尚幸羞羞答答道："奴家自有难言之隐，将军不问也罢。"范虎道："少将军我一见侬就喜欢上了，还说过要与侬拜堂成亲，做快活夫妻。这是月老在天上缠的红绳，叫什么来着？喔，千里姻缘一线牵。快快说来，纵有天大难事，范虎与侬共同担待。”尚幸低声道：“将军所言，可是真心？”范虎道：“大丈夫顶天立地，一言九鼎，岂能朝三暮四，言而无信？秤杆钉钉，绝无更改之理。”尚幸道：“既如此，奴家就与将军对天盟誓，而后倾心相告。”范虎道：“如此，正合我意。”

两人就在斜坡处跪下，对天盟誓罢，席地而坐。尚幸就把父母双亡后，姐妹俩女扮男装，下山寻兄，身陷匪巢落草为寇等情形相告，范虎也诉说了自己凄苦的身世，以及与弟兄们义结金兰等事。两人同病相怜，肝胆相照，越说越投机，大有相见恨晚之感。突然，尚幸吃惊道：“哎哟，不好！小妹存玉随奴家出城交战，还不知结果如何，若有闪失，如何是好？我得速去助她才行。”范虎道：“休要惊慌，侬家小妹定是与我义弟米豹在交战。我义弟重情重义，人品极好，武艺超群，不如也促成他俩配为佳偶，亲上加亲，岂不更好？”尚幸喜道：“如此甚好，速去，速去。”

范虎、尚幸起身上马，向交战处赶去，听到前方有乒乒乓乓碰击声，正是米豹与存玉在交战。米豹武艺胜存玉一筹，步步紧逼，累得存玉大汗淋漓，节节后退。范虎、幸珍大喊道：“都是自己人，别打了，别打了。速速住手！”两人闻声住了手。四人下马，互诉事情经过，皆大欢喜。说到后来，存玉一听要与米豹配对成双，才偷偷地瞄了米豹几眼，见对方生得英俊挺拔，武艺高强，甚是倾心，一时却不知该如何回话，只是痴痴地站在那里。幸珍拉她到稍远处，问道："侬闷声勿响，发呆做甚？若侬无意，姐这就去回绝他。"存玉一听急道："谁说无意？女儿家能当面应允不成？岂不羞死了。姐啊，他刚才步步紧逼，一招也不肯相让，只怕日后他以武压人，欺侮小妹，若认弱服低，岂不亏大了。"幸珍笑道："傻小妹，侬多虑了。彼此缔为终身伴侣，理该互敬互让，侬不欺侮他就上上大吉了，他怎敢以武欺侬？"

米豹在一旁，听了姐妹悄悄话，又见存玉秀气艳丽，甚是倾心，憨笑道："哎哟，都怪我米豹有眼无珠，认不出金童竟是玉女所扮。若知侬日后要做俺夫人，怎舍得打侬，早就弃械投降、顶礼膜拜了。"说得众人一齐大笑。范虎道："从今日起，我兄弟就以侬姐妹为配偶，永结同心。侬俩今日就随我兄弟下山，从此脱离苦海。"幸珍沉思片时道："能脱离贼窝，自然梦寐以求。只是眼下匪患未除，奴家寸功未立，下山投靠，有何颜面？且四窗寨城堡坚固，数百名贼子日夜守卫，寨内兵器、粮草充足，一时极难攻破。不如让奴家暂留在匪穴，寻机里应外合，剿灭贼寇。匪巢虽是肮脏地，奴家自会周旋，不必担心。"范虎、米豹会同意姐妹俩留在贼窝吗？欲知后情，且看下回分解。

《第13回》

墨黑夜米豹智取箭　陷卦林范虎遭囚禁

且说范虎、米豹两人听说幸珍、存玉两姐妹要留在四窗寨，为攻克匪巢做内应，连说不可，道："里应外合固然好，破匪巢大丈夫责无旁贷，但怎舍得让心上人身处险境?"幸珍、存玉道："好男儿处世当以大义为重，岂可为儿女私情婆婆妈妈误了剿匪大事? 奴家心意已决，少将军休再劝说。"范虎、米豹见她俩执意要留，也只得默认。四人商量停当，随即飞身上马，装作交战模样，幸珍、存玉在前退却，范虎、米豹舞动戟斧在后紧追，大声喊杀，直奔山寨而来。

且说魔头洪宝自派遣尚幸、尚存出寨追杀官兵，又命令百余喽啰固守寨城，自己则带着剩余喽啰前去助战。一出寨城，就见尚幸、尚存正循东侧山径追杀两员少将，自己便从官兵退走的西路追去。眼见得快要追上，突然一声炮响，斜刺里杀出一彪人马，为首少将立马横刀挡在前面。洪宝一看，吓出一身冷汗，挡路的又是冤家对头王阳明！他在阳明刀下吃足了苦头，耳朵仿佛也突然痛了起来。既然碰了头，硬着头皮也要拼死一战！洪宝“嗖”的一枪，朝阳明脸上刺去，阳明举刀一挡，又反手一刀，疾如闪电，洪宝掉转钢枪来挡，谁知阳明是虚晃一刀，避过枪尖，转身又是一刀，洪宝转身躲闪，却被刀背拍到脊背，一声哀号道：“俺命休矣！”口喷鲜血，伏鞍逃回。阳明在后追赶。

洪宝逃至一山径拐弯处，听到前方有喊杀声传来，抬头一看，原来是尚幸、尚存在前逃跑，官兵两少将在后紧追。洪宝顾不得重伤在身，大喊道：“两位头领，速速跟俺退回寨城！”两股人马合为一股，潮水一般窜进城关，城上喽啰乱箭射下，阻止官兵靠近。洪宝一进城，就见二头领邬刁、三头领石秃，及为数不多的剩兵残卒先他一步到了。三支人马会合一清点，死伤过半。洪宝下令，多备弓箭手，死守寨城。

且说阳明派出去的三支兵马，相继在四窗寨前会合。阳明下令，趁热打铁，一鼓作气，攻下四窗寨。此时官兵士气正旺，阳明亲自督战，指挥将士们脚踩云梯，手执兵器，相继攻寨，寨内贼寇则以乱箭乱石做抵抗，箭如飞蝗，石如暴雨，几番强攻，皆无功而返。阳明只得下令停止进攻，暂且回营歇息，再思破城良策。

且说前一日诸知县得报，说是有小股贼寇，在匪首邬刁、石秃带领下，要偷袭县城，诸知县赶紧召集民团保卫县城，待等贼寇一到，城门早已关闭，正严阵以待。邬刁、石秃怎肯空手归去，下令喽啰攻城，说时慢那时快，突然身后击鼓声、火炮声、呐喊声，惊天动地般传来，回头只见远方尘烟滚滚，战旗飘飘，杀声震天，仿佛有千军万马杀奔而来，吓得贼寇个个大惊失色，魂飞魄散，大骂狗屁“围魏救赵”计，恨无地洞可钻。脑子活络的，丢下辎重，脚底抹油，溜之大吉，个别呆的见了，也开了窍，哗啦啦四散奔逃，守在城上的官兵见援军赶到，又见贼子溃不成军，士气大振，打开城门，一齐杀出，与水龙带领的官兵前后夹击。匪寇不是被杀，就是被擒，邬刁、石秃两匪见大势已去，只好带着所剩无几的残兵败卒，由原路逃回山寨去了。

这一仗，王阳明大破“围魏救赵”计，将计就计，大获全胜，只可惜未能捣毁匪巢。阳明下令让将士就地扎下营帐稍歇，独自登上高坡，观察寨城。只见喽啰们在城上持弓巡守，城墙坚固，林深树密，一时难以攻破，寻思两次攻打四窗寨皆未能如愿，甚是焦虑。回到大营，只见水龙、范虎、米豹三人满面春风，正在大帐等候，阳明笑道：“嗬嗬，侬三人笑眯眯，是来邀功讨赏不成？”

三人互相推搡着不肯先开口，末了还是水龙道：“邀功不敢当，三弟、四弟来献计倒是真的，只是羞于启齿，非要我来说。”阳明道：“哎哟哟，虎弟豹弟大脚装小脚，还有不敢张口说的事？奇哉怪也。事出反常必有妖，快快说来，是真妙计还是假妙计。”范虎、米豹道：“也罢，大哥答应不调笑，才说。”阳明道：“不调笑，只顾放胆道来。”范虎、米豹道：“要说妙计，小弟没能耐，是大哥弟媳妇献的计。”阳明不禁失笑，道：“嗬嗬，眼睛一眨，赖婆鸡变鸭，这弟媳妇又从何说起？”范虎道：“大哥，俗话说得好，丑媳妇总要见公婆，我范虎脸皮厚，还是由我来说。”于是，范虎就把出战时如何遇到女扮男装来应战的幸珍、存玉姐妹俩，如何识破真相，彼此倾心定为佳偶，姐妹俩如何决意返回匪巢里应外合等情形说了个大概。阳明听了赞道：“这是喜上加喜的好事啊！难为大慈大悲的月下老人降临刀枪相交的战场，替两位贤弟做媒系红绳。更难得两位巾帼不让须眉的未来弟媳妇，肝胆照人，不畏艰险深入虎穴。三位贤弟都有了配偶，倒显得愚兄落后了。”

话音刚落，就有兵士来报道：“禀报少帅，诸知县携女儿来兵营犒劳将士。”水龙、范虎、米豹不约而同装出鬼脸，悄声道：“哇呀，说曹操曹操到。大哥的佳偶也送上门来也。”阳明无暇玩笑，赶紧出营迎接。原来，诸知县与水龙里应外合，击退邬刁、石秃偷袭，大获全胜，因水龙急于返回助攻四窗寨，未曾进城暂歇。全城百姓载歌载舞欢庆胜利，那些财绅、富户纷纷献财献物，犒劳将士。诸知县将所献财物一半赏赐民团和守城杀敌将士，另一半就送到兵营来了。诸小姐闻知，也要同来，诸知县欣然同意。

阳明将诸知县父女接进大帐，见礼上茶毕，诸知县说明来意，阳明称谢不迭，并向诸知县禀报了眼下双方情况。因县衙杂事缠身，不便久留，诸小姐思量观赏这里的青山绿水，诸知县就先行离去。待诸知县一走，阳明悄声道：“小姐要观赏山水风光，学生乐意奉陪。休怪学生鲁莽，小姐是醉翁之意不在酒啊。”诸小姐道：“公子何以见得？”阳明道：“眼下兵荒马乱，战有倏忽之变，民有倒悬之险。小姐一贯深明大义，此时此刻，怎会萌生游念？”诸小姐听了娇羞道：“哎哟，公子既洞察此意，就该心照不宣，何必令奴家尴尬。也罢，奴家就实说了吧。说是访兵营送犒劳，实为见公子一面，聊解思念之苦，再则借观山探水，寻求攻破寨城之策。”阳明道：“学生何德何能，得小姐如此厚爱。小姐可知学生也有一肚苦水吗？”诸小姐吃惊道：“侬的苦情又从何而来？公子请道其详。”阳明见无旁人，放胆道：“古人有云，‘为伊消得人憔悴，’相思最苦。阳明日思夜想，无日不思念小姐，黄连拌蜜饮，甘苦与谁说。”诸小姐听了，羞得红染双颊，悄声道：“彼此，彼此。”

当下，阳明与诸小姐骑马出了大营。盛夏才过，正值初秋时节。一阵秋风吹来，叶落如雨，景象萧瑟，阳明想起匪患未除，民遭荼毒，触景生情，似在观赏，心里却在筹划破敌计策。诸小姐察觉阳明心不在焉，个中原因怎会不知，故一路行来，亦不多言。这时，阳明“哎哟”一声道：“小姐，学生昨夜做一怪梦，烦侬替学生剖析剖析？”诸小姐正为沉默无言而尴尬，欣然道：“剖析不敢当。日有所思，夜有所梦，是甚梦境，奴家洗耳恭听。”阳明道：“学生在梦中，行走于一条坎坷大道，时而风雨扑面，时而柳暗花明，无意间走到一座庙廊前，只见殿堂破败，廊柱东倒西歪，蛛网编织，尘灰堆积，抬头见匾额上写着‘伏波祠’三字，心中明白，这是祭祀东汉名将马援将军的地方，走进殿内，伏波将军威武地坐于正中，仿佛有话要对学生说。当时学生心有所感，就随意题了一首诗于殿壁上，至今仍记得分明。”诸小姐道：“侬与马援将军相隔千余载，却梦到他，倒是奇哉怪也。可还记得侬所写诗句？”阳明道：“所写之诗，至今仍历历在目，记得分明，乃一首绝句，小姐请听。”随即吟道：

卷甲归来马伏波，早年兵法鬓毛皤。
云埋铜柱雷轰折，六字题诗尚不磨。

诸小姐听罢，沉思半晌道：“奴家从《汉书》中获悉，这位马援将军，系东汉初扶风茂陵人，曾率军击破先零羌。任伏波将军，封新息侯。后来在攻打武陵‘五溪蛮’时病死军中，享年六十三岁。他还养过马，懂得相马，著有《铜马相法》一书，是一位文武兼具、战功卓著的英雄人物。公子与他素昧平生，又远隔千万里，他竟然邀请侬去他庙堂做客，莫非公子日后生死荣辱、功名利禄与他的际遇相似，故惺惺相惜，与公子忘年忘世而交，神游于梦中？”阳明听了笑道：“小姐真是博学多才，过目不忘。伏波将军在天之灵，要谢侬知遇之恩呢。学生与将军相比，是小丘之比泰山，惶恐，惶恐。”

其实，王阳明与马援一生之功名利禄、生死荣辱，的确十分相似。且其兵法武功、文章辞赋、教化民众，皆有过之而无不及。王阳明偶然得此一梦，此后一直耿耿于怀，铭记一生。在他功成名就，年届五十七岁时，也即嘉靖七年，公元 1528 年 10 月，乘船（公元 1529 年 1 月 9 日卒于舟中）由两广路过伏波庙时，特意停舟，扶病上岸，拜谒伏波庙，并写下了《谒伏波庙》诗二首，并称《梦中绝句》："予十五岁时梦中所作。今拜伏波祠下，宛如梦中。兹行殆有不偶然者，因识其事于此。"诗曰：

（一）

四十年前梦里诗，此行天定岂人为？
徂征敢倚风云阵，所过须同时雨师。
尚喜远人知向望，却惭无术救疮痍。
从来胜算归廊庙，耻说兵戈定四夷。

（二）

楼船金鼓宿乌蛮，鱼丽群舟夜上滩。
月绕旌旗千嶂静，风传铃柝九溪寒。
荒夷未必先声服，神武由来不杀难。
想见虞廷新气象，两阶干羽五云端。

这是后话，按下不提。

闲话少说，书归正传。且说阳明与诸小姐一路谈古论今，转过一条山径曲折处，放眼远眺，只见前方高山巍峨，如一座翠玉屏，云彩缭绕，于峭壁间喷出一条瀑布，势若悬河，泻入壑底，似炸雷动地，银蛇舞天，蔚为壮观。曾有诗人咏瀑布道：

玉龙吼山山为开，悬涛迸出翻崔嵬。
回风便可作飞雨，共听万壑鸣春雷。

山腰间有无数蜿蜒小道，若隐若现。诸小姐喜道："哇哟，好一处蓬莱仙境。"阳明道："此山名唤白山，山下有洞，俗称潺湲洞。后汉时上虞县令刘纲与其妻樊氏于洞旁学道，后来得道成仙，白日飞升。小姐若有兴趣，日后学生陪侬一游如何？"诸小姐笑道："若能与公子偕同前来，此生无憾矣。"

谈讲间，转过一道山弯，迎面是一座高入云霄的山峰，山峦裸露，草木枯黄，诸小姐问道："公子请看，前面这座山峰，满目荒凉，莫非遭野火烧过不成？"阳明注目良久，道："此山峰现为四窗寨贼寇所盘踞，名曰四明大俞山，是东汉时刘阮遇仙之处。只因自夏至秋，滴雨未落，故山巅草木枯黄，仿佛遭野火焚烧一般。"诸小姐沉思片时道："此乃天赐官兵破贼良机，助公子功成名就。"阳明道："不瞒小姐，学生亦有一条破敌计策。"诸小姐道："且别说出。待回去后，将各自主张写于手心，看是否所见略同？"阳明道："正合我意。"

两人返回营帐，因急于知晓彼此所思怎生破敌，到案前各自取笔写于手心，然后摊开一看，俱是一“火”字，阳明道：“灵犀相通。”诸小姐亦道：“所见略同。”继而放声大笑。诸小姐见阳明事务繁忙，欲告辞归去，阳明道：“请小姐稍待数日，待这一仗部署完毕，学生亲送小姐归去。”于是阳明下令击鼓，召集众将，让诸小姐坐于客位，片刻后，众将先后到大帐听令，阳明对众将道：“本帅与诸小姐视察四窗寨周围地形，定下破敌之策，各位要抓紧训练将士，备好攻城物资，五日后就有一场血战。”众将齐道遵令，络绎离去，阳明叫住水龙，道：“水龙将军听令！本帅命侬带领一百名将士，于西北山坡上，搭建观天台一座，三日后前来缴令，不得有误。”水龙迟疑道：“末将领命！误嘛，倒是误不了。只是心里有那么一丁点儿糊涂，还请少帅明言。”阳明道：“执行将令，是该询问清楚，做到心中明白。将军但说无妨。”水龙道：“末将不才，休怪鲁莽。这打仗嘛，观刀观枪观城观敌，与观天风马牛不相及，搭观天台不知有甚用处？”阳明道：“为将者，须上知天文，下识地理，风雨晦明，皆可为战所用。因此次围剿匪巢，须等待漆黑之夜，并要正南风相助，怎说与观天无关？”水龙半懂不懂道：“噢，懂了，末将遵命。”

三日后，水龙来报道：“禀报少帅，观天台搭建完成，特来缴令。”阳明道：“将军辛苦，请回帐休息。”于是，阳明邀诸小姐同登观天台。观天台建于山坡东侧，台高五十丈，自下而上逾五百步阶，台用毛竹搭建，凌空而峙。阳明挽扶诸小姐登上观天台最高处，只见白云绕半腰，仿佛可上抚青天，极目远眺，上观苍穹千变万化，下察村落星罗棋布。阳明经良久观察后沉思片刻，对诸小姐道：“据学生观察，四明山一带，阳光猛烈，高空热气如盖，山峦潮气蒸腾，南风初发，故自今日子夜起，将有大雾密布。”诸小姐道：“公子，奴家对天象晴雨雾雪一窍不通，若如公子所测，正是用兵良机。”阳明笑道：“人各有所长，亦各有所短，小姐比学生高明百倍。关于用兵一事，小姐与学生所见略同。”说得诸小姐红染双颊，满面娇羞。

两人回到大帐落座，阳明下令召集众将。片刻后，众将齐集帐下。阳明下令道：“请水龙将军带领百名将士，到军械库搬取羽箭三万支，并于箭尾处绑扎引火易燃之物候用，明日午后完成，不得有误。”水龙道：“末将遵命。少帅，末将早已将军械物资登记造册，库内仅有数千支羽箭，三万支箭又从何而来？莫非要末将做无米之炊？”阳明笑道：“将军休忧，明日凌晨，自会有人送箭来，侬只顾去取就是。”水龙只得将信将疑道：“末将遵命。”

阳明又下令道：“范虎将军听令！命侬带领一百名将士，今夜二更时分，趁漆黑夜色，攀越四窗寨北面山坡，破坏山腰蓄水池，然后设法混入山寨，与幸珍、存玉取得联系。待等四窗寨火起，命两人打开城门，里应外合。待侬上山，我自会派将士到城前讨战，为侬爬山凿池做掩护。”范虎应声道：“末将遵令。”阳明又道：“将军此番前去，险象环生，生死难卜。侬可惧怕？”范虎笑道：“喔，这惧怕两字嘛，大哥还没教过我呢。当年关云长过五关斩六将，谈笑风生，不见有一丝惧怕。张飞独立长坂坡，喝退曹军八百万，何曾惧怕过？关将军、张将军不怕，我范将军何惧之有？”阳明又道：“将军勇气可嘉，还宜慎之又慎。倘若失利，当以何法破解？”范虎道：“何以破解？听天由命呗。大不了血染山峦，为国尽忠，掉头只当风吹帽！何况本将军在贼窝内还有两位救命菩萨呢，不必担忧。”阳明道：“此话怎讲？”范虎笑道：“嘿嘿，侬的两位弟媳妇呗。虽未娶过门，若见相公有难，还不头发甩散，拔刀相救？我还怪想她的，正好与她趁机诉说别后思念之情，又可里应外合，为剿匪立功。”米豹道：“恭喜虎哥得到好差事，见到小弟那位，就说我米豹因她生了相思病。还有，她若不出手助虎哥成事，小弟就不认她是婆娘。”范虎领命后出帐而去。

阳明又下令道：“米豹将军听令！命侬带领兵营剩余将士，分前后五批，随带刀枪、旗帜、响器、炮仗、火把、盾牌，并用稻草将盾牌团团包住，于今夜二更时分，悄悄接近贼寇城前，以第一声炮仗响为号，立即点燃火把。待第二声炮仗响，立即熄灭火把，敲动响器，大张旗鼓，大声呐喊，务求营造杀声震天动地之势。待城上乱箭齐发，众将士则以盾受箭，一批批轮流递进，不得攻城，务求收集三万支羽箭，若有缺少，唯侬是问。侬可听明白了？”米豹听了，寻思收集不到三万支箭，要唯本少将是问？哎哟，倒是要动点脑筋，想些办法了。遂答道：“听嘛，倒是听得一清二楚。不攻城，只呐喊，城楼上贼寇不是瞎子，怎会不被识破？我赚他的箭，他偏不放箭，岂不成死蟹一只？若乘机冲出城来，又该如何抵挡？”阳明道：“本帅已观察天地气象，今日为月暗夜，自午后起，就有浓雾封山，贼寇两眼一抹黑，必不敢出城，又怕官兵攻城，唯放箭抵抗，别无良策。”米豹笑道：“有少帅的锦囊妙计，末将取箭必定如探囊取物，手到擒来。”众将遵命离去。诸小姐见阳明指挥若定，考虑周全，甚是敬服，却不加赞扬，生怕他生骄傲之心，误了大事，这也是诸小姐爱惜阳明的一番苦心。又寻思已在军营盘桓数日，眼下大战在即，怕阳明分心，便告辞归去，阳明亲送至三里外，依依惜别，又派士兵护送回府。

当日天亮时，还是晴空万里，一碧如洗，到中午时分，只见连绵山峦，喷出一团团棉絮似的轻雾，飘拂过沟壑、平坡、山峦。这云雾或聚或散，飘去浮来，令青峰秀岭忽现忽隐。渐渐地，雾气越积越多，阳光偶从雾隙间钻出，无边无际的云雾，仿佛变成一幅舒展的、瞬息万变的、浓淡相济的泼墨画。到了午后，稀薄的白雾变成了厚重的浓雾，如潮水一般汹涌，将天地间塞得密无空隙。二更敲过，群山笼罩在伸手不见五指的黑暗浓雾中，比照往日，官府将士与城上匪徒应已熄火睡下，唯有山风吹过，刮得树梢沙沙作响。突然，四窗寨城下火把齐燃，照得山野恍如白昼，守在城楼上的匪徒从梦里惊醒，以为是天大亮了呢，起身向四下观望，只见浓雾弥漫，城下火光四射，吓得瞠目结舌，继而突然火把俱灭，漫天漆黑，却锣鼓齐鸣，喊杀声惊天动地，朝城下望去，浓雾遮掩中，只隐约看见密密麻麻的刀光枪影，却全然看不清官兵从哪处进攻。噼里啪啦的炮声、此起彼伏的喊杀声，还有响如雷鸣的击鼓声，仿佛有千军万马，喽啰们以为是官兵从四面进攻，吓得魂飞魄散，撒腿跑去添油加醋禀报头领。守城喽啰漫无目的地朝喊杀声猛处、擂鼓声大方向乱箭发射，以阻止官兵进攻。一时间，只听得嗖嗖弓弦声，箭矢密如飞蝗。其实，鼓炮声、喊杀声、击打城墙声，都是为诱导城上喽啰向四处胡乱射箭，喽啰多射箭、乱射箭，米豹则坐收渔翁之利。

四窗寨众头领得报，忙不迭掀翻被窝，急吼吼登上寨城观望，因四周浓雾封山，乌漆抹黑，如何看得分明，乱糟糟又怎知官兵虚实？只得下令全寨喽啰前来增援，并紧闭城门，坚守寨城，以乱箭抵抗进攻。过不多久，喽啰来报，说箭矢耗尽。洪宝下令道："将库房数万支备用箭矢，全搬来拒敌！"如此这般闹腾了一整夜，天一破晓，浓雾散去，向城下观望，却不见有攻寨迹象。只见官兵们肩扛车载，带着城上射下的数万支箭，回营而去。头领们见此情景，一头雾水，不明白官兵此番动作是何用意，直到喽啰来报，说建于山腰的蓄水池昨夜被人捣毁，池水流尽，弟兄们已无水可饮了，才明白官兵昨夜乘浓雾佯攻，实是声东击西，迷惑自己，结果，损失数万支箭矢不说，连保命的水池也一起被摧毁，吃了哑巴亏。

洪宝气得胡须倒竖，哇哇直叫，发誓要报仇雪恨，这时有喽啰又来报："报告大王，昨夜有一支官兵攀登山寨北坡，破坏蓄水池后，陷入八卦林，被设置的机关围困，请大王定夺。"洪宝道："抓获几名官兵？"喽啰道："抓获一名叫范虎的少将并十余名官兵，其余均已逃逸。"洪宝闻报大喜道："好哇，俺正憋得慌，正好有个替死鬼发泄一下怒气，让俺的鬼头刀开开荤，驱驱晦气！看我不用他的心肝来下酒。来啊，备酒！"说着，来到议事堂，这时众头领已等候在那里，洪宝一声令下："带上来！"

原来，范虎遵照阳明命令，带领一百名士兵，于当夜二更时分，趁着夜色悄悄摸到四窗寨北坡，突然听到南坡方向杀声震天，鼓声动地，心知官兵已开始佯攻，掩护他的行动，当即命令兵士爬坡。此时天暗如墨，伸手不见五指，北坡山峦又十分险峻，兵士们只得步步为营，摸索着艰难攀登。到达山腰蓄水池时，已近三更时分，随即取出凿池铁锥，叮叮当当凿那池堤，不多时已将水池凿了个斗大的透底大洞，只因南坡佯攻声震耳欲聋，将叮叮当当凿池声淹没了。池水哗哗地倾泻而下，如同老龙喷水，银河倾翻，不一会儿，满盈盈一大池水漏得滴水全无。接着，范虎带着兵士爬上山顶一片小平原，准备混入匪窝，去寻找幸珍、存玉。他循着一条两侧种有大树的小山径往前走，谁知转来转去走了许久，直至山鸡一声啼唱，东方微白，依稀间向四周一看，不由得大吃一惊，走了许久，竟又回到原处来了！正欲撤退，只听得一声呼哨响，从头顶上落下一张大网，将范虎并十余名士兵罩在里面，喽啰们一拥而上，将范虎并十几个士兵们捆了个结实，其余士兵则向树林茂密处，逃逸无踪。

且说范虎等人被带至议事堂来，范虎朝堂上看去，大魔头洪宝坐于中间的虎皮椅上，一边是二魔头邬刁、三魔头石秃，另一边则坐着幸珍、存玉两姐妹，寻思，这下倒省事了，不用找就接上头了，装作不认得，大踏步进了大堂。只听洪宝狂笑道："哇呀呸！好侬个小畜生，俺可认得侬，男扮女装搅黄了俺娶亲好事，还逼俺尝自家烂屙，如今又毁了俺的蓄水池，三番四次与俺作对，可恨哪可恨！也是阎王爷有眼，天堂有路侬勿走，地狱无门偏来闯。如今落到俺手里，不将侬生吞活剥了，难消俺心头之恨！"范虎听了高声道："老魔头听好，要杀便杀，啰里啰唆放什么狗屁，少爷为国尽忠，为民除害，哪怕皱一皱眉头都不算好汉！只恨未能亲手砍下侬这颗魔头当夜壶使。来啊，少爷这颗头就是用来砍的！"

洪宝听了，怒不可遏，道："好侬个小畜生，死到临头，还敢嘴硬！来啊！将小畜生推出去砍了，然后挖心取肝，俺要趁热下酒！其余人等也都砍了，斩碎喂狗。"喽啰应声道："遵命！"范虎是否会被开刀问斩，开膛破肚？欲知后情，且看下回分解。

第14回

面对面无缘诉心曲　计中计三打四窗寨

其实，当范虎被押进大堂时，幸珍、存玉已看得分明，吓得魂飞魄散。幸珍捏着腰间刀柄，手心直冒冷汗，寻思，好侬个魔头，奴家尚未成亲，却要奴家做望门寡妇不成？就是拼个鱼死网破、玉石俱焚，也要将心上人救出。她正筹划，见喽啰要将范虎带走，便上前阻止道："且慢动手！"洪宝道："尚头领，侬有何话要说？"幸珍道："回大王，侬小弟看来，大王将这位少将砍头挖心，乃大丈夫所为。只是今日杀他，实在是捡了芝麻，丢了西瓜，得不偿失。"洪宝道："此话怎讲？"幸珍道："大王细想，眼下山寨水池遭毁，滴水全无，众弟兄已成枯涧之鱼，又能扑腾几时？且前有官兵围困，后无援兵来救，官府若知晓我等杀他大将，向上司或各州府请求救兵，那时声势愈大，我方则困守一隅，腹背受敌，纵有三头六臂，如何招架？幸而捉获他一员大将并众多兵士，成了手中取胜法宝，岂可因图一时痛快，轻易失去。"

洪宝、邬刁并石秃听了，不约而同道："法宝？法宝个鸟！这等废物，早杀了早省心。一来用仇人心肝下酒，既报了仇，又振奋士气，痛快！解恨！二可杀鸡儆猴，那些官兵见到一颗颗头颅挂在旗杆下，血淋淋的，魂也吓碎了，从此再不敢小瞧俺山寨虎威！”幸珍道：“大哥此言差矣。将这些人囚于山寨，就是在官府头顶上悬了一把刀，攻打山寨时难免投鼠忌器，攻势会减弱。攻势一减弱，我们便可分兵重建水池，解了山寨弟兄饮水之急。还可以以这些人为筹码，与官府谈判退兵事宜。只等官兵退却时，乘势追击，杀他个片甲不留，顺势一举拿下余姚城，不是更好？”话音刚落，存玉道：“四头领所言极是。这些人犹如笼中之鸟，还怕飞了不成？何时要杀要剐，要蒸要煮，全凭头领们一句话，何必急吼吼开刀问斩？暂时留着，利大于弊。头领们是图大事之人，凡事不可鲁莽，免得后悔莫及。”

洪宝听了幸珍、存玉一席话，沉吟片时道：“两位头领所言，不无道理。也罢，就让小畜生多活几天，待俺打败官兵，占领余姚城，再用来祭旗。来啊，将这些该死的带下去，由尚幸、尚存两位头领负责关押看守。”幸珍、存玉道一声“遵命”，起身随众人离去，在路上偷偷藏了一把尖刀，一同到了一处偏僻山洞关押处，洞内出来两个喽啰，一见两位头领带人到来，赶紧施礼道：“两位头领有何吩咐？”幸珍朝范虎示意道：“大王有令，此人乃官府大将，日后山寨另有大用，须要单独关押，每日好酒好菜供养，若有一丁点消瘦，小心侬俩狗头。”喽啰应声道：“小的遵命就是。”随即将范虎领到一个大间，又将其余人带往别处关押。

幸珍待喽啰离去，悄悄塞给范虎一柄尖刀，范虎则嘱咐幸珍，在攻打匪巢时如何里应外合等事。自那日分别后，兵戎对峙，怅望云天，彼此没一日不牵肠挂肚，想不到会在这等场合重逢。正事交代完，刚要诉说相思之苦，一眼瞥见喽啰回来了，只得闭嘴，唯以眉目传情，却难诉一肚衷肠，百般无奈，只得含泪相对，一步三回头，怅然分离。

且说昨夜阳明指挥将士趁浓雾黑夜佯攻四窗寨，平白得了贼寇几万余支羽箭，甚是欣慰。在回大帐半路上，水龙正吆五喝六指挥兵士搬运羽箭，一见阳明，嬉皮笑脸道："禀告少帅，末将已收到羽箭三万支，正要改制成火器，为烧烤四窗寨那些虎狼忙得不可开交呢。"笑声未落，又有兵士来报道："禀少帅，据从四窗寨逃回的兵士报，说范将军昨夜带领兵士顺利攀越山峦，凿破水池，但因误入八卦林，连同十余名士兵被贼寇所擒，请令定夺。"阳明闻报，仿佛晴天霹雳，下令道："传令下去，半数将士稍息，半数将士巡营，提防贼寇偷袭，不得有误。"正欲离去，水龙上前道："禀报少帅，末将请令攻打四窗寨，救回范将军。"阳明道："强敌当前，兄弟有难，愚兄岂会坐视不理？你且抓紧制作火器，听候调遣。"

阳明回到大帐，胸口像压了一块巨石，又如百爪挠心，心乱如麻，深感自己似正在下一盘棋，楚河汉界分明，却不知下一着该如何出子。心下寻思，师父曾再三告诫，为帅者，应有泰山崩于前而色不变、霹雳炸于旁而身不移之镇定自若，才能指挥若定，应对自如。自己身为一军少帅，怎可乱了方寸？如此一想，渐渐定下心来，带着几名士卒出了大帐，往观天台而去。到了台下，下马拾级登台。心下寻思，如今万事齐备，独欠南风。眼下吹的却是西北风，在这等风向下发动火攻，岂非烧不着贼寇反而烧了自身？登上观天台，就见白云身边游，群山足下涌，按照《安天论》描述，他上观天象八面之变化，下察地理四方之征兆，一心企望近日能有南风到来，不料观察计算再三，全无南风踪影，甚是失望。

自此以后，阳明每日天未破晓，以及落日以后，就登临观天台，观察天气状况，无奈次次失望而归，归来后照常召集众将，检查战备情况。虽然众将频频请战攻城，营救被擒官兵，阳明亦内心焦急，仍表面上不动声色。如此这般盼星星盼月亮，盼了半月有余。一日傍晚，阳明出帐，骑马又去观天台，无意间一抬头，只见天空湛蓝湛蓝的，似一匹浅蓝色绸缎，唯有落霞与山鹰齐飞，山峦共绿树俱寂，心知气象有变，随即使劲一鞭，胯下宝马似懂主人心思，撒开四蹄，似腾云驾雾一般，直向观天台奔腾而去。一到台下，忙不迭翻身一个虎跳落地，三级步阶并作两步走，飞也似的冲上台去，一到平台上，向四下仔细观察天象地理，心下默算，待有半晌，突然高声喊道："天哪，学生终于把侬盼来了！"随即飞步下台，跃上马背，归程似飞。到大帐时，天色将暮，大声命令道："传令下去！速召众将到大帐听令，不得有误！"

转眼间，众将已络绎到达，排列帐下听令。阳明道：“各位将军，本帅刚才观察天象，今晚午夜正南大风将来这一带做客，只逗留短短三个时辰，这期间必须抓住战机，备齐火攻物资，攻打四窗寨。兵法有云，机不可失，时不再来。若错失良机，前功尽弃。”众将口称遵命，心中却不住嘀咕道，当年曹操与周瑜交战于赤壁，周瑜请诸葛亮借东风破曹，诸葛亮还得搭坛、烧香、叩头、念咒，装神弄鬼，才借得几个时辰东风。如今少帅只是三步两脚登上观天台，向上下左右那么瞧几眼，也不念咒，也不作法，更不烧香叩头，就轻轻松松请得三个时辰正南风，不知灵不灵验呢，且等到午夜见分晓。

不提众将心下胡乱猜疑，只见阳明下令道：“水龙将军听令，命侬带领三百名将士，随带火箭、响器、云梯，并撞击车，于今夜二更前，悄悄到达四窗寨东侧山头潜伏，见正南风刮得猛烈时，即命弓箭手向城头及四周施放火箭，并敲动响器，大声呐喊，以此震慑贼寇，然后指挥将士以撞击车、云梯攻破东城门，尽速杀进城去，营救范虎将军，不得有误。”水龙道：“末将遵令。今夜若见不到南风吹来，是否发射火箭实施攻城？”阳明道：“将军只管放心领命，今夜若不见南风，唯本帅是问。”

阳明见水龙道一声“明白”，转身离去，又下令道：“米豹将军听令，命侬带领三百将士，携带撞击车数辆，云梯若干，于今夜二更前到达四窗寨西城门潜伏，见寨内火起，立即率众攻打西城门，务必快速攻下，消灭溃散贼寇，还要尽力搜缴、保护钱粮、财物，不得有误。”米豹应声道：“末将遵令。”

阳明见米豹离去，又下令道：“其余众将士，携带撞击车，多备攻城云梯，于今夜二更前，随同本帅攻打贼寇主城门南城门。南城门城高墙厚，贼寇把守甚严。听本帅号令，一鼓作气，乘勇破城，务求全歼贼寇，勿令一人逃脱！”众将士应声道：“遵令！”

应声才落，就听帐外卫兵一声“报告”！阳明道：“进来！”卫兵进帐禀报：“今有四窗寨大王洪宝，派使者前来下书。”阳明道：“传他进来。”半晌，见来人进帐递上书信，道：“俺家大王传言明兵少帅，俺四窗寨拥兵千万，城坚粮足，声势浩大，不日定将击溃官兵，血洗余姚城。大王有好生之德，姑念侬等家有妻儿老小，放侬等一条生路，命侬等明日退兵，并将放归被擒官兵，从此各行其道，互不犯境。”

阳明阅罢书信，寻思道，贼寇欺我有官兵被擒，且许久不见官兵去讨战攻城，以为怯战，便以“诈和计”诱我退兵，退兵时乘机追杀，何其毒也。我当以“缓兵计”将计就计，麻痹贼寇，以利攻城歼贼。哼，恁侬奸似鬼，也吃少爷洗脚水。阳明装作迟疑模样，回头悄声向身边兵士吩咐一番，又一连命人献了三回茶，过去了一个时辰后，对来使道：“回去禀告侬家大王，本帅感谢侬家大王大仁大义之举，就说侬我兄弟何必打打杀杀，有伤和气，本帅亦早有罢兵休战之心。请侬家大王务必于明日晌午前，放归我被擒官兵，我军将于明日傍晚退兵，从此互不相犯。”使者应声出帐而去。一路上，只见营帐内官兵懒懒散散，有的三五成群在猜拳喝酒，有的在聊天，多数士兵唉声叹气。来使把目睹的种种情状，记在心里，回去禀报。

原来，四窗寨贼寇见官兵一连十余天偃旗息鼓，不来攻城，以为是官兵投鼠忌器，不敢攻城了，就放心大胆地把喽啰分成两伙，一伙坚守寨城，一伙重建水池。不多时日，水池建成，解了断水之危，仍不见官兵动静，几个头领商议再三，以为正是诈和好时机，只待官兵退却时乘机追击。于是就派使者向兵营送信。那使者回去后，将营中所见所闻一一禀报。

洪宝听罢，放声大笑道：“天助俺也！俺虽不读兵书，稍用计谋，也把那些酒囊饭袋骗得晕头转向。来啊！把库房里的美酒都搬出来，杀鸡宰羊，让俺全寨弟兄一醉方休，为明日追杀官兵养精蓄锐！”邬刁一拍大腿，道：“是大王洪福齐天！传令下去，就说大王有令，弟兄们今晚吃饱喝足，养足精神，磨快刀枪，明朝跟随大王，一鼓作气，将官兵杀得片甲不留。”

幸珍、存玉见这般光景，心下嘀咕道：想不到，堂堂官府少帅竟会识不破贼寇的诈和计，被几句轻描淡写的屁话给骗了！唉，若照此而行，官兵危矣，余姚百姓危矣！转念一想，不对呀，一军之帅岂会这般容易受骗，其中定有蹊跷。待等头领们议罢事散去，幸珍、存玉便急匆匆来到牢房，将喽啰支开，把事情经过与范虎一说，范虎听罢沉吟片刻道：“我家大哥处事老辣，岂会轻易受骗？他是诸葛亮用兵，惯会出奇制胜，区区草寇岂是他的对手。我料定，今晚大哥定会发兵攻打四窗寨，赶快做好准备，一有风吹草动，立即动手，救出关押的兵士，一齐杀向南城门。”两人应声而去。

大战逼近，铜壶滴漏也仿佛凝住了，不肯滴落。好不容易等到日落，夜幕垂下，各路人马已各就各位，盼星星，盼月亮，眼巴巴只盼着南风吹来。谁知老天不与人方便，快到二更天了，连微风也无一丝一毫，更别说是猛南风了。将士们张弓待射，各自怀疑。突然，从远方传来一阵呼啸声，似鬼哭狼嚎，随即一阵猛南风刮到，吹得树梢东摇西晃，噼啪作响，旗幡也跟着不住飘动。说时迟那时快，只见漆黑夜空蹿起一束火光，紧跟着千条火蛇乱舞，一齐朝四窗寨四处蹿去，转眼间，无数烈焰腾空，照得深山老林一片通红。

这时，贼寇们因傍晚时聚集在一起穷喝猛吃，都醉得昏天黑地，分不清天南地北。守城的喽啰突然被城下的擂鼓声、炮仗声、喊杀声惊醒，睁眼一看，哎哟娘呀，只见火箭嗖嗖从头顶射过，密如飞蝗，寨周深山老林因久旱无雨，树木枯焦，碰着火就烧，转眼之间，星星之火已成燎原之势，把半爿天烧得血红。那火势，别说是人，虎狼猪羊都能烤焦了！守城喽啰自出娘胎都不曾见过哪！他们既无洞可钻，更无近水灭火，吓得丧魂失魄，没了主张，眼见得火烧到屁股上了，还有什么心思守城？逃命要紧！于是丢枪甩刀，脚底抹油，纷纷溜了。这时的四窗寨，都成炼丹炉了，能溜到哪里去呢？便一齐朝八卦林方向逃窜，谁知此时八卦林也成八卦炉了！喽啰们乱撞乱碰，都变成旡头苍蝇了。正所谓：

乐到极时泪洋洋，望乡台上望家乡。
钱财耗去火烫雪，时运败来狼变羊。
甘肥贪多终生疾，爽心事满定生殃。
纵然强硬浑如铁，见此光景也断肠。

且说幸珍、存玉两姐妹从范虎处离开，就被洪宝唤去喝酒，两人推说身子骨疼痛，口舌生疮，滴酒不沾，只胡乱吃些菜蔬填肚，便告辞回屋了。此时山寨四周墨黑，悄无人声，两人闭户熄灯，备下兵器、马匹，透过窗牖仰首望天，焦急等待山寨火起。二更敲过，喽啰们都已醉入梦乡，鼾声四起。突然，山寨四周传来鼓炮声、喊杀声，接着，火箭窜空，星火所至，大火蔓延。幸珍招呼存玉道："动手！"两人夺门而出，飞身上马，舞动钢刀，直朝牢房杀奔而去。

此时，牢房四周寂静无人，管牢的小喽啰不知醉死在了哪里。两人翻身下马，手起刀落，劈开两间牢门。此时范虎已等在那里，见牢门被砸开，随手接过幸珍递上的画戟，来不及交谈，就冲出牢门，跃上马鞍，只听幸珍道："公子，快随奴家去打开南城门，接应官兵！"此时存玉也已将众兵士放出，一群人个个手执钢刀长枪，紧随马后。这一彪人马才脱牢笼，可谓死里逃生，个个如蛟龙出海，猛虎下山，锐不可当。幸珍、存玉四柄钢刀飞舞，在前杀开一条血路，勇不可当，不管刀刃刀背，一阵乱砍，喽啰们有的天灵被砍碎，有的面颊被斩开，也有的拦腰被切为两段，还有的头颅被削落尘埃，真个是，寒风飒飒响，血水满地流。范虎策马冲入匪群，他一柄戟好生厉害，见一个刺一个，刺个透心凉，见两个挑一双，挑穿血窟窿，杀得那些还醉醺醺昏沉沉的贼寇人仰马翻，鬼哭狼嚎，尸骸叠叠堆，头颅滚滚落。杀至半路上，突然冲出一彪人马，只听有人大喊道："尚幸、尚存两位头领，快随俺去守护东、南二门，不得有误。"

此时山头已是四处着火，照得整个寨子如同红日当空。火光照射下，幸珍、存玉放眼望去，见是二头领邬刁、三头领石秃带领一群喽啰杀到。仇人相见，分外眼红，幸珍心中道：好侬个十恶不赦的魔头，杀兄的仇人，天堂有路侬不走，地狱无门偏来闯！既然撞上门来，姑奶奶就不客气了！大喊一声道："恶贼，快拿头来祭我兄长！"不由分说，一拎缰绳，飞马直奔至仇人跟前，只见刀光闪处，两颗血淋淋魔头就滴溜溜滚落尘埃，邬刁、石秃两贼做梦也想不到，不曾眨得一眼，糊里糊涂的就到阎王殿应卯去了，也是他们恶贯满盈的报应。喽啰们见头领被杀，呐一声喊，四散逃窜。

幸珍、存玉此时也无暇追杀，就与范虎一起径直杀到南城门。只见城头火光冲天，城门紧闭，守城喽啰正在抵挡官兵，见一彪人马飞也似赶到，以为救兵到了，还不曾发声，就挨个儿被砍倒在地。范虎最先冲到城下，跳下马，打开城门。门一开，就听到城外一声呐喊，官兵如潮水一般冲了进来，为首的正是王阳明。此时阳明身骑宝马，手舞宝刀，如天神一般杀进城来，一见范虎，就大声道："范将军，速速兵分两路，打开东西两座城门，接应攻城将士。"范虎喊一声"遵命"！当即命幸珍、存玉领兵前往西城门，自己则挥动画戟，匹马单骑，一提缰绳，杀奔东城门而去。

且说水龙、米豹两支兵马，此时正在全力攻打东城门和西城门，因城门坚固，喽啰顽强抵抗，久攻不下。战斗正酣时，突然城门开启，城外两支兵马见城门突然打开，呐一声喊，冲进城来，趁着熊熊大火，追杀溃散匪徒，那些平日里如狼似虎的歹徒，已是树倒猢狲散，四散奔逃，只怪爹娘少生条腿，惨叫声此起彼伏，不是死于刀枪，就是葬身火海，亦是作恶之报。

火攻四窗寨，前后不到三个时辰，就大功告成。阳明把几处人马集合一起，查点俘获和死伤匪徒时，唯独不见大魔头洪宝的踪影。足足搜寻了一日一夜，直至第三日一早，仍生不见人，死不见尸。询问被俘匪徒，说是在混乱时，曾见洪宝带着一批人向地道方向逃逸。阳明命水龙带领兵士去地道搜索，等候良久，水龙来报，说是八卦林下有一条隐秘地道，连接曲折山路，直通后山，经询问山民，得知洪宝等匪徒已经从江河出东海而去，下落不明。阳明闻报，只得作罢。这一仗，把作恶数年的四窗寨贼匪彻底剿灭，山下百姓又能过上安居乐业的日子。正可谓：

铲平匪巢仗火攻，烈焰熊熊燎天红。
借得南来半日风，成就王公百世功。

此时，雄鸡高唱，东方破晓，阳明见大火在山风吹刮下，仍有几处尚未熄灭，八卦林内机关全被烧毁，贼寇房舍已片瓦不存。这时，风向由南转东，吹来大片乌云，接着电闪雷鸣，降下倾盆大雨，足足下了三个时辰，久旱逢甘霖，把昔日的乌烟瘴气，洗刷得旧貌换了新颜。阳明下令。拆除贼寇寨城、房舍，四窗岩又恢复了往昔巍峨秀丽之风貌。阳明四处巡视时，一眼望见无数颗硕大蜜橘，依旧金灿灿地挂在过火的枝头上，像无数盏灯笼，在烟雾迷蒙中摇曳，煞是诱人，他迟疑了片刻，随手摘了几颗，藏于胸前。这期间，幸珍、存玉也忙中偷闲，拎着邬刁、石秃两颗头颅，邀范虎、米豹特地来到山后，到其大哥坟头，以仇人之首，祭奠一番，以告慰亡灵。如此这般忙碌了数日，阳明见四窗岩逐步恢复了旧貌，诸事完毕，就命将士们收帐拔营，将贼窝的财物、粮草等物资，运回县城。

将士们正忙于装运财物上车，收集营帐，突然从山下传来急促的马蹄声，随同而至的是呼叫声："告急，告急，山贼勾结海盗偷袭我边境村镇，百姓危在旦夕！"正所谓福无双至、祸不单行。阳明得报后，将作何应对？欲知后情，且看下回分解。

第15回

获敌情移师临山镇　撒罗网瓮中捉老鳖

且说阳明正欲带领将士们下山，突然见衙吏快马来报："禀报少帅，四窗寨匪首洪宝潜逃出海后，勾结盘踞于浙东岛屿上的海盗首领王真，带领千余名海寇，频繁偷袭我临山一带沿海乡镇，烧杀抢掠，无恶不作，沿海民众危在旦夕。诸知县命卑职报与少帅知晓，希望少帅率胜利之师，从速移师海滨，歼灭犯我边境之海盗山匪，救民于水火。"阳明听罢，寻思道，当下是豺狼才灭，又来虎豹，百姓又遭倒悬之灾，大敌当前，刻不容缓。阳明不敢懈怠，当即对将士们下令道："山匪勾结海盗，袭击我沿海乡镇，百姓有血光之灾，我全军将士，当以保国卫民为己任，再接再厉，不返城，立即向临山镇进发！"

回头再说土匪头子洪宝，那日夜晚，洪宝自以为用计成功，得意扬扬，招呼喽啰们一起吃喝，喝得酩酊大醉，倒在虎皮褥子上呼呼大睡。睡至下半夜，突然被惊醒，睁眼一看，只见满天通红，热浪滚滚，魂都吓碎了，当即翻身坐起，一打开房门，只听"呼"的一声，大团烈火扑面而来，瞬间，半脸胡须被烧焦。魔头情知危急，顾不及疼痛，倒地打个滚，滚出老远，才避开火焰。待起身四处观望，见整个山头火光冲天，又听得杀声动地，心知山寨已被官兵攻破，无力回天，弟兄们的死活，只能听天由命了，还是逃命要紧。于是一路指挥一些乱撞乱奔的喽啰，一头扎进八卦林，钻入地道，遮掩行踪，由临山镇入江河出海。因往昔曾与海盗首领王真臭味相投，暗中交往，共同在浙东沿海四处抢掠，如今无处存身，便径直去投王真。

王真孤悬海岛，正愁不识浙东一带民情路况，一见形状狼狈的洪宝带着一伙土匪来投靠，如获至宝，急忙迎进大厅，吩咐杀鸡宰猪，设宴为洪宝接风压惊。洪宝急切思量报仇，夺回山寨。酒足饭饱后商定，先行攻打作为余姚县门户的临山镇，站稳脚跟后长驱直入，占领余姚城，夺回四窗寨。次日，二匪合流，驾数十艘匪船，各持兵器，气势汹汹直奔临山而来。登岸后，一声呼啸，见人就杀，见财物就抢，见房屋就烧，见女人就奸。沿海民众猝不及防，被杀得血流成河。匪徒见杀无可杀，抢无可抢，一声呼喊，带着财物，纷纷登船，又到别的乡镇作恶去了。

待等阳明带兵赶到临山，只见卧尸遍地，颓壁残舍余火未熄，财物被洗劫一空，询问数位死里逃生的父老乡亲，才知是四窗寨余孽勾结海盗作的恶。旧恨未消又添新仇，气得全营将士怒不可遏。事已至此，急亦无益，当下命部分将士，于沿海一带安营布帐。又命范虎、米豹、尚幸珍、尚存玉四将，带领将士，带着匪窝缴获之财物，酌情帮助村民埋尸建房，送粮赠银，重振家业。阳明带着余下将士到各处视察山势、港湾、村落等情况,筹划破敌方略。

当晚，全军支起营帐，点起火把，阳明召集众将商议退敌之策。无奈匪情不明、地形不熟，商议至雄鸡啼晓，终究提不出万全之策。阳明命众人散去，留下水龙、范虎、米豹三人道："不入虎穴，焉得虎子。为兄与各位贤弟，驾船去匪岛就近观察，再筹划破敌之策如何?"范虎一听要驾船出海探岛，大喜道："哎哟，好差使，好新鲜。人在船上，摇来晃去，就像婴儿睡在摇篮里，舒坦得像做神仙。小弟自出娘胎，还不曾睡过摇篮,好想做回神仙呢。"水龙、米豹齐道："妙啊,在大哥身边,近水楼台先得月，好差使自然先照顾小弟们。这叫有福同享。"且不说好兄好弟们欢天喜地。阳明让将士备下一艘渔船，请了数名船老大，准备停当后就扬帆出海。四位兄弟同乘一条船，只见天连水，水连天，观看海景，有说有笑，何其乐也。渐渐地，感到不对劲了，只觉得颠来簸去，天旋地转，站立不稳，几个浪头打来，一晃跌倒在船上，爬起身不待站稳，又是跌倒，滚来滚去，再爬不起来。范虎最先憋不住，一阵叽里咕噜过后，"哗啦啦"一声响，夹胸夹肚的呕吐不止。水龙、米豹本就强忍着，一见范虎呕吐，也熬不住了，张大喉咙，"哇啦啦"吐得满舱皆是。三人一齐叫苦道："大哥，出师不利，神仙难做，这乘船的滋味这么不好受，更别说跨海杀敌了。还是掉头为妙。”阳明也站不稳直想吐，便道：“立即返航。”

回到大帐，兄弟们还是天旋地转，头昏脑涨。难怪当年勇猛无比的黑旋风李逵，在水里也打不过浪里白条张顺。阳明寻思此番歼灭海盗作战，应扬长避短，以诱敌上岸陆战为主，便传令众将士学练乘船凫水、挂帆掌舵之术。这时有哨兵来报道：“禀报少帅，发现海上有数十艘匪船，正朝着距临山十里的里岙村驶来，请令定夺。”阳明说声：“再探。”并下令道：“众将听令，每位将军各带百名士兵，潜伏于沿海一带山坡、堤坝、树林等隐蔽处，待等海盗一登岸，一齐出击，杀他个措手不及！”

众将领命而去，阳明骑上宝马，带着几名亲随，来到一座制高山巅，立马远望，只见茫茫无际的大海，像一块暗黄色的锦帛，点缀着几片稀疏的渔帆。浊浪排空，潮水滔滔，一浪高过一浪，猛地撞到几座兀立的礁石，随着“轰隆隆哗啦啦”的拍响，发出雷鸣一般的咆哮，激起浪花几丈。继而海水追着潮头又一路奔腾，到了平阔的滩涂时，又仿佛成了连排的犁耙，一路冲刷着，扑向远处的礁石。阳明正看得入神，突然视线两侧钻出无数艘快船，渐渐才看清，每条船上都载有数十名精壮汉子，个个手执钢刀长枪，在阳光下闪闪发光。船两侧安装着十余支木桨，由汉子扳桨，上下翻动，船如乌鸦展翅，快速朝岸边靠拢。阳明顿时省悟，暗道不好，定是海盗犯我村庄！当即策马回营，下令做好迎击海盗准备。

埋伏于海滨西侧山坡的是米豹、存玉二将。这一带背靠村庄，地势平缓。米豹站在坡顶，见黑压压一批匪船朝埋伏处驶来，高兴道："哇呀，这是给少爷送下酒菜来了。少爷肚子正打着空城计哩，来者不拒，照单全收！"随即下令，弓箭手张开弓搭上箭，待等海盗一上岸，箭不虚发，让他们尝尝下马威的味道。存玉劝道："将军少安毋躁，海盗譬如群狼觅食，宜引入围场，再聚而歼之，这叫烟囱口招手，往黑道上引，则事半功倍。若急于放箭退敌，他们知我等已有防备，驾船逃逸，则事倍功半矣，请将军三思。"米豹笑道："尚将军多虑了。抗击海盗首战，得趁热打铁，声势造得惊天动地，才能令敌人闻风丧胆，从此不敢再越雷池一步。"存玉见劝说不住，只得作罢。

此时潮水越涨越高，匪船络绎停于泥滩边，海盗纷纷下船，只要跋涉二三里泥涂，即可登岸。才行至半路，突然"杀啊"一声呐喊，山坡后杀出一群官兵，扑向泥涂上的海盗。因屡次偷袭村庄，从未遇到过抵抗，故这些海盗胆大包天，无所忌惮。如今见官兵突然杀来，猝不及防，胆小的纷纷退回船去，胆大的则举刀迎战。仅半晌功夫，就有十余名海盗命丧泥涂。正在船上督战的王真，见部下步步败退，急忙驱赶退返者前去救援，一场泥涂大战，杀得难解难分。埋伏在远处的几路官兵，发现官匪交战，呐喊着前来助战。王真见大队人马从沿海隐蔽处杀出，才知官兵早有准备，不敢恋战，一声呼哨，退回船上。官兵眼巴巴瞧着匪船离去，望海而叹，无可奈何。

傍晚，各路人马进帐缴令，阳明道："此次剿灭海盗作战，米豹、存玉两位将军身先士卒，杀退海盗，可喜可贺，记功入册，其余几路人马虽无功而返，却也体验了一次抗击海盗实战。旗开得胜，初战告捷。各位将军宜多行操练，剿灭海盗，保卫家园。"米豹上前施礼道："禀告少帅，末将有话要说。"阳明道："将军请讲。"米豹道："此次交战，尚将军曾劝阻末将，不宜过早出击，须待敌人上岸，进入包围圈，再聚而歼之。可是末将贪功冒近，海盗未登岸，就鲁莽号令出战，虽获小胜，然令多数敌人登船逃跑。故这一功须记到尚将军名下，末将犯有过错，不受罚，已是上上大吉了。"范虎笑道："豹弟，侬是老鼠替猫刮胡子，面对面拼命巴结。"水龙道："虎弟，侬别门缝里瞧人，把人看扁了，豹弟是城楼上亮相，高姿态呢。"

阳明不理两人说俏皮话，赞许道："米将军这一席诚实的话，令本帅刮目相看。比此次抗匪获胜的欣慰，有过之而无不及。自古以来，常胜名将无不善于在实战中检讨自身，积累经验，知行合一，知行并进，学以致用。将军于战后能有这般反思，该记大功。"众将应声道："末将遵命。"范虎在一旁悄声道："豹弟，娶一位巾帼才女做老婆，甘蔗掉进蜜罐里，甜煞人也。即便做个怕老婆，也罢。"米豹笑道："虎哥，彼此彼此。"

且说洪宝见王真带着部下灰溜溜地返回驻地，想不到每次袭击村镇，都是得意扬扬满载而归，今朝却吃了哑巴亏。到议事厅一落座，王真气呼呼道："洪老弟，此次出师损兵折将，空手而归，弟兄们面前有损俺的虎威，这口窝囊气俺咽不下，依须想个妙策，把俺丢了的面子找回来才好。”洪宝道：“大哥息怒，有道是小不忍则乱大谋，俺已有报仇雪恨妙策在胸。”王真道：“别藏着掖着了，快说来听听。”洪宝道：“俗话说，只有千日做贼，哪有千日防贼的。官兵稍胜，且让他得意几日，待其松懈，或风急雾重时，或夜深人静时，便可带领众位弟兄前去偷袭，打他个措手不及，俺弟兄们可任意烧杀抢掠。待等官兵闻声赶来，俺们早已拍拍屁股满载而归，如此这般，将官府折腾得焦头烂额，替大哥出这口鸟气。”王真听罢，沉思片刻，一拍大腿道：“好哇，洪老弟果然是诸葛亮锦囊，满是妙计。眼下且让弟兄们吃饱喝足了，然后按计而行。日后一路杀去，所到之处，要烧得寸草不生，杀得血流成河，眼下岛上缺粮，凡可食用的猪羊牛，鸡鹅鸭，特别是粮米，都搬上岛来，以解燃眉之急！”

这几日，临山一带村镇，全无海盗袭村警报，军民忐忑之情稍安。这日清晨，阳明召集众将，正商议敌情，突然有一西侧小村村民来报，说昨日傍晚，一群海盗在土匪引导下，袭击了平潮村，全村被洗劫一空，村民死伤过半。话音刚落，又有东侧小村村民惊恐来报，说今日四更时分，有十余艘匪船靠岸，百余名海盗袭击竹缆村，被杀村民无数，房屋、牲畜、粮食被烧掠一空，这些海盗抢完后呼哨一声，驾船离去，消失无踪。阳明闻报，派遣将士前往阻击，待赶到遭劫村庄，已不见海盗踪影。据村民所说，海盗常于潮涨时驾船直接进村，退潮后船停岸东边，改由泥涂登岸，时而小股骚扰，时而大股劫掠，神出鬼没，或白天，或黑夜，无迹可寻，官兵与民众防不胜防，整日提心吊胆，不得安宁。

阳明见海盗袭击屡屡得手，日益猖獗，寻思歼灭海盗势在必行。便召集众将，集思广益，献计献策。众将绞尽脑汁，提了不少建议，却无可取计策。阳明激道："让各位坐在这里苦思冥想，闭门造车，显然是本帅思虑不周。兵法有云，知己知彼，百战不殆。如今既不知己，更不知彼，让你们桌上谈兵，如同瞎子摸象，有甚益处？匪情虽急，仍须循规蹈矩，先知天时地利人和，摸透海盗行踪，知行合一，再思良策。俗话说'若要好，问三老'。从现在起，各位将军都要到各镇各村民众中去，掌握天时、地形、当地习俗，向民众讨教防匪、灭匪之法，不得有误。"

众将遵照阳明指令，分头下去，向村民求教。限定时日之内，众将络绎赶来回禀，唯独不见幸珍，直至傍晚，她才急吼吼赶到，道："末将求计于民时，有位长者说他有防匪之策，却不愿直讲，说是听了他的故事，少帅自然明白。不得已，末将只能请他述说，因此耽误回禀时辰，望少帅恕罪。"阳明道："何罪之有，将军且说来我听。"幸珍摇头道："这位长者讲的事古里古怪，末将是山东人吃麦冬，一懂也勿懂，只记住一句话，叫什么'周幽王烽火戏诸侯'，唉，这算什么乱七八糟的防匪计策。"阳明听了，沉思良久，笑道："好哇，昔日周幽王为博褒姒一笑，点燃烽火，戏弄诸侯，弄得国破家亡。这位长者羞于说教，实则是要本帅化腐朽为神奇，建立烽火台，预警海盗偷袭。妙策，果是妙策。这位长者，用心良苦啊！”听得幸珍莫名其妙。

阳明将众将征询来的各种抗匪计策记录在案，然后梳理归类，当地的天时地势、民情风俗、海盗动态了然于胸，一套防匪、灭匪之策亦已思量妥当。他召集众将下令道：“水龙将军听令，命侬带领百名将士，到沿海各村组织村民于沿海制高点建起若干烽火台、观察哨，半月建成，不得延误。”水龙应声道：“末将遵令。”阳明又道：“范虎将军带领百名将士，随带缴获的钢刀、长枪、粮食等器物，深入沿海各地，组织义勇队，保护乡井，抗击海盗，还要挑选若干身强体壮的村民，负责值守观察哨与烽火台，日夜观察海上动静，一有情况即发送警报，不得有误。”范虎应声道：“末将遵令。”阳明又道：“命米豹将军率百名将士，组成策应战队，配备战马、干粮及精良兵器，日夜巡视沿海地区，随时注意观察哨、烽火台发出的警报，快速奔赴敌情发生地，抗击海盗，不得有误。”米豹应声道：“末将遵命。”

此时，幸珍、存玉两姐妹已改为女装，在阳明帐下充任偏将军。阳明下令道：“幸珍、存玉两位将军听令。命侬两人带领百名将士，到山上砍伐树木，七日内制作泥马三百匹，组成泥马战队，歼灭由泥涂进犯之敌，不得延误。”幸珍、存玉听了，丈二和尚摸不着头脑，支吾了半晌道：“回禀少帅，组建泥马战队容易。只是这马嘛，末将知晓，马分雄马、雌马，宝马、劣马，有关羽骑的赤兔马，秦叔宝坐骑黄骠马，却不曾听说过‘泥马’，不知‘泥马’是何形状？如何制作？”阳明点头笑道：“众将向民众讨教中提及，渔家捕捞海鲜、贝类，多驾泥马行驶于滩涂，往返甚是便捷。本帅也曾见之于渔家。将军可向渔家讨教。”幸珍、存玉应声道：“末将明白。”

阳明下令罢，又叮嘱道：“各位将军谨记，对海盗作战，事关朝廷安危，民众生死，切勿疏忽懈怠。本帅坐镇大帐，等候各路人马早传捷报。”众将正欲离去，有哨兵来报道：“禀报少帅，海上出现十余艘可疑船只，船上各有十余名汉子，径直朝胜山镇驶去，形迹可疑，请令定夺。”阳明得报，寻思近些日子，海盗偷袭沿海各地，屡屡得手，愈加肆无忌惮，须杀杀贼匪气焰，扬我军民威风。思虑良久，道：“请范虎将军俯耳过来。”范虎上前，阳明在范虎耳边说了一番话，范虎急速离去。

且说土匪头子洪宝，自从寨破匪灭，无处安身，投靠了海盗王真，见王真盘踞孤岛，袭击村镇屡屡得手，次次满载而归，心如蚂蚁抓爬，痒不可耐。只因自家势单力薄，处处做小伏低，难以称王称霸，发号施令。终日琢磨，思量借王真之力，显显能耐，抖抖威风。见近些日子海上发大风，运送受阻，岛上粮草不足，千余海盗饥肠辘辘，急得王真似热锅上蚂蚁，准备带些人冒险出海，抢些粮草回来，以解燃眉之急。洪宝觉得这是施展自己能耐的机会，对王真说道：“大哥乃一岛之主，怎可冒险出海？这点芝麻绿豆小事，无须大哥出马，让小弟去跑一趟，弄点吃食，还不是三个指头撮田螺，手到擒来。”王真一听，勿落胃了，心里打鼓道：兵马未动，粮草先行。侬小子却把筹粮说得这么轻描淡写，倒显得俺当大哥的无能了。哼，侬洪宝是老王八钻灰堆，灰头土脸来投俺，如今缓过劲了，想要逞能了，俺偏不让侬显摆，反倒要让侬开开眼界，瞧瞧俺的能耐。遂道：“哎哟，贤弟是客，愚兄怎敢劳侬去冒险？这块硬骨头俺亲自去啃，就不劳贤弟大驾了。”

洪宝原本想要显能逞勇，听王真一说，癞蛤蟆喝胶水张不开口，只得作罢。次日，王真带领数百海盗，驾十余艘船只，耀武扬威地出岛而去，一登上岸，就直扑岩头村。进村后，只见村落四处静悄悄的，不见人的踪影，连狗吠、鸡啼、鸟鸣声也听不到，不免心中嘀咕，派出匪徒去四处打探，挨个儿撬门入户，翻箱倒柜，却是底儿朝天，空无一物，唯有零星几家，有几斗黄糙米在缸底躺着，搜刮到一起，约有二百来斤，荒芜的菜园子里，还有些蔬菜，芋艿之类，拾掇起来有数竹篓，全装上船去。气势汹汹杀来，如今只得唉声叹气空手而归，一声呼哨，下令匪徒举火烧村，说时迟那时快，这时村庄四周突然传来惊天动地般的喊杀声，声如雷鸣，仿佛有千军万马杀来。王真一听，吓得目瞪口呆。这声势，明摆着官兵人数众多，自己寡不敌众，且外无救兵，只得脚底搽油，赶紧下令撤退，驾船而去。

留在岛上的海盗，早已饿得馋痨水直流，眼巴巴盼望出岛的同伙能满载而归。洪宝在码头上迎接，瞧见进岛的船只空空如也，匪徒垂头丧气，内心不知有多得意，脸上却不敢流露，见王真迎面而来，身后跟着几个抬米扛菜的，便上前道：“大哥此次出海，可还顺利？”王真沉着脸道：“马马虎虎，稍有收获。够侬撑饱肚皮。”众人一听有吃的，七嘴八舌地簇拥着去烧菜煮饭，聊充饥肠。

过去不到一个时辰，就有小喽啰语无伦次来报道：“报、报、报告头领，大、大、大事不好！”王真怒道：“混蛋，惊慌个球！是死了侬家老婆娘不成？还不速速报来！”小喽啰道：“头、头、头领带回来的食物，弟、弟、弟兄们吃了全都腹痛如绞，七孔流血，倒地身亡。”王真吃惊道：“有这等事！领俺去看看。”王真到饭堂一瞧，不由得叫苦不迭。只见偌大饭堂，横七竖八躺满了尸体，黑血遍地，约死了有二三十号匪徒。王真蹬足道：“哎哟，中计矣！中计矣！”原来阳明料定海盗会食用抢来的粮食，设下了“放下香饵钓王八”之计，命令范虎提前备拌有毒药的糙米、菜蔬，海盗果然中计，不用一兵一卒，不战而消灭了一批海盗。

王真吃了大亏，再不敢派手下到陆上去抢掠吃的，怕又着道儿。好长时间龟缩在岛上不敢出海，小喽啰无奈，只能捉些鱼虾充饥。洪宝看在眼里，又琢磨着一显身手，整日在王真耳边聒噪，说是愿为大哥冲锋陷阵，带领自己原有部下，潜入沿海一带，开辟若干个陆上桥头堡，既能为岛上输送钱财食物，亦可为死去的弟兄报仇。王真是个诡计多端的魔头，岂会不知洪宝心中的小九九？心中寻思：上次老子登陆失利，只能打落牙齿肚里咽，侬小子不知天高地厚，说什么冲锋陷阵，无非想东山再起。老子就顺坡下驴，让侬替俺去开疆辟土，赢则皆大欢喜，败则是侬自家兄弟，何乐不为！便假惺惺道："创建一条海上之路，实乃长远之计，愚兄求之不得呢，只是让贤弟去打头阵，羞于说出口。也罢，俺们兄弟，来日方长，这就有劳贤弟去走一趟，碰碰运气。"

次日一早，洪宝召集旧部，将几艘匪船伪装成渔船，趁天色未明就出了海，试图由余姚胜山登岸。谁知他一离海岛，就被观察哨上的村民发现，飞快前来禀报道："禀报少帅，前方发现十数条渔船，船上汉子，作渔民打扮，径直向胜山驶来，形迹可疑，很可能是贼人伪装，请令定夺。"阳明尚未谋定，幸珍、存玉就开口道："少帅容禀，末将寻思，来者恐是四窗寨漏网，替海盗前来探路。末将在匪窝待过，认得不少土匪，请令前往观察。"阳明道："两位将军想得周到，命你俩带领五十名士兵前往，若果是四窗寨残余土匪，保不定魔头洪宝亦随同而来，切勿轻忽，务必生擒活捉，本帅随后前往策应。"幸珍、存玉领命而去。

且说幸珍、存玉带领五十名将士，快马加鞭赶到胜山，登上高坡，立马眺望，只见岸边停泊着十余艘船只，一群鬼头鬼脑的汉子，个个腰挎钢刀，在村庄各处游荡。幸珍、存玉认得，全是四窗寨漏网土匪，其中有个身材魁伟，满脸胡子、独耳的汉子，正是大头魔洪宝。幸珍当机立断，一边派人向阳明禀报，一边命士兵悄悄朝土匪包抄过去。此时洪宝双手持刀，正东张西望，欲寻找村民打听官兵行踪，冷不防从村庄四周传来阵阵喊杀声，幸珍、存玉从天而降，拦住去路，大喝道："该死的魔头，睁大侬的狗眼瞧仔细了，可还认得姑奶奶？侬恶贯满盈，犯下的是十恶不赦之罪，今日撞进天罗地网，自来送死，纵有通天本领，也逃不脱了，不如束手就擒，免我姐妹动手。"

洪宝定睛一看，顿时蒙了。只见挡路的两员女将，戴头盔，着软甲，双手各持两柄钢刀，英姿飒爽，威风凛凛，怎这等面熟？眼珠子滴溜溜转了转，哎哟！这两人不就是同在山寨为盗，充作四头领、五头领的两个小子？才过去几日，怎么公鸡变母鸭，成了官府的女将军了？还来不及想明白，就见两将举刀杀来，洪宝怒从心头起，恶从胆边生，"嗖"的抽刀在手，大喊道："好侬个吃里爬外的雌儿，俺抬举侬两人当了山寨头领，吃香喝辣，吆五喝六，何等威风。你俩竟去当官府的走卒，俺好端端一个山寨，全葬送在侬手上。不将侬碎尸万段，掏肝挖心，俺死不瞑目。"举刀窜前迎战。三个人六把钢刀碰击在一起，乒乒乓乓，火星迸射。幸珍、存玉乃猎人女儿，自幼随父练功学艺，十八般武艺样样皆精，且以二敌一，故全不把魔头放在眼里。洪宝则是恶鬼堆里的枭雄，武艺出众，且身陷重围，外无援兵，唯有拼死一搏。六把钢刀舞动起来，如银瓶撞碎万堆雪，寒光裹挟千蛇窜。几人缠杀在一起，斗了有半个时辰，仍难分胜负。毕竟双手难敌四拳，渐渐地，洪宝就有些手忙脚乱，穷于招架了，思量且战且退，尽快脱身。

正杀得难分难解，又有雷鸣般喊杀声从四周传来，是阳明亲领大队援军赶来。此时洪宝已杀得两眼血红，气喘如牛，抬眼一见是阳明，像恶鬼见到阎王，蚂蟥碰到卤水，魂也吓碎了，一心思量夺路逃命。阳明手疾眼快，马到近前，横刀一扫，将洪宝打翻在地，跌了个狗啃泥，士兵一拥而上，将洪宝摁倒在地，缚了个结实。其余匪徒见大王被擒，皆欲溜之大吉，却被士兵团团围住，成了瓮中之鳖。至此，四窗寨土匪算是彻底剿灭，贼寇也都肃清归案了。

且说阳明带领官兵将洪宝等一应匪徒带回大营，关于狱中。灭了贼寇，打了胜仗，阳明心中却依然沉重。这却为何？只因海盗屡屡骚扰，虽有观察哨、烽火台预先报警，更有护村队守护安宁，无奈海盗藏身于孤悬海岛，无法接近打探，且生性残暴狡诈，行动神出鬼没，防不胜防，是百姓头顶悬着的一把利刃。阳明正独自沉思，有士兵进帐禀报道："报告少帅，被捕贼寇都已审理明白，除了罪大恶极的匪首洪宝，其余二十三名贼寇，大都是来自天台、黄岩、嵊县、宁海一带的贫苦山民，作恶不多，该如何发落，请令定夺。"阳明沉思半晌，计上心来。他想出了怎样的灭匪妙计？欲知后情，且看下回分解。

第16回

合围战海酋烟灰灭　迷魂计宝岛妖氛清

且说阳明正为剿灭盘踞于孤岛之敌苦思良策，听了士兵禀报，触动灵感，寻思：海盗盘踞孤岛，中间隔着大海，难以掌控动向，如同瞎子摸象。派人打进海盗内部、传递岛内动静，已成当务之急。若能让这些为生存所迫落草为寇者，返回孤岛做内应，为我方所用，岂非一举两得？随即对士兵道："除匪首洪宝继续关押，重兵看守，勿令其逃逸，外将其余众人押至大帐，本帅要亲自审理。"

须臾，众贼被押至帐中，阳明吩咐松绑，众强盗一齐跪伏帐下。阳明见这些人大都面黄肌瘦、神情委顿，不由得心生怜悯，道："侬等出身贫苦，迫于生计而落草为寇，情有可宥。然好男儿立于世间，理应洁身自好，谁知侬等却甘心堕落，烧杀抢掠无恶不作，罪孽深重，不杀侬等，如何告慰被害黎民？"众盗磕头如捣蒜，泣道："大人饶命啊，我等自知良心被狗吃了，犯下十恶不赦大罪，处死理所应当。只可怜家中还有父母妻儿，从此阴阳两隔，再无见面之日。只求元帅看在我等父母妻儿面上，留我等一条贱命，容我等改恶从善，将功赎罪，重新做人。”阳明道：“本帅姑念侬等有悔改从善之心，免侬等一死。愿意回家者，发盘缠放归，愿意留下者，就充作士兵，如何？”众人道：“我等若这般归去，有何颜面见父母妻儿？只愿追随大人，建功立业，将功折罪，恳求大人成全。”阳明道：“如此甚好，也不负本帅一片苦心。眼下有一件出生入死、能报国立功大事，侬等可愿意去做？”众人齐声道：“我等被擒，理该处死，蒙元帅再造之恩，且又是立功大事，怎会不愿？纵然粉身碎骨，在所不辞！”

于是，阳明从中挑选了六名脑子灵活、能说会道者，命他们驾原船返回贼岛，要他们随潮水放木传递岛内动态，以里应外合、打击海盗，还教他们回去后如何向王真禀告。这六人回去后，装作一副可怜狼狈相，说是洪宝带领大伙登岸后，遭大批官兵伏击，弟兄们勇战多时，终因寡不敌众，洪宝并十余位弟兄或被擒，或被杀，自己六人因心有余而力不足，无奈只得驾原船逃回。贼酋王真听到洪宝及众人被杀被捉，觉得这些都不是自家人，有甚可肉痛的，故全不放在心上。

且说阳明自派遣六名投诚者返回贼岛后，岛内动静就不时传来。其中就有贼酋王真率匪徒出海后，多次变换袭村行动，借此迷惑官兵。谁知魔高一尺、道高一丈，海盗行踪尽管变幻莫测，都因阳明有内应提前部署，海盗未及上岸，就有伏兵等候在那里，一登岸进村，海盗便遇潜伏的将士拦击，损失惨重。王真觉得诧异，难道官兵是神兵天将，有未卜先知之能？他不甘心，就挖空心思想计策，发誓要攻破官兵防线。

一日傍晚，王真灌了一肚子酒，二更时分，喽啰们早已入睡，便一声令下：“立即出海！”为何由白日改为半夜离岛？喽啰们尽管丈二和尚摸不着头脑，但不敢反对，还得跟着出海。其实，王真二更天出海，是想趁官兵百姓尚在梦里，出其不意发起攻击，偷袭村庄。谁知船队一离岛，就有哨兵来向阳明禀报道：“报告少帅，前方观察哨发现有数十艘匪船，满载贼寇，扬帆出海，疾速向沿海驶来，请令定夺。”阳明下令，召集众将，须臾，众将来到帐下，阳明道：“众位将军，贼寇变换出海时间，侬等按各自职责，点燃烽火台，组织护村队将村民并财物转移至安全处。策应战队、泥马战队，立即奔赴沿海，于隐蔽处埋伏，听令出击，不得有误。”众将离去，遵令备战。贼寇尚在海上，官民早就严阵以待，一登岸，就遭迎头痛击，被杀得哭爹喊娘，狼狈逃窜。如此这般屡屡吃亏，王真寻思，似乎内部有奸细暗地里向官兵通风报信，以致官兵提前潜伏。他想查个究竟，只是手下千余人，如何清查？于是，他又心生一计。

一个伸手不见五指的风高月黑夜，贼寇们正要就寝，王真突然下令出海，道：“只留少数人守岛，其余人等一律出海，人与船只，全装饰成渔民、渔船模样，趁着黑夜分散离岛，先于海上徘徊，待时机成熟，听从号令，朝一个目的地驶去，由惯常从陆地上岸，改由滩涂下船，悄悄跋涉泥涂，然后快速登陆，以防官兵发觉,打他个措手不及。”

日夜守候在观察哨的村民赵甲，平日看惯了潮涨潮落，听惯了海浪冲击礁石的咆哮声，眼下却是夜幕低垂，海天一色，一算时辰，正值潮水退平，四野罕见的宁静，唯独偶尔一两声海鸟的鸣叫。赵甲以为如此静谧的深夜，人人睡觉正酣，怎会有敌袭？正可稍憩片刻。随即倒身躺于地上，耳朵一贴地，耳内却传来杂乱的划桨声。原来沿海民众有一独特能耐，在陆地上以耳贴地，能听清海中动静。赵甲再三细听，不由得大惊失色，不会错，定有海盗摸黑来袭！当即奔到烽火台，点燃烽火，敲响警情锣，沿海各村各镇民众听到警锣敲响，翻身起床，开门又见烽火点燃，全都摸黑行动起来。阳明闻报，有条不紊地指挥众将，按各自职责做好战备，虎视眈眈等候贼寇上岸。

此时，匪酋王真已指挥匪船悄无声息地靠近了海滨，远远眺望，隐约可见连绵山岭的模糊轮廓，也可听见偶尔传来的远村几声犬吠。王真寻思此次偷袭事发突然，且有夜色掩护，应万无一失。见潮水渐渐退却，距岸尚有数里地，便下令道：“传令下去，不得点火出声，一律弃船下滩，跋涉泥涂上岸。奶奶的球，小子们，把刀举起来，见人就杀，杀他一个不剩！见屋就烧，烧得寸草不留！见财物就抢，把来船都装满了，回岛吃他娘喝他娘去！”喽啰们低声道：“遵令！”数百喽啰，纷纷弃船下滩，如鼠行蚁爬，悄无声息。此时，东方已透出一丝光亮，海盗的一举一动，全被严阵以待的军民看在眼里。

阳明立马于山巅，只见数十艘匪船泊于海上，密密麻麻的匪徒，似炸窝马蜂正跋涉在泥涂上，一齐朝岸上扑来，骂一声道：“好阴险狡猾的贼寇，竟敢摸黑由泥涂登岸偷袭！来得好哇，多多益善，少爷早已张网恭候。纵有十条长爪凶如蟹，哼，且看侬横行到几时！”见贼寇已跋涂一半路途，还剩五六里路光景，随即飞马下坡，召集众将，下令道：“水龙、范虎两位将军，速命弓箭手搭箭张弓，听令发射！务必将匪徒大部歼灭于泥滩！然后扮成匪徒模样，听令登船，不得有误！”二将得令离去后。阳明又下令道：“请幸珍、存玉两位将军，立即率领泥马战队，驱动泥马，由沿海潮水一线，包剿过去，务必将落在泥滩的剩余匪徒，彻底歼灭！”二将离去后，阳明又道：“请米豹将军率领将士，装扮成匪徒模样，向匪船靠拢，夺取匪船，然后与水、范二位将军合兵一处，登上匪船待命。其余将士随本帅全歼匪徒后，三支人马合并，驾船渡海，围攻贼岛，全歼贼寇，夺取全胜。”

且说王真正带领喽啰跋涉泥涂，行至半路，突然夜空里一支炮仗冲天，“啪”的一声，爆响半空。说时迟那时快，随着水龙、范虎一声令下，密密麻麻的箭矢飞蝗般射向贼寇，贼寇不曾带有盾牌，难以抵挡密集的箭矢，乱糟糟躲闪逃命，转眼间就成了刺人，哀号声此起彼伏，不到半个时辰，泥滩变成了血滩。此时贼酋王真已乱了方寸，赶紧命令匪徒们上岸抢占山坡，谁知那些领头的匪徒刚上岸，就遭到埋伏在沿滩涂一线的官兵迎头痛击，被杀得鬼哭狼嚎，挨着个儿魂归地狱。王真见登岸的都有去无回，方知上岸也是黄泉路，就又大喊道："速速撤退！退回到船上去！"匪徒们听到撤退命令，又赶紧掉转屁股，向停泊的船只退去。

幸珍、存玉二将率领的潜伏于沿潮水一线的泥马战队，见匪徒败退回来，呼哨一声，数百匹泥马如风驰电掣一般，朝匪徒合围过来。那些个泥马，上有扶手，底部平窄微翘似小舟，驾"马"将士一脚踏于小舟底部，另一脚踏在泥涂上，推动泥马向前。有了这泥马，在稀泥陷膝的滩涂上行驶，前后左右，灵活自如。那些在滩涂上艰难跋涉的匪徒，不消多久，便被驾驶泥马的官兵赶上，一刀一个，似砍瓜切菜一般毫无还手之力，转眼之间，就被杀得所剩无几。

此时，贼酋已似霸王兵困垓下，欲丢弃残兵败将，溜之大吉，幸珍、存玉二将眼尖，当即驱动泥马追击，转瞬间便挡住了王真退路，但王真岂肯束手就擒？他见挡路的是二员女将，平添了三分胆气，就在泥涂上力战二将，作困兽斗。王真人胖体重，陷在泥涂里，行动不便，怎敌得过身手敏捷的二位女将？转眼间就变成泥人了，幸珍看准时机，"嗖"的一刀劈下，王真的脑袋就掉落在泥滩上了！存玉眼快，拾起匪首，丢于泥马内，又转战别处去了。

且说水龙、范虎二将率领弓箭手，经过密集放箭，片刻之间，就将滩涂上的匪徒杀得所剩无几。二将下令"速速换装"，士兵们随即取出随带的匪装，改换成匪徒模样，然后佯装败退，向停泊的匪船慌乱地退去。守船的匪徒，见来者泥浆满脸，又身着匪徒装束，怎能分得清真假？待官兵们登上船，水、范二将就“杀”的一声大喊，手起刀落，将守船匪徒杀得一个不剩。此时，阳明带领的各路官兵也络绎到达。

阳明见兵士们已登上匪船，下令道：“将士们，此次阻击贼寇，全体战士奋勇杀敌，获取大胜。如今我要乘胜追击，渡海作战，全歼占岛贼寇，消除匪患，还我百姓平安，全体将士要一鼓作气，为民除害，为国立功！”将士们齐声道：“全歼贼寇！为民除害！为国立功！”阳明见士气正旺，便下令出发，数十条战船，木桨翻飞，如离弦之箭，破浪前进。此时已近晌午，太阳当空，天海相接，白云在蓝天下飘动，海鸥围着战船翱翔鸣叫，仿佛在为将士们喝彩鼓劲。经过一个时辰的航行，海岛隐约出现在前方，阳明下令道：“传令下去，各船都要扬起风帆，竖起匪旗，敲锣打鼓而去。”

兵士们听了疑惑不解，纷纷道：“什么？什么？进攻贼岛应该悄无声息才是，怎的反而敲锣打鼓？岂非让守岛的贼寇有了防备，自添麻烦？”阳明道：“将士们休要猜疑，此乃迷魂计也。兵法有云，虚则实之，实则虚之，真真假假乃迷敌心智之计策也。将士们都要装作贼寇得胜返岛的模样，待靠近贼岛，再一齐杀出，杀他个出其不意、措手不及！”范虎听了大喜道：“妙啊，这叫蒙着船篷打锣，响声在外。”米豹插嘴道：“也叫骑着快马吹号角，声震远方。”水龙也凑趣道：“这还叫诸葛亮用兵，出奇制胜。”将士们齐声道：“遵命！”当即扯起风帆，摇桨的手下加劲，擂鼓的手臂如飞，船只如脱弦之箭，一路吹吹打打，飞驶而去。

且说守岛贼寇，无不企盼王真亲率的人马得胜归来，带回金银财宝、粮草杂物，外加美女妇人。站于山顶瞭望的匪徒，时不时手搭“凉棚”观望前方，突然见天海相接处，出现无数小黑点，定睛细看，原来是一大溜船只扬着风帆，疾驶而来。渐渐看清，每艘船只不仅风帆高扬，且匪旗飘飘，还隐约听到鼓乐之声，再仔细一看，才认出这些船是就岛上出去的船，船上的人自然也是自己人，是大头领打了胜仗，满载财物归来了！

哨兵望得遥远，看得仔细，随即张开喉咙，大声喊叫道：“龟儿子养的龟孙子们，竖起耳朵听清了，大头领率领船队，浩浩荡荡，吹吹打打，得胜回来了！载着满进溢出的金银财宝，还有无数美女美酒，够俺们吃喝玩乐一阵子了！还不赶紧出来扛呀，抬呀！”匪徒们一听有金银财宝，还有美酒美女，站岗放哨的丢弃手中刀枪，煮饭做菜的放下铲子勺子，如同发情的饿狼听到雌狼嗥叫，个个撒开双腿，全都张牙舞爪、争先恐后、大喊大叫地拥到码头上来了。此时鼓乐停歇，船只络绎靠岛，只见阳明一声令下道：“杀啊！”霎时间官兵们如猛虎出山，呼啦啦地跳上岛去，举枪就刺，挥刀就砍，匪徒猝不及防，被杀得晕头转向，还未弄清是怎么死的，就倒在血泊中，到地狱受罪去了，不到两个时辰,官兵便占领了全岛,肃清了海盗。

这一仗打得干净利落,大获全胜。阳明来到岛内大厅,刚落座,就见众将络绎前来禀报战绩。水龙道:“禀报少帅,此次夺岛作战,大获全胜,斩获二百零八颗贼首,还有兵器、马匹、船只无数,请令定夺。”范虎道:“禀报少帅,末将占领敌岛后,经仔细勘查,共发现大小牢房二十余间,关押着从各地掳掠的劳工五十余人,请令定夺。”米豹未禀报,便兴奋地大声道:“禀报少帅,老鼠掉进了白米缸,这会儿要撑饱肚子发大财了!”阳明问道:“发什么大财了?还不速速报来。”米豹道:“末将发现岛上有三座大库房,其中两座装的是被褥、兵器,还有一座装的是啥?全是金银珠宝!把人的眼睛也看花了。”话音才落,只见幸珍、存玉两姐妹上前抱拳道:“禀报元帅,末将发现平屋内关押着妇女三十三名,是从各地掳掠来的,如何处置,请令定夺。”

阳明听罢众将禀报,沉吟片刻,下令道:“水龙将军听令,要仔细打扫战场,掩埋好尸体,将贼寇首级并兵器、马匹登记造册,然后装船运回,以便向官府报功交接,不得有误。”水龙得令后离去,阳明又下令道:“请范虎、幸珍、存玉三位将军,速将关押的劳工并掳掠的妇女,逐个查明住处、家庭状况,详细登记在案。”三位将军得令离去,路上,幸珍悄声对范虎道:“公子,我看少帅运筹帷幄,决胜千里,用兵施策、调兵遣将,指挥若定,俺是鲁肃拜孔明,佩服得五体投地。有道是近朱者赤,侬跟随在少帅身边，得多学着点，将来当个大将什么的，俺做妻子的，脸上也有光彩。”范虎装了装鬼脸，笑道：“夫人说得是，只可惜侬是瘸腿跑路，迟了一步，为夫我早已老虎吃了算盘子。”幸珍道：“此话怎讲?”范虎道：“早已心中有数了呗。”幸珍娇嗔道：“只知油腔滑调，闭上侬的臭嘴。”

阳明见三将离去，对米豹道：“请米将军陪同本帅前去查看。”二人走出大厅，来到岛屿右侧的一排矮房前，米豹命兵士先打开其中两扇库门，只见库内堆满兵器、火药、被褥等。打开最后一扇库门，里面摆放着六只大木箱，打开箱盖，里面装着白花花的银子，其中只一木箱则满是黄金、珠宝、古董，不少宝物，前所未见，价值连城。阳明是又喜又恨，喜的是这些被掳掠的宝物，终归国家所有。恨的是丧心病狂的贼寇，杀我黎民，掠民财富，罪恶滔天，理该永堕地狱，不得超生！随即下令道：“这些财物，俱是我大明百姓的民脂民膏，当归国库，凡违反军规、私自侵吞者定斩不赦！米豹将军听令，立即将每件财物入账造册，小心保管，不得有误。有任何疏漏马虎，军法处置！”米豹说声遵命，带领士兵前去实施。

阳明离开库房，欲去别处视察，突然从岛屿左侧传来阵阵哀泣声。哭声凄凄惨惨切切，不忍卒听。阳明寻声而去，见是一群衣衫褴褛、骨瘦如柴的男子和一群披头散发、如疯如痴的妇人在抱头痛哭。原来这些人都是被海盗掳掠来的劳工和妇人，据他们所说，被海盗折磨致死，或半死不活丢进大海喂鱼的人数不胜数，海盗之罪行，罄竹难书。阳明闻言，也禁不住泪湿衣襟，嘱咐道：“请三位将军善待这些受尽磨难的同胞，可从库房拨出银钱并粮米，发给这些受难者，伤病者加倍，派船送其上岸，让他们早日与家人团聚。”众人听了，无不磕头跪拜，欢声雷动。

待等将岛上各项事务料理清楚，全体将士也休整完毕，阳明一面派人禀报诸知县，大军行将凯旋，一面下令全体将士准备拔营离岛，并将岛上一应房屋、设施和无甚价值的物资烧毁殆尽，以免海盗再来此盘踞作恶。数十艘船只满载着从岛上缴获的财物行将凯旋。

次日凌晨，全体将士来到码头，凡应带回的财物皆已装上船了，将军们指挥各自所辖兵士登上木船，等待少帅下令出发。阳明巡视全岛完毕，来到海边，登上礁石最高处放眼眺望，只见东方海天相接处，现出一抹红云，渐渐地，半轮红日从海平面升了起来，把无边无际的天空和大海一隅染得鲜红，转瞬间，整个太阳跳出了海平线，发出夺目的光亮，把层层海浪照得浅红，也把星罗棋布的岛礁，嬉戏于海面的浴凫浮鸥、张帆远航和沿岛停泊的船只，照得分外鲜明。阳明心中平添了对祖国河山的满腔眷恋之情。他缓慢地走下礁石，登上大船，这才下令启航。顿时，将士们发出齐声欢呼，船只张开风帆、战旗飘扬，列队离开海岛，浩浩荡荡朝陆地驶去。这时，岛上发出一阵阵震天巨响，众人回头看时，只见岛上浓烟滚滚，火光冲天而起，仿佛在欢庆此岛重获新生，又仿佛欢送剿匪将士们凯旋。距此情此景约四十载后，阳明曾有一诗写到过登高望远以观沧海的心情。诗曰：

曾从炉鼎蹑天风，下数天南百二峰。
胜事纵为多病阻，幽怀还与故人同。
旌旗影动星辰北，鼓角声回沧海东。
世故茫茫浑未定，且乘溪月放归蓬。

且说余姚民众闻知官兵剿灭了四窗寨土匪，又全歼了海盗，大获全胜，满载而归，无不喜出望外，额手称庆，纷纷敲锣打鼓到城门口去迎接。消息也传到瑞云楼，爷爷在地头最先听到，立马丢下锄头，三步并作两步行，没到家门口就喊上了："阳明他娘，大喜了，大喜了，侬儿子带兵剿灭了土匪海盗，打了大胜仗，胜利归来了！"郑氏一听，道一声"晓得了"，就迫不及待地跑到观音菩萨像前上香磕头。这是她自阳明出征前许下的心愿，若是菩萨保佑儿子平安归来，就到菩萨前磕六十个响头。她虔诚地磕罢头，又赶紧到鸡笼里抓了两只老母鸡，准备给儿子补补身子。爷爷却是等不及了，早已转身出门，到城门口看孙儿去了。

其实，知县府闺房内的琼瑶小姐，比爷爷心更急。自那日与阳明分别后，似有千百条藕丝缠绕于心，白日里懒于看书作画，夜晚无心赏月，阳明的音容笑貌，总是在眼前萦绕，开眼在，闭眼在，梦里也在，挥之不去。一听到官兵凯旋，立时如渴得饮、如饥得食，心花怒放，恨不得插翅飞到城门口，立刻看到心上人骑马领军的英姿。无奈自己是知县老爷家的闺阁千金，大庭广众前抛头露面有失体统。左思右想了许久，琼瑶突然急中生智，寻思道，父亲身为知县，此时必定与民众一起出城迎接将士归来，自己何不效法花木兰，女扮男装，趁乱杂于人群之众，混出城去？纵然无法交谈，能远远地看上一眼，也心满意足了。

主意打定，赶紧取出父亲的衣衫穿上，虽然肥大些，腰间扎一条丝绦，倒勉强过得去，挽青丝、戴软帽、穿靴子，打扮停当，到镜前一照，哎哟哟，活脱脱一个眉清目秀的俊小子，自己也觉得好笑。然后把丫鬟唤到跟前，说了打算，也改了装束，两人悄悄下了闺楼，出了府门，杂在熙熙攘攘的人群中，一齐来到城门口，也顾不得与父亲带领的民众并肩而站，只顾踮起脚尖，两眼盯着远方。约过了一个时辰，大路远处尘土扬起，一队人马逶迤而来。行进在最前面的，是排列两侧的十六名旌旗手，每人扛一面战旗，迎风飘扬。统率大军缓缓而来的，是一位少年将军，只见他身骑战马，一身银白盔甲，手持丈八大刀，生得剑眉星目，鼻直口方，显得威风八面，英武俊俏，紧随其后的是一面巨幅帅旗，由八名将士扛抬，帅旗上绣着一个硕大的“王”字，帅旗后是两列骑着战马的年轻少将和英姿飒爽的女将，个个身穿盔甲，威武挺拔，然后是一望无际的骑兵、步兵，再后面是数以百计、载着辎重的马车队。

诸小姐放眼匆匆扫了一圈，随着队伍由远而近，她便将两眼锁定在那位帅旗前的马上少将上，这不正是她日夜思念、望眼欲穿的心上人吗！待行进的队伍将近，无暇细想，她便从人群中挤上前去，这一挤，站在前边的人站不住了，一阵骚动。谁知这么一乱，骑在马上的阳明看得分明，当即朝诸小姐挥手致意，紧接着，一颗硕大的橘黄色球状物，由远而近，由上而下，直奔诸小姐而来，人群又一阵骚动。这是何宝物？欲知后情，且看下回分解。

第17回

抛橘球才女发宏论　破陋俗县令聘东床

且说阳明在马上见诸小姐女扮男装挤在人群中，心中激动，一时想不出如何回应她，蓦然记得在四窗寨采摘的蜜橘还在胸前，原就思量要献给心上人的，此时不正是千载难逢的良机？赶紧从胸口摸出，抛了过去。那颗金色蜜橘滴溜溜在半空转了转，也是老天爷有意成全，从半空落下，直奔诸小姐而来，众人一见，伸手来抢。诸小姐看得分明，纵身跃起，伸手接住，人群又一阵骚动，大声喝起彩来。阳明与诸小姐擦身而过，四目交会，两心相通，此时无声胜有声。

说来也巧，这一幕，恰巧被挤在人堆里的爷爷看在眼里。诸小姐几次到过王家，纵然此时女扮男装，爷爷怎会不认得？他打心眼里喜欢这个才貌双全的闺阁千金，心里也打过无数遍如意算盘，若能娶得她做自己的孙媳妇，此生还有什么遗憾？也无数次在观音菩萨像前祈求过，只因心里觉得有些许不般配，不曾向儿子、媳妇提起。今见两人这般亲热默契，像炎炎夏天饮了一杯杨梅酒，心里热乎乎甜滋滋的，喜道："好哇，这般看来，两娃有戏，若能成双搭对，老夫心里是甘蔗蘸蜜糖，甜上加甜了。”他痴痴地满面笑呵呵地想。将士们都已络绎入城了，他一个人仍傻乎乎地站在那里傻笑，过有半晌，发觉欢迎的人群都快散完了，这才兴冲冲地回家来。

一回到家，只见儿媳郑氏正在灶间忙着煮饭烧菜，累得满脸淌汗，想必是为儿子接风洗尘做准备。他顾不了喝茶稍歇，就绘声绘色地把自己的所见所闻一一相告，末了道：“媳妇哪，我家阳明在帅旗下，跨马提刀，英俊帅气，带领官兵得胜归来，受万民迎接，哈哈，真威风呀！侬猜猜，还有谁在城门口迎他？”郑氏道：“诸老爷？”爷爷道：“诸老爷去迎接，是理所当然，毋用侬来猜。”郑氏摇头道：“媳妇整日窝在家里，孤陋寡闻，闭目塞听，难猜。”爷爷道：“难猜就别猜了。是诸老爷家闺女琼瑶小姐，她也到城门口去迎接了，踮着脚尖，挤在人堆里，真是难为她了。”郑氏吃惊道：“什么？她可是知县老爷的千金小姐呀，还挤在人堆里？哎哟，挨挨挤挤又众目睽睽，有失体面，这如何使得。”爷爷道：“侬用勿着担心，她是女扮男装去的，谁能认出她？这么一打扮，哎哟，俊俏极了。她还与我家孙子马上马下，眉目传情，不知有多亲密呢！我家孙儿就是乖巧，还给她抛去‘彩球’了呢。”郑氏道：“彩球？什么彩球？是招亲的彩球吗？”爷爷道：“我家孙儿骑在马上，来不及备彩球，就以一颗大蜜橘代替彩球抛给她了，这或也可称作抛橘球招亲。”郑氏道：“橘球？这还真是大姑娘坐花轿，第一回听说。俗话说，蜜橘蜜橘，甜甜蜜蜜，代替一下也无妨。诸小姐可曾抢到？”爷爷道：“抛也抛了，抢也抢到了。唉哟，老夫实在太欢喜这两个小冤家了，天造地设的一对儿。媳妇啊，侬这做娘的倒是说说，若能娶诸小姐做侬的媳妇,侬可称心如意？”

郑氏笑道：“公爹有所不知，其实媳妇早就朝思暮想地欢喜上这闺女了，只是未曾说出口罢了。至于娶来做媳妇的媳妇，啧啧啧，是媳妇十八辈子积的福气，求之不得呢。”爷爷道：“既然欢喜，那还等什么？赶紧托媒去提亲呗。”郑氏道：“去提亲？难哪！”爷爷嗔道：“有什么难的？做事总是扭扭捏捏！我看哪，这两个小冤家早已好上了，保准一说即合。”郑氏道：“公爹有所不知，此事媳妇曾与相公商量过，他说‘只要两相欢悦，配为佳偶，还替王家光大门楣，有何不好？只是，侬见过这世上，有知县老爷千金小姐下嫁给农家之子为妻的吗？若不怕吃闭门羹,侬只管央人去提亲,相公我无有不允之理’。如今相公进京赴考去了，我一个妇道人家，如何撑得起这爿天？何况还不知诸知县愿不愿呢，故而迟疑不决。”爷爷道：“既然华儿也赞同，这事侬就大着胆去办，说到底，先要两个小冤家情投意合。侬先悄悄地问阳明，他对这门亲事可有异议？若是喜欢，就叫他约诸小姐来我们家做客，顺便探探她的口风。”郑氏道：“这法子好，媳妇照做就是。”

且说诸知县率领民众，敲锣打鼓从城门口接回凯旋的将士们，一面命人将缴获来的金银珠宝、兵器粮草等物一一按册入库，一边将有功将士请进县衙，彼此见礼落座，这时就有衙役来报道："禀报老爷，今有八镇十六乡士绅、乡贤携带银两、食物前来犒劳将士们，已到县衙前，请老爷安排。"诸知县兴奋道："好啊，盼曹操，曹操到，来得正好。待本官出外迎接。"诸知县率将士们，把乡绅乡贤们接进大堂落座。众乡贤纷纷递上犒劳礼单。诸知县当众宣布道："本官这就下令役吏们，将从土匪、海盗处缴获的钱粮，经清点入账后，全数赈济给受倭寇、海盗残害的贫苦民众，将乡贤们犒劳的财物，再从县衙拨出库银五千两，一并用于论功行赏。"

话音刚落，只见毛员外起身施礼道："诸老爷，此次能剿平匪巢，歼灭海盗，全靠众位英雄舍生忘死，英勇杀敌，庇护我全县百姓太平乐业，尤以老夫一家受惠最多，真乃恩重如山呀。小老得知有几位立了大功的少年英雄，舍生忘死却身无隔宿之粮，庇民安乐却无栖身之舍，心中万分愧疚。老夫虽无富可敌县之财，尚有空置房舍数幢，现已修葺一新，灶间亦备足柴米，另外再献白银三百两，给英雄们作安家之需，聊表老夫一点报恩之心，万望老爷允准。"众人听了，无不鼓掌欢呼。诸知县起身施礼道："毛员外真乃仁者之心，可敬可佩。如此慷慨相助，锦上添花，乃大好事，大喜事也，本官岂有不准之理？恭敬不如从命，本官托大，就代英雄们领受这份心意了。"毛员外连声道："不敢当，不敢当。聊尽一点微薄之心而已，何足道哉。"诸知县又对众人道："本官有一事要告知诸位。当下，本县匪患虽已平定，民众亦可安居乐业，但盗贼余孽仍未肃清，后患犹在。本官经深思熟虑，敦请四位英雄出任本县都头之职，两位女英雄任副都头，以保县城太平安宁。不知众位意下如何？”众人听了齐道：“知县老爷高瞻远瞩，替百姓谋福祉，有英雄们保护乡井，我等可高枕无忧矣。”阳明因有志于考取功名，教化民众，谢绝了诸知县之邀。当晚，衙门大摆筵席，庆贺胜利，席间，众人频频向英雄们敬酒。诸知县不敢多饮，只因心中还悬着另一件大事。

且说诸小姐待大军进城，欢迎人群络绎散去，她怀揣着蜜橘回到闺房，痴痴地望着发呆。虽然闺阁宁静，她的心却似潮水起伏，思念之情须臾难平。他抛来的是可尝可品的等闲食物，还是可恋可思可依可据的定情之物？若是有缘，他还未曾表白；若是无缘，今生又怎会遇着他？她只觉缥缈虚幻，不敢往深里想，不由自主地磨浓墨，提狼毫，摊开信笺，想写些什么，无奈心乱如麻，不知如何落笔。思来想去，想起屈老夫子有《橘颂》一诗，正好抒发自家心境。遂将诗的后六句录下，以表述此时心迹：

闭心自慎，终不失过兮。
秉德无私，参天地兮。
愿岁并谢，与长友兮。
淑离不淫，梗其有理兮。

年岁虽少,可师长兮。

行比伯夷,置以为像兮。

当晚席散后,诸知县步履蹒跚地回到内堂时,已是三更将近,见闺楼仍亮着灯火,便径直去往女儿闺房。他轻手轻脚上了楼,正要敲门,看到门却是虚掩的,便轻轻地推开房门,只见女儿还在灯下看书,右脚还未踏进房,就听琼瑶柔声道:“父亲来了,请进内坐。女儿知道父亲要来,正观书恭候呢。”诸知县笑道:“这倒奇了。为父不曾预先告诉过侬,侬怎知为父今夜会来?莫非夜观星相了不成?”诸知县进房落座,琼瑶道:“何来夜观星相,知父莫若女倒是真的。女儿不但知晓父亲今夜必来,还知晓父亲在城门口迎接将士归来时,那一副欣喜若狂的模样。”诸知县道:“这又奇了,侬身居闺阁,又不曾去城门口迎接,怎会知晓?”琼瑶道:“谁说不曾去,女儿是女扮男装去的。”诸知县道:“哦,难怪,侬是看心上人去了。那侬怎知为父今夜必来?又所为何事?”琼瑶道:“父亲性急如火,有一件大事悬于心头,须臾难忍,定要与女儿商议,岂有不来之理?”

诸知县点头道:“侬这刁钻的丫头,竟把为父的肝肠都看透了,将来去做人家媳妇,必定是洞若观火,甚至还聪明过夫婿一头呢。”琼瑶道:“父亲饱读诗书,岂会不知女子才智胜过男儿者,代代皆有。汉代班昭,其夫曹世叔与她相比,嗨,好比山鸡之比凤凰。宋代有位大名鼎鼎的女词人李清照,她写的词，士大夫们都甘拜下风，其夫赵明诚，虽是位金石学家，与她一比，犹如土丘之比泰山。”诸知县见女儿还要滔滔不绝说下去，赶紧插话打断道：“罢了，罢了，一说起来就没完没了，雄鸡快要报晓了，还是言归正传，商议正事要紧。”

琼瑶道：“父亲，日月循环，来日方长，何必这般心急，要漏夜商议？”诸知县道：“此次剿灭贼寇成功，全靠王公子运筹帷幄，勇冠三军。似这等上知天文地理、下懂行兵作战，智勇双全、孝义兼具的奇男儿，世间罕见。若得选为东床，此生夫复何求？无奈，至今未见王家前来求婚下聘，为父又行将告老还乡，那些富绅皆有待嫁之女，又都乌眼鸡似的盯着他，若再拖延时日，被别家捷足先登，岂非误了女儿择偶大事，遗恨终生？”

琼瑶稍做沉思道：“父亲所虑甚是。不怕父亲耻笑，世间凡夫俗子多多有，女儿眼里没一个容得下。心中怀有一杆秤，秤杆上早已钉了星，这颗星便是王公子，此生绝不会再变换了。女儿于书本上见过无数伤心事，人世间有多少有情人，因这般那般原因，失之交臂，最终未能成眷属，令人扼腕叹息。不过这件事嘛，女儿早已有了锦囊妙计。”诸知县道：“既有妙计，何不速速道来。”琼瑶道：“说出来可以，不许说女儿不知廉耻啊。”诸知县道：“出侬之口，入父之耳，何耻之有。不责怪就是了。”琼瑶道：“事已火烧眉毛，不如来个急事特办。他不上门我上门，他不求婚我求婚，父亲以为如何？”

诸知县听了，失声笑道：“好侬个不知天高地厚的傻丫头，且不说官家千金选农家儿子为夫，已是世所罕见，还要反其道而行之，上门去求婚，岂非咄咄怪事，让人笑掉大牙？若被拒绝，为父这张老脸往哪儿搁呢？”琼瑶笑道：“丈人选女婿，自古皆有。晋代太尉郗鉴派使者到王导家去选女婿，使者回来说，王家儿子都很好，可一听到是选女婿，都拘谨起来，唯有袒着肚腹、躺在东边床上的那位好像全不在意。郗鉴说：‘好，就选这位全不在意的做女婿。’这位袒腹于东床的，就是王羲之，这还成为流传千古的佳话呢。父亲若能效法先贤，扬新风，破陋习，世人只会对一生清廉为民的县老爷刮目相看，何怪之有！”

诸知县听了，沉吟良久，还是摇头道：“先贤是先贤，世俗似潮流，逆流而进，为父恐怕做不到。”琼瑶道：“也罢。请父亲听女儿再讲一个故事，然后做决断如何？这个故事出在宋代。大学问家苏轼，不幸夫人早逝，自己又遭贬逐，被发配至惠州。当地有位姓温的官儿，她的女儿才貌出众，凡求婚者都被其拒绝，但她对苏轼一见倾心，每到夜深人静时，常独自一人偷偷去看苏轼吟诗作赋，如醉如痴。其父知情后，便向苏轼陈述女儿的爱慕之情，苏轼也闻知温女才貌双全，遂一拍即合。后苏家为如何把婚礼筹办得体面些犹豫不决，耽搁了时日，谁知朝廷下旨，又将苏轼贬到海南岛去了，婚事就这样搁置下来。待等几年后苏轼遇赦归来时，温女已抑郁而终。苏轼到温女墓前凭吊，悲痛万分，于是写了首《卜算子》，以表悲悼之情。这一对有情人终究未能成为眷属，抱恨终生。唉，人世间几多悲伤事，全坏在‘拖延’两字上。”

诸知县听了，心中明白，自己犟不过女儿，道：“侬讲这个故事的用意，为父岂会不知，不用再说了。侬是猢狲吃了秤砣，铁了心了。至于苏轼写的这首词，那可是千古名篇，为父也还记得分明：‘缺月挂疏桐，漏断人初静。谁见幽人独往来？缥缈孤鸿影。惊起却回头，有恨无人省。拣尽寒枝不肯栖，寂寞沙洲冷。’细细读来，仿佛一对幽怨人，全在眼前浮现，可叹之极！也罢，拼着为父这张老脸不要，亲自到王家提亲去。”

诸知县正要离去，复又坐下，正色道：“儿啊，为父走出这一步，就不会再有退路，侬须想清楚了，他家是农户，侬嫁过去，免不了要吃苦呢。”琼瑶道：“此生得配王公子，贫苦何足道哉。白居易《赠内》一诗，曰：‘生为同室亲，死为同穴尘。’又曰：‘黔娄固穷士，妻贤忘其贫，冀缺一农夫，妻敬俨如宾。陶潜不营生，翟氏自爨薪。梁鸿不肯仕，孟光甘布裙。’又曰：‘所须者衣食，不过饱与温，蔬食足充饥，何必膏粱珍。缯絮足御寒，何必锦绣文。’父亲勿忧，女儿当以诗中高贤为鉴。”

当晚，小将们都被安顿在衙门中，阳明记挂爷爷和娘亲，心情急迫，次日天尚未明，便起了床，梳洗一番，穿戴整齐，又把余下的三颗橘子放进衣袋，正准备去招呼义弟义妹们，突然一阵叽叽喳喳的欢声笑语传来，小伙伴们一齐闯进房来，全都精神饱满，衣衫整洁，不约而同道：“大哥，侬这般火急火燎的要去见爷爷和娘亲，别忘了携弟、妹们同去拜见。”阳明道：“忘不了，忘不了，看你们比我还急，马还未备下呢。”众人笑道：“不劳大哥费心，马早已备下。”说着，正准备动身，又有人在房外插话，道：“好哇，你们商商量量、高高兴兴去拜见爷娘，唯独丢下奴家，是何道理？”众人一看，原来是诸小姐一阵风似的飘了进来，只见她满面笑容，穿着一套粉红色裙衫，下着一双红菱绣鞋，飘飘然如神女下凡。阳明急忙上前施礼道：“学生失礼了，还望海涵。能得小姐同往，如久渴之望云霓，求之不得呢。”众人也凑趣道：“能与小姐同往，是燕雀与凤凰同飞，脸上添光，锦上添花。”少年们全都性格爽直，随意说笑，全无芥蒂。大伙嘻嘻哈哈，一窝蜂似的冲出房门，跨上马背，快马加鞭，逐尘而去。

且说郑氏昨日已备下许多菜肴，今早起来，到菜园子里割了些菜蔬，又到湖里摘了一大盘红菱，回到家与公爹闲磕牙。忽然从远处传来一阵马蹄声，接着，就见阳明带着伙伴们，一阵风似涌进屋来，齐刷刷跪下磕头，道：“孩儿不孝，让爷爷、娘亲担忧了。”爷爷笑道：“你们小小年纪，保国卫民，出生入死，乃大忠大孝的好儿男，快起来，快起来。侬娘早已为你们备下不少好吃的呢。”郑氏一眼瞥见诸小姐也跪在地上，赶紧上前扶起她，道：“哎哟哟，小姐休要这般多礼，不敢当，不敢当啊。”诸小姐道：“大娘，侬是长辈，做晚辈的理当行大礼。”郑氏听了，禁不住眉开眼笑，浑身骨头都酥了。阳明向爷爷和娘亲介绍了幸珍、存玉两位姑娘，郑氏忙不迭请众人到前院落座，捧出一盘红菱，一盘盐炒豆，一盘香瓜子做招待。

这时，阳明从怀里掏出三个蜜橘，道：“爷爷，娘亲，这蜜橘采自四窗岩，是孩儿孝敬给最敬重也最亲近的爷爷、父亲和娘亲的。”爷爷笑道：“好啊，千里送鹅毛，礼轻情意重，收下，收下。”郑氏笑道：“侬爷爷说，侬昨日还抛‘彩球’了呢。”阳明一听，诧异了半晌，道：“抛什么彩球？娘亲，不曾有啊。”郑氏笑道：“抛的抛了，接的也接了，还说不曾有？”这时诸小姐已经领悟，用手肘碰了一下阳明，阳明也会心地笑了，两片红云，不约而同地飘上了两个少年的脸颊。

那些小伙伴们见此情状，有点丈二和尚摸不着头脑，碍于礼貌，不好当众问询，扭头又无拘无束、随心所欲地谈天说地起来。郑氏趁众人闲聊的间隙，悄悄地把阳明叫到房内，交给他一封信，道：“侬父亲上京赶考去了，临行时，因侬正与海盗作战，没法嘱咐侬，就写了这封信，说是应说的话，全在信上。”阳明接过信，只见信上并无父亲交代的话，只抄录着孟子的一段话：

> 天将降大任于是人也，必先苦其心志，劳其筋骨，饿其体肤，空乏其身，行拂乱其所为，所以动心忍性，曾益其所不能。

阳明看罢，明白了父亲的一番护犊之心，对郑氏道：“娘亲，孩子定会遵照父亲嘱咐，身体力行。”郑氏道：“这才是娘的好儿子。儿啊，侬年纪不小了，也该关心成家立业大事了。侬要与娘诚实说来，心里可是已有诸小姐了？”阳明迟疑了半晌，嚅嚅道：“诸小姐才貌双全，性情温淑，赛过天上的神女，世上男儿谁不爱慕？只是难哪，娘呀，她是站在云端的知县千金女，孩儿则是地上卑微的农家子，只怕高攀不上，反而落得遗羞于人。”郑氏道：“我儿不必自卑，娘知道，诸小姐是位才貌双全的贤惠女，但我儿也是响当当文武双全的好男儿，侬爷爷、侬父亲，都盼望成就这门亲事，何况以金橘代彩球，侬抛了，她也接了，这是月老牵的红绳。我儿若心意已定，娘这就为侬求亲去。”阳明连忙施礼道：“如此，孩儿叩谢爷爷、父亲、娘亲成全。”

母子俩正谈得起劲，忽然外面传来一阵嘈杂声，急忙出房去看，只见庭院里来了一男一女两个陌生人，经阳明介绍，来造访的乃是毛员外与其女秀云小姐。爷爷并郑氏急忙招呼落座。见礼毕，爷爷道：“员外莅临，寒舍蓬荜生辉，不知有何事？”毛员外施礼道：“小老冒昧，突然来访，不曾下拜帖，还望海涵。小老此来，一来请我家女婿去家中小聚，二来请众位英雄一同前往，看新居修葺和房内布置是否合适，三来请亲家同往小叙。酒席已备下，轿也停在门前，请务必赏光。”爷爷与郑氏听罢毛员外来意，颇感为难，一时决断不下。那一边，小伙伴们与毛小姐一见如故，七嘴八舌，有说不完的话，唯觉相见恨晚。

爷爷、郑氏与毛员外商量了好一阵子，郑氏心中着实为难。原先已盘算好了，趁众人不注意，要探明诸小姐心思。这是儿子的终身大事，她如何不焦急。何况精心准备的饭菜，孩儿们还不曾尝一口呢。可她毕竟心存宽厚，懂得将心比心，又见毛员外情真意切，百般央求，实在难以拒绝，最终还是咬咬牙，应允了毛员外的请求，让孩子们去毛家。那些少男少女，怎知内中隐情，一听说去毛家，便与爷爷、郑氏告了辞，一窝蜂似的离家而去，热热闹闹的屋子顿时冷清下来，爷爷心里别提有多失落了，独自坐在院子角落里，“吧嗒吧嗒”抽老烟。

郑氏清理干净桌上果壳，拿着抹布回屋去，忽见路上有一队人，远远地正朝自己家走来，定睛一看，走在前面的，她认得，是知县诸老爷家的轿子！还有一溜人跟随在后，手上捧着、肩上挑着各色礼物。郑氏急忙招呼公爹出门迎候，只见诸老爷下轿进屋，吩咐众人放下礼物、留下轿子回去，躬身施礼道：“老夫冒昧造访，实是有天大要事与老爷子、老嫂子商量，万望海涵。”爷爷还礼道：“诸老爷光临，蓬荜生辉。有甚要事，只管吩咐就是。”落座上茶毕，诸知县道：“老夫此来，是上门求亲来了。”爷爷疑惑道：“求亲？此话怎讲。”诸知县道：“老夫实话实说，真是来求亲的。两位亲家，且先听听老夫肺腑之言。虽则老夫自信小女之性情、才貌不逊于人，而要觅一位品行高尚、才貌相当的如意夫君，结秦晋之好，谈何容易。且小女早年痛失母爱，老夫不日亦将告老还乡，欲择佳婿了却心愿。依我两家虽然相识相知不久，却从来光明磊落、坦诚相待，早已知根知底。侬家公子阳明与小女相交，亦是心心相印，性情相合，定能成就美满姻缘。故老夫欲效法先贤，省却挽亲托友请媒说亲，破一回陋俗，为女儿做媒，上门求亲，送上聘礼，将小女嫁与侬家公子阳明为妻，还求老爷子、老嫂子能允老夫所求，不胜幸矣。”

爷爷、郑氏听了诸知县一番情真意切的告白，喜出望外。两人相视会意微笑，寻思道，好一位善良诚实的长者，自家孩儿能做他女婿，实乃大幸。原思量上门提亲，犹恐怕高攀不上遭拒。这真是千寻万觅穷思量，蓦地天降鹊桥从人愿。且自古以来，皆是男方遣媒去女方家求亲下聘，如今，堂堂知县老爷，亲自到农家来求婚，还说了常人难以启齿、自谦自卑的话，两人又是感动又是激动，赶紧顺水推舟，满面堆笑，满口答应。爷爷道：“老爷这般高风亮节，真诚相待，令小老无地自容。不瞒老爷说，其实我王家早已相中贵府千金了，也讨论过上门提亲之事，之所以犹豫再三，诚恐我们农家孩子，高攀不上，怕遭拒绝，有失颜面。说实话，能娶诸小姐做媳妇，那是我王家三世修来的福气。求之不得，求之不得。只是，这婚嫁之事，自古以来早有定规，应由我家去老爷家求亲下聘才是啊。”

诸知县见王家答应了亲事，遂了心愿，大喜道：“亲家休要客气，两家能结秦晋之好，皆大欢喜。老夫作为朝廷命官，理该扬新风，除陋俗，何必介意陈规陋俗，至于娶亲日子，悉听尊便。”于是两家交换了庚帖。郑氏见联姻大事拍定，连声谢道：“多谢老爷成全，多谢老爷成全。喔哟哟，还是热络些，改称亲家公吧。亲家公，酒菜早已备下，原是为孩儿们接风洗尘庆功的，不料他们都被毛员外请去了，如今就借花献佛，请亲家公留下来，用些现成酒菜，不成敬意。”诸知县喜道：“好啊，好啊，能再尝尝亲家母做的美味佳肴，求之不得呢。老夫恭敬不如从命了。”

且说毛员外把一伙人请到家，先领着水龙、范虎和米豹去看了新居，阳明也一同前往。修葺一新的是四幢二楼高左右二房的瓦屋，房内桌椅板凳、床帐衣被，灶间柴米油盐酱醋茶等生活所需，应有尽有。大伙都甚是称心如意，连声道谢。阳明谢绝了毛员外的好意，说是要与父母一同居住，提议将其中一幢屋分给幸珍、存玉两姐妹居住，毛员外欣然同意。

且说秀云小姐挽着琼瑶、幸珍和存玉，来到闺房落座，虽则四女两文两武，爱好远殊，谈论起诗词歌赋，或是弹琴下棋，或是练武习艺起来，却甚是投机，滔滔不绝，有说不完的知心话，都觉相见恨晚。秀云叹道：“唉，今日我们姐妹欢聚，意气相投，难舍难分。无奈岁月无情，难免千里搭凉棚，终有离散时。何况我们姐妹，终究是妇道人家。在家从父，出嫁从夫。将来随夫君走南闯北，天各一方，再见无期，细思起来，好不伤心。奈何，奈何。”说着说着，眼泪哗哗地流下来。这些小姐妹们听了这番话，将会有什么作为？欲知后情，且看下回分解。

《第18回》

四姐妹桂园结金兰　三兄弟新居完婚嫁

且说小姐妹们听了秀云一番伤心话，又见她泪流满面，无不暗自神伤。唯有琼瑶放声笑道：“哎哟哟，勿好郎哉勿好郎哉，淑女队里突然冒出一位老气横秋的学究来！说不定还要请女娲娘娘来补天哉。我说妹妹呀，何苦多愁善感。有道是，两情若是久长时，又岂在朝朝暮暮。想开点，莫伤感，侬瞧瞧，在座的眼圈都红了。”幸珍起身道：“姐妹们，俺有句不知天高地厚的话，不知当说不当说？”众人道：“侬我姐妹还有什么当讲不当讲的。休要扭扭捏捏，快快道来。”幸珍道：“汉时有刘关张桃园三结义，不能同年同月同日生，但愿同年同月同日死。宋代有梁山一百零八位好汉聚义，情同手足，生死与共。眼前更有王水范米四兄弟，义结金兰，贫富相依，不离不弃。俺姐妹也可依样画葫芦，效法古今男儿做派，结义为姐妹，虽不能朝夕相聚，却能生死相望，岂不更好。”三人一听，直喊：“有理！有理！就这么做！”随即手挽手下了楼台，来到后花园。后花园种有无数四季常青的桂花树，一到仲秋八月，金蕊满树，香飘数里，故取名曰“桂园”。丫鬟们听说小姐要在桂园行结拜礼，就于石桌上摆下香烛、果品，四人齐刷刷跪下，向天地立誓，又姐妹对拜，琼瑶年长一岁，尊为大姐，秀云、幸珍和存玉，依次为二妹、三妹和四妹。

四姐妹桂园结义罢，高高兴兴来到大厅，厅内已摆下酒席，毛员外夫妇并阳明等小伙伴已等在那里了，听说四姐妹行了结拜礼，俱高兴得手舞足蹈。四姊妹向毛员外夫妇下跪施礼道：“请父亲、娘亲受女儿们跪拜之礼。”边说边磕了三个响头。毛员外激动得涕泪直流，忙请众人起身，喜道：“今早起来，就听到枝头喜鹊叽叽喳喳叫个不停，果然是喜气盈门。老夫因一女而有四女，因一婿而有四婿，喜极乐极。”于是众人入席，无不兴高采烈，互相持杯敬酒，又添一层亲密。待酒席散后，毛员外请水龙、范虎、米豹和幸珍、存玉留下，由下人服侍着去新房居住。阳明则偕同琼瑶向众人告辞，回到王家来。阳明心中明白，娘亲不日就要向并肩而行的这位美娇娘去提亲了，只愿她能成为自己相伴一生的妻子，此时此刻，纵有千言万语，一时却不知从何说起。诸小姐也是心中忐忑，羞于启齿。故彼此欲说还休，唯望马儿走得慢些。谁知马儿不与人方便，竟撒开四蹄，风驰电掣般奔腾起来。

二人一回到王家，琼瑶发现父亲竟高坐在前堂酒桌上，东摇西晃，已喝得满面通红。堂前一角，摆放着不少礼品。她是何等聪慧之人，见此光景，已猜到八九分，知道亲事定矣。若再停留，难免有些尴尬，遂推说父亲醉了，要赶紧回家，道：“父亲大醉，要回家歇息，女儿扶侬回去。”诸知县却道：“没醉，没醉。为父高兴，还能喝三大杯呢。”琼瑶不由分说，扶起父亲出了门，回头道：“爷爷、娘亲，女儿告罪了。”阳明亦上前相帮，将诸知县扶上轿，爷爷、郑氏亦出门相送。

送走诸知县父女，阳明回到前堂，问郑氏道：“娘亲，这许多礼品，是谁家所送？”郑氏道：“这可不是寻常礼物，乃是聘侬的彩礼。”阳明一听糊涂了，道：“孩儿又不是闺女，送彩礼聘七尺男儿于礼不合，定是送礼的走错门了。”郑氏逗道：“怎么会呢？刚才诸老爷光临我家，送上聘礼，说是要将琼瑶小姐许配给侬为妻，下聘要侬做他家的金龟婿。侬爷爷和为娘巴不得，便顺水推舟，满口答应了，还换了庚帖。侬若觉得送礼的走错门了，娘这就让人退回去。”阳明一听，慌了，连声道：“别退，别退。管他是聘礼是贺礼，这礼，孩儿日思夜想求之不得呢。娘亲，没走错门，是孩儿说错了。”

且说诸知县一回到府上，就迷迷糊糊倒在床上酣睡，直睡到二更时分，睁眼一看，女儿还在床边伺候，遂道：“为父高兴，多饮了几杯，不觉大醉。女儿辛苦了，快快回房歇息吧。”琼瑶仍想听听在王家定亲的事，故意问道：“何事这般高兴，以致大醉？”诸知县一听，心中嘀咕道：“好侬个自作聪明的丫头，明知故问，莫怪为父吓唬侬一吓唬。”便含糊应道：“王家公子已收下一户好人家定亲礼，互换了庚帖，侬说高不高兴？”诸知县原意是要逗弄女儿一番，谁知话说到这当口，竟又糊里糊涂睡了过去，这一下可害苦自己女儿了。

等诸知县再度醒来，已快到四更天了，睁眼一看，不禁大吃一惊，只见女儿坐在昏暗的灯光下，满头秀发挽成一束，垂于胸前，正低声抽泣，两眼肿得似紫葡萄一般。诸知县急忙起身惊问道："哎哟，儿啊，何故这般悲切？快，快告诉为父知晓。"琼瑶低声道："女儿此心已碎，唯有出家为尼，长伴青灯古佛了。"诸知县道："平白无故，何出此言？"琼瑶道："王家已收下好人家定亲之礼，又换了庚帖，女儿已无缘与王公子配为佳偶，从此再无生趣，岂能不悲切！"诸知县一听，知道弄巧成拙，闯下大祸了，忙道："谁说你无缘与王公子配佳偶了？"琼瑶道："是父亲说的呀，侬说王家已收下好人家定亲礼，且换了庚帖。"诸知县道："不错，为父说过。为父所说的好人家，并非赵钱孙李周吴郑王，而是冯陈下面我们诸家哪。女儿哪，定亲婚嫁之事已结，侬只管把悲愁苦闷一齐丢到爪哇国去，准备嫁衣裳就是了。"琼瑶一听，顿时破涕为笑，娇声道："真的啊？父亲，侬既滥饮，又说混话，可真害苦女儿了。"边说边回闺房歇息去了。

一月后，安宁祥和的余姚城，突然闹猛起来。侬道何事？一天清晨，两位公差肩背文书，身骑快马，如一阵疾风刮进城门，一骑奔向县衙，一骑直朝王家而来，口中不住地大声喊道："喜报，喜报，王华王老爷高中状元！"这一喊，如同滚油锅里撒下一把盐，噼里啪啦地爆开了。此时阳明正在窗下看书，郑氏在灶房烧早餐，爷爷在院子里拾掇菜蔬，听到外面嘈杂声，正欲起身观望，突然见到一位公差风风火火闯了进来，展开红榜，口中大喊道："报喜，报喜！王华王老爷高中状元啦！报喜，报喜，王华王老爷高中状元啦！"爷爷赶紧起身，见郑氏出来，赶紧招呼道："媳妇，快取银子来，打赏！打赏！"

刚把公差打发走，又听到一阵阵爆竹声、鼓乐声震天动地，出门一看，原来是官府敲锣打鼓前来贺喜，只见役吏们穿戴着崭新服饰，帽子上都缀着艳红的流苏，有的手擎旗帜，有的敲动乐器，队伍前是一乘八人大轿，到了王家门前，队伍停下，轿帘拉开，诸知县手捧圣旨出轿，王家一行人将他迎进屋内，诸知县朝外站定，打开圣旨，王家众人跪于地上，诸知县高声宣读道："余姚县考生王华，在京城举行的殿试，高中第一甲第一名，荣登新科状元。"

原来，报喜公差到达县衙，诸知县一听，竟是亲家公王华高中了状元，可开心坏了，又一寻思："之前与王家结亲，是本老爷放下身段，上门求婿，官家女配农家子，这门亲事，算是俯就；如今亲家高中状元，前途无量，比七品芝麻官高多了。这一跟斗翻下来，变成了高攀。"想想好不得意。当即吩咐下去，全体吏役到衙门集合，备办响器、爆竹、礼物等，去王家道喜；又命书吏派人四处贴出告谕，各乡镇举办庙会三日，欢庆本县考生得中状元，此举既是作为父母官应尽之责，亦是对亲家公应有礼节。琼瑶小姐闻讯，满心喜悦，虽未成亲，公爹考得状元，做媳妇的也脸上有光。有心想去王家道喜，顺便与心上人说几句知心话，转而一想，觉得不妥，未过门媳妇迫不及待去夫家，岂不被人讥笑？无奈，只得忍了。

此时，小伙伴们都已在衙门就任，做了都头、副都头，一听喜讯，不禁欢呼雀跃起来。水龙喜道："嗬嗬，还不曾叩拜过状元公义父呢！我等好比是哑巴讨老婆了。"众人问道："此话怎讲?"水龙道："说不出的高兴呗。"范虎道："俺也有一说，井底青蛙一蹦蹦到老鹰背上，这回，要不上天也难了。"米豹道："这叫老鼠吃高粱米，只顾顺着秆儿往上爬就有吃的了。"存玉听了，哼了一声，讥道："得得得，侬等说得嘴唇起泡，暂且歇歇，让俺也说几句。做一世人，勿要书呆子凿穿墙壁，大厅中央挂字画，小猢狲攀爬石崖。"三兄弟听后霎时懵了，摇头道："说的啥意思？难懂，难懂。榆木头脑，领会勿了。"幸珍笑道："她是说勿要借别人的光，要堂堂正正自己争气，方显出男子汉本色。"

幸珍见大伙俏皮话越说越起劲，怕耽误了去王家贺喜，道："猴子屁股坐在火炭上，不起身，要焦了！"于是一齐来到王家。爷爷和郑氏把诸知县等人请到屋内落座，诸知县递上各色礼物，外加白银三百两，供王家作应酬之用。王家人不迭声鞠躬道谢，取出瓜果待客。小伙伴们一见到阳明，齐声喊道："大哥，想煞弟（妹）了！"相拥谈笑，大有一日不见如隔三秋之感。

官府众人还不曾离去，门外又传来嘻嘻哈哈谈笑声。原来是族长太公领着族中长辈、近亲远房叔伯辈、堂房诸男、七大姑八大姨，手拎鸡鸭鹅、鲜蛋、瓜果菜蔬等，前来道贺了。族长太公直说，王华给王家一族增光添彩了。房子小，没了坐处，屋外院子也快要挤爆了。两批人谈笑正欢，突然又进来一拨人，多是王家的亲朋好友、左邻右舍，还有爷爷的棋友、郑氏的闺密、阳明的玩伴前来祝贺。来的都是客，谁都怠慢不得，这可忙坏了王家人，如此这般东作揖、西打躬地迎来送往，自清晨直忙至傍晚，还不得稍歇。当晚，县城街道商店全都张灯结彩，说是借喜气。郑氏则按规矩，以状元夫人身份，到余姚各个城门处，把大米撒在地上，说是可驱逐厄运。

次日晌午，就有飞马报至王家，说状元公衣锦还乡，已经进城了。此时王家旧居在官府和邻舍帮助下，已张灯结彩，备下接风酒筵，中堂间八仙桌上供起观音菩萨像，还有历代祖宗牌位，烛火煌煌，香烟袅袅，众人则踮起脚尖等在门口。过有半晌，便见官道上尘土扬起，一溜骏马缓步而至，领头的正是披红挂彩的状元公王华。阳明下跪迎接父亲。王华风尘仆仆，未至家门，就下马向父亲跪拜行礼，礼毕，被一家人簇拥着到了中堂间，拜罢观音，又拜祖宗，寒暄毕，因路途劳累，郑氏便让丈夫到房内歇息。有道是富贵人家客来多，贺客上门，一批批络绎不绝，郑氏迎来送往，上茶水、端瓜果，正忙得团团转，忽见毛员外也带着礼物风风火火赶来，说是前来贺喜，还说有要事相商。

原来，毛员外得到消息，朝廷已下旨，准许诸老爷告老返乡，新知县不久到任，又听到阳明父亲王华高中状元，眼见得不日要离家赴任，倘若夫人和阳明一同前往，他那些义弟义妹们若选择跟随义兄去闯荡天下，博取前程，女儿的婚姻大事，不知要等到猴年马月才能办成，何况夜长梦多，命运变幻难测。毛员外这颗心，像十五只吊桶七上八下，不安起来。想到这里，一时决断不下，便去与女儿商量。秀云小姐听罢父亲心中所虑，道："父亲所虑，女儿也已想到，正欲找父亲探讨哩。"毛员外道："女儿可有良策？快快说来。"秀云道："女儿与两位义妹已暗地商议，这喜事嘛，迟办不如早办，一家办不如合起来办。趁状元公衣锦还乡之时，借借喜气，来个双喜临门，免得彼此牵肠挂肚。如此，便皆大欢喜。只是琼瑶大姐那里，尚未知其意。"毛员外喜道："如此甚好。为父这就去与诸知县和王家商议。"

毛员外胸有成竹，出了家门，先奔诸府而去。诸知县听罢毛员外打算，沉吟道："毛员外所虑极是，自己行将返乡，虽则王家人诚实可靠，毕竟相隔千里，鞭长莫及，不如先把喜事办了，免得牵挂。"二人所虑相同，一拍即合，商定请毛员外先去王家商议。毛员外告了辞，正欲直奔王家，转而一想，不妥，王家为迎接状元公荣归，贺客盈门，忙得不亦乐乎，突然去串门，商谈儿女们婚嫁之事，岂非太过唐突了？想着想着，急中生智，何不以贺喜之名前往？空手造访，有失礼仪。想至此，便返身回家，赶紧置办了些体面礼物，然后直奔王家来了。

且说郑氏一听毛员外有要事相商，便把毛员外引到偏间，收了礼物，道了谢邀请坐下。毛员外为人爽直，一开口便直奔主题，向郑氏直说了心中所思所虑，提出要尽早为孩儿们操办婚嫁之事，并说此事已获得诸知县首肯。郑氏觉得此事干系重大，要与夫君王华商议后再作回复。毛员外见王家忙乱，便起身告辞回家。当日，郑氏把最后一批客人送走，已是二更敲过。见公爹还在院子里抽旱烟，又无旁人，便悄悄地告知毛员外所提婚嫁一事。爷爷一听，从椅上站起来，大喜道："好主意！这主意说到为父心坎里去了，我是做梦都等着这一天呢。趁华儿在家，把喜事办了，我王家又添一喜，双喜临门哪。不过，媳妇，此事依得再问问华儿，毕竟他是阳明之父。"郑氏答应一声，回到房中，便将此事告诉丈夫。王华沉吟片刻道："吾儿婚事，是我王家大事。亦事关我儿终身，不知他有什么想法？做父母的要开明些，切不可按着牛头强饮水嘛。"郑氏道："夫君说的是，妾身明白，这就去问阳明，再做定夺。"

次日，郑氏把阳明叫进房内，关上房门，将毛员外的想法和爷爷、父亲的意见一并告诉阳明。阳明沉思良久，道："娘亲，儿子婚事，理该由父母做主。至于孩儿意愿嘛，孩儿就据实禀告娘亲。孩儿此生欲以圣人为鉴，有志于报国教民，而如今仍如井底之蛙，学识浅薄、行为幼稚，将来如何担当大任？故孩儿思量外出考察边关要塞、风土民情，构思教民之道、治国之策。有道是家事再大，大不过国事。孩儿婚姻之礼，宜稍推后，让义弟们先行举办婚礼。他们有了家室，可免孤悬之心、后顾之忧。只是这般安排，有负诸小姐深情，求娘亲以好言相慰。阳明当以两年为期，用大红花轿去洪都迎娶诸小姐来余姚。”郑氏见儿子抱负远大，甚是欣慰，道：“侬父荣归故里，诸事繁杂，若又办嫁娶大事，确有临渴掘井之嫌，稍往后推，甚是妥当。只是为娘怎么回复毛员外才好？”阳明道：“娘亲只管将孩儿所言告诉就是，毛员外自会应允。”

且说毛员外从王家返回，就迫不及待到女儿闺房，告诉事情进展。秀云小姐听了，暗喜不已，待父亲一走，赶紧差丫鬟请水龙、范虎、米豹并两位义妹到后花园商讨大事。片刻后，五人络绎到达。秀云述说了举办婚礼之事，众人听了，一时高兴，忘了羞涩，无不如兔子拉车，连蹦带跳，眉开眼笑。水龙道：“好啊，不怕弟妹们笑话，俺是剖鱼得珠，喜出望外。”范虎道：“妙啊，这是天上掉下一块肉，砸中俺肚饥之人。”没等米豹接话，幸珍抢先道：“晦气呀晦气。我这块天鹅肉，竟会巧巧掉进癞蛤蟆嘴里。”范虎笑道：“我是说，天上掉下一块玉，砸中俺这坨金窝窝，成了金镶玉。”幸珍笑道：“侬这张破嘴，专会说花言巧语哄人。”米豹道：“俺只实话实说，勿会拍马屁。这美事，是喜鹊飞进洞房里，喜上加喜。”存玉讥道：“侬哥俩是猴子笑兔子尾巴短，彼此彼此。”众人都满心喜悦，忙着去准备婚嫁大事。

次日天刚蒙蒙亮，毛员外就兴冲冲来到王家，郑氏将阳明所言相告，并请其向诸家善言解释。毛员外寻思，人各有志，岂可强求划一？让自家女儿并其余两对新人先办婚事，有何不好？随即告辞，向诸知县告知了详情。诸知县听了王家回音，与女儿说知，父女俩虽有些许遗憾，但女婿胸怀大志、抱负远大，实在是难能可贵。于是将此事暂且搁置，且待两年后再续佳话。

毛员外见三对新人婚礼敲定，虽然急了些，然早办早安心。转道到镇上找到算命先生排八字，说是姻缘美满，将来夫贵妻荣、百年好合，并算定三日后为黄道吉日，最宜嫁娶。辞别算命的，毛员外心中急得如热锅上的蚂蚁：三日光阴转瞬就到，这三对新人，老夫俱有半子之靠，用再多银钱都是小事，婚礼切忌畸轻畸重，须一碗水端平。从新房装饰、新人穿戴、花轿礼仪、亲朋邀请、酒肴操办，直至喜乐鼓吹、爆竹燃放，琐碎事数以百计，可如今却是五更相喜，百呒一件，愁杀毛员外也。一路走一路愁，愁到后来心一横，想通了，办法也想出了，自言自语道："愁啥呢，有道是，船到桥头自会直，不是撞来就是蹩。时间急迫，做得不周，孩儿们也会原谅。"

毛员外一回到家，就把家人、仆从召集在一起，把要做之事分派下去。几日后，婚礼办得热闹非凡，阳明与诸小姐都来喝喜酒，酒席散后，闹罢新房，阳明急忙把诸小姐约到后花园，连连表达歉意。诸小姐不禁泪如雨下，道：“公子休要道歉，前途珍重。奴家能执子之手，此生夫复何求。愿公子一诺千金，须记得奴家在洪都老家，七百余个朝夕，魂萦梦牵，度日如年，翘首以待。”当晚，离别之言，如涓涓细流，缠绵不绝，直至夜深，丫鬟频频劝归，才洒泪而别。

有道是欢乐嫌日短，悲愁恨夜长。转眼半月过去，前来接替诸知县的县老爷也已到任，办妥了交接，诸知县带着琼瑶小姐，轻车简从回江西洪都老家去。离开时，因他是一位爱民如子、官清如水的父母官，赶来送行的百姓人山人海，阳明并六位义弟义妹直送至二十里外长亭，才互道珍重，依依惜别。

送走诸家父女不久，王华就收到朝廷快报，命其进京赴任。王华让夫人郑氏延后进京，待家中诸事安排妥当后再赴京。临行前，王华对阳明道：“如今侬已长大成人，既有志于考察边防要塞、风土民情，为父也不阻拦。须知学识最忌浅尝辄止，半途而废。待为父在京城安顿妥当，由爷爷陪侬一同进京。”阳明道：“孩儿谨遵父亲教诲。”不久，王华离家赴京，阳明每日读书练武，无丝毫懈怠。空闲时就去三位义弟家串门。因义弟们俱已成家立业，又在官府任都头之职，甚是忙碌，反觉自己无聊，只眼巴巴盼着父亲早日来信。

不久，京城来信，说是王华已被授予翰林修撰之职，请爷爷陪同阳明先行进京，妻子郑氏待家事料理毕，再赴京团聚。于是郑氏替祖孙俩准备银两衣物，阳明与伙伴们作别。义弟义妹们一听大哥要离家赴京，瞬时像断了主心骨，眼圈儿都红了，水龙、范虎、米豹齐道："大哥哪，霸王请客，侬是去也得去，不去也得去了，留下小弟们成了没根的浮萍，这该如何是好？唉，当日一听到成亲，乐坏了，喜疯了，谁知竟成了缚手绊脚的绳索！"幸珍、存玉姐妹俩一听，可不服气了，道："谁说俺姐妹缚了你们手脚，误了你们前程？罢罢罢，俺就弃了这破家，一同追随大哥闯荡天下去，如何？"话音才落，却急坏了一位闺阁千金，这事儿该如何收场？欲知后情，且看下回分解。

《第19回》

受刁难诵诗赢佳肴　遭贼窃阳明解急难

且说幸珍、存玉说要追随阳明去闯荡天下，急坏了一旁的秀云小姐，她眼泪直流，道："好哇，你们皆是光棍、扁担，光溜溜无牵无挂，妾身却有老爹要陪伴，且手无缚鸡之力，心有余力不足，你们这一走，丢下我一人，如何是好？"阳明道："弟妹们少安毋躁，愚兄此次赴京，为的是考察边陲防务，熟悉风土民情，并无久居打算。若有用得着弟妹处，自当传书相请。"众人这才无话可说。过不数日，阳明就偕同爷爷离家赴京了，三家义弟义妹，一路相送至二十里外长亭，才洒泪而别。

祖孙俩晓行夜宿，到了绍兴，兴趣使然，不约而同朝兰亭而去。问询到了兰亭，循着青石小径，进入一处古朴庭院，驻足于王羲之父子合写的"鹅池"碑前，久久凝视，不思离去。爷爷问道："孙儿哪，侬可知此碑系何人所书？"阳明自信道："书圣王羲之呗。"爷爷摇头道："有对有不对。相传，王羲之喜鹅，家中养鹅颇多，说鹅乃禽中豪杰，白如雪，洁如玉，一尘不染。故每每于鹅池边饲鹅写字。一日，他触景生情，思量在池首立一碑，便取过笔准备写‘鹅池’两字。刚写完‘鹅’字，忽然听到圣旨到了，只得搁笔去接旨，正在父亲身边观其写字的儿子王献之，忍不住提笔续写了一‘池’字，后人便将‘鹅池’两字，刻成石碑，供人观赏，故又称‘父子碑’。”阳明道：“哦，这真可谓父亲英雄儿好汉。一方石碑，竟然还藏有这般典故，难怪能流传千古。”

离开鹅字碑亭，祖孙俩又到了曲水流觞遗迹处，只见弯弯曲曲一汪清流犹在，曲上阶石青苔斑驳，仿佛如杯中美酒随流而去，先贤们环曲而坐，举杯畅饮，谈诗论字，豪放长啸。怀古之幽情油然而生。阳明见周边茂林修竹处，亦竖着一方石碑，甚是古朴，不由得移步观赏，只见石碑上刻有魏晋唐宋元明历代名人诗词。看到唐代名人刘长卿写的诗，不禁默诵起来：

兰桡缦转傍汀沙，应接云峰到若耶。
旧浦满来移渡口，垂杨深处有人家。
永和春色千年在，曲水乡心万里赊。
君见渔船时借问，前洲几路入烟花？

至“永和春色千年在，曲水乡心万里赊”一句，阳明忍不住诵出了声，感叹道，“果然是感慨万千，乡愁缠绵。”再往下看，当看到宋代绍兴人陆游写的《兰亭》一诗时，又低声诵道：

兰亭绝胜擅吾州，病起身闲得纵游。
曲水流觞千古胜，小山丛桂一年秋。
酒酣起舞风前袖，兴尽回桡月下舟。
江左诸贤嗟未远，感今怀昔使人愁。

阳明才诵罢，忽听背后有人道："不愧是宋代大诗人，好诗哪，老夫自愧不如呀。"阳明扭头一看，原来是爷爷在身后发感叹，笑道："孙儿还不曾见过爷爷写的诗呢，以后或能写出一鸣惊人、流传千古的诗作，也未可知，何必自谦。"爷爷笑道："哈哈，侬这小顽皮，竟编排起爷爷来了。罢罢，一路上还有更值得赞叹的呢。"

离开曲水流觞遗址，祖孙俩又慕名去游"墨池"，七寻八觅来到一座古色古香的寺庙，绕过曲折殿廊，才见到一方水池，说是当年王羲之练字洗墨之处，放眼望去，碧水平静，绿萍半封，波光涟涟，偶见鱼儿游动，四周石壁则青苔飘绿。浮光掠影般凭吊了前贤遗迹，因天色已晚，便匆匆离去。

祖孙俩返回到绍兴街上，到一家饭店暂歇，点了几碟茴香豆、炒螺蛳、香干、糟鸡等绍兴特色菜肴，外加半斤绍兴酒，临河小酌。然后找客栈宿了一宵，早起动身，一路寻问阳明洞天。经乡人指点，爷孙俩沿着一条时而平展，时而曲径通幽的卵石小路，穿过纪念唐代名将薛仁贵的庙宇，叩拜了宋代学者王十朋在《会稽赋》中提到的阳明大佛头，又翻越几座小岭，便来到崖危苔碧、密林葱茏之宛委山南麓阳明洞天。爷孙俩四周观览一番，爷爷觉得荒凉，索然无味，阳明却不住赞道：“好一处人迹罕至的世外桃源，爷爷，这可是一读书的好去处呀。”爷爷道：“让侬说着了。读书就是要耐得住寂寞。侬既说它好，爷爷就告诉侬此处来历。”

原来，阳明洞天乃是道教十大洞天之一。所谓洞天，是说洞室可通达上天，贯通诸山。“阳明”在道教中指东方青帝，即太阳神。此洞在唐代就很有名气了，贺知章说过，洞天第十，本天帝阳明紫府，一真仙会处。宋王十朋也写道“洞曰阳明，群仙所栖。”宋人陈起在《谒阳明洞天》诗中则写道：

羁游何事复来东，岂是三生太史公。
舞鹤台空丹蜕井，见龙坛古瑞名宫。
石帆酒瓮遗秦迹，玉简金书闭禹功。
万壑松风秋愈壮，直将幽意问穹隆。

阳明听了爷爷所述关于阳明洞天的渊源，不禁游兴勃发，道：“爷爷，如此妙境，不可不游。”爷爷道：“哎，岭险树密，爷爷走不动了。”于是阳明让爷爷坐石上稍歇，独自攀岩爬崖，寻觅古人游迹。当他穿过一处古藤密织地，眼前忽然出现一个藤蔓半掩的邃幽洞穴，便拨草向前。只见青苔斑驳的乱石堆于洞口，寻常很难发现，蹑脚进洞细瞧，见里面有石室、石几、石凳，石壁上有龛，上面还刻有“古阳明洞”四字。阳明脱口赞道：“好一个洞府，不知何年何月，哪一位仙师所凿，不愧为养心修性、读书悟道之福地洞天。”后来，他三十余岁时，曾筑室于“阳明洞”，修学悟道，讲学养生，并把“阳明”作为自己的号，世人称之“阳明先生”。这是后话，表过不提。

祖孙俩离开绍兴，继续北上，不日来到镇江金山脚下，为赶路，进城时已过晌午，肚腹叽里咕噜唱起了空城计，思量找家饭馆填充饥肠。一路上所见饭馆，俱已闭户谢客，欲再寻觅，一眼望见临江有一家酒楼，挂一块“醉客楼”金匾，犹敞开着大门。爷孙俩进入酒楼，只见大堂空无一客，唯雅室里有一桌贵宾在饮酒，衣着华丽，谈兴正酣，几个店小二在一旁服侍。高居正位的长者，见爷孙俩进来，穿一身余姚高布衣衫，想必要添些谈资，招呼道：“哎哎哎，过来过来，侬俩人来酒楼做甚？”爷爷上前道：“路过宝地，来酒楼欲充饥肠，众位老爷有何见教？”一酒友插嘴道：“这一高等酒楼不卖粗菜淡饭。喏，这里还有些饭菜，是别人吃剩的，就赏侬两人充饥吧。”阳明听了甚是气恼，道：“这位兄台请慎言。孟子曰：‘一箪食，一豆羹，得之则生，弗得则死，呼尔而与之，行道之人弗受；蹴尔而与之，乞人不屑也’，何况堂堂男子汉。”长者一听，大为吃惊，寻思这位少年郎对答敏捷，看来还读过不少书呢，示意酒友不得鲁莽，回头对阳明道：“镇江乃诗书之乡，金山又是座诗山，凡登‘醉客楼’者，有一规矩，欲尝镇江美味，须知辞赋，能诵诗词者，方有资格享用，且奖赏酒筵一桌。”同桌饮者一齐附和道：“老爷子，侬是老的豆腐咬勿落，少的桌子撩勿着，有资格享用吗？还是乖乖出去，别扫了我等雅兴。”

阳明生来不肯服输，见酒客这等狂妄，如何忍得下这口气，不等爷爷说话，趋前答道：“如此说来，众位兄台必然才气横溢，获赏酒筵，才在此享用。学生不才，也想尝尝镇江美味，未知向谁领取酒筵？”众酒客道：“哈哈，井底蛙打哈哈，好大口气。黄毛未干，也敢班门弄斧？”长者道：“众位休得嘈嘈，自古英雄出少年。王勃年十三，作滕王阁诗并序，力压群儒，传为千古佳话，如今这位小兄弟敢挑战楼规求尝镇江美味，身怀奇才也未可知。老夫欲效阎都督风雅，若你果能背诵镇江金山诗篇，一桌酒筵由老夫奖赏。”阳明道：“老先生，侬欲赏的酒筵不会是醋烧豆腐、醋蒸白菜、醋熘萝卜，还有醋炒什么吧？学生王守仁来自浙东余姚，吃不惯酸溜溜的破菜。”长者笑道：“小兄弟若果有文才，老夫一言九鼎，赏镇江名菜一桌。”阳明道：“愿闻其详。”长者道：“也罢，侬听好了，镇江八大名菜为红烧河豚、水晶肴肉、松鼠鳜鱼、清蒸甲鱼、红焖江鳗、清蒸鲥鱼、太极银丝、蟹粉狮子头，另送侬十碟冷盆，美酒一壶。”阳明道：“多承美意，请报诗题。”阳明一说，爷爷却吓出一身冷汗。他知晓孙儿博学多才，汉赋、唐诗、宋词、元曲能倒背如流，可是毕竟未曾到过镇江金山，更何况吟咏金山的诗词多如牛毛，他小小年纪，海底捞针，能捞得到吗？眼看着要受辱离去了。回头一想,也罢,对孙儿的人生也是一次磨炼。

且不说爷爷满肚子担忧。那些酒客可雀跃起来了,交头接耳低声议论开了,酒友甲道:“选一首老的,秦观《金山晚眺》如何?难一难这娃娃。”酒友乙道:“秦观诗流传甚广,不妥不妥。不如选苏轼《大风留金山两日》。”酒友丙道:“也不妥。苏轼名气大,他写的诗谁会不知?不如选元代张可久的《折桂令·游金山寺》如何?”酒友丁道:“更不妥了。做戏的都在唱这首词,他会不知?不如选宋代郭祥正的《金山行》,诗又长,又冷僻,名气不大却辞藻华丽,我料想娃儿定然闻所未闻,讨饶不迭,为我等醒酒。”众人齐说大妙,也得长者首肯。于是报出诗题。阳明听了,沉思片刻,轻咳一声,就抑扬顿挫地吟咏起来,道:

金山杳在沧溟中,雪崖冰柱浮仙宫。
乾坤扶持自今古,日月仿佛悬西东。
我泛灵槎出尘世,搜索异境窥神功。
一朝登临重叹息,四时想象何其雄。
卷帘夜阁挂北斗,大鲸驾浪吹长空。
舟摧岸断岂足数,往往霹雳槌蛟龙。
寒蟾八月荡瑶海,秋光上下磨青铜。
鸟飞不尽暮天碧,渔歌忽断芦花风。
蓬莱久闻未曾往,壮观绝致遥应同。

潮生潮落夜还晓，物与数会谁能穷？

百年形影浪自苦，便欲此地安微躬。

白云南来入我望，又起归兴随征鸿。

众人听罢，无不惊服。长者道："果是奇才。我等有眼不识金镶玉，惭愧，惭愧。小二，这里有纹银五十两，尽速操办一桌上等酒肴，供两位享用。我等告辞，后会有期。"长者带着众客离去，爷孙俩谦逊相送道："多谢厚赐。"就在醉客楼临江观景，享用镇江美酒佳肴，酒足饭饱后，欣然离去。爷爷道："孙儿哪，侬能任凭客人点题吟诗，可见胸藏九车文章、百斛诗词，难能可贵。侬让爷爷脸上有光，没白疼侬。只是孙儿哪，纸上得来终觉浅，还得脚踏实地用心去认识、去体验、去辨别，才算得上真才实学。"阳明道："爷爷苦口婆心，句句金玉良言，孙儿受教了，永记不忘。"爷孙俩谈谈讲讲间上了金山。阳明早在书中认识了这座千古名山，如今亲身登临，自是兴趣盎然。放眼望去，便见万川东注的扬子江，一岛独雄江心，仿佛芙蓉出水，说不尽婀娜多姿。难怪宋代诗人沈括有"楼台两岸水相连，江北江南镜里天"的描述。依山而建的金山寺，殿宇巍峨，金碧辉煌，亭楼错落，更有那雄峙于金山之巅的慈寿塔，刺破云天。如今登临的这块非凡之地，莫非当年白素贞白娘子与法海斗法、水漫金山的地方？而那位美貌善良的白娘子，虽然曾与小青一起打得法海魂灵出窍，躲进蟹壳内求生，最终还是被法海镇压于杭州雷峰塔下，不知白娘子而今安否？不免令人牵肠挂肚。

阳明跟随爷爷边走边寻思，忽听爷爷一声喊道：“孙儿，金山寺到了。”阳明抬头看那金山寺，果然气势不凡。爷爷边走边说道：“孙儿，爷爷要考考侬，侬可愿意？”阳明答道：“爷爷，休说愿与不愿，只管考来。”爷爷道：“好啊，侬且听了，眼前这座金山寺始建于何时？”阳明笑道：“这道题，小菜一碟，此寺始建于东晋，原名泽心寺，唐时始称金山寺。”爷爷道：“答得对。传说那时的金山寺发生过一件震动朝野的大事，从此改写了佛国历史，侬可知晓？”阳明听了，沉思片刻，道：“爷爷，这道题也难不倒孙儿。传说有位名叫陈光蕊的状元公，在赴任途中，在镇江焦山附近被匪徒所害，其妻忍辱生下遗腹子，为保护孩子，只得将婴儿缚于木板上，放于江流上，顺水漂流至金山寺，被法明长老所救，这江流儿就是后来去西天取经的唐僧。爷爷，孙儿说的可有错谬？”

爷爷抚须笑道：“爷爷考不倒孙儿，满分。宋代，徽钦二帝因一己私好，几次更改寺名，到南宋时，有位名昭千古的大英雄造访此寺，他留下了什么故事？”阳明道：“爷爷，倒是有一则在民间广为流传的故事，书上也有记载。说的是南宋时，奸相秦桧勾结金邦，一心要陷害精忠报国的抗金名将岳飞，连发十二道金牌，强行将乘胜追击金兵的岳飞召回。岳飞在回临安途中，顺路拜访金山寺道月禅师道：‘昨夜宿瓜洲时，梦见两狗对讲，未知此行吉凶如何？'道月禅师答道：'两犬相对，乃一狱字。此行恐有牢狱之灾。'临行又赠诗云：'风波亭下浪滔滔，千万留心把舵牢。谨备同舟人意歹，将身推落在波涛。'岳飞此去，果然被秦桧残害于风波亭。爷爷所言，可是这则故事？"爷爷叹道："唉，做爷爷的，江郎才尽矣。"

爷孙俩边谈古论今，边游览胜景，不知不觉来到法海洞和白娘子祠，只见法海洞霉苔斑驳，人迹罕见，而白娘子祠，却是香火兴旺，无数善男信女正在施礼叩拜。阳明若有所思道："眼前此情此景，孙儿有一题也想考考爷爷呢。"爷爷笑道："孙儿要考爷爷？好啊！爷爷奉陪。"阳明道："法海与白娘子，哪一个是妖？"爷爷笑道："这么简单的考题也想考爷爷？白娘子是蛇精，自然是妖。"阳明道："爷爷，侬错了。自古以来，凡心存良善、救苦救难、普度众生者即佛。那白娘子与许仙真心相爱，喜结良缘，白娘子相夫教子，替民众除病消灾，积德行善，哪点儿惹着法海了？那法海却依仗法术高强，强行拆散这对好姻缘，还迫害专门替人治病消灾的白娘子，做着伤天害理的恶事，以善恶论佛妖，这法海才应是披袈裟戴僧帽的妖孽！直至今日，看民众对法海洞与白娘子祠的爱恨，可见善恶全在人心。"爷爷听了，笑道："我家孙儿了不起，能透过表象洞察事物本来面目！佛国有放下屠刀立地成佛之说。白娘子心存良善、救苦救难，虽系妖身而实怀佛心，而那法海，陷害良善，肆意作恶，乃佛面而妖心也。孙儿高爷爷一着，爷爷认输就是。"

离开白娘子祠，爷孙俩循着石径又游览了中泠泉、白龙洞、佛印山房、七峰亭，并在芙蓉楼壁上细细品味了唐代名臣王昌龄写的《芙蓉楼送辛渐》一诗："寒雨连江夜入吴，平明送客楚山孤。洛阳亲友如相问，一片冰心在玉壶。"路过方丈室，见房门半掩，有位老和尚正在蒲团上打坐念经。只见他身定如古佛，生得长眉善目，便走进去拜见。方丈见有客来访，赶紧起身，双手合十，施礼道："阿弥陀佛，贵客来访，有缘，有缘。"落座献茶，互通姓名，谈佛论经，甚是投缘。离别时，老方丈意味深长地道："小施主天庭饱满，身如玉树。无奈一生劳碌，所幸功绩卓著，还请好自珍重。就此一别，后会有期。"

老方丈说的话，爷孙俩并未放在心上，离开方丈室，依旧信步游走。想不到王阳明到了五十岁那一年，已是一位统兵讨贼的主将、名满天下的大儒，那日他乘船路过镇江，再度登临金山游览，昔日情景，犹在眼前，不禁诗兴大发，遂作《泊金山寺》诗二首，其中一首云：

醉入江风酒易醒，片帆西去雨冥冥。
天回江汉留孤柱，地缺东南著此亭。
沙渚乱更新世态，峰峦不改旧时青。
舟人指点龙王庙，欲话前朝不忍听。

金山寺知客僧闻知有高官造访，殷勤迎候，并一路陪同游赏，阳明一路行来，只觉所见景物皆似曾相识，走到当年方丈室旧址时，突然记起曾与爷爷一起拜访过老方丈的事。而今方丈室已是房门紧闭，破旧不堪，且贴有封条，不由得感叹时光飞逝，岁月无情。他请知客僧打开方丈室一观，知客僧为难道："此处乃故方丈闭关修行之处，有肉身安坐，已有数十年不曾开启，请施主见谅。"阳明道："下官与故方丈是旧相识，有甚不便，若方丈责罚，由下官承担便是。"知客僧无奈，只得揭去封条，将门打开，只见老方丈的肉身依旧端坐在蒲团上，与当年情景一般无二，仿佛在看经念佛。壁上还写有一首偈语道：

五十年后王阳明，开门犹是闭门人。
精灵变后还归复，始信禅门不坏身。

这是后话，略过不表。

游罢金山寺，爷爷记得有数位好友住在附近，就顺道前往拜访，几位旧友一商讨，就请孙爷俩落脚于蔽月山房。好友相聚，须尽地主之谊，免不了备办酒筵，席间谈诗论文，天南地北地闲聊。旧友见阳明生得落落大方，却不知才情如何，有心想考一考，便对爷爷道："侬儿子状元及第，才冠海内。虎父无犬子，孙儿也必定文采出众，何不吟诗一首，以佐酒兴。"未等爷爷开口，阳明说声："承蒙先生相邀，晚辈献丑了。"不假思索，先作《金山》一诗："金山一点大如拳，打破维扬水底天。醉倚妙高台上月，玉箫吹彻洞龙眠。”引得旧友们连声喝彩，疑其腹稿早成，坚请以“山房”为题，再赋一诗。阳明也不推辞，再吟《蔽月山房》一诗：“山近月远觉月小，便道此山大于月。若人有眼大如天，还见山小月更阔。”至此，同坐者无不钦服，交口称赞，说是将来必定青出于蓝而胜于蓝，青史留名。

不日，祖孙俩离开金山，一路上穿村过桥，观景览胜，晓行夜宿，好不自在快活。这日来到一座乡镇，唯见一排排民居青瓦白壁，炊烟袅袅，绿树清水环绕，鸡犬之声相闻。街道两侧，商铺比肩开设，南北杂货应有尽有，买卖兴旺，人群拥挤，川流不息。此时已近晌午，两人到一家饭铺就餐，面街而坐，把包袱放于身边椅上，刚点完饭菜，突然从街上涌进一群汉子，彼此拳脚相交，秽语互对，缠打在一起。爷爷急忙起身劝解，待劝了几句再回头看，椅上包袱早不见了踪影，汉子们也骂骂咧咧一哄而散。店主说，这是一群凶徒，专在街上行凶作恶，以偷抢为生。银子都在包袱里，如今连住宿吃饭的钱也没了，急得老人家顿足长叹。店主好心，说这顿饭就不收钱了。

进京尚有数日路程，祖孙俩无奈地在街上徘徊，阳明见爷爷紧皱双眉，劝解道：“爷爷，天无绝人之路，休要忧愁。”爷爷道：“不愁又能如何？唉，不如找当地官府去借些铜钿救急，待到达京城后再来归还。”阳明道：“向官府借钱乃是下策，父亲状元及第，如今又新授要职，向官府伸手，有损他清誉。”说至此，一眼瞥见街边有一群人，全是书生打扮，阳明上前观望，见书生们都伸长着手臂，神情急迫，觉得好奇。他毕竟是少年心性，把爷爷安顿在街边小憩，顾自挤了进去，原来是书生在抢购折扇，三十铜钱一把。先买到的展开扇子，见两面全白，有点失望，嘟哝道："是柄白板扇，唉，有字有画就好了。"卖扇的婆婆道："要是有字画，一百铜钱也买勿到。"有人道："一百钱算什么，侬若有，我出五百钱。"阳明插嘴道："这有何难，书生哥自己题上去呗。"原来，不远处有一书塾，学子众多，买柄扇捏在手上，装扮斯文，学子脸上有光。

那学子见插嘴的是个嘴上无毛的少年郎，两眼一翻，斜视道："嗬嗬，原来是个乳臭未干的，也敢胡乱搭腔？侬可知少爷手上这柄扇子叫什么，叫纸扇！侬懂吗？还说自己题上去字画，侬会吗？"其他学子也围上来起哄道："对啊，这叫纸扇，侬懂吗？题字画，侬会吗？"阳明毕竟年少气盛，一时被惹火了，答道："书生哥如此咄咄逼人，请恕学生得罪了。我懂，我也会题字，想考考吗？"学子们一听，顿时来了兴致，齐道："休夸海口，若能答得我等心服口服，向侬磕三个响头。"阳明道："那就一言为定。众位听了，我国古时候只有团扇和羽扇。你们手上这种扇子，叫折扇，最早名唤蝙蝠扇，也称聚头扇，系宋代日本高僧大周然从明州入京时，作为礼品，传入中国，故又名倭扇，扇一面画有山水人物，另一面则是书法。不知对否，请书生哥指教。"众人听罢，无不肃然起敬道："哇哟，原来小小一柄折扇，竟藏着知所未知、闻所未闻的典故，受教了，佩服，佩服。

还请仁兄在扇上题些什么，留作纪念。”并递上笔墨。

阳明也不推辞，举笔正欲题写，眼珠一转，有了主意，对众学子道：“学生此次由余姚赴京，路过宝地，不料盘缠被蟊贼所偷，如今与爷爷两人徘徊街头，食宿无着，学生每题写一扇，收铜钿二十文，权当各位赞助，如何？”众学子道：“好好好。写得好，别说二十文，多些也无妨。”于是，阳明展开扇面，饱蘸墨水，劲风疾雨般画了一幅“凌雪墨梅出墙图”，铁画银钩，笔势凌厉，翻转扇面，题古诗一首，字字珠玑，转瞬即成，赢得阵阵喝彩，学子们争着将扇子递上。半晌工夫，收得铜钿五百余文，足够路上用了。正欲转身离去，突然窜出一汉子，两手一摊道：“此路是爷占，若要赚铜钿，交上买路钱。”不由分说，劈面一拳朝阳明打来，阳明也不是好惹的，撩起一脚，汉子“扑通”跌倒在地，爬起又来打，阳明手快，拦腰再一拳，汉子又是一跤，爬起身来道：“侬等着，回头叫侬认得爷！”

泼皮一溜烟跑开了，学子们大声喝彩，其中一学子道：“这泼皮有一大伙人，专在这街面恶占强抢，欺压良善，有道是‘强龙不压地头蛇’，小兄弟，英雄不吃眼前亏，还是早些离去为妙。”话音未落，就见挨过打的那人招来六个同伙，手举棍棒奔来，一齐朝阳明劈下，阳明也不多想，俯身一个扫堂腿，“跌哩扑落”这些人全跌倒在地，爬起身又来打，被阳明一拳一个，一个压一个打成一堆。阳明一脚踏住领头的，正要挥拳打下，众泼皮求饶道：“少爷高抬贵手，小人们从此改邪归正，各自谋生，再不行凶作恶了。”阳明道:“此话当真?”众人道:“今后若是再犯,天诛地灭。”阳明见这伙人也甚是狼狈,给了每人二十铜钿买食,泼皮们才拜谢离去。

阳明捧着铜钿,回到爷爷坐处,却不见老人家踪影。阳明急出一身冷汗,在街上四处寻觅,终于在一家当铺找到爷爷,这时他正在脱衣,想把身上衣衫当了,凑些盘缠。阳明诉说了刚才发生的事,爷爷赞道:“有这些铜钱,足够路上用了,衣衫也不用当了。我家孙儿能文能武,惩恶扬善,还靠本事谋生,解了急难。有这一身本事,将来就不怕没饭吃了。”当下回到饭店,还了饭钱,又找一家小客栈住下,次日一早启程,依旧一路闲游。不日到了京城,一路询问修撰王华老爷府第,经路人指点,才找到距翰林院不远一处高墙大院,匾额上书“王府”二字,家人进内通报,王华出迎,把两人接进中堂,慰劳寒暄,落座待茶,吩咐摆宴接风。酒饭罢,阳明在府内到处闲逛,这是一座四周粉墙环砌的大院,前后三进为楼房,两侧各有偏房数间,供下人居住、杂物堆放和炊厨之用,院子后方和右侧建有花园,唤作“后花园”,“后花园”由回廊相连,一汪清水通二院,并由曲桥相接,桥畔假山玲珑,桥下游鱼可数,桥上有藤蔓遮阴,沿墙桃柳桂桑环植,树上虫鸟唧唧,地上花草茂盛。阳明观赏至此,不禁脱口赞道:“环境清静幽雅,真乃读书好去处也。”继而又叹道:“家园虽好,终非久留之地。”

次日,王华把阳明唤到跟前,问道:“吾儿今后有何打算?”阳明道:“父亲容禀,如今朝政日废,外族有觊觎之心,边防有疏忽之患，内忧外患叠加，大明江山势如危卵。故孩儿欲考察京城毗邻的山海关、居庸关一带山川地形、风土民情，以广学识，便于将来献身社稷，保国卫民。故不日就将离家远去。”王华道：“古人说过，‘酣游废业，奇巧废功，蒲博废财，禽荒废农，凡此无益，实贻困穷’。吾儿少年有为，志向远大，父心甚慰。须知汝求学之路才刚刚起步，更别说仕途了，一路坎坷在所难免，为酬志向，当不挠不屈，不仰不俯。穷通有时，得失有命。宁为松柏，勿为女萝，女萝失所托而萎靡，松柏傲霜雪而嵯峨。切记，切记。”阳明道：“孩儿谨记父亲教诲。”

不日，阳明独自离家启程，第一站目的地为山海关。一路上晓行夜宿，无须烦述。这日到了山海关，只见关内民居栉比，街道宽阔，人口稠密。街道两侧，商行林立，南北杂货琳琅满目，买卖繁忙。阳明脱口赞道：“真不愧是贸易中心，边防要塞。”赞声才落，见街尾处涌出一群牧民装束、老幼混杂、面黄肌瘦的人，与繁华的街市甚不相称，这却为何？阳明要一探究竟，问个明白。欲知后情，且看下回分解。

第20回

山海关独力退凶顽　居庸关单骑救边帅

且说阳明见山海关内街市繁华，买卖兴旺，而在街背巷尾处，却涌动着数不胜数牧民穿着、老幼混杂、面黄肌瘦者，或头插草标当街叫卖小儿，或三五成群抢夺食物，形状甚是狼狈，不禁摇头叹息。穿过长街，来到城门口，只见进出城关者，挨挨挤挤，大都衣衫褴褛，面露饥色。守城的士兵则神情委顿，互相闲聊，对进出城关者，视若无睹。阳明见此情形，只是摇头。随着人流，挤出城门，回头看那关隘，虎踞平川，气势磅礴，雄伟壮观，城楼正中挂一大匾额，上书“天下第一关”，笔力苍劲凝重，气势雄壮，与城楼浑然一体，便驻足仰观良久，然后询问数位野老，才渐渐知晓此关的前世今生。

山海关，又称渝关、临渝关，北依燕山，南连渤海，故得名山海关，又是万里长城东起第一关，故称“天下第一关”，因地处要隘，形势险要，历来为兵家必争之地。隋始筑渝关关城，五代后梁为契丹所取，长达四百余年，北宋时金灭辽，关被金占领，南宋末年元灭金，此关由元朝控制。明洪武十四年(1381)，中山王徐达带兵到此，经一番考察，认为渝关未能扼控险要，遂倚山连海建山海关于此。山海关城池，周长四千七百余丈，高十四丈余，厚七丈余，以“天下第一关”箭楼为主体，东西南北共建有四座城门，东门为“镇东门”，也即箭楼，西门为“迎恩门”，南门为“望洋门”，北门为“威远门”，四门城台上均建有城门楼，城外则有护城河环卫。阳明见城楼雄伟壮观，不住赞叹，低声吟道：

幽蓟东来第一关，襟连沧海枕青山。
长城远岫分高下，明月寒潮共往还。

阳明正沉浸于眼前景象，突然从远处传来阵阵惊叫声，道：“匪帮来抢劫杀人了！快逃呀！”随着惊叫声，一大群民众朝城门涌来，紧追在后的是七八个虎背熊腰、手舞钢刀的歹徒，眼见得即将奔进城门，守城的兵士见了，顾自躲进城去，“吱吱咕咔嚓”一声，紧闭城门。逃难百姓见城门关闭，断了生路，且拖儿带女，手无寸铁，急得呼天唤地号啕大哭。阳明见状，不由得热血沸腾，因未带武器，正自焦急，忽见路边横着一根木棍，取来握在手中，跨前一箭之地，挡住歹徒，大喝道：“呔，大胆暴徒，竟敢光天化日持刀抢劫杀人，若不住手，让侬等死无葬身之地！”歹徒见挡在前面的是一位文弱的少年郎，全不放在眼里，讥笑道：“哈哈哈，好个不知死活的小王八，死到临头，还敢口出狂言，哈哈，螳臂敢当车，大爷的刀不是吃素的，这就先送你见阎王去！”说着，“呼啦”一声举刀砍来。阳明双手握棍，见歹徒近前，随即将木棍横扫过去，接着劈头盖脸将数名歹徒打倒在地，旋即又将木棍横扫回来，数名歹徒被打得倒地不起，剩余歹徒情知不妙，带着受伤同伙，脚底搽油，四散逃逸。

难民们眼见全赖阳明杀退歹徒，自己才死里逃生，全都跪地磕头道：“多谢英雄救命之恩、再生之德。”阳明道：“众位快快请起，临危相救，义不容辞，何谢之有。这帮人因何要追杀侬等，可否说与我听？”难民甲起身道：“我等俱是从关内到关外谋生的难民。这帮人大都是关外地痞游民，散则以农牧为生，藏匿得无影无踪，聚则为盗为贼，声势浩大，且专挑良善者烧杀抢掠，无恶不作。我等因惧怕被害，无奈只得结伴返回关内生存。”难民乙道：“这帮歹徒，平时拉帮结伙，舞枪弄刀，招摇于闹市，杀人当儿戏，休说百姓招惹不起，便是官兵也奈何不得。”阳明道：“难道当地官府也听之任之，不予打击？”难民丙道：“英雄哪，休提官府二字。那些官老爷平日只知饮酒作乐，收税捞钱，见歹徒聚众作恶，如同老鼠见到猫，或是避匿无踪，或是紧闭城门，管甚百姓死活。”阳明道：“如今城门紧闭，侬等欲往何处安身？”众人道：“守城兵士见歹徒退去，不久自会开启城门。”才答罢，只听“咿咿呀”一声响，果然城门开启，难民们纷纷作别，进关而去。

阳明见后续进关难民无不急急如丧家之犬，忙忙如漏网之鱼，且面露惊惶之色，心中虽不忍，亦无可奈何。一路沿城墙走去，倾圮残缺者，沿墙搭建者，护城河壅塞发臭者，触目皆是。山海关乃“边郡之咽喉，京师之保障”，一旦遭外族来袭，由此等腐败无能的官兵守边，加上众多贫弱无助的百姓，如何能御敌于国门之外？到时必然山河破碎，国将不国，民成鱼肉。阳明心中焦急如煎，难以名状，只能以诗一吐胸中块垒，低吟道：

北钥幽燕锁，流云压莽阡。
雄关傲边鄙，豪杰壮烽烟。
血渍寒花艳，史彪忠将传。
铜墙终可破，铁壁赖民坚。

阳明一路询问野老，听到的回答俱是：“公子，这边关大事嘛，自有皇上和大臣们操心，是守边官兵的职责，你一个平头百姓，何必愁天忧地，岂非自寻烦恼。”阳明道：“老丈哪，理是这么个理。然大丈夫身系国家安危，对百姓冷暖岂能视而不见，麻木不仁？”野老叹道：“唉，朝廷上下若有公子一样心思，天下早太平啰。公子有所不知，山海关一带已是老天保佑，侥幸还能吃上一顿安生饭，传说居庸关已有外族入侵，战火纷飞，守城将士拼死守卫，却屡屡失利，百姓朝不保夕，纷纷逃难。唉，宁为太平犬，莫做乱世人哪，罪孽呀罪孽！”

阳明听了野老所言，心急如焚，已无心停留在山海关细细考察，转道朝居庸关赶去。山海关至居庸关约有十天路程，他晓行夜宿，还一路打听此关过往和现状，并牢记于心。原来居庸之名，起始于春秋战国时，《吕氏春秋》中有“天下九塞，居庸其一”的记载。城关建于太行山余脉，地形险要，燕国曾扼控此地，时称“居庸塞”，利用地理自然环境，据险制塞，集雄奇险峻于一体，构筑了完整严密的防御体系，建有券城、城楼、敌台、水门等建筑，元代时关内设有皇帝居住的行宫、花园、庙祠、寺院等设施。曾有诗人这般描述居庸关：

居庸落日碧云烟，遍野红枫染醉川。
浩荡秋风扫劲草，徘徊雁字舞晴天。
胡笳十八燕山雪，羌笛悠悠大漠烟。
试问悠悠千古事，几多风雨绕城前。

且说居庸关一带，近一月来战火纷飞。只因雄关前方已有五座城池失守，军民死伤惨重，敌军元帅哈蚩蚩身高七尺，腰粗十围，面如锅底，力大如牛，坐下一匹黑骓马，挥舞一柄纯铁大砍刀，有万夫莫当之勇。他带领百员猛将，十万精兵，前来攻城略地，扬言要大明皇帝跪地乞降。居庸关前五座城池因年久失修，早已破残倾圮，不堪一击，守城官兵平日里只知喝酒吃肉，收税捞钱，手中刀枪也已生锈入库，一听到敌军进犯，吓得屁滚尿流，未曾交战，就已丢盔弃甲，脚底搽油，纷纷弃城而逃。哈蚩蚩不费吹灰之力，连下五城，气焰愈炽，带领猛将，统率大军，气势汹汹直逼居庸关下。

镇守居庸关的元帅杨守忠，闻报前方连失五城，敌军元帅哈蚩蚩率十万大军朝居庸关逼来，深知军情危急，一面向朝廷告急，一面升帐，命击鼓召将。只因太平日子过久了，守将们听到军鼓声，初时充耳不闻，鼓声敲得久了，才歪戴头盔、单肩披甲，懒懒散散陆续到大帐来应卯。见此情状，杨元帅只是摇头，寻思将之错亦帅之过也，冰冻三尺，非一日之寒，临渴掘井也来不及了，眼下大敌当前，兵临城下，拒敌是燃眉之急，整顿军纪只能延后。可叹偌大一座卫国守土的边城，众将皆糊涂，唯有杨元帅清醒些。他向众将诉说了前方军情，命令众将鼓足勇气，磨利刀枪，加固城池，迎战敌军。

数日后，哈蚩蚩带兵来到居庸关下，明军早已城门紧闭，严阵以待。哈蚩蚩上前喊话道："城上守将听了，俺乃大元帅哈蚩蚩是也。前方五关守将闻俺之名，无不屁滚尿流而降。识时务者为俊杰，俺命尔等速速开城投降，本帅保尔等荣华富贵，一城生灵。若执迷不悟，欲螳臂当车，城破之日，休怪死无葬身之地！"杨元帅站在城上，放眼望去，只见敌军多如蔽日之蝗，铺天盖地，旌旗飘动，刀枪林立，一阵阵呐喊声，震得地动山摇。他心中明白，军力敌强我弱，但身为大明边帅，报国守边责无旁贷。想至此，杨元帅大声喝道："呔！大胆番邦元帅听了，俺天朝有何亏待于尔，竟敢兴兵犯我边关，占我城池，杀我百姓，尔已犯下十恶不赦之大罪。还不速速退去，免尔等一死！”哈蚩蚩道：“南蛮听了，尔大明皇帝昏庸无道，奸臣鱼肉黎民，百姓苦不堪言，须知天下乃天下人之天下，岂容尔朱家王朝独占！风水轮流转，如今轮到我王面南称帝。尔等应顺从天意，开城投诚，本帅保尔等封侯拜将，享乐不尽。若顽固不化，抗拒天兵，恐怕死无葬身之地。若有不服者，且与俺大战三百回合，尝尝俺的厉害！”

杨元帅见番将狂妄，为帅者在强敌面前，岂有退缩之理？环顾麾下诸将，俱是武艺平庸之辈，与强将交战难有胜算，有损军威。他决定亲自去会会敌酋，遂命令诸将牢守城池，自己披挂上马，带领二员偏将，五百士兵，出城迎敌。哈蚩蚩见城门大开，冲出一彪人马，士兵寥寥可数，为首一员大将，年约五旬，骑一匹高头白马，手提长枪，杀奔而来。哈蚩蚩全不放在眼里，哈哈大笑道：“来将报上名来，本帅不杀无名鼠辈！”杨元帅长枪一指道：“番奴洗耳恭听，俺乃大明皇上驾前，居庸关大元帅杨守忠是也！”说罢，紧握长枪杀来。哈蚩蚩见枪尖刺到，举刀一挡，退至一旁，命身后二将接战。二将乃哈蚩蚩麾下猛将，一握板斧，一舞双刀，朝杨守忠杀来，当即战鼓擂动，杀声震天，兵器碰击，火星四射，战有二十回合，杨守忠看准番将刀法破绽，反身一枪，疾如闪电，只听“嚓”的一声，将持刀一将挑落马下，复一枪，刺个透心亮，使斧将领正欲败退，杨元帅岂肯轻放？纵马杀到，又是“嚓”的一声，将番将刺于马下！转眼连杀二番将，军威大振，五百士兵直向番军冲杀过去。哈蚩蚩见二将血洒沙场，自知轻敌，又怕吃大亏，只得且战且退，令番兵后退三十里安营扎寨。

杨元帅见番兵退走，怕遭埋伏，下令鸣金收兵。回到大帐，见众将皆面露骄色，杨元帅寻思诸将未战怯敌，今又轻敌，非取胜之道，无奈只能谆谆训导，勉励众将为番兵再犯做好准备。果不出所料，数日后番兵再犯，杨元帅率领众将出城交战，又获大胜。哈蚩蚩见屡遭挫败，岂肯甘休？连日整顿兵马，半月后，他亲率众将到城下讨战，此时杨元帅麾下已是骄气蔓延，锐气消散，且敌强我弱，接战不久便招架不住，连败三阵，士气低落。无奈，只得高挂免战牌，退守居庸关，多备弓矢檑石，坚守关隘。哈蚩蚩连番大胜，气焰愈炽，亲率三万番兵、十尊火炮到居庸关讨战，在关下大声喊道：“呔，城上杨南蛮听了，本帅亲率数万大军，数十尊火炮，前来攻打居庸关。弹丸小关，转眼可破，到时血肉横飞，一切化为乌有。识时务者为俊杰，作速开城投降，归顺俺邦，俺保侬一城百姓性命无忧。”杨元帅道：“番奴休得猖狂，我大明只有断头将军，从无屈膝元帅。将士们，狠狠地打！”倏忽间，城上滚木、乱石、箭矢倾泻而下。哈蚩蚩大怒，下令道：“架起火炮，轰破居庸关！”转眼间，十尊火炮沿着护城河轮番猛轰，打得城楼不住摇晃，震得天崩地裂，惊得荒山虎狼乱窜，锣鸣鼓响，吓得半空乌鹊无踪。这番攻城，随着隆隆炮声，城中百姓、男女老少心胆俱碎，魂丧魄散，赶忙扶老携幼，寻娘觅子，哭声震天，纷纷逃难不迭。

幸亏杨元帅是一位富有经验之良将，见正面血战难以退敌，遂采用敌攻我守、敌疲我打战术，才保得城关无恙。双方就于居庸关口胶着。那些还留在城内的百姓，见将士们日夜守城，浴血奋战，且城关能否守住，也关系身家性命，于是不约而同纷纷前来犒军助战。

且说阳明心急火燎地向居庸关赶来，眼见城墙在望，登坡远眺，只见关前两军对阵，刀光枪影闪耀，还隐隐传来惊天动地的喊杀声，便知两军正在交战。坡边横着一根碗口粗木棍，阳明捡起握在手中，奔下山坡，见大路口成群百姓拖儿带女从城内涌出，四散逃难，心知军情危急，便大步流星朝城内奔去，问逃难百姓，才知守将杨元帅被番兵围困，且后无援军，恐难免为国捐躯，居庸关已危如累卵。百姓逃难，在情理之中，阳明突然一眼瞥见有个壮硕军汉，身骑快马，手挥马鞭，肩背包袱，神色仓皇，杂于百姓中一齐逃逸，不由得恨从心头起、怒向胆边生，快步冲上前去，抓住缰绳，夺过鞭子，顺手一棍，将汉子打落马下，纵身跃上马背，“啪啪啪”三鞭，那坐下战马似乎也有保国卫民之心，撒开四蹄，风驰电掣般朝关外飞奔而去。

且说番邦元帅哈蚩蚩见居庸关久攻不下，焦躁不安，召集众将商议攻城之策，麾下谋士道：“大元帅，居庸关历经战火，易守难攻，且元帅杨守忠智勇双全，武艺超群，又坚守不出，若是强攻，俺军伤亡巨大，不如改用诱攻为妙。”哈蚩蚩道：“何为诱攻，请道其详。”谋士道：“有道是，智者千虑，必有一失。眼下我军困城日久，守城兵民疲乏，粮草不济，守将急欲解围以图喘息。我军可佯装退兵，一路丢盔弃甲，半途布置伏兵。明军以为我军无力攻城，急于退兵，必开城追击，到时伏兵齐出，将明军围困擒杀，并趁城关空虚，协力攻打，不费吹灰之力，居庸关唾手可得。”哈蚩蚩并众将听了，无不称妙。哈蚩蚩当即下令依计而行。

杨元帅近些日子亲率将士日夜守城，又因城内百姓缺衣少食，出城逃难者日见增多，且将士中亦有开溜者，为安抚民心，他想方设法筹措衣食，整日忙得焦头烂额，疲惫不堪，无奈职责在肩，不敢懈怠。忽听哨兵来报，道：“禀报元帅，今晨起，番兵仓皇退兵，未知何故，请令定夺。”杨元帅寻思，敌兵仓皇退兵，或是其国内动乱，无暇攻城略地，或是诱我出战，夺我城池，因而吩咐道：“多派哨兵细探，务必打探明白敌军退兵原因，作速来报。”半晌后，有哨兵络绎来报，说是退兵沿途未见异常，还说一路上全是丢弃的盔甲旌旗。仅有一名哨兵禀报，番国朝廷并无动乱迹象。

杨元帅听罢禀报，寻思事出反常必有妖，番兵无故退却，此时若出城追击，事半功倍，又能顺势夺取丢失的城池，战果必然辉煌，但若是敌军使诈，兵分两路，一路诈退，一路潜伏，乘我出城交战，城内空虚之时，诈退兵马回头接战，潜伏兵马抢占我城池，那悔之晚矣。一时委决不下，一旁众将又频频鼓噪，说道："请元帅赶快下令追击！战机稍纵即逝，岂可坐失良机？仅此一战，便可全歼敌军，解我边城之围。"杨元帅听了，觉得不无道理，如同久饥之人，美食当前，绝难拒绝。不如来个首尾相顾，攻守兼备，方保无虞，当即下令道："众将听令，本帅亲率半数将士追击敌军，留守将士务必誓死守卫城池，不得有失。"众将齐声道："遵令！"各领命而去。杨元帅也作速戴盔穿甲。

片刻后，只听得一声炮响，城门大开，杨元帅亲率大军冲出城关，朝番兵撤退方向紧追不舍。镇守关隘将士，正欲关闭城门，突然一声炮响，埋伏于关外两侧的番兵，如潮水一般向居庸关杀来。守城将士见状，始悟敌人诈退奸计，幸亏杨元帅做好两手准备，随即关闭城门。番兵杀到城下，遭城上扔下的檑木、箭矢迎头痛击，几次攻城，都未能得手，只丢下大批尸首。那杨元帅兵马，一路追杀至半途，冷不防一声炮响，斜刺里杀出一队伏兵，为首大将乃番帅哈蚩蚩，他带领众多战将，大刀一横，放声大笑道："杨蛮子，中俺计也，如今尔已被团团围困，再难脱身。俺念尔位高权重，文武双全，若能归顺俺王，俺保尔封侯拜将，一生荣华富贵。若不投降，让尔死无葬身之地。"

杨元帅见自己兵马被番兵所困，知道中了敌人埋伏，已做好马革裹尸的准备，便应答道："番奴休得猖狂！我大明朝只有马革裹尸将军，无屈膝投降元帅！休得无礼，看枪！"挺枪朝哈蚩蚩刺去，哈蚩蚩举刀一挡，下令番将轮番围攻，顿时提枪的举刀的拿锤的端斧的，催动坐骑冲杀过来，将杨元帅围在中间。杨元帅手中那杆长枪岂是好欺侮的，厮杀起来以一当百，见一个刺个透心空，挑两个头颅喷血花，直杀得惨惨愁云起，叠叠尸骸堆。哈蚩蚩见众将久战不下，便催动坐骑，亲自出战。他可是番邦名将，武艺与杨守忠不相上下，可谓棋逢敌手。好一场厮杀，毕竟是敌强我弱，敌众我寡，杀到后来，杨元帅麾下将士渐渐招架不住，哈蚩蚩则仗着人数优势，步步紧逼，他那柄大砍刀发疯一般，只听得呼呼风声，白光乱窜，时而从头顶劈下，时而拦腰削来，血战多时，忽听得杨元帅“哎哟”一声惨叫，背上中了重重一刀，顿时血如泉涌，染红战袍，跌落马下。

说时迟那时快，白光一闪，哈蚩蚩又是一刀，朝杨守忠拦腰砍下，千钧一发之际，眼见得杨元帅行将血洒疆场、魂归九泉，突然听到有人大喝一声道：“番狗，休得张牙舞爪，快纳命来！”喊声未落，一根碗口粗木棍，从天而降，朝哈蚩蚩天灵盖砸来，哈蚩蚩猝不及防，大砍刀向上一迎，只听得“咣啷啷”一声，大刀被打落，虎口震裂，没等哈蚩蚩回过神来，复又拦腰一棍，只听得哈蚩蚩一声惨叫：“俺命休矣！”正好打中他胸膛。哈蚩蚩口喷鲜血，伏鞍而逃。那位半路杀出的英雄，正乃王阳明是也。他策马欲追，杨元帅大声道：“壮士请回，穷寇莫追！”阳明随即拨转马头，下马将杨元帅扶上马，由将士护着，他在前杀开一条血路，一路退回关去。

原来阳明出关后，循着大路追赶大军，欲助明军一臂之力，刚到三岔口时，见明军被团团围困，情势危急，又见一员大将被番将所伤，跌落马下，命悬一线，急忙飞马来救，在千钧一发间救得杨元帅一命。回到关内，到了大帐前，众人将杨元帅扶下战马，到卧榻躺下，鲜血已将他战袍浸透，伤势严重，所幸无性命之忧。杨元帅握住阳明双手道："壮士冒死突入重围，于刀刃下救守忠一命，恩同再造。无奈守忠身受重伤，无力跪谢，还请壮士海涵。请问壮士尊姓大名。"阳明道："学生姓王名守仁，余姚人士，专程来山海关、居庸关考察边防民情，听闻元帅被困，特来相助，微末之劳，元帅不必挂怀。"

话音才落，只见哨兵惊惶来报道："禀报元帅，有两员番将带领二千番兵、十门火炮前来攻城，声称要替哈元帅报仇雪恨。"话音未落，就听到"轰隆隆"火炮声此起彼伏传来，打得城楼摇晃，城中百姓哭声震天。杨元帅道："坚守城池，高挂免战牌。"阳明道："元帅且慢，且听学生一言。此时番奴以为我军主帅受伤，骄气正盛。兵法有云，骄兵必败。又云，两军相逢勇者胜。此时正宜开城与之交战，灭其锐气，以保城池无虞。"杨元帅迟疑道："壮士所言正合我心，无奈守忠受伤，若派其他将领出战，恐将不敌，如之奈何。"阳明道："请元帅拨五百将士，学生愿代元帅出战。"杨元帅道："壮士于强敌前救守忠一命，已感激不尽，怎可再劳壮士去冲锋陷阵？"阳明道："关系一城百姓安危，学生当仁不让。”守忠见阳明决意出战，道：“壮士既执意出城交战，守忠恭敬不如从命。”当即下令道：“传令下去，速拨兵士一千、战将三员，听候王公子指挥，将士们要英勇杀敌，不得有违。”

阳明向杨元帅告辞，出了大帐，挑选一匹战马，拣一柄镂花大刀，跃上战马，带兵出城。远远望见两员番将生得阔背熊腰，环眼塌鼻，血盆大口，满面络腮胡子，各骑高头大马，似铁塔一般，甚是吓人，正在那里耀武扬威，指挥火炮轰击城池。阳明策马上前厮杀，他能否战胜番将，守住居庸关？欲知后情，且看下回分解。

《第21回》

救国难阳明受重任　施诡计少帅陷重围

且说阳明带兵冲出居庸关，见两员番将带领数千士兵，口出狂言，在关下挑战。阳明高举大刀，催动战马，也不交言，便向番将冲去。番将甲见阳明杀到，挺枪迎战，阳明举刀劈下，钢枪一挡，只听得"咣啷啷"一声，长枪落地，复又转身一刀，疾如闪电，只听得番将吃惊道："哎哟，不好！"话音未落，已连肩带背中了一刀，上半身骨碌碌滚出丈余，断口处一股鲜血喷出，呜呼身亡。番将乙提枪上前，阳明也不打话，待枪尖临近，横刀一挡，只听得一声惊叫道："哎哟娘呀，好厉害的蛮子！"长枪被震落，虎口爆裂，才知不是对手，正欲转身逃跑，阳明眼尖手捷，转身一刀，又将番将砍落马下，已活不成了。众番兵见主将战死，转身作鸟兽散。阳明大刀一挥，千名士兵乘胜追击，如砍瓜切菜一般，直杀得天地征云起，昏昏日光暗，血水染山路，尸骸横沙场，只剩少数机灵腿长的逃去报丧了。城头上守兵见我军大获全胜，擂鼓的擂得手伤筋，呐喊的喊得喉咙哑。阳明见击退番兵，下令鸣金收兵，将缴获的火炮、兵器、马匹等运回。明军士气大振。

杨元帅闻报王公子连杀两员番将，歼灭大量番兵，神情振奋，伤痛也仿佛好了许多，挣扎起身，坐于椅上，准备迎接阳明得胜归来，一面吩咐备办筵席，为得胜将士庆功。这时，烦心事又袭上心来，自思自己身膺边疆主帅之位，肩负半壁江山安危，眼下却重伤在身，休说统兵打仗，便是行走也难。麾下诸将，无一可领元帅之职，偌大一副重担，能托付谁去？虽则番兵战败，所损皮毛而已，敌强我弱大势未改，若番兵孤注一掷，居庸关恐将不保；若此关一失，番兵一泻千里，京城危矣。环顾左右，眼前唯有王公子能担重任，有望保我社稷无虞。正在此时，阳明并部下走进大帐，阳明施礼道："禀报元帅，番兵已被击退，学生特来缴令。"杨元帅于椅上回礼道："王公子辛苦了，请恕守忠伤痛在身，礼数不周。公子出战大获全胜，壮我军威，功绩至伟，待守忠禀报朝廷请赏。今日，帐下已备下酒席，为公子庆功。"阳明谦逊道："岂敢，岂敢。学生欲向元帅进一言，不知当讲不当讲。"杨元帅道："公子过谦了。你是守忠的救命恩人，又带兵打了个大胜仗，何事不可言讲？守忠洗耳恭听。"阳明道："眼下番敌兵多将广、马壮粮足，虽经小败，并不曾伤筋动骨，我军与彼相比，敌强我弱，兵力悬殊。番敌若拼全力来犯，居庸关有失守之危，望元帅早筹良策，以防万一。"

阳明话音未落，杨元帅突然滚落交椅，跪行于阳明膝下，道："请王公子代行元帅之职，救我全城生灵！保我社稷安泰!”阳明为杨元帅突如其来的举动大吃一惊，赶紧下跪道：“元帅折煞学生也。阳明乃一介文弱书生，何德何能敢劳元帅如此厚待。统兵打仗，关乎社稷安危、百姓生死，责任重于泰山，岂是阳明弱肩所能担当？况学生即将离此继续考察，故恕难从命。”杨元帅见阳明推辞，心头一急，竟伏地大哭道：“求公子大发慈悲，不看僧面看佛面，救我一城可怜的百姓，公子若不答应，守忠就跪死在公子膝下。”众将在交战中已领教过阳明的能耐，真心钦服，见元帅这般，也都下跪道：“请公子应允，搭救一城生灵。”阳明见事已至此，确实再难坚辞，随即扶起杨元帅坐下，让众将起身。阳明道：“元帅真诚托付，学生拼尽全力，在所不辞。只是元帅一职，乃朝廷所授，若遣使奏明圣上，侥幸获准，等圣旨送至边关，居庸关早已失守，无可挽回矣。因此只能临时变通，在元帅养伤期间，学生就以少帅名义暂掌帅印，待元帅痊愈，仍将帅印归还元帅，以合朝廷规矩。学生年少无知，且又临危受命，还请元帅一旁督察，以免耽误战机。”

守忠见阳明答应行使少帅一职，胸中悬着的石头落地，下令升帐，当众把元帅印符、宝剑授予阳明，自己则退回后堂，继续养伤。有道是做爹像爹，做娘像娘，阳明不久前在余姚剿匪时掌过少帅印符，指挥作战，如今依样画葫芦，也就当仁不让。阳明坐上正中交椅，重新颁布军令、军规、将士守则，检点兵马、粮草、弓箭、檑木、火药等战备状况，然后出帐巡视。一路上，所见兵士大都懒懒散散，无精打采，如同一盘散沙。这般军容，如何能击败强敌？打铁还须自身硬，眼下第一要务，当以整军为重。思虑妥当，阳明便按当年惠明大师所教，以“伍、队、哨、营、阵、军”六字法，组织军队，委派将佐，一时间，军队面貌焕然一新。同时增派将士守卫重要关隘。防务经过整顿，虽增强了拒敌守城把握，但仍感弓矢，尤其火药储备过于单薄，粮草也只够供将士食用三日。这副烂摊子，如何能以弱胜强、以少胜多？思虑再三，觉得只可智胜，不宜力敌，一时计上心来。立即派出将士向民众收购油脂、柴火、铁丸并孩童玩的弹弓，将柴火倒上油脂，堆于居庸关城基四周，守城将士增持弹弓铁丸，守城御敌。不久有哨兵来报道：“禀报少帅，番邦哈蚩蚩元帅亲率三万大军，前来挑战，请令定夺。”阳明道：“好啊，说曹操曹操到，正好以守为攻，请君入瓮。再探！”当即派出传令兵，下令道：“迅速告知各关隘守城将军，番兵挑战攻城时，各自潜伏，不得出现于城头。只留北城门虚掩，号炮一响，方许万箭齐发，并引燃城下柴火，不得有误。”传令兵遵命而去。

且说哈蚩蚩当日得报，两位将军带领二千兵马去居庸关挑战，遭遇一位少年将军对阵，两将被杀，士兵几被全数杀绝，不由得恼羞成怒道：“哪个南蛮小杂种，莫非有三头六臂不成？待俺亲自带兵去会他一会，杀他个丢盔弃甲。”哨兵道：“元帅，此人没这等可怕，生得眉清目秀，俊俏得如白面书生呢。”哈蚩蚩道：“照这般说来，嗨哟，此人定是那日使柴棍杀入阵来，救走杨蛮子，又将俺打得口吐鲜血的那个兔崽子！”哈蚩蚩冲口一说，才觉得在众将前有失颜面，如今又折损两员大将，旧恨未雪又添新仇，气得哇哟哟混叫，发狠道：“那日是俺一时疏忽，遭他偷袭，着了一棍，并非战败。待俺亲率三万大军前去攻城，定要活捉那小杂种，将他碎尸万段，方泄俺胸中之恨！”

不日，哈蚩蚩率领三万士卒、十员战将，浩浩荡荡前来攻城。阳明站在城楼上眺望，只见番兵铺天盖地朝居庸关涌来，刀枪如林，鼓声如雷，杀声震天，大有气吞雄关之势。一到关前，哈蚩蚩上前叫骂道：“呔，南蛮听了，快叫小兔崽子滚出来，有胆就与本帅大战三百回合，没种便开城投降，免得生灵涂炭。”阳明下令，挑选年老但脚力强健的兵士五百名，各持钝刀短枪，出城迎敌。城门开处，哈蚩蚩见一员少将带着一群无精打采的老弱残兵前来迎战，不禁一阵狂笑道：“无名小辈报上名来，本帅让尔开开眼界。罢了罢了，俺饶尔等可怜兮兮的，还不够本帅塞牙缝呢，速速退去，另换大将来战。”

阳明正要激怒他，讥笑道：“哇呀，老相识又见面了，我说番狗，侬的脊梁骨该是又犯贱了不成？满嘴喷血抹干净了，可惜人头换成了狗头。番狗听了，我乃新任居庸关少帅王守仁是也。前些日子打得侬落荒而逃，忘了不成！罢罢罢，赶紧伸出狗头来，让少爷再赏侬一刀！”哈蚩蚩一听，果然是冤家对头！当下气得七窍生烟，大怒道：“呸，什么狗屁少帅！定是明军死绝了，竟让乳臭未干的毛头小子上阵打仗。来来来，本帅赏尔当头开花，免在人间受罪。”举起大砍刀，催动胯下马，向阳明冲杀过来。阳明眼尖，举刀相迎，两刀碰击，溅出一丛火星，一攻一守，一来一往，大战二十回合不分胜负。阳明故作步步退让，哈蚩蚩以为可欺，越战越狠，阳明见时机成熟，拨转马头，返身而去，哈蚩蚩正战到兴头上，见阳明带领老弱士兵沿城墙而去，大喊道：“小畜生休想溜走，留下命来！”在后紧紧追赶，数万人马也乌泱泱一齐掩杀过来。阳明在前飞奔，掠过东大门，又越过南大门、西大门，北大门虚掩着，阳明带兵进了关，城门随后紧闭。

且说哈蚩蚩在后紧追不舍，眼见得将要赶上，准备活捉仇人，谁知一眨眼，前方不见了明军踪影，向四周一搜寻，别说是一个人，就连苍蝇也不见一只，难道钻进地洞了不成？此时的哈蚩蚩，已累得汗流浃背，如今居然将仇敌追丢了，更恨得咬牙切齿，抬头望去，只见城头静悄悄的，不见将士守关，这不正好乘虚攻城？一腔怒气正无处发泄，当即下令道：“将士们听令，俺命尔等奋勇攻城，城破之时，每人奖赏美女一名，银子十两！”三万番兵听了，像喝足狗血，亢奋起来，呼啦啦一齐围住了居庸关。

番兵沿着城墙搭起云梯，如蚂蚁搬食一般，提刀握枪排着队向城头爬去，城下番兵则摇旗呐喊，声如霹雳。眼见得即将攻上城头，突然“轰隆”一声号炮炸响，瞬间城头站起千万将士，张弓搭箭，箭矢密如飞蝗，杂以弹弓铁丸，“嗖嗖嗖嗖”向攻城番兵倾泻而下，随着阵阵惨叫声，云梯“哵嘞嘞”一齐倒落。哈蚩蚩怎肯甘休，指挥番兵再次攻城，说时迟那时快，又一声号炮在头顶炸响，千万支火箭，如暴雨一般从城头射下，引燃城下浸过油脂的干柴，“呼噜噜！呼噜噜！”遍地燃烧起来，顿时烈焰腾腾，浓烟滚滚，遮天蔽日，红了半片天空，仿佛周郎火烧赤壁，番兵全被烧得焦头烂额，臭气熏天。哈蚩蚩见这一仗败局已定，只得带着几百名爬着的、滚着的、瘸腿的、断臂的番兵退回番营去了。

阳明利用地利，火攻番敌，大获全胜，杨守忠听到捷报，喜出望外，连声道：“这是天遣神将佑我大明，居庸关有救了，百姓有救了！”接着听到一声传报道：“少帅回营。”杨守忠即命兵士扶着，出营恭身相迎。阳明见状，快步上前相扶，道：“元帅多礼了，学生愧不敢当。”杨守忠道：“这是守忠代全城百姓感谢少帅保国卫民，迎接少帅得胜归来。”阳明道：“元帅过誉了，学生担待不起。”话音才落，就有将士来报，道：“禀报少帅，营帐外来了数十位民众代表并数百辆牛车，满载粮食、猪羊牛肉，外加银子无数，前来犒军。”阳明道：“这是干渴得水，严寒得衣，是天助我等的及时雨哪，立即召集众将，出营迎接。”随即扶着杨元帅出营，只见来犒军民众呈上犒军礼单，阳明见礼单所列粮草、肉食足够供将士一月之需，遂道：“百姓遇此战乱，生存艰难，未能赈济，已多亏欠，怎敢再收钱财？传令下去，留下粮草肉食，银钱一概谢绝。”

且说哈蚩蚩大败而归，一盘点，损失战将数名，兵士近三万及武器、马匹等财物无数，心中十分懊恼，但在众将面前，只能打肿脸充胖子，对众将道："俺此次攻城，只因取胜心切，误中奸计，以致损失惨重，确乃本帅之错也。然胜败乃兵家常事，众将要再接再厉，不惧挫折，定要夺取居庸关，保俺王面南称帝。"将士甲道："元帅所言极是。南蛮小胜，何足道哉，仍未改俺强彼弱之势。待俺大军稍做休整，再战必胜。"将士乙道："此次明军虽胜，却被俺家元帅摸清了底细，虽败犹胜。只是眼下粮草只够三日食用，如之奈何？"哈蚩蚩当即抽出一支令箭道："贾郎狗将军听令！"贾郎狗出列道："末将在。"哈蚩蚩道："请将军带领一千兵士，定要前呼后拥，前往青藤关调取粮草一千车，即日启程，不得有误。"贾郎狗接令而退。哈蚩蚩又下令道："全军兵士，由各营将军带领演习攻城作战，要把刀磨得亮亮的，把马喂得肥肥的，其余兵士就地稍息，下次定要一举拿下居庸关，洗雪火焚之恨。"众将退去，哈蚩蚩唤来三员心腹大将，如此这般一番吩咐，三员战将领命而去。接着，他修书三封，一封呈报番王，两封书信送往邻国，俱是求请援军，以求一战定中原。

此次火烧番兵，大获全胜，明军士气高昂。阳明独坐大帐，却心神不定，他心中明白，敌军虽然损失惨重，但大势未变。要保住居庸关，进而夺回丢失之城池，还任重道远。兵法有云，击敌肥厚处十拳，不如戳其要害一指。如今何处才是番敌要害呢？正沉思间，有探子来报道：“禀报少帅，今探知番邦元帅哈蚩蚩派遣大将贾郎狗，带领一千兵丁，摇旗呐喊，前往青藤关调取粮草一千车，请令定夺。”阳明闻报大喜道：“番营急于调取粮草，军中必然缺粮，正可派兵半路伏击，夺取粮草，为我所用。”当即下令，命两员战将带领两千名士兵，埋伏于押粮回程必经之路，若遇番兵抵抗，夺取困难，则焚烧之。待两将离去，又有探子来报道：“禀报少帅，探知番营有一支数千兵马，仓促离营，去向不明。”阳明心中咯噔一惊，情知不妙。番营调取粮草，理应悄悄前往，为何反而大呼小叫？事出反常必有妖，如今又暗中派兵出营，必有诈。

寻思至此，阳明再传唤两员战将来到大帐，吩咐道：“请两位将军各领一千兵士，尾随我军，到隐秘处潜伏，夺粮顺利则罢，若发现前行将士遭遇埋伏，立即分路前往救护，不得有误。”待两将离去后，又有探子来报道：“禀报少帅，探知番营调兵频繁，元帅哈蚩蚩亲领一支人马出营，不知何往，请令定夺。”阳明闻报，骤然紧张，一声令下：“击鼓升帐。”片刻后，众将齐集大帐，阳明下令道：“哈蚩蚩诡计迭出，此次向青藤关调粮，本帅料定是其引蛇出洞之计，目的是诱我军劫粮，计中藏计，待我城关兵力空虚，首尾不能相顾时，各个击破，进而夺取我居庸关。为破番敌诡计，本帅拟将计就计，我军兵分两路，由本帅带领一支人马，出城杀敌，众位将军要坚守城池，不得有失。”众将领命道：“请少帅放心，我等枕戈待旦，与城池共存亡。”

且说番将贾郎狗带兵到了青藤关，取出令箭，命当地官吏速调一千车粮草。他则趁空闲，到关内妓院作乐去了。次日一早，又带领兵士，押着粮草返回。那贾郎狗骑在马上，还在回忆昨晚销魂情景，摇摇摆摆做着美梦。刚行到一处险峻路段，猛地一声号炮响，斜刺里杀出一队人马，为首两员战将大喝道：“番狗听了，留下粮草，饶尔狗命。”贾郎狗见明军劫粮，美梦醒了大半，不及答话，举起砍刀上前迎战，两方士兵则刀来枪往，纠缠厮杀，毕竟明军兵多势众，贾郎狗只有招架之力。眼见得要弃粮而遁，又一声号炮炸响，从后方冲出一队番兵，向明军杀来，为首番将得意大笑道：“南蛮听了，尔等已中俺家元帅引蛇出洞计，已被包围，无路可逃，速速弃械投降，饶尔等小命。”明军两员战将见番兵行将杀到，且声势浩大，劫粮回营已经无望，随即下令：“烧毁粮草后，立即撤退！”明军一边击退贾郎狗，一边放火烧粮，顷刻间，延绵数里的粮车，变成一条熊熊燃烧的火蛇，等番兵杀到，粮草早已灰飞烟灭。

两军枪来刀往，正斗得难解难分时，突然又响起一声号炮，哈蚩蚩率领大队番兵赶到，黑泱泱如黑云压城，喊杀声震天动地，直向明军掩杀过来。哈蚩蚩放声大笑道：“哇哈哈哈哈，小南蛮充当少帅，毕竟是嫩竹子当大梁，不中用啊。俺的引蛇出洞计，计中套计，量尔黄毛未褪的兔崽子能识得破？哼，鸡蛋敢碰石头，就让你们落个粉身碎骨的下场！将士们杀啊！

杀他个片甲不留！”话音未落，又一声号炮炸响，王阳明率领大军从背后赶到。仇人相见，分外眼红，哈蚩蚩又碰到了冤家对头，随即拨转马头，如凶神恶煞般高举大刀朝阳明杀来。马对马，刀对刀，这一仗直杀得天昏地暗，白日无光，尸积如山，血流成河。从清晨杀到晌午，仍难分胜负。到后来，哈蚩蚩渐觉力怯，又见手下兵将死伤大半，节节败退，正暗自焦急，突然又有三声号炮响过，约有数万援军赶到，喊声如雷，从后方向明军扑来。彼此都甚为惊讶。

这番兵从何而来？原来，番王接到哈蚩蚩求救信，立即派遣大将十员、兵士五万，马不停蹄赶来。哈蚩蚩一见援军赶到，好不欣喜，随即拨转马头，变守为攻，向明军杀来。阳明何曾知晓番兵会从天而降，形成前后夹击、腹背受敌之势？原以为胜券在握，一转眼形势急转直下，他能否逃过这一劫？写书的暂且就此打住，看下去自会明白。

且说水龙、范虎、米豹三位义兄弟，自成婚以后，白日在衙门当差，晚上回家有妻子陪伴，夫妻恩爱，小日子过得活神仙一般。这一日，衙门突然接到一份边关急报，说是番邦进犯中原，连占我五座城池，居庸关元帅战败受伤，幸有一位少年公子，临危受命，以少帅之名镇守边关，军情危急。三兄弟闻报，仿佛霹雳从头顶打下，全吓蒙了，搓手顿足，像没头的苍蝇，团团乱转，不知该如何是好。痴想良久，还是水龙先开口道：“大哥离家时说过，一到京城，就前往山海关、居庸关一带考察边关要塞风土民情。粗略一算，此时正好是在边陲，他一个立志报国的热血男儿，岂会坐视强敌犯境而袖手旁观？急报所说的少年公子，非大哥莫属。当日侬我四位兄弟义结金兰，曾发誓不能同年同月同日生，但愿同年同月同日死。如今大哥为保卫边关出生入死，我等做小弟的怎能无动于衷？立即动身赴边关相助，凭是钉板一块，也要去滚它一滚。”范虎道：“水哥所言极是。油浇的蜡烛，一条心。当年关云长千里走单骑，去投奔大哥刘玄德，黑旋风李逵明知酒中有毒，为至死追随大哥宋江，眉也不皱，一口喝下。我等也当效法先贤，立即赶赴边关，辅佐大哥，才不负结义之情。”米豹道：“两位哥哥所言，小弟我已是烫红屁股的猴子，急红眼了。事不宜迟，明日就赶往边关。只是，只是…… 怕只怕家中娘子阻拦，如之奈何？”

水龙、范虎不约而同道：“有什么可奈何的。跛子走路，一步步来，今日侬我弟兄各自回家，要像往常一般，酒照喝，话照说，该亲热还得亲热，万不可泄露一丁点蛛丝马迹，明日天未亮就瞒着娘子上路。娘子深明大义，日后必定原谅我等鲁莽行事。”当日谈妥约定，各自回到家中，全然若无其事的模样，谁知娘子们俱面露喜色，悄声相告道：“官人，妾身有喜了！侬可高兴？”哪里知晓这三个傻官人，听了都当作耳边风，且都是直肚白肠、心直口快之人，心中一烦恼，便冲口而出道：“俺心里烦着呢，有什么可高兴的。”娘子道：“俺要当娘，侬要做爹了，还不高兴！”傻官人呆有半晌道：“唉哟，高兴，高兴！只是这喜事来得不是时候。娘子哪，日后依可要好自保重，我这个要当爹的夫君真是该死，该死。罢了，罢了，明日衙门有事，我要早起去应卯，睡吧睡吧。"倒头便睡。这三位娘子同日成亲、又同日得知有喜，真可谓缘分深厚。三人满心喜悦，迫不及待把喜事告知夫君，谁知换来的却是这等回答。三位娘子可是脚踏尾巴头会动的聪颖女子，见夫君这般形状，寻思必定有事瞒着，也不追问。幸珍、存玉二姐妹住得最近，便相约到秀云小姐处商量，一番交流后，得知各自夫君俱是一个模样，觉得事有蹊跷，约定细心观察，及时通气商议。

明日一早就要悄悄离开温馨的家和心爱的娘子，况且娘子还有了身孕，三个好兄弟如何能睡得着？娘子日后身边无人陪伴，在家怎生过活？虽则皆是铁打的汉子，却有颗棉花似的心，想着想着，眼泪像溃堤洪水一般涌了出来，把枕头都湿透了大半。枕边娘子虽则假装睡着，却是偷偷地观察动静，夫君的一举一动都看在眼里。待等远处一声鸡啼，三兄弟不约而同起了床，回头看了几遍，蹑手蹑脚地出了房，带好兵器，轻声闭门而去。三姐妹见夫君出门而去，当即火急火燎地聚在一起，料定三兄弟定是进京投奔大哥王阳明参战去了。事不宜迟，亦各自急急回家做准备。

三兄弟各持兵器，在通往京城的大路口会合，也许是昨夜没睡好，也许是哭过鼻子，俱两眼通红，各自心里明白，一言不发，一齐急急上路。此时东方露白，路上行人渐多，约行有十余里路，见前方路边有一竹棚，遥看门面，是卖吃食的地方。三人出门时都不曾进食，肚子正闹空城计，欲买些吃食来充饥，刚到竹棚前，突然从里边传来一阵爽朗笑声，接着走出两位英姿挺拔、背插双刀的少年汉子，大喝道："好侬个盗夫贼子，还不束手就擒。"三人定睛一看，两位少年汉子原来是女扮男装的幸珍、存玉两姐妹！真是出乎意料！范虎、米豹道："侬姐妹来此做甚?"幸珍、存玉道："做甚? 丈夫杀敌上战场，妻子随军打豺狼。"范虎、米豹道："上阵打仗是男人的事，何况侬两人有孕在身，如何使得!"幸珍、存玉爽朗答道："夫君此言差矣，古有花木兰，近有穆桂英，都是保国杀敌的巾帼英雄，俺等有何使不得！让肚里的孩子未曾出世，就随父母并肩上阵，保家卫国，做一个父母英雄儿好汉，岂不快哉!"边说边从棚后牵出五匹快马。事已至此，也不必多言，各人飞身上马，飞驰而去。只是水龙不见秀云小姐身影，心中不免忐忑，又不便当众询问，只得闷在心里。

五匹快马，如离弦之箭，一路逐尘而去。到了离镇三十里处，一座长亭雄峙于当路，只见长亭内摆开一桌酒菜，马到亭前，亭内走出一位亭亭玉立的女子，众人定睛一看，原来是秀云小姐！只见秀云哽咽道："兄弟姐妹们辛苦了，愚姐在此已恭候多时。且先饮过送别酒，再赶路不迟。"众人赶紧下马，早上不曾进食，肚里早已空空如也，到亭内坐定，都是自家人，见美食满桌，不用客气，各自大快朵颐。倒是水龙见到秀云小姐，一脸愧疚，将秀云拉至一旁道："请娘子恕罪。水龙不辞而别，有负娘子如海深情，何况娘子有孕在身，愚夫寸心如撕裂一般，无奈敌军犯境，报国事大，更何况大哥独柱擎天，缺少帮手，作为生死兄弟，理该前去助一臂之力，因此苦了娘子、负了娘子，此心难安。"说着说着，眼泪哗哗地流下来。

秀云替水龙抹去泪水，再三安慰，然后举起酒杯，对众人道："各位生死弟妹，且听愚姐一言，大丈夫也罢，小女子也罢，国家有难，人人有责。好男儿理该精忠报国，勇赴国难，做妻子的怎会阻拦？愚姐本该与弟妹们一起，与夫君并肩上阵杀敌，无奈手无缚鸡之力，且有年迈父亲需要照顾，不得已而别离。弟妹们且安心前往前线建功立业，愚姐为大家守护家园，并日夜祷告上苍，保佑弟妹们功成名就，平安回家。秀云翘首以待。"众人听罢秀云临别之言，无不感同身受，泪洒衣襟，将手中酒一饮而尽。酒足饭饱后，秀云给各人一包银两并几件添换衣衫，供在途使用，又将阳明使用的宝刀、宝马请各人随同带去。这秀云真是心细，想得周到，知道大哥上阵打仗，离不开用惯的兵器和宝马，一面派人到王家去取，一面吩咐备办酒席，然后赶到长亭来送行。

范虎等一行人，一路上晓行夜宿，快马加鞭，直向居庸关而去。这日，远远已能望见蜿蜒于崇山峻岭间的居庸关城郭，突然瞥见乌泱泱一群男女老少，拎袋背包，神色慌张地循着大路奔逃，上前一询问，回说："不好了，是天要亡大明，王少帅遭番兵重重围困，虽拼命突围，然寡不敌众，恐怕凶多吉少。只有杨元帅负伤带并一小队人马守城，眼见得城破在即了？”伙伴们听了，仿佛雷打头顶，惊得魂不附体。马鞭子抽得啪啪响，坐下战马如离弦之箭，直奔居庸关而去。无奈四周城门紧闭，不但进不了城，也不清楚关内实情，只得绕过居庸关，直接向交战的方向赶去，可一时也弄不清交战之地在哪，大伙正手足无措，幸珍却纵身一跃，跳下马来，伏在地上侧耳听了片刻，然后又跃上马背，鞭子一挥，说声：“跟我走！”在前带路，如飞而去。

说回阳明这头，且说番兵见援军突然赶到，哈蚩蚩引番兵合为一股，指挥众将团团围困，发誓要杀王阳明报仇雪恨，然后一举夺取居庸关。那阳明带兵被重重围困，虽左冲右突，终难攻破，随着无数次攻防，将士伤亡惨重，而番兵却是越杀越多，阳明虽然拼力招架，情势却越加危急。突然听到哈蚩蚩大笑道：“王蛮子，再不伏地投降，俺就一刀砍死尔！”举刀直取阳明，阳明见大刀从头顶劈下，说声“不好”，举刀向上一挡。说时迟那时快，坐下战马连日作战受不住力，双蹄向前跪倒，“扑”的将阳明掀翻在地。哈蚩蚩钢刀从阳明头顶砍下，阳明喊一声“我命休矣”，眼看连人带马要被劈成两截，血洒沙场。在这千钧一发之间，阳明能否保住性命？欲知后情，且看下回分解。

《第22回》

众弟妹千里赴边陲　奇女子妙计破番寇

且说番邦元帅哈蚩蚩高举大刀朝阳明头顶砍来，正当千钧一发之际，只听到“哐啷啷”一声响，三件兵器同时击中哈蚩蚩大刀，钢刀落地，哈蚩蚩虎口震裂，此时阳明仿佛突然从噩梦中醒来，耳边只听得有人大喊道：“大哥休慌，弟弟妹们来也。”睁眼一看，原来是义弟义妹们来救自己了！无暇细想，一眼见到自家宝马双蹄腾空，飞奔而来，马首高昂，“咴咴咴”三声仰天长嘶，那嘶叫声惊天动地，围攻过来的骑兵马匹，一闻到嘶声，吓得筋断骨软，“扑通扑通”纷纷倒于地上，将番兵掀落在地，众人趁机杀将过去，那些番兵，擦着刀的头颅落地，碰着枪的捅了个血窟窿，撞着戟的拦腰截断，反正全呜呼哀哉，活不成了。

此时，水龙那匹宝马也不甘示弱，要大显身手。这马有个习惯屡试不爽，屡建奇功：危急时刻，它那肚子就不争气，满肚烂屙憋不住，屁股向上一翘，肚里宝货便稀里哗啦喷射出去，那些急吼吼围上来想立功的骑兵，猝不及防被喷得满脸是屎，分不清东西南北了，用舌尖舔了舔，苦兮兮臭烘烘的，还以为是琼浆玉液呢，不曾弄明白到底是啥，就被水龙几人砍瓜切菜一般送到阎王殿去了。此时阳明已回过神来，随即就地一个虎跳，跨上宝马，又从马肚边抽出宝刀，顿时如虎添翼，精神百倍，喊一声道："义弟义妹们，杀出重围，收兵回城！"带着众人杀开一条血路，直奔居庸关而来。

距城尚有数里之遥，阳明突然发现成千上万番兵如马蜂炸窝似的，正乱哄哄地攻打居庸关，已明白此次交战，哈蚩蚩用声东击西计策，趁我城中空虚，首尾不能相顾时，两头出击，用心何其毒也！若非义弟义妹们及时赶到，后果不堪设想。当即下令道："义弟义妹们，一鼓作气，杀退攻城之敌！杀啊！"直向番兵扑杀过去。正在攻城的番将，突然见背后的明军扑杀过来，势将两面受敌，怎能抵挡得住？当即下令道："立即撤退！"番兵如潮水一般退去。杨元帅正负伤守城，见攻城番兵突然转身撤退，深觉诧异，眺望远处时，才发觉打着明军旗号的军队向番军杀来，以为是援军到来，这可是天赐良机，正可对撤退的番兵两面夹击，于是立即下令道："打开城门，全力追杀敌军，违者军法处置。"转眼间，各道城门"哗啦啦"一齐打开，将士们争先恐后冲出城门，向番兵扑杀过去。受到夹击的番军做梦也想不到，这支生龙活虎的明军到底从何而来。不等想明白，多数番兵就成了枪尖之魂、刀下之鬼了，只留些断肢残腿的败回番营。

且说番邦元帅哈蚩蚩，负伤收兵回营，来到大帐，向援军大将冷疙瘩见礼称谢。回想此次战役，自己早已运筹帷幄，计中套计，且部署周密，再加上数万援军突然赶来助战，可谓三个指头撮田螺，必胜无疑，行将刀劈王蛮子，全歼大明军，攻占居庸关，谁知半路杀出个程咬金，一群小蛮子从天而降，使得这一仗功亏一篑，美梦破碎，且自家受了伤，还损失将士万余名，烧毁粮草一千车，得不偿失。冷疙瘩安慰道："元帅休忧，胜败乃兵家常事，末将奉大王之命，带领精兵三万前来助战，内有骑兵一万、战马八千匹，号称'无敌铁骑'，皆训练有素，临阵打仗，有万夫不当之勇，对付那些瘦怯怯缺肉少筋的明军，可谓车碾蚂蚁，挡之者死。定能助元帅建万世功业。"哈蚩蚩一听，喜逐颜开道："托将军吉言，俺忧愁全消也。待俺明日带兵前去讨战，杀杀南蛮子的气焰。"冷疙瘩道："杀鸡焉用牛刀。元帅只顾坐镇大帐，静候捷报便是。明日待末将前去讨战，让南蛮子尝尝俺铁骑的厉害。"哈蚩蚩道："如此，有劳将军了。本帅摆下酒筵，为将军庆功。"

且说，阳明返回居庸关，向杨元帅引荐了五位义弟义妹，细说这一仗得失，杨元帅见居庸关打了胜仗，又平添五员虎将，喜出望外，吩咐备办酒筵接风庆功。阳明谢了众位义弟义妹千里奔赴，刀下相救之恩，众人道："大哥，恩字休说，兄弟姐妹连心，生死与共，细功微劳，何足道哉。"在此边陲重聚，畅叙别后思念之情，快意可知。席间，水龙悄悄告知阳明，三位弟妇俱有身孕，阳明听了，肃然起敬道：“还有这等事？可敬可佩！较历代巾帼，有过之而无不及！”次日，阳明下令击鼓升帐，五位义弟义妹皆充任为偏将军，麾下听用，待立新功，再行升赏。这时有探子来报：“禀报少帅，今有番将冷疙瘩在城下挑战，请令定夺。”阳明抽出一支令箭道：“水龙将军听令！”水龙出列道：“末将在。”阳明道：“命侬带领五百兵士出城迎敌。”水龙接过令箭道：“末将遵令。”阳明又道：“范虎、幸珍二位将军听令！命侬二人带领五百兵士出城压阵，不得有误。”二将接过令箭，齐声道：“末将遵令。”然后阳明与众将一起上城观战。

且说番将冷疙瘩带领一千骑兵、一千步兵，耀武扬威地来到居庸关前挑战，大声道：“南蛮子听了，速速开城投降，本将军有好生之德，饶尔等不死，若不知好歹，城破之时，片瓦不存。”话音才落，城门大开，水龙手握钢枪领兵冲出城来，见那番将头戴红缨亮铁盔，身披鱼鳞铁甲，生得虎背熊腰，面如蓝靛，眼如铜铃，尖嘴猴腮，满脸疙瘩，人不像人鬼不像鬼，坐下一骑黄骠马，手持大刀亮闪闪，遂大喝道：“番鬼听了，本将乃少帅麾下大将水龙是也，作速报上名来领死。”冷疙瘩抖一抖大砍刀，大笑道：“小南蛮听好了，俺乃大元帅麾下无敌大将军冷疙瘩是也，伸过头来，吃俺一刀！”敌我二将就在关下厮杀起来，刀枪相碰，寒光嗖嗖，战有三十回合，仍不分胜负，引得双方士兵大声呐喊，鼓声震天。战到后来，水龙见冷疙瘩步步退缩，疲于招架，收回钢枪，“嗖”的一招蟒蛇出洞，欲将番鬼刺于马下。说时迟那时快，只见一道寒光射来，水龙眼明身捷，躲过一镖，“嗖”的又来一镖，一连躲过三镖，只见冷疙瘩大砍刀一挥，敌后尘烟陡起，遮天蔽日，数以百计的骑兵手执大砍刀一齐杀来，站在城头观战的阳明，见番邦骑兵马匹高大壮硕，番兵勇猛，足可以一当十，怕我军将士吃亏，当机立断，鸣金收兵。冷疙瘩欲趁势突进，明军已然进关，城门紧闭，只得作罢。

阳明见将士安全进城，下令严守，不可懈怠。回到大营，击鼓升帐，回顾这一仗，虽然不分胜负，但番邦骑兵气势压倒了明军。众将献计献策，还是想不出击败番骑的良策。此后，冷疙瘩几番带领骑兵来关下挑战，大声辱骂，气焰嚣张，将士们咽不下这口窝囊气，几次三番变化战法，出城交战，无奈番骑勇不可当，不但讨不到丝毫便宜，且屡有伤亡。阳明忧愁无计，心下焦虑，带着将士登上城楼，眺望番营动静，只见荒漠狼烟起，彤云蒙蒙布，寒风似狼嚎，雪原漫无际，江河冰雪封，丘壑坚如铁。正看得出神，有探子来报道：“禀报少帅，番将冷疙瘩带领一万番兵、五千铁骑又来攻城，请令定夺。”阳明下令道：“传令下去，多备弓箭滚木，坚守城池，不得出战。”

阳明回到大营，正低头沉思，筹划退敌之策，有探子来报道：“禀报少帅，帐外有一位女子，要见少帅叙话，请令定夺。”阳明此时心乱如麻，如百爪抓心，哪有闲情逸致与女子叙话？何况眼下兵荒马乱、战火连天，谁家女子闲着没事，来兵营找乐？满心不乐意，头也不抬，随口道："不见！"话音未落，就听到爽朗又熟悉的笑声传来，道："少帅好大脾气，连奴家也不见吗？"猛一抬头，原来是诸小姐风尘仆仆赶进营来！阳明大吃一惊，赶紧起身，迎进大帐落座上茶，惊喜道："哎哟哟，竟是小姐驾到，失敬失敬。学生日思夜想，今日得见，喜出望外，有得罪之处，还请小姐见谅。"未待琼瑶说话，得知消息的义弟义妹们，已迫不及待地赶来大帐相会了。一时大帐内笑声朗朗，好不热闹。

且说那日诸知县告老返乡，携带闺女离开余姚时，阳明与琼瑶小姐长亭相别，相约两年后前往江西洪都迎娶她到余姚。父女俩回到老家后，尤其琼瑶，因长年在外，虽到故土，却处处感觉陌生，又无知心闺友可倾吐心事，时而思念心上人，记挂他是否离乡赴京，去边关考察要塞，体会民情，时而又记挂义弟义妹是否安康，可谓日夜煎熬。唯有灯下观诗文，才能暂时忘却相思之苦；对月诉愁绪，无奈才下眉头，又上心头。正在愁绪难以排解时，突然传来番邦进犯边关消息，继而传来五座边城失守、居庸关告急，城中百姓如潮水般四处逃难之言，接着又传来居庸关守将负伤，幸有位少年义士暂任少帅之职，抵抗番邦进犯之事。琼瑶听此种种传闻，急得如热锅上蚂蚁，片刻不得安宁，寻思朝廷上下多贪赃误国的奸佞之辈，忠义之士如凤毛麟角。她估计着，此时阳明应在山海关、居庸关一带，他怎可能漠视国难临头、边疆危急而无动于衷？这位传闻中的少年义士,估计就是他!

琼瑶思虑再三,把心事告知父亲,央他托人到余姚打探。诸知县怎敢怠慢,急忙托友人到余姚,不日便有回复,说阳明早已离乡赶京,在居庸关抗击番兵,连水龙、范虎、米豹都已辞去都头之职,与妻子同赴边关了。琼瑶听此信息,证实了自己猜想,内心激荡,决心亦去边关参战,并请求父亲答应。诸知县道:"你是个弱不禁风的闺阁千金,到边疆有甚用处,反添累赘。"琼瑶道:"父亲门缝里瞧人,把女儿看扁了。古人云,尺有所短,寸有所长,论临阵作战,女儿手无缚鸡之力,也未曾使过刀枪,确无大用;若论出谋划策,女儿却不逊须眉。"诸知县笑道:"侬身处闺阁,既未曾身临战场,连刀枪都不曾摸过,谋从何来,策从何出?纸上谈兵而已。"琼瑶道:"父亲此言差矣。古时候有位军事家孙膑,他腿上有疾,寸步难行,靠着运筹帷幄,决胜于千里之外。还有一位叫妇好的女子,帮助丈夫出谋划策,冲锋陷阵,建立不世功业。侬女儿虽未曾上阵作战,却也遍览兵书,三十六计也运用自如。何况将士们忙于对敌作战,对整个战局,难以细思细想,古人说过:'善用力者就力,善用势者就势,善用智者就智,善用财者就财。'女儿身处帷幄,心如止水,正好乱中取静,可从容谋划良策。"经不住女儿软磨硬泡,诸知县最终还是答应了女儿之请。于是,琼瑶便轻装简从,奔边关来了。

且说众兄弟姐妹边关聚首,谈笑正酣间,有探子来报:"禀报少帅，我将士已打退番兵三次进攻，敌兵伤亡数千。如今又有番邦元帅哈蚩蚩亲率番兵二万、火炮一百前来助攻居庸关。”阳明道：“严守边城，不得退缩！”当下带领众将登上城楼，与将士一起守城。从城楼上望去，只见哈蚩蚩、冷疙瘩在指挥番兵将火炮排列齐整，随着一声令下，只听得火炮声呼啸，击中城墙时，似闷雷炸响，接着无数城砖“哗啦啦”落下。待火炮声暂歇，番兵从城墙残缺处攻城，从清晨直至傍晚，彼此都已筋疲力尽。哈蚩蚩见天色已晚，且居庸关一时进攻不下，只得下令道：“收兵回营，吃饱喝足，养精蓄锐，明日再来。”

在城楼指挥作战的王阳明见番兵如潮水一般退去，便带着义弟义妹，冒着彻骨寒风，察看城池四周。此时，城墙经过一天火炮轰击，已是千疮百孔，阳明越看越焦急，寻思：这般残缺的城池，难以抵挡番兵再度攻击，组织民众连夜抢修吧，也来不及了，不禁连声叹道：“哎哟，赖以坚守的城池，如今行将倾圮，莫非天要丧我大明不成？”谁知一旁的琼瑶却笑了，道：“天寒地冻时，城如危卵日，此乃老天以天时地利赐福我大明，公子何叹之有，何忧之有？”阳明道：“此话怎讲？”琼瑶道：“公子难道忘了，余姚城下奴家滑跌之事？”阳明一点就通，恍然大悟，一拍前额，失声道：“喔哟，原来老天早有安排，以小姐助我等抗敌！速速回营！”又命侍从击鼓升帐。

回到大营，众将已齐集于大帐内，阳明道：“众将听令，立即组织全城百姓，随带担水器具，半城人提水上城灌浇城墙，半城人打开城门，敲冰取护城河水灌浇城墙四周，不得有误。”众将领命而去，过不多久，就听到嘈杂声传来，数以万计的民众被动员起来，有的挑水上城，有的破冰浇地，其时明月当空，省却了火把照明。天还未明，一座铁桶似的冰城已巍然屹立。

次日天尚未明，哈蚩蚩还躺在暖烘烘的虎皮褥子里呼呼大睡，就有哨兵急匆匆将他唤醒，道：“禀报大元帅，昨日被火炮炸得破烂不堪的居庸关，不知何故，今早竟变得晶莹剔透，焕然一新，越发壮观了，请令定夺。”哈蚩蚩一听，立时火冒三丈，斥道：“混账东西，满嘴胡说八道！纵然明军请神仙帮忙，一夜工夫，绝不可能修复如初。传令下去，全军披挂上阵，攻打居庸关。”不多会儿，哈蚩蚩、冷疙瘩率领全军，浩浩荡荡杀奔居庸关而来，距居庸关尚有数里之遥时，突然发现前方城池在旭日映照下，晶莹透亮，分外巍峨，霎时间惊得目瞪口呆。哈蚩蚩寻思定是明军纸糊色涂，吓唬俺不去攻城，下令道：“全军将士听令，昨日一战，已将居庸关轰得城墙破损，不堪一击，南蛮怕俺再去攻城，只得将城池纸糊色涂，以此迷惑我军。全军将士要继续架炮轰击，夺取城池，直捣京师！”番兵到了距城墙一箭之地时，再次架起火炮，点火轰击，转眼间，火炮齐发，“轰隆隆”打在城墙上，只见冰碴飞溅，却不见墙破城损，哈蚩蚩看在眼里，疑惑不解，揉揉眼再瞧，在晨光下居庸关依旧雄伟壮观，屹立于群山与原野相接处，不由得怒火中烧，下令道：“全军将士听令，骑兵协同步兵，一鼓作气攻下居庸关，血洗居庸城!"

番兵得令，潮水一般向居庸关涌去，谁知一到城下不远处，便频频传来“扑通扑通”声，“哎哟哟”的惨叫声紧随其后，冲在前面的番兵，全在冰冻地面滑倒，跌得鼻青脸肿，后面的骑兵不知就里，只顾策马相前，从倒地的番兵身上踏过去，被踩踏致死者不计其数。而冲到前面的骑兵，也猝不及防，马蹄打滑，“扑通隆”一齐摔倒在地，马腿折断，番兵跌死，未曾攻城，已死伤小半。阳明站在城楼指挥作战，见番兵已乱成一锅粥了，一声令下，道:“打开城门，追杀敌人!”转眼间，各座城门大开，众将冲出城去，水龙那柄钢枪，见着番兵咽喉就刺，一刺一个血窟窿。范虎、米豹一路喊着:“呔!番狗听了，要死的挨个来报到，少爷送侬头顶开花!”他俩一杆戟一把斧，如毒蛇出洞，番兵一碰到就脑浆迸出，一擦着就堕骑身亡，好不爽快。幸珍、存玉姐妹俩各舞两把钢刀，前遮后拦，左钩右掠，如同雪花翻腾，往番兵顶梁就砍、心窝就劈，沿路劈杀，如砍瓜切菜一般，直杀得几条血路蔓延，血水灌满护城河。哈蚩蚩见状，才知遭明军暗算，赶紧下令撤退。明军追杀二十里，大获全胜，才鸣金收兵。这一仗，杀死番兵过万，俘获战马千匹、兵器无数。另有数百匹倒毙的战马，运回关内，充作军粮。有人不解，番兵战马滑跌，明军追杀时何以不见滑倒?原来阳明已于昨夜命人用稻草包扎将士双脚和马匹四蹄，才保得追击无恙。

哈蚩蚩未及攻城，就败退回营去，万分懊恼，坐在大帐唉声叹气，愤恨道："这小蛮子诡计多端，果然厉害。"冷疙瘩劝慰道："元帅何须烦恼。有道是楚汉相争，在谋不在勇。敌军用计，难道俺们不会？南蛮侥幸得利，以为俺们元气大伤，必生轻敌之念。以后交战，俺们不妨故意示弱，送些甜头给其尝尝，然后以俺骑兵之强，攻南蛮步兵之弱，寻觅良机，引其入伏击圈，一举歼灭。正所谓毕其功于一役。元帅以为如何？"哈蚩蚩听了不住点头道："将军果然胸有韬略，使本帅醍醐灌顶。良机嘛也无须寻觅，到时本帅在开阔处摆下一座天马阵，然后诱南蛮进阵，俺以万马奔腾之势，将南蛮斩尽杀绝，一战平居庸关，再平定中原，让俺大王坐上龙椅。到时，王侯之位将军唾手可得矣。"冷疙瘩谢道："元帅抬爱，末将岂敢有这等奢望。以元帅经天纬地之才，凭借俺邦得天独厚又取之不尽之宝马良驹，摆下所向无敌的天马阵，普天下谁人能破？南蛮一见俺元帅摆的融天地造化又神秘莫测的天马阵，怕是苦胆也吓碎了。待夺取居庸关，俺大王面南称帝指日可待，末将不惜血洒沙场，定要助元帅建盖世功业。"

且说阳明回到关内大帐落座，击鼓升帐。杨元帅闻知打了胜仗，由侍从扶着赶来祝贺。阳明道："此次能顺利挫败番敌进攻，保住关隘，琼瑶小姐功不可没。番兵新败，岂肯罢休，必然另谋狠招与我等决一雌雄。冰城之策虽妙，无奈天气逐渐转暖，不日冰融，还须抓紧维修，以备再战。本帅寻思，番兵不足惧，所虑者番骑也。众将有何破番骑良策，快说来议议。”范虎道：“少帅不必焦躁，破番骑之策嘛，急勿得，小火炖蹄髈，慢慢自然熟。”幸珍道：“侬这话，说得不知轻重。两军交战，急如星火，瞬息万变，岂可急惊疯请慢郎中？等侬想出什么计策，怕要等到奴家的宝宝出世，小子变成老子了。”米豹笑道：“如此说来，待我家娘子肚里娃娃出世，虎哥，到时侬得叫他一声太爷叔了。罢了罢了，都是胡说八道，闲话少说。俺寻思，这出谋划策之事嘛，还得靠俺琼瑶大姐，她是诸葛亮手中的鹅毛扇，摇那么几摇，妙计就出来了。”

这一仗明军大获全胜，番兵却不以为败，隔三岔五，就派冷疙瘩带着几员番将并老弱劣马，到居庸关来挑战，阳明派水龙、范虎、米豹以及幸珍、存玉等人轮番出战，每次交战几个回合，番将即扭头败退，过些时日又来挑战。如此这般缠战，一晃就是数月，众将因屡次获胜，渐渐不把番兵放在眼里。阳明与琼瑶暗中议论，觉得事有蹊跷，当下派出数名探兵，绕道至敌后探察动静。有探兵络绎来报，说是距番兵大营十余里处，有一空旷场地，哈蚩蚩元帅指挥上万骑兵在布阵训练，连日尘沙蔽日，且有战马、马料源源不断送到。阳明闻报，吃惊道：“果然不出所料，此乃明守栈道、暗度陈仓之计也。哈蚩蚩不失为帅才，诡计多端。敌军正在准备一场大战，我军须早做筹划。”如何破解番骑之困？众人苦无良策。琼瑶道：“兵法有云，知己知彼，百战不殆。兵家最忌瞎子摸象。待明日，奴家与公子前往番营后方，就近登高观察，且看哈蚩蚩在训练何种战法，然后筹划破敌之策。”

次日，天尚未明，阳明与琼瑶带着数名随从，骑马出城，走有十余里，只听得前方一处空旷地传来震天动地的喊杀声，还夹杂着战马的嘶鸣声，于是吩咐众人于山坡背面稍歇，他与琼瑶登上一座高坡，向前眺望，只见番邦元帅哈蚩蚩站在一座高台上，挥舞大旗，指挥布阵。那战阵旌旗招展，兵士盔甲明亮，阵内金色大纛旗，按金、木、水、火、土排列，火炮火箭、强弓硬弩、钩镰短棍、长枪大刀，随同指挥旗并鸣锣击鼓声，攻守进退、变幻莫测，一时愁云惨惨，黑雾滚滚，铺天盖地。云雾未散，突然一声炮响，就听得似有万千霹雳轰击地表，转眼间万千匹铁骑奔腾而来，尘土汹涌，飞沙走石，如黄河决口，地动山摇，锐不可当！而延绵数里的草料场，则隐匿于后方密林深处。阳明、琼瑶见状，亦胆战心惊。阳明能否识出并攻破此阵，保边境安宁？欲知后情，且看下回分解。

第23回

奏凯歌番邦献降书　启归程即是新征程

且说阳明与琼瑶观察了哈蚩蚩布阵，在回城途中，琼瑶道："哎哟，奴家读过无数兵书，不曾见过这般宏大凶狠的战阵，公子识得此阵否？"阳明道："哈蚩蚩诚非平凡之辈，他所排练的乃天马阵法，被历代兵家称为第一恶阵，能布此等恶阵者，须有训练有素之万千铁骑，世上几无破解之法。学生在惠明师父处学过天马阵布阵、破阵之法。欲破此阵，须先破其万千铁骑。若能将其马群降服，破天马阵就容易多了。"琼瑶道："对啊，欲破此阵，先降其马。趁哈蚩蚩布阵练兵尚需时日，我们应设法先降其马。"阳明摇头道："小姐所言极是，只是降番马谈何容易。"

在坡背稍歇的随从闲来无事，猎到几只野兔，向山民借来瓦釜煮兔肉。此时，阳明、琼瑶牵着马正下坡，见猛火煮肉，滚水沸溢，随从急忙抽出釜底之薪以止沸。回城路上，一路行来，共尝野味，突然，琼瑶"啊哟"一声，刚要开言，阳明就道："小姐可是有了破阵之计？且休说，待回城后再见分晓。"随从们听了，都莫名其妙。

当日回到关内，阳明和诸小姐径直来到大帐落座，两人不约而同地提起狼毫，写下几个字，一齐摊开，只见手心上都写着“釜底抽薪”四字，不禁会心地大笑起来。当晚，两人步出营帐，到一空旷处仰观天象，俯察地形，许久才返回。次日天才破晓，阳明就下令道：“击鼓升帐。”少顷，众将齐集帐下，杨元帅因病伤稍愈，也赶来会议。阳明道：“众将静听，本帅与诸小姐已打探清楚，番帅哈蚩蚩正加紧训练排布天马阵，要与我军决一死战。欲破其阵，须先降其马。本帅已观察天象，今日傍晚后，将有浓雾密布，而后夜黑如墨，正是我等用兵之时。众将要同心协力，打好此次前哨战。水龙、范虎、米豹三位将军听令。”三将异口同声道：“末将在。”阳明道：“今晚雾起时，侬三人悄悄出城，各带领士兵一千，多备弓箭、响器，前往番营东、西、北三处大帐挑战，要敲动响器，多放号炮，大造声势，若遇番将出营交战，不许胜，不许败，只许缠战，待三更后见后方火起，寻机撤退回城，不得有误。”三将道：“末将遵令。若番狗龟缩不出，如之奈何？”阳明道：“番狗不出战，任凭侬等如何做戏、叫骂；再不出战，烧其营帐，则必然出战。”

阳明见三将得令而退，又道：“幸珍、存玉二位将军听令。”二将趋前道：“末将听令。”阳明道：“命侬二人各领精兵一千，多带引火之物，今晚雾起出城，绕过沿途山坡，直抵番邦草料场四周潜伏，二更时分见天空乌云密布，将草料场四处点燃，若有番兵出战，则歼灭之，而后撤兵回城。”二将道：“末将遵令。”阳明又欲开言，杨元帅上前道：“少帅，眼下军情紧急，且本帅伤躯行将痊愈，请求出战。”阳明道：“元帅病伤未愈，学生怎忍心请元帅出战。”杨元帅道：“少帅此言差矣，为将者当以血染疆场为幸、马革裹尸为荣，些许伤痛何足挂齿。”说到此，当帐屈膝道：“请少帅下令！”众人见状，无不动容。阳明道：“元帅忠君报国之心，学生不胜感佩。如此，恭敬不如从命。杨元帅听令。”杨元帅道：“末将在。”阳明道：“命侬坐镇大帐，镇守城关，指挥各路军马进退，不得有误。”杨元帅道：“末将遵命。”阳明接着道：“其余将士随本帅出城，在要道处接应各路人马返城。”

当下众将士心中疑惑，议论纷纷。少帅不是神仙，他怎知今日傍晚会浓雾密布，夜黑如墨？难道是诸葛再世，能借东风不成？若是失算，岂非空劳碌一场？不说众将士疑惑，且说水龙、范虎、米豹三将各自命兵士携带响器、号炮、弓箭，早做准备，等到傍晚，别说浓雾，连一丝云彩都不见，心中皆忐忑不安，悄声议论。突然，半空里刮起一阵大风，转眼间乌云密布，大雾如张开帷幕，把平川山野都罩住了。将士们不约而同蹦跳起来，道：“哇啊，少帅神了，竟能呼云唤雾，这一仗要不赢也难了。”不说将士们议论，三位将军趁大雾带领兵士悄悄出了居庸城，来到番营东、西、北三道营门，突然敲动响器，点燃号炮，大声叫骂，嚷着要番将出营领死。那些番兵做梦也想不到，天黑雾重的夜晚，明军会突然来挑战，急忙禀报统兵的将领。为将的到营外一瞧，黑咕隆咚的，什么也看不见，下令点燃火把，又因雾气重，如幕布垂天，仍看不清。三道营门的将领跑去禀报冷疙瘩，冷疙瘩也吃不准，就禀报哈蚩蚩元帅。哈蚩蚩见三道营门都有明军挑战，却不知明军虚实，怕中埋伏，只下令坚守营门，按兵不动，且待天明雾散。谁知明兵不依不饶，在营外骂声不绝，箭矢乱射，到后来竟放火烧营。番兵被惹毛了，不顾将领下令禁止，呼啦啦冲出营来，欲一决高下。不料番兵一出营门，明兵就往后退，番兵不敢追，缩回营帐，明兵又来讨战叫骂，两军就这么一进一退、一退一进地僵持着。

且说哈蚩蚩正与冷疙瘩商议对策，突然见帐外红光冲天，染红半边天，还伴随着“轰轰隆隆”“噼噼啪啪”的响声，急忙出帐察探，只见延绵数里的草料场浓烟滚滚，烈火熊熊，才知草料场被焚毁，中了南蛮声东击西之计，却又不敢出兵去救护，怕半路遭明兵伏击，只能干瞪眼。草料场的守将，以为地处营帐深处，敌军必不敢惊扰，且守卫区区草料，何须费心，遂整日喝酒吃肉，懒懒散散。这日见天黑雾重，便放心大睡，等到被大火烧醒，已经无法收场，只好赶紧逃命，一到外面，正好被埋伏在那里的幸珍、存玉撞个正着，挨个的被砍头剖腹。这把火直烧到东方拂晓，数百名番兵，连同数百匹战马，一起葬身火海。此时浓雾渐散，哈蚩蚩才发觉来三个营门挑战的，不过区区数千明兵，当即下令，兵分几路，一路派重兵追击明军，一路派兵前往草料场灭火。待等番兵出营，明军早已鸣金收兵，扬长而去了。哈蚩蚩一看尘头，退去的明军不过数里之遥，随即一声令下："追！"大队人马"呼啦啦"杀向明军，眼见得快要追上，突然半空里一声号炮，斜刺里杀出一队人马，杀声大作。哈蚩蚩抬眼望去，为首大将不是别人，正乃冤家对头王阳明是也！只听王阳明大笑道："番贼，久违了！本帅已在此恭候多时。"哈蚩蚩知道中了埋伏，更不打话，拨转马头，大喊一声道："快撤！"快马加鞭而逃。阳明带领刚返回的水龙、范虎、米豹并幸珍、存玉四支人马，合兵一处，在后追杀，那些伤残的、溜得慢的，都被赶到阎王殿去了，如此这般又消灭了番兵数千、战马千余匹。

且说哈蚩蚩回营一清点，天马阵还未摆成，先伤亡了数千名士兵和数以千计战马，草料场又毁于一旦，万分懊恼。冷疙瘩劝道："元帅且放宽心，俺大军虽有损失，所幸尚未伤筋动骨，待天马阵排练完毕，定能一举歼灭南蛮军，成就元帅大业。"哈蚩蚩道："将军所言不无道理，但眼下所剩数千匹战马，食无草料，如之奈何？那战马可是天马阵擎天之柱哪。"冷疙瘩道："元帅休忧，为今之计，唯有向大王求援，速调草料，以解燃眉之急。"哈蚩蚩摇头道："天马阵不日可成，须速战速决，才能歼灭南蛮军，夺取大明江山。向大王求援调拨草料，远水难解近渴。"冷疙瘩听了，也是搔首托腮，良久，忽然一拍大腿道："元帅，有了。离此十余里有一天然草场，牧草丰茂。且我邦牧马，素有放养习惯。不如将战马散放于平川，任其啃食鲜草，岂非一举两得。”哈蚩蚩喜道：“放马于平川？确实不失为好办法。将军功不可没，功不可没啊。传俺将令，白日将战马散放平川，晚上归厩，不得有误。”

且说阳明见番营久无动静，不免诧异。派出哨兵四处打探，回来禀报，说是番营将战马散放于牧草丰茂之地，有取之不尽之鲜草供马食用，故不愁断饲。降不服番邦战马，破天马阵难有胜算。诸小姐见阳明眉头紧蹙，劝慰道：“公子休忧。天下无不破之计策，兵书有云，兵者，诡道也。这釜底抽薪计之后，可改用投饵钓马计，钓来番马为我所用，岂非一举两得？”阳明道：“何谓投饵钓马计，请小姐不吝赐教。”诸小姐凑近阳明耳边如此这般说了一番，阳明眉头渐舒，连称妙计，当即下令，击鼓聚将。

片刻后，众将齐集帐下，阳明下令道：“幸珍、存玉两位将军听令。命侬两人随带银两，到街上采购黑豆一百石、蜂蜜三百斤，到药铺购买生大黄一百斤碾成细粉，运回大帐听用。”两将领命去讫。阳明又道：“水龙、范虎、米豹听令，命侬三人将采购来的物资分成两堆，一堆拌和蜂蜜，一堆拌和蜂蜜并药粉装袋候用，不得有误。”阳明话音刚落，范虎道：“回禀少帅，末将是榆木疙瘩充吹火棍，一窍不通。这蜂蜜拌豆子嘛，又香又甜又耐饥，定是作犒劳之用，何不让弟兄们先尝尝新，解解馋。”阳明笑道：“范将军误会了。这蜜豆是用来赏给番马享用的，侬若思量偷吃，嘀嘀，侬的小命就到阎王爷那里报到去了。不信可以回去尝尝，这玩意儿又香又甜，好吃得紧哩。众位将军记住了，此事不得有丝毫外泄，违令者斩。”众将齐道：“哎哟喂，就是吃了熊心豹子胆，馋痨虫满肚爬，也不敢试吃哪。末将遵令。”

数日后，就有士兵来报：“禀报少帅，番邦元帅哈蚩蚩派使者来下战书，请令定夺。”阳明道：“命他进来。”少顷，番使进帐，递上战书。阳明见战书上写道，番邦在居庸关外十里处，摆下举世无双的战阵，约定明军五日后去破阵，若畏惧不战，番帮将联合关外十八国攻打居庸关，城破之日，生灵涂炭，皆明军之罪。阳明看罢，不禁大怒道：“呔！大胆番奴，竟敢颠倒黑白，欺我大明！是可忍孰不可忍！来啊，将番使推出大帐斩了！”侍卫一声吆喝，上前将番使掀倒在地，拉出去受刑。番使不住叫屈道：“少帅且慢动手，让俺把话说完再杀不迟。俺原是番邦大臣，因与哈蚩蚩元帅交恶，故让俺充当使者，借少帅之刀杀俺。少帅若果真杀了俺，岂非中了他的借刀杀人之计？何况俺上有老下有少，少帅怎忍心杀俺。”说罢，伏地大恸。在一旁的杨元帅劝道：“少帅息怒。两军交战，不斩来使，且饶了这狗贼，回去报信。”阳明道：“杨元帅替侬求情，且饶侬一死。回去告诉哈蚩蚩，五日后本帅准时去破他鸟阵，砍他狗头！”

番使磕头谢恩，连滚带爬出帐而去。坐于一旁的杨元帅悄声问道：“番邦兵力远胜于我，且天马阵奥妙无穷，易进难出，番兵战马强壮，铁骑锐不可当，少帅约他五日后破阵，可有把握？”阳明道：“元帅休忧。哈蚩蚩急于约学生攻阵，乃因其战马断了草料，所食鲜草不耐饥，正忍饥挨饿呢。学生与诸小姐已筹划破阵之策，就是阵破先于破阵前。”杨元帅不解道：“此话怎讲？”阳明道：“请元帅少安毋躁。待学生调兵遣将罢，自然就明白了。”随即下令道：“击鼓升帐。”少顷，众将聚集帐下，阳明道：“水龙、范虎、米豹三位将军听令，侬三人带领三千士兵，趁今晚月暗，将拌蜜的料豆驮于马背，悄悄出城，一路将蜜豆洒向番邦放牧的马场，待等天明，番兵放马，马群已饥饿难忍，必定为寻觅蜜豆，成群跟来，待等马群至三岔路口，自有人接应，将马群赶入关内。不得有误。”三将领命行事。阳明又道：“幸珍、存玉两位将军听令，命侬两人带领一千名将士、五十匹老弱马匹，将药豆驮于马背，悄悄出关，潜伏于马场四周，待等引马将士得手，必定还有多数番马留于场内，侬两人将豆袋戳破，火烧马尾，马匹惊惶，四处奔跑，药豆必将随马撒遍草场矣。”幸珍、存玉道：“如此，岂不损失了五十匹战马？”阳明笑道：“舍不得鞋子，套不住狼。”阳明回头对杨元帅道：“元帅伤病未愈，请坐镇大帐，相机调度各路兵马。学生引兵出城，接引前方将士回关。”杨元帅道：“少帅妙计，筹划周详，本帅佩服。祝少帅凯旋。”

且说管理马匹的番兵，好梦才做半截，就被一声声军号声打断，蒙蒙眬眬睁眼一看，天尚未明，只得翻身起床，吃罢早餐，到马厩放罢马，又觅一清静处，摊开四肢，续做好梦去了。成千上万匹番马，饿了一长夜，迫不及待觅食充饥。一到草场，便嗅到一阵阵豆香，见草根处皆是料豆，一尝味道，又香又甜，真是珍馐佳肴，便群起争食，随豆而去，待等番兵发觉，已有数千匹马被引逗至数里以外，水龙见时机成熟，便骑马在前引导，范虎、米豹则指挥将士在后驱赶，马群直向居庸关奔腾而去。待番兵看到近半数战马消失无踪，赶紧禀报哈蚩蚩。战马是天马阵主力，哈蚩蚩的命根子，岂容丢失，哈蚩蚩当即带兵追寻，循着尘土飞扬方向，直追到三岔路口处，只听得一声炮响，被阳明带领的伏兵拦住，哈蚩蚩见奔腾而去的马群已经望尘莫及，知已无可挽回，无心交战，扭头收兵回去。

天马阵未摆，先损失了数千匹战马。哈蚩蚩屈指一算，后日就是约定明军攻阵的日子，时间紧迫，只能凭借现有战马，孤注一掷了。随即召集众将商议，众将齐集，哈蚩蚩正欲开口，就见哨兵神色惊惶来报：“禀报元帅，大事不好！大群战马不知何故，接连拉稀不断，倒卧地上起不来了！请令定夺。”哈蚩蚩道：“有这等事？还等什么，速召兽医前去诊治啊。”哨兵道：“已灌过药了，兽医也束手无策。”当下，哈蚩蚩带领众将前往马厩视察，只见马厩内外俱是战马拉出的烂屙，蚂蚁遍地爬，苍蝇嗡嗡飞，战马虚弱地躺在地上，头也抬不起来了，还不住拉稀。哈蚩蚩见状，只能摇头叹息。回到大帐，命手下清点能上阵的战马，还剩下二千余匹。只得死猪拉硬屙，传令次日一早摆好天马阵，硬是要与明军决一死战。

约定的破阵之日，天尚未明，阳明就带着众将登上居庸关眺望敌阵。只见天马阵有东西南北中五座阵门，各有一名大将带领重兵把守，阵门两侧各有数百名骑兵蓄势待发，阵中心搭起一座高台，哈蚩蚩正在台上摇旗指挥，整座天马阵纵横数十里，各座阵门可首尾相顾，只见尘烟滚滚，刀戟林立，旌旗蔽日，战马嘶鸣，好一座惊天地泣鬼神、人世罕见之"魔阵"！阳明不由得暗自赞叹。随即以城台为帐，指阵下令道："众将听令，这一仗，关系敌我双方未来战势，或国泰民安，或国破家亡，没有退路，众将要孤注一掷，奋勇破阵杀敌。"众将齐道："谨遵将令，精忠报国，奋勇杀敌。"

阳明见众将威武强悍，肃立待命，甚是欣慰，下令道："范虎、米豹、幸珍、存玉四位将军，各领骑兵五百名、弯刀手五百名，每位将士配长弯刀一杆、短刀一把，弯刀手冲锋在前，骑兵垫后，听到头炮响，分头杀入东、西、南、北四座阵门，逼其无暇首尾相顾，见骑兵来战，以长弯刀斩其马蹄，以短刀杀番兵，不得有误。"四将领命。阳明又道："水龙将军，命侬带兵一千，听到二声号炮响，即杀入中阵门，务求缠住番将，为砍倒指挥台打开缺口。"阳明又道："本帅亲率一队人马，直取指挥台。还请杨元帅镇守城楼，调度指挥。在各路人马出城破阵时，城内留下两员偏将、一千名士兵，由诸小姐调领，若破阵受阻，当即派兵增援；破阵顺利，则截住番兵退路，以获取全胜。"众将各自领命。此次阳明率兵破阵，平添由几千匹马组成的铁骑，俱是从草地引来的番马，如今成了明军锐不可当的破阵主力。

且说哈蚩蚩摆下天马阵，委派四员猛将镇守东、西、南、北四座阵门，命冷疙瘩守护中阵门，自己则手执大旗，登台指挥作战。此时天始破晓，哈蚩蚩登上指挥台眺望居庸关，只见各道城门紧闭，城楼空旷沉寂，寻思定是明军胆怯，不敢来破阵。才想至此，突然响起一声号炮，城门打开，四员大将各领一彪人马，弯刀闪耀，铁骑奔腾，势如排山倒海，直向天马阵扑来。哈蚩蚩舞动大旗指挥各座阵门番将迎敌，又命冷疙瘩向四门派出援兵，说时迟那时快，又听到一声号炮，原来是水龙率一彪人马向中阵门发起攻击。从高台俯视，凡明军所到之处，番骑一出阵迎战，就见刀光闪烁，番马哀嘶，倾倒在地，继而番兵头颅纷纷落地，惨不忍睹，转眼间四道阵门行将失守，中阵门守将冷疙瘩正迎战水龙。阳明则身骑宝马，率一队人马穿破中阵门，一直杀到指挥台，抬头见哈蚩蚩正舞动大旗，一心指挥，顺手摘下宝弓，取出羽翎箭，就在马上，弓开如满月，“嗖”的一箭，正中哈蚩蚩咽喉。这哈蚩蚩来不及喊出“哎哟”声就从高台倒栽下来，头朝下脚在上，“扑”的一声，尸横沙场，没气了。王阳明这一箭，可谓“一箭定天下”。世人只知他是满腹锦绣的文曲星，却不知还是武艺超群的武曲星。据史书记载，王阳明当官后，平定了朱宸濠叛乱，居功至伟。有许泰、张忠两将，曾因纳贿于朱宸濠，虽不敢嚣张，却甚恨阳明，还以为阳明是一位文官，不会武功，欲令其出丑，在一次练兵时，强行把阳明邀至校场，递过一张强弓道："请射一箭。"阳明接过弓，张弓搭箭，"嗖嗖嗖"三箭，皆中靶心，两将面如死灰，校场爆发雷鸣般的欢呼声。此是后话，表过不提。

阳明见哈蚩蚩已亡，又举起宝刀，向支撑高台的巨木一刀砍下，只听得"呼啦啦""轰隆隆"一阵轰响，随着指挥台倒塌，明军大声喊道："哈蚩蚩中箭身亡了，番兵速速投降，可免一死！"这一喊不打紧，整座天马阵顿时土崩瓦解。冷疙瘩正欲逃跑，被水龙手起一刀，砍于马下，番兵如流沙溃散，一齐向青藤关方向逃命。谁知乱哄哄逃到半路，忽听得一声号炮，诸小姐早已命两员偏将，带领一千将士等在那里。前有伏兵，后有追兵，前后一夹攻，败兵成了馍中之肉，被"吃"得干干净净。此时已近晌午，将士们肚腹唱起了空城计，是乘胜追击，还是停下来进餐？阳明一寻思，眼前战机稍纵即逝，岂可因小失良机！遂对将士们道："众将听令，兵不卸甲，马不卸鞍，一鼓作气，夺取丢失之城池！"话音刚落，就听到后队一阵欢呼声道："肉夹馍送到！"原来诸小姐得报，天马阵已破，大军正追击敌军，知道大军必定要乘胜夺取丢失之城池，与杨元帅一合计，当即命厨师以战死马肉为馅，经过调味，制成肉夹馍送住前线，边进食边行军，以夺取战局胜利。相传，肉夹馍这道流传至今的美食，就由此而来。

阳明率领大军，不分昼夜，一路攻城略地，守城番兵哪里还有斗志？一见大军兵临城下，纷纷丢盔弃甲，弃城而逃，明军旌旗所至，兵不血刃，一连将丢失的红泥关、黄羊关、白虎关、黑风关、青藤关五座城池收回，继而兵临番都。番王闻报，率群臣登上城楼，只见数以万计明朝大军，紧紧围困住番邦都城，旌旗招展，刀枪森森，盔甲明亮，喊声如雷。突然又瞧见哈蚩蚩首级高挂在大纛下，不由放声大哭，继而仰天叹道："孤自幼登基，未尝有杀戮伤军之事，自听从哈元帅报说，连占明朝五座城池，动了贪念，思量全占中原江山，面南称帝。哪晓被天朝征剿，被杀得损兵折将，城关尽失，哈元帅阵亡，如今天朝兵临城下，如之奈何！"在旁大臣劝道："大王休放悲声，自古胜败乃兵家常事，况明天子以仁德闻名四海，且这场杀戮系误听哈元帅所言。如今元帅已死，大王何不献表请降，以保全一国君民。"番王允奏，不日献出乞降书，保证日后永不再犯边境，友好相处。

阳明收下乞降书，派人送给居庸关杨元帅，然后转呈朝廷。数旬后，朝廷下旨，准许番王乞降。阳明领旨后，向番王宣读罢，随即统领尽数人马出了番都，启程返回居庸关。番王率群臣送至城外。此时，阳明率众将在前，所有将士一律顶明盔、披亮甲、骑骏马、端利刃，勇猛雄壮，威风凛凛，番军还鸣炮鼓乐相送。此情此景，阳明铭记于心。到了明正德十四年（1519），也就是他 48 岁那一年，他在征三浰、处叛军、擒宸濠，班师回朝时，回忆起往事，心潮澎湃，写下《鄱阳战捷》一诗，以纪事：

甲马秋惊鼓角风，旌旗晓拂阵云红。
勤王敢在汾淮后，恋阙真随江汉东。
群丑漫劳同吠犬，九重端合是飞龙。
涓埃未遂酬沧海，病懒先须伴赤松。

这是后话，表过不提。

且说居庸关内百姓闻知番王乞降，明军大获全胜，战士凯旋，无不欢天喜地，敲锣打鼓到城外迎接凯旋的将士们，财绅富商们一面备办犒劳之物，一面雇人大办庆功宴。此时杨元帅伤病行将痊愈，率领守城将士到城外大路口迎接。远远见大队人马浩浩荡荡蜿蜒而来，一杆红色大纛旗上绣一金色“王”字，旗下，阳明身骑宝马，盔甲鲜明，手执大刀，威风凛凛，诸将手执兵器，精神抖擞，分成双列，带领将士、辎重缓缓而来，战旗飘扬，刀枪闪亮，兵强马壮。杨元帅趋前施礼，阳明下马还礼，待杨元帅将众将士接进居庸关，此时大营内已摆下数百桌庆功宴，将士们开怀痛饮。

酒过三巡，杨元帅向阳明敬酒道：“此次对番邦作战，全靠王公子挽乾坤之倾覆，救百姓于倒悬。王公子居功至伟，本帅欲上表奏报朝廷，向圣上为王公子请封镇边将军一职，其余有功众将请封为总兵，不知王公子意下如何？”阳明道：“多谢元帅美意，只是请封一事，万不可行。元帅细想，学生当初以少帅一职暂代，事出权宜，眼下若贸然请封，圣上必然追究元帅失职，加上朝廷奸佞结成党派，屡屡互相攻讦，元帅岂不是要落个‘好心犯恶意，石头压脚面’下场？何况学生有志于考取功名，欲借助四海为官之便利，教化黎民，以强固国本。边关为将，非学生志愿，此事无须再提。眼下边陲初定，番邦虽降，心却不服，若暗地联络各酋长，经过若干年养精蓄锐，难保不再卷土重来，五座边城守备薄弱，又缺良将坐镇，元帅为麾下有功将士请封总兵之职，保边陲安宁，乃学生所乐见。”

杨元帅听罢，沉吟良久道：“王公子句句金玉良言，考虑周全，守忠如醍醐灌顶，不胜钦佩。既如此，就恭敬不如从命了。只是守忠心中有一想法要请教。王公子文武双全，前程不可限量，且官位唾手可得，大可以此起步，却为何坚辞不受？”阳明道：“元帅容禀，非学生轻狂作秀，哲人有云：‘远大之器，退然养恬，诏或辞，再命犹待三。趋热者，以不能忍寒；媚灶者，以不能忍谗；逾墙者，以不能忍淫；穿窬者，以不能忍贪’，学生之志向，不因名利而稍有转移。”杨元帅又道：“少帅所言，守忠明白了。只是你有如此大材，却只为教化，如此，实在大材小用？”阳明道：“元帅此言差矣，须知少年强则国强，少年智则国智。教化一事，关乎国强民智之百年大计，虽难以一蹴而就。纵然朝代更替，教化之功亦能潜移默化。聚沙为塔，滴水成渊，学生相信，这条强国之路，虽漫长而坎坷，但必有水到渠成之日。学生此生，亦当以孔、孟等夫子为师，以强国本、教化民众为己任，不计顺逆荣辱而追求之。待边关事了结，学生将同诸小姐，回江西洪都成亲，然后返回故乡余姚，温习书业，准备考取功名。”杨元帅赞叹道：“听君一席言，胜读十年书哪。此生得与王公子成忘年交，不胜荣幸。愿王公子心想事成，他年彪炳史册。”阳明道：“岂敢，岂敢。学生今有一事还要拜托元帅。”杨元帅道：“但说无妨。”阳明道：“学生此行，曾一路考察山海关、居庸关等边陲要塞，探访各族民众风土习惯，现写下增强边陲防护十二条陈，欲上疏圣上，供朝廷施策时参考。此番元帅表奏朝廷时，可否一并呈送？”杨元帅道：“此易事耳，照办就是。”当日，全军将士尽欢而散。

自平定番邦进犯，收复失地后，阳明辅佐杨元帅整顿防务，修葺城地，开市兴业，赈济贫困，军民甚是忙碌。数月后，眼见得城垣焕然一新，民众安居乐业，杨元帅伤病也完全恢复，阳明下令击鼓聚将，当众将兵符、宝剑交还给杨元帅，从此无官一身轻。阳明与众位义弟义妹结伴而行，探访边塞，逍遥快活。如此又过去月余，朝廷钦差持圣旨到达居庸关，钦封杨守忠为骠骑将军、镇边侯，钦封水龙为红泥关总兵，范虎为黄羊关总兵，米豹为白虎关总兵，幸珍为黑风关总兵，存玉为青藤关总兵，五座边城由骠骑将军杨守忠节制。众将谢了圣恩，互相祝贺。阳明与诸小姐见义弟义妹们都得到妥善安顿，且有了前程，甚觉欣慰。各自上任后，水龙则把毛员外和妻子秀云接来红泥关居住，一家团聚。

数日后，阳明陪同诸小姐离开居庸关，启程返回江西洪都，城中百姓闻讯，纷纷赶来送行，杨元帅还定制了一辆马车供诸小姐乘坐，与麾下诸将直送到十里外长亭，备下送别宴，依依惜别。众位义弟义妹则送至三十里外，洒泪而别。阳明与诸小姐一起登程，以此开启他人生新的一页。他一生，既做官，又讲学，以文官掌兵符，文治武功，勋业卓著，以致良知之学，开创阳明学派，分成九大支派，立德、立功、立言于大明朝皆居绝顶。他为教化黎民，矢志不渝，谪居龙场，巡抚江西，征剿广西，旅居绍兴、余姚，每到一地即创建书院，亲自讲学，门生遍布天下，影响远播日本及东南亚诸国。后人有《阳明先生祠》一诗颂道：

姚江遗像肃峥嵘，辛苦龙场负盛名。
飞舰到江吴濞缚，麾戈入峒鬼方平。
象山讲学推高座，诸葛行师列旧营。
千载武宗辉庙号，多缘新建大功成。